Unni Lindell

Ich weiß, wann du stirbst

atb aufbau taschenbuch

Die Norwegerin **Unni Lindell** hat zahlreiche Jugendbücher geschrieben, bevor sie begann, Kriminalromane zu schreiben. Sie wurde mit mehreren Preisen ausgezeichnet. Sie lebt mit ihrer Familie in der Nähe von Oslo.

Marian Dahle fühlt sich verfolgt. Ist jemand in ihre Wohnung eingedrungen? Und was ist mit diesem sonderbaren Künstler, der unter ihr wohnt? Ausgerechnet jetzt soll sie als Ermittlerin in den Dienst zurückkehren und einen alten Fall übernehmen: das Verschwinden eines kleinen Mädchens vor fünfzehn Jahren. Die Leiche ist nie gefunden worden, doch der damals verdächtige Glenn Haug ist immer wieder auffällig geworden. Gleichzeitig verschwindet ein Mann, der ebenfalls in Verdacht geraten war, ein Mädchen missbraucht zu haben. Beide Männer stehen auf einer Liste, die ausgerechnet die Mutter des verschwundenen Mädchens findet. Maria begreift, dass ihr Cold Case eine neue Aktualität gewonnen hat. Und dann glaubt sie, den Beweis gefunden zu haben, dass sie tatsächlich verfolgt wird.

Unni Lindell

ICH WEISS, WANN DU STIRBST

Kriminalroman

Aus dem Norwegischen
von Gabriele Haefs
und Andreas Brunstermann

atb aufbau taschenbuch

Die Originalausgabe unter dem Titel
Jeg vet hvor du bor
erschien 2016 bei H. Aschehoug & Co. (W. Nygaard) AS, Oslo.

MIX
Papier aus verantwortungsvollen Quellen
FSC® C083411

ISBN 978-3-7466-3402-9

Aufbau Taschenbuch ist eine Marke
der Aufbau Verlag GmbH & Co. KG

1. Auflage 2018

Umschlaggestaltung www.buerosued.de, München
unter Verwendung mehrerer Bilder von
© Getty Images / vincentanzalone und Getty Images / Joana Kruse
Gesetzt aus der Adobe Garamond durch die LVD GbmH, Berlin
Druck und Binden CPI books GmbH, Leck, Germany
Printed in Germany

www.aufbau-verlag.de

Ich weiß, wo du wohnst: wo der Thron des Satans ist.
OFFENBARUNG, 2.13

Du.

Ich habe es gesehen. Er stand dort am Rand in seiner Uniform und gab dir einen Stoß in den Rücken, und du bist gefallen und auf den Steinboden geprallt. Ich werde dieses Geräusch und die Stille danach nie vergessen. Es war nicht zu ertragen. Und ich konnte nichts machen. Wenn ich das gewollt hätte, aber ich wollte nicht. Denn ich konnte ihn verstehen.

*

Der Kleingarten wirkt vernachlässigt und verkommen. Die Beete sehen aus wie Flickenteppiche, und das Grüne ist in einen farblosen Ton übergeglitten, der eher ins Graue geht. In der Ferne sind die Glocken der Kirche von Sagene zu hören. Hinter der Hecke rauscht der Verkehr vorüber. Die Wolkendecke ist dicht, perlgrau, nur ein schmaler weißer Sonnenstreifen schlüpft hindurch.

Die Hagebutten sind im Sommer so schnell gewachsen, sie trugen zuerst bleichrosa Blüten, die dann verwelkten und harte grüne Früchte hinterließen. Diese Früchte wurden rot, später schwarz, und endlich verfaulten sie am Strauch. Die Stängel der verwelkten Sonnenblumen werfen ein Schattengitter auf das gelbe Gras. Und hinter dem Taubenschlag: Kornblumen, Brombeeren, Georginen und Brennnesseln. Aber die Pflanzen sind jetzt braun und lassen die Köpfe hängen.

Jedes Jahr, ehe der Schnee kommt, wird der Garten für den Winter bereitgemacht. Der Pflug schiebt die Gewächse in die

Erde. Dann liegen braune Lehmschollen in einem umgepflügten Acker bis zum nächsten Jahr. Auf diese Weise ändert sich die Landschaft im Laufe der Jahrhunderte, wieder und wieder. Der Frost klebt eine Decke auf die Erde. Nachts werden die Sterne in der Decke funkeln. Aber einige Stellen sind geschützt und dürfen nicht angerührt werden. Hinter der Vogelscheuche, unter anderem, wo sie in der schwarzen Erde liegt. Sie wurde nackt begraben, damit niemand sie an der Kleidung erkennen könnte. Falls sie gefunden würde. Sie wurde nicht gefunden.

Erster Teil

1

Zwei Möwen kamen über den Bunnefjord gesegelt, sie glitten über das Dach der Oper in Bjørvika und flogen weiter über die Hochhäuser, ehe sie sich über eine zerfetzte Plastiktüte auf einem Bürgersteig hermachten. Die groben Schnäbel hackten die Tüte rasch in Stücke und zerfetzten sie dann zwischen sich, es könnte sich doch etwas Essbares darin verstecken.

Glenn Haug lief durch die Smedgate. Der morgendliche Stoßverkehr hatte bereits eingesetzt. Die Stadt machte Krach. Das gefiel ihm – lärmend und schmutziggrau, die Luft schwer von Auspuffgasen. Die Häuser stützten einander, Schulter an Schulter. Für den Moment hatte er das Gefühl, über Oslo zu herrschen. Die kleinste Hauptstadt Skandinaviens war gerade groß genug. Ein Raubüberfall bedeutete nichts für diese Stadt. Ehe sie entstanden war, hatte es hier Wald und Bäume und wilde Gewächse gegeben. Genau hier. Er wusste, dass er aussah wie ein Seemann, als er nun weiterging, ein bisschen o-beinig, die blaue Mütze tief in die Stirn gezogen. Seine Beine waren zu dünn, und die Hose hing zu weit unten auf den Hüften. Früher einmal hatte er zur See gehen wollen, dann war er in den Straßen hier geendet, in der Stadt.

Es war der letzte Morgen im August. Er fuhr sich mit der Hand über die Wange. Die entzündete Schwellung beruhigte sich jetzt. Das Spinnennetz-Tattoo machte es leicht, ihn zu erkennen. Daran hätte er denken müssen, ehe es gemacht worden war. Aber daran hatte er nicht gedacht.

Mit seinem Einbruch im Pflegeheim Lille Tøyen war er zufrieden, auch wenn er von Leere träumte, davon, in irgendeiner Straße stillzustehen, sich an eine Wand zu lehnen und die Sonne zu genießen. Dort zu stehen und einen Punkt zu erreichen, an dem aller Stress verschwand. Aber so weit kam es nie.

Er war keine Zauberei gewesen, ins Pflegeheim zu gelangen. Er war einzigartig, wenn es darum ging, sich Zugang zu einem Gebäude zu verschaffen, er hatte hinter dem Abfallcontainer gewartet. Als die Nacht in den Tag überging, wurde die Hintertür vom Küchenpersonal aufgeschlossen, und er kam ins Haus, indem er einen Fuß in den Spalt schob, ehe die Tür zufallen konnte. Er war nicht zum ersten Mal dort. Er wartete einige Minuten im Treppenhaus, ließ die Fingerspitze über die raue Mauer gleiten. Als ob die kleinen Erhöhungen Blindenschrift wären. Das Glas in der Tür war gesprenkelt von grauen, vertrockneten Regentropfen. Er wartete, bis er durch den Ventilator den Kaffeeduft wahrnahm.

Es wimmelte hier nur so von dementen alten Frauen, weiß- und grauhaarigen verkrümmten Wesen. Er musste grinsen: Wenn das Frühstück serviert wurde, ähnelten sie Krähen, die sich um ein überfahrenes Tier sammeln. Die Zimmer waren leer. Er brauchte bloß zuzugreifen. Er arbeitete auf Autopilot. In einem Zimmer fand er eine goldene Uhr und einige Banknoten. Was für eine Vorstellung! – Banknoten auf einem Nachttisch! Da hatte man es nicht besser verdient, wenn das Geld gestohlen wurde. In einem Bett aber lag so eine Alte, dünn wie ein Strich, wie vergraben in der Bettwäsche. Sie schien sich geradezu über seinen Anblick zu freuen. Sie reichte ihm ihr Armband, und er bedankte sich.

Glenn Haug überquerte die Straße. Die Morgensonne flimmerte in seinen Augen und füllte sie mit Licht. Er hatte ein wenig zu scharfe Konturen, um farblos zu sein, aber bald würde es Herbst werden, und die Dunkelheit würde alles töten. Das Neon würde die Straßen mit riesigen Buchstaben an sich reißen, und der Schnee würde den schmutzigen Asphalt bedecken. Er ging durch den Åkebergvei in Richtung Grønland, schob sich eine Zigarette zwischen die Lippen, gab sich Feuer. Seine Mundwinkel hatten sich nach unten gezogen, und sein Kinn ragte hervor wie das eines alten Mannes. Er machte einen tiefen Zug und suchte in den Kritzeleien an den Mauern nach versteckten Botschaften. Seine Beute hatte er in den Jackentaschen. In dieser Jacke war für vieles Platz, auch für sein Jagdmesser.

Ein Mädchen sah ihn an. Ihre Augen waren groß und grün. Nicht alle Menschen waren im wohlgesinnt; so war es einfach, man musste auf der Hut sein. Er näherte sich dem Bahnhofsvorplatz, und das Gefühl, über Oslo zu herrschen, war verschwunden. Er musterte die parallelen Straßenbahnschienen in dem gepflasterten Boden und lief unmittelbar vor einem Bus über die Straße. Der Bus hinterließ eine Wolke aus Abgasen. Glenn Haug saugte das Nikotin aus dem Zigarettenstummel, warf ihn auf dem Boden und betastete seine Brusttasche, dort lag sein Mobiltelefon, das eine jedenfalls. Vor dem Osloer Zentralbahnhof wimmelte es nur so von Menschen, die zur Arbeit in die Stadt gekommen waren. Heute brauchte er Milch, das merkte er, zusätzlich zu dem »Täglichen«. Nach dem letzten Gefängnisaufenthalt war ihm ein sogenanntes »Wiedereinstiegsprogramm« aufgezwungen worden. Er galt offiziell als gefährlicher für sich selbst denn für seine Umgebung. Wenn es ihm schwarz vor Augen wurde, passierte etwas in dem Spannungsbogen, der von seinem katastrophalen chronischen Jähzorn bis zu einem friedlichen Ruhegefühl reichte. Sein Körper schien dann von einem Gift durchzogen zu werden. Und er war bereit, sich zu verteidigen.

In der Bahnhofshalle herrschte ein gewaltiges Gedränge. Die Menschen eilten in alle Richtungen, und er wurde in den Mahlstrom gesaugt. Die Geräusche durchfuhren ihn. Daran waren die Mauern schuld. Eine Frau, ein unschönes, verhärmtes Wesen mit rotem Lippenstift, stieß ihn an. Eine Bande von jungen

Immigranten hatte nichts zu verkaufen. »Verpiss dich, Wachemann«, fauchte der eine. Von einem anderen konnte er kaufen, hinter einer Säule. Die Überwachungskameras konnten nicht hinter einem Kreis aufnehmen. In seiner Vorstellung waren die Säulen Kreise. Er hielt Geld und Gold vor sich hin, als ob er ein Pferd damit füttern wollte. Es war leicht, gegen *Nahrung* zu tauschen, gegen Amphetamin. Er brauchte außerdem Schlafmittel. Klar im Kopf zu sein war lebenswichtig.

Der somalische Wachmann vor dem Toilettenbereich war mit irgendwem beschäftigt. Glenn Haug hielt sich dicht hinter einem Mann, der einen Zehner in den Automaten warf, worauf sich die Sperren öffneten. Danach lief er in eine Klozelle.

Es stank nach Pisse, wie immer. In jeder Zelle gab es Blaulicht. Für ihn war das kein Hindernis. Sein Telefon lieferte Licht genug. Sofort verspürte er eine Wärme im Bauch. Er lief hinaus. Alles ließ ihn jetzt los. Er war wieder König. Aber dann standen sie plötzlich da, vor dem Haupteingang, bei der großen Tigerstatue. Sie waren es, die beiden Motorradfahrer in Lederkluft und Integralhelmen. Er fuhr zusammen und machte kehrt. Sein Nervensystem schaltete in einen höheren Gang. Er lief wieder in die Bahnhofshalle und spurtete weiter zum Bahnsteig 19, stieß auf dem Rollband eine junge Frau mit einer gelben Schultertasche zur Seite. Sie schrie ihm Verwünschungen hinterher. Die Handläufe des Rollbands zuckten, er stürzte von einer Dimension in eine andere; man konnte nichts wiedergutmachen, indem man im Boden grub, er war doch kein Archäologe. Es gab keine Wahrheit, nur allerlei Fiktionen und unterschiedliche Versionen von Wahrheit.

Ein Zug würde gleich losfahren, blank und braun, wie ein Atemhauch, neben dem Betonboden, die Räder jedoch waren aus Metall. Er konnte in den hintersten Wagen springen, und im selben Moment wurde die Türöffnung zusammengezurrt. Das Geräusch von Eisen hallte in seinen Ohren wider. Er legte die Hände auf jeden Sitzrücken und ging nach hinten, senkte den Kopf und schaute aus den Zugfenstern. Er atmete schwer und bewertete die Geschehnisse gemessen an der Entfernung zur Vergangenheit; weiter weg kam er nicht. Wenn sich die Linien begegneten, wäre alles zu Ende. Die Ledermänner waren auf dem Bahnsteig nicht zu sehen. Die Barcode-Häuser wogten wie Türme vor dem blauen Himmel. Er würde bei der nächsten Station aussteigen. Eine Woche zuvor hatten die Motorradmänner ihn vor dem Hospiz erwartet. Er hatte sie aus dem ersten Stock gesehen, von seinem Zimmer aus. Es regnete und war spät. Er ging hinunter ins Erdgeschoss und stieg durch ein Fenster auf der Rückseite. Dann fuhr er zu seiner Mutter. Ihr Schrebergarten war im Regen eine große bronzefarbene Welt. Er hatte es sich im Sessel gemütlich gemacht, in der Bude mit der halben Wand, und hatte den schmutzigen Schlafsack so weit wie möglich hochgezogen. Alles war nass. Das Gras draußen war von braunem Schlamm bedeckt. Aber dann zogen die Nachtwolken davon, und es war nicht nur feucht, es wurde auch noch kühl. Das Loch in der Wand gefiel ihm. Er konnte sehen, wann seine Mutter kam. Ob sie ihm Essen brachte. Der Mond ging auf. In den Pfützen sah er die Sichel in mehreren Versionen. Das Original warf ein weißes Licht auf die Vogelscheuche. Dahinter wuchsen die Disteln in teuflischem Tempo. Sie war sein Altar, diese Vogelscheuche.

2

Marian Dahle, Kommissarin bei der Osloer Polizei, warf ihre Jacke über den Stuhl, nahm den schwarzgesprenkelten Boxer von der Leine und blieb für einen Moment vor dem schwarzen Kommodenspiegel in der trübe beleuchteten Diele stehen. Die Holzwände schluckten das Licht. Sie sammelte ihre schwarzen

Haare zu einem Pferdeschwanz. Ihr Gesicht war so ausdruckslos und so wenig entgegenkommend, dass sie ihrem eigenen Blick am liebsten ausgewichen wäre. Sie war eine Woche zuvor dreiunddreißig geworden, hatte aber keinen exakten Geburtstag, da sie ursprünglich aus Korea kam und mit drei Jahren in Norwegen adoptiert worden war. Aufgrund ihrer Verletzung schien ihr eines Auge noch schräger zu sitzen.

Sie wohnten jetzt hier, sie und der Hund, im Drachenhaus in der Sophus Lies gate in Frogner. Immer wieder blieb jemand auf der Straße stehen und sah das alte Haus an, das zwischen den klassischen Mietshäusern mit fünf und sechs Etagen lag. Das Haus war beeindruckend, mit seiner durchgehenden asymmetrischen Fassade und ineinander übergehenden Bauteilen. Es wurde von zwei Seitenachsen dominiert, die eine hatte einen Turm, die andere eine Veranda mit Schwebegiebelkonstruktion. Marian wohnte im Turmteil.

Der dreizehn Jahre alte Hund lag keuchend auf dem Boden und leckte sich das Fell. Boxer waren liebevolle Hunde. Birka wollte nicht vor das Tor. Das Haus lag in einem überwucherten Garten von anderthalb Dekar zwischen den Mietshäusern, vorne standen nur zwei halbtote Obstbäume und einige alte Johannisbeersträucher, dazu große Eichen und Gartenmauern auf der Seite des Eingangs, wo die verrosteten Wäschestangen standen. Niedrige Mauern teilten den Rasen in mehrere Plateaus. Unter dem größten Baum war ein Steintisch von roten und gelben Blättern bedeckt. Der Hund trottete gern durch den Garten, unter den übergroßen Fliederbüschen, deren Blüten jetzt verwelkt waren. Birka näherte sich dem Ende ihres Lebens, das ganze Hundegesicht war grau, an manchen Stellen weiß. Zu wissen, dass der Hund sie bald verlassen würde, war unerträglich. Birka wurde immer weniger Hund. Sie selbst wurde immer weniger Mensch.

Der Spiegel war vor Alter braungefleckt, deshalb sah Marian sich nur undeutlich: den schmalen Mund, die kleine Nase und die breiten Wangenknochen. Sie trug eine Trainingshose und einen dunkelgrünen Pullover. Nach dem Unfall war sie menschenscheu geworden. Die Lachfältchen um die Augen würden von nun an von der Narbe bedeckt sein, die Brandwunde auf der Seite ihres Gesichts ähnelte einem ausgerollten Teig mit Flechtmuster. Sie zog sich über Wange und Hals, ging unter der Kleidung weiter, unter dem linken Arm, am Schlüsselbein entlang und endete auf der kleinen Brust.

Cato Isaksen hatte sie in aller Herrgottsfrühe angerufen und ihr einen Cold-Case-Job angeboten, wie er das nannte. Er hatte sie geweckt. Es ging um einen alten Fall, den Fall Thona, einen der bekanntesten ungeklärten Fälle überhaupt. Für einen Moment hatte ihr Herz losgehämmert. Es war wirklich ein Vertrauensbeweis, dass er sie gefragt hatte, aber sie hatte abgelehnt. Fünfzehn Jahre zuvor war in einem Schrebergarten mitten in der Stadt ein kleines Mädchen verschwunden. Die Kripo hatte eine neue Einheit für solche Fälle eingerichtet, und der Gewaltabschnitt sollte einige Ermittler stellen. Cato wollte natürlich keine aktiven Mitarbeiter hergeben, deshalb hatte er sie angerufen. Marian hatte seit einem halben Jahr nicht mehr mit Cato gesprochen. Er tat das hier nicht aus purer Herzensgüte, und das wäre ihr auch nicht recht gewesen. Sie hätte am liebsten wieder voll gearbeitet, aber sie wussten beide, dass das nicht möglich wäre.

Vor einem Jahr war sie von einem Verrückten, den sie festnehmen wollte, in einen Krematoriumsofen in einem stillgelegten Sanatorium gezwungen worden. Es war wie eine Actionszene in einem schlechten Kriminalfilm gewesen. Cato hatte sie in letzter Sekunde gerettet. Sie war seither krankgeschrieben, geschützt vor Morden, Selbstmorden, verstümmelten Leichen und endloser Lektüre von Dokumenten.

Marian hatte gehofft, hier im Drachenhaus Ruhe zu finden. Die Wände waren hoch, die Räume hatten Balken, stehende und liegende. Es roch nach dem hundert Jahre alten Holz. Der Geruch wurde durch Kälte hervorgepresst. Und an diesem

Abend war es kühl. In der Nachbarwohnung wohnte ein Künstler, ein Mann mit halblangen Struwwelhaaren und kräftigem Bizeps unter dem T-Shirt. Sie hatte ihn durch das Fenster gesehen. Und im Erdgeschoss wohnte eine alte Dame. Marian selbst war seit vier Monaten hier, hatte mit den beiden aber noch nicht gesprochen. Zweimal hatte jemand geklopft, sie glaubte, der Künstler, aber sie hatte nicht aufgemacht.

3

Andreas Lindeberg dachte an den Ausdruck »samtweich«, als er aus dem Eingang trat. So war es jetzt. Und der weiche Stoff senkte sich über die Steinfassaden der Mietshäuser. Alles wurde gedämpft, Risse und Schmutz waren nicht mehr zu sehen. Die Haustür fiel mit einem Knall hinter ihm ins Schloss. Herbstabende hatten ein eigenes Echo. Er mochte den Herbst lieber als den Sommer, und am nächsten Tag wäre der 1. September. Der Sommer war zu hell, zu warm, zu durchsichtig, hatte keine Schatten und dünne Luft und farblosen Himmel. Er las auf seinem iPhone Nachrichten; aber er registrierte doch den Motorradfahrer, der auf der Straße stand. Der Mann in Lederanzug und Integralhelm parkte gerade zwischen zwei Autos. Er warf einen besonders langen Blick auf den Mann, der ein wenig übergewichtig war. Solche engen Anzüge schmeichelten nicht unbedingt jedem Leib. Eine Gürteltasche war um seine Hüften geschnallt, und das Motorrad war eine schwarze BMW R soundso. Der Kampf um die Gratisparkplätze hier in Ruseløkka war heftig, die Menschen kamen aus der ganzen Umgebung, um in der Gustav Bloms gate zu parken. Ein leiser Knall war zu hören, als der Mann den Ständer herunterklappte. Andreas hatte plötzlich das Gefühl, er habe den Motorradfahrer schon einmal gesehen, aber wo?

Andreas schaute auf die Uhr und schaltete sein Telefon aus. Sechs vor zehn. Der Laden um die Ecke schloss in wenigen Minuten. Nun sah er sein Spiegelbild in dem blanken Bürofenster der Bank auf der anderen Straßenseite. Dafür sorgten die Straßenlaternen. Er musterte seinen schmalen Körper in der dünnen Daunenjacke. Die enge Jeans betonte seine Hüften. An den Füßen trug er neue Joggingschuhe. Er hatte beschlossen, seine blonden Haare wachsen zu lassen. Er sah gut aus und konnte so ungefähr alles anziehen. So war es immer schon gewesen. In seiner Jugend war er mager gewesen und hatte nie mit Fremden gesprochen. Es war schwer zu erklären, was passiert war, alles war nur eine Reihe von zusammenhanglosen Bildern. Er war nach allem zu einem anderen geworden. Er trug ein Geheimnis mit sich herum, hatte aber jetzt eine neue Chance bekommen, eine neue Arbeit, in einem Sportgeschäft in der Straße Grensen. Er war fertig mit dem ewigen Gerede seiner Mutter, er solle sich in der Schule anstrengen.

*

Der Motorradfahrer hatte den Ständer wieder hochgeklappt, hatte seine Maschine aus dem kurzen Straßenstück gerollt und stand jetzt mit den Füßen auf dem löchrigen Asphalt mit den Feldern aus Pflastersteinen. Der junge Mann war unterwegs in den Laden, wie jeden Tag um diese Zeit. Seine Finger umklammerten den Lenker. Am Vortag war er mit Kumpeln unterwegs gewesen. Adrenalin hatte einen ziemlich scharfen Geruch. Jedenfalls, wenn er sich mit dem von Leder mischte. Sie beobachteten Andreas Lindeberg und Glenn Haug jetzt seit zwei Wochen, es gehörte zum Plan, und der Bruder hatte gesagt, an diesem Abend müsse etwas passieren. Sie konnten mit diesen Beobachtungen nicht weitermachen. Der Bruder ging jetzt häufiger auf seine wütenden Gassitouren mit dem Hund.

*

Im Geschäft war das Licht weiß und scharf, wie in einem Operationssaal. Andreas nahm einen Einkaufskorb, obwohl er nicht viel brauchte. Die Reklamevideos gaben ein intensiv grünes, fast psychedelisches Gefühl. Andreas hasste Werbung, wie die Stimme des Reklamesprechers in TV3, der herumschrie, Weißwaren von Lefdal seien unerlässlich für alle, die keine Volltrottel waren. Er nahm eine Pepsi light aus dem Glasschrank, holte sich in der Obstabteilung einen Apfel und stellte sich an der Kasse an. Er hatte Hunger, aber beim Einkauf von Lebensmitteln war er hilflos. Er hatte Angst, zuzunehmen, denn das Aussehen war ihm sehr wichtig. Und er war pedantisch, seine kleine Wohnung war peinlich ordentlich. Es roch dort frischgestrichen.

Die Frau vor ihm in der Schlange hatte einen quengelnden kleinen Jungen bei sich, der sich an ihren Mantel anklammerte. Der Kleine hätte schon längst ins Bett gehört. Andreas konnte lärmende Kinder nicht leiden. Durch das Fenster sah er draußen einen dunklen Kastenwagen langsam vorfahren und dann anhalten. Der Motorradmann von vorhin glitt neben dieses Auto. Die Autotür würde geöffnet, und die Männer redeten miteinander.

Die Zeitungen standen im Gestell. *Dagens Næringsliv* titelte, dass Norwegens Ölreichtum gewaltig zur Neige gehe. *Aftenposten* teilte mit, »Munchmuseum vielleicht am Ende«, außerdem gab es einen Artikel über den IS und die Flüchtlingswelle, die über Europa hereinschwappte. *VG* hatte wichtigere Mitteilungen zu machen: »Deshalb wollte ich Silikon« und »Ihr Weg zum besseren Sex«.

Die Kassiererin schaute zu ihm hoch. Sie lächelte rasch. Er bat um Zigaretten und erhielt eine Karte für den Automaten.

Sein Vater war nachmittags bei ihm gewesen. Dem Vater gefiel es, dass die Wohnung ordentlich war, Eltern legten eben Wert auf diese Dinge. Es war eine heruntergekommene kleine Wohnung, aber doch schön, ganz weiß, viele Gläser auf einem

Regalbrett über dem Spülbecken. Dass er die Schule geschmissen hatte, war für seine Eltern ein ärgerlicher Prestigeverlust. Er konnte die Mutter und ihre Enttäuschung verstehen. *Sie war nun wirklich kein Snob.* Ihn überkam ein Übelkeit erregendes Gefühl von Scham. Seine Eltern waren misstrauisch geworden, als er seine zweite Stelle aufgegeben hatte, aber sie wussten nichts über den Grund. Er war achtzehn, volljährig. Warum hatte er noch immer solche Angst vor seinen Eltern? Er war kein Roboter, den man programmieren konnte.

Er holte sich die Zigaretten aus dem Automaten bei der Tür. Dann ging er hinaus. Blieb einen Moment im Viereck aus Licht vor dem Ladenfenster stehen. Der Kastenwagen war verschwunden.

Eine Straßenbahn fuhr vorüber, und er überquerte die Straße, verzehrte den Apfel mit einigen großen Bissen und warf das Kerngehäuse vor einer Galerie in einen Topf mit einer Plastikblume. Dann drehte er den Verschluss der Pepsi light auf und trank einige große Schlucke. Er war an diesem Tag bei der Arbeit müde gewesen und hatte Übelkeit verspürt. Denn am Vorabend war er mit Freunden losgezogen. Sie hatten aus Scheiß die Schwulenkneipe London Pub besucht, waren am Ende aber hinausgeworfen worden, durchschaut, als sie kichernd und lärmend zum fünften Mal Geld in die Jukebox geworfen hatten. Sie hörten Abbas *Gimme! Gimme! Gimme! A Man After Midnight.* Und sie waren nicht schwul.

Eine SMS traf ein. Er zog das Telefon aus der Tasche. Einer der Kumpels vom Vorabend, der wieder mit ihm losziehen wollte. Er sagte nein, er müsse am nächsten Morgen arbeiten.

4

Andreas näherte sich der Haustür mit dem verschnörkelten schmiedeeisernen Gitter vor den Glasfenstern. Er registrierte, dass der Motorradfahrer wieder hinter einem parkenden Auto stand. Vielleicht wartete er auf jemanden? Der Mann hatte das Visier noch immer heruntergelassen. Andreas zog den Schlüssel aus der Hosentasche, schloss die Tür auf und betrat den Eingang, als ob nichts passieren würde, aber das Gefühl von vorhin war wieder da, dass es etwas gab, woran er sich nicht erinnerte. Andreas rauchte natürlich im Haus nicht, aber er brauchte eine Zigarette, ehe er hinauf in seine kleine Wohnung ging. Die Haustür war schon fast zugefallen, als der Motorradfahrer sie mit beiden Händen aufschob. Später würde Andreas sich an diesen Augenblick erinnern, die Tür, die fast geschlossen war, ehe der Mann sie aufstieß wie ein Cowboy die Tür zu einem Saloon. Der Motorradfahrer füllte die Türöffnung einen Moment lang, dann war er im Haus. Die Tür schlug mit einem Knall zu, warf ein Echo im Eingang, im Hinterhof und weiter, wie ein Gummiball, der von den Fassaden abprallte. Die hohen Mietshäuser bildeten einen Schacht um den Hinterhof mit der löchrigen Asphaltdecke. Hinter einigen Fenstern brannte Licht.

Der Mann blieb vor Andreas stehen. Andreas lächelte automatisch, aber die Atmosphäre stimmte nicht. Er stellte die Flasche auf den Boden, lehnte sich mit dem Rücken an die graublaue Täfelung und schob sich rasch die Zigarette zwischen die Lippen. Es war fünf nach zehn.

Der Mann öffnete sein Visier einen Spaltbreit. Er wollte keine Zigarette rauchen.

»Können Sie mir im Keller kurz helfen? Wir hatten einen Einbruch.« Seine Stimme war kalt und gedämpft.

»Reden Sie mit mir?«, fragte Andreas.

»Ich brauche Hilfe.« Die Stimme des Mannes klang brüchig,

als wäre er gerade erst in den Stimmbruch gekommen. Damit verriet er, dass er nervös war. Die Wellblechplatte, die hinter dem Fahrradständer angebracht war, klapperte. Die Sonne hatte sie während des Tages angewärmt und ausgedehnt. Aber jetzt war nur noch das Licht der Lampe an der Wand wichtig, und das war kühler. Offenbar stand ein Fenster offen, denn auf dem Hinterhof war das hysterische Lachen eines jungen Mädchens zu hören.

»Ich bin gerade erst eingezogen. Wohne oben in einer Einzimmerwohnung. Ich habe keinen Kellerraum.« Andreas war nur einmal unten im Keller gewesen, um sich umzusehen. Deshalb wusste er, dass man von dort aus ins Nachbarhaus gelangen konnte. Im Kellergang standen blanke Dosen voller Rattengift. Die Tür zum Keller befand sich auf dem Hinterhof. Er trat seine Kippe aus und drehte sich um, um das Haus zu betreten. *Er wohnte schließlich dort.* Dann wurde er von einem Fausthieb im Rücken getroffen.

*

Sein Wangenknochen knallt gegen die Mauer, und die Knie geben unter ihm nach. Er sinkt in sich zusammen und stützt sich ab, so gut das geht. Sein Herzrhythmus ändert sich. Die Zigarettenpackung fällt hin, und die Flasche kippt um. Der Motorradfahrer packt ihn am Oberarm und zieht ihn hoch. Dann öffnet er mit der anderen Hand die Gürteltasche und zieht ein kleines Messer hervor. Andreas sieht es einen Moment lang, es hat eine krumme, scharfe Klinge. Ein Arm presst sich auf seinen Hals, er wird brutal rückwärts gerissen. Der hölzerne Messergriff ist kalt an der dünnen Haut seines Halses. In seiner Brust hat sich vor Angst alles verkrampft. Er nimmt den Geruch der Lederweste wahr, den von Leder und Öl. Der Mann zischt, er solle die Fresse halten, und verbiegt ihm den Ellbogen auf dem Rücken. Andreas steht vor Schmerzen auf Zehenspitzen. Der Mann lässt die Messerspitze zu seinem Nacken wandern und schiebt ihn in den Hinterhof, vorbei an Blumenkästen und Hofbaum.

Andreas schaut zu dem offenen Fenster hoch, aber kein Mädchen ist zu sehen. Er hört das Echo seines Rufes zwischen den Mauern des Hinterhofes. Aber sein Ruf ist schwach, ohne Kraft. »Fresse halten!«, sagt der Mann mit Fistelstimme. Andreas wird auf die Kellertür zugestoßen und kann nicht denken. An der Mauer gibt es Graffiti, orange, lila und schwarze Schrift. Der Mann zieht die Tür auf und schiebt Andreas die steile Treppe hinunter. Andreas wäre fast gestolpert. *Ein Maniac. Ein Masshole.* Panik schießt durch seinen Leib wie Stromstöße. Unten riecht es nach Erde, Schimmel und Kalkstaub. Die Neonröhren unter der abgeblätterten Decke springen mit einem Klicken an, eine nach der anderen, als sie durch den verdreckten Kellergang weitergehen. Ausgetretenes Salz hat weiße Steifen über die Mauern gezogen. Eine Rattenfalle steht hier neben der anderen. In Oslos Kloakensystem gibt es Hunderttausende von Ratten. Andreas schafft es, das Telefon aus seiner Tasche zu ziehen. Er presst es an seinen Leib, versucht, irgendeine Nummer einzugeben, egal welche, die erste auf seiner Liste. Oder 112. An einigen Stellen ist die Decke so niedrig, dass er sich ducken muss. Runde Ventilationsrohre ziehen sich an der Wand entlang. Überall gibt es Drahtverschläge, voller Pappkartons, Stehlampen, Fahrräder und Skier.

Ihm bricht der kalte Schweiß aus, seine Hände sind feucht, das Telefon entgleitet ihm und fällt zu Boden. Der Motorradfahrer rammt ihm das Knie ins Kreuz, stößt ihn vor sich her und befördert das Telefon mit einem Tritt unter der Drahttür hindurch in einen Verschlag. Es gibt keine überflüssigen Apps auf diesem Telefon, kein Twitter, kein Shopping, kein GPS. Andreas musste alle Apps löschen. Sie kommen zu einer grau angestrichenen Eisentür mit einem Hebel als Türgriff. Der Mann presst den Hebel nach unten, und die Tür öffnet sich langsam, die Angeln kreischen. Dann stößt er Andreas in die Finsternis. Ein kurzer Hauch von fauliger Kellerluft strömt heraus, ehe sich die Tür mit einem dumpfen Dröhnen schließt.

*

Andreas suchte fieberhaft nach einem Lichtschalter. Er scheuerte sich die Fingerknöchel an der rauen Wand auf. In seinem Kopf war ein Summen wie von einem Kraftwerk. Er wäre fast über irgendetwas gestolpert, konnte sich aber auf den Beinen halten. Dann fand er den Schalter und legte ihn um. Es war ein Luftschutzraum. Er war leer, abgesehen von zwei leeren Kästen gleich neben der Tür. Der Raum war ungefähr fünfzehn Quadratmeter groß. Das Haus war 1887 errichtet worden, wie er wusste; der Luftschutzraum aber wirkte frisch renoviert. Er hörte sein Telefon draußen im Kellergang klingeln, ein fernes Geräusch, das durch die Eisentür drang. Sein Blick hing für einen Moment an den Digitalziffern seiner Uhr. Es war 22:30:09.

Für einen Moment wusste er es wieder; in der Nacht war ein Auto gekommen, durch die Rosenkrantz gate, als er vom London Pub nach Hause gegangen war. Die Scheinwerfer hatten ihn geblendet, und im Auto hatten zwei Männer mit Vollhelmen gesessen. Er hatte sich mehrmals umgesehen, hatte so ein Frauengefühl gehabt, dass jemand hinter ihm war und es auf ihn abgesehen hatte, das Gedächtnis war mit dem Hippocampus verbunden, einem Organ im Schläfenlappen; das war das Letzte, was er im Biologieunterricht gelernt hatte, ehe er von der Schule abgegangen war.

Die Erinnerung lag in seinem Bewusstsein wie etwas Schwarzes. Derselbe Kastenwagen hatte vorhin vor dem Laden gestanden. Andreas versuchte zu schreien. Alles in ihm war ein Schrei, aber das war nicht zu hören. Die Naturwissenschaften hatten ihm gefallen. Als kleiner Junge hatte er Astronaut werden wollen. Weit weg von der Erde schweben, Landschaften und Meere als weißblaue Streifen sehen. Im Vakuum sein, weit weg. Jetzt war er *hier*.

Es rauschte in einem Rohr, das von der Decke durch den Boden nach unten führte. Das war das einzige Geräusch, das er hörte. Über der Tür hingen einige sandfarbene tote Spinnen in einem Spinngewebe. Solche Türen hatten kein Schloss. Das war wohl der Sinn der Sache. Ob der Mann draußen stand? Andreas legte die Hand auf den schweren Eisenhebel und drückte ihn langsam nach unten.

5

Marian legte Holz in den Ofen und zündete es an. Das Gespräch mit Cato hatte sie verwirrt. Das Feuer in dem runden Ofen hinter der Stahlleiter, die zum Schlafzimmer oben im Turm hinaufführte, breitete sich schnell aus. Der Ofen war hoch und hatte oben Zacken, als wäre er hier der König. Nach dem Brandunfall waren Marians Empfindsamkeit und ihr Geruchssinn aufs Äußerste geschärft. Sie konnte offenes Feuer nicht ertragen. Sie zündete nicht einmal mehr eine Kerze an. So gesehen hätte sie in einem Haus aus Stein wohnen müssen und nicht in einem von Oslos ältesten Holzhäusern, aber sie hatte die Wohnung im Drachenhaus gekauft, um sich von ihrer Vergangenheit zu trennen. Sie hatte einen neuen Anfang gemacht, hier.

Von der 2001 verschwundenen Sechsjährigen hatten natürlich alle gehört. Marian sah die Kleine vor sich, weißblonde Haare, blaue Augen. Dieses Bild war in all den Jahren seit ihrem Verschwinden immer wieder durch die Medien verbreitet worden. Marian hatte fast das Gefühl, dieses Kind zu kennen. Wenn ihre Erinnerung sie nicht trog, hatte die Kleine mit einem Mädchen in ihrem eigenen Alter gespielt, in dem großen Garten.

Die Hitze der Flamme stach ihr in die Hand. Für einen Moment war der gesamte Unfall wieder da, das summende Geräusch des Ofens, die Hitze, die wie eine dichte, erstickende Decke über ihrem Gesicht lag. Grauschwarzer Rauch, der sich über sie hinwegwälzte. Ihr Gehör, das versagte, ihre Lunge, die von dem sengenden Rauch gefüllt wurde, ehe alles in einem weißen Licht verschwand.

Sie klappte die Ofentür zu und schaute zur Decke hoch, das Schlafzimmer lag weit oben, fast wie in einem Kirchturm. Eine steile stählerne Leiter führte nach oben.

Die Wohnung hatte kaum Trennwände, sie bestand aus einem großen Raum mit einer eleganten Küchenecke aus Eiche, einem frischrenovierten Badezimmer und der Diele. Der große abgebeizte Küchentisch war im Preis inbegriffen gewesen, aber das Sofa war neu, beige und weich. An den Wänden hingen zwei helle Plakate.

Marian nahm einen Eierkarton aus dem Kühlschrank. Der Kühlschrank war nicht gerade gut gefüllt. Sie müsste sich weniger eintönig ernähren. Und Eier sollten wohl gar nicht im Kühlschrank aufbewahrt werden.

Sie schaute aus dem Fenster hinter der Anrichte hinunter in den dunklen Garten. Die Bodenbretter waren kalt unter ihren Füßen. Aus der Nachbarwohnung waren Musik und Stimmen zu hören. Der Künstler hatte wieder Besuch. Er war gesellig, stand manchmal auf seinem Balkon und pfiff. Sie wollte ihn nicht kennen lernen und auch nicht die alte Dame im Erdgeschoss.

Sie machte sich ein Omelett. Cato begriff nicht, wie wenig sie zu sich nahm. Sie hatte sich viel ausgeruht und gelesen. Alles lief gut, so lange sie nicht mit Menschen zu tun hatte. Denn, wie Janet Frame geschrieben hatte: »An allen Türen, die aus der Welt und in die Welt führen, haben sie Warnungen angebracht und Listen mit Sicherheitsmaßnahmen, die im äußersten Notfall zu ergreifen sind.« So kam es ihr vor, und das tat weh. Cato hatte gefragt, ob sie noch immer trank. Er war so direkt. Sie hatte nein gesagt, aber natürlich trank sie. Und sie nahm Vicodin, gegen die körperlichen Schmerzen, doch es war gefährlich, sich der Schmerzlosigkeit hinzugeben. Sie kannte die Namen der meisten schmerzstillenden Medikamente. Der Alkohol war weiterhin ein zu guter Freund. Jetzt hatte sich diese Freundschaft noch vertieft, als Entschuldigung für alles, was passiert war, durch das sie hindurchmusste. Es hätte besser in einen schlechten Kriminalfilm gepasst, eine alkoholisierte, erfolglose Ermittlerin eben. In der Kriminalliteratur hatten Ermittler oder Ermittlerinnen nie oder fast nie Familie und jedenfalls keine Kinder. Kinder waren armselige, gebrechliche Wesen, die viel zu viel Schutz brauchten. Aber vielleicht war es dumm gewesen, dieses Cold-Case-Angebot abzulehnen? Was, wenn sie ihre Zulassung als Ermittlerin verlor?

*

Draußen im Kellergang stand ein Mann. Das konnte ein gutes oder ein schlechtes Zeichen sein. Er war klein und schmächtig. Er trug auch so einen Lederdress, aber keinen Helm. Er war um die fünfzig, dunkel, mit schütteren Haaren, er hatte hohe Geheimratsecken und ein spitzes Gesicht mit engsitzenden Augen und dunklen Wimpern.

»Was wollt ihr von mir?« Andreas erkannte seine eigene Stimme nicht. »Wo ist der andere?«

Der Mann gab keine Antwort, sondern hob nur die Hand und zielte mit einer Pistole auf ihn. War die echt? Sie sah echt aus. Der Mann erinnerte ihn an Hannibal Lecter aus *Das Schweigen der Lämmer*. Seine Kiefermuskeln spannten sich an. Die Haut um seine Nase wirkte starr. Wütend, dachte Andreas.

Der Mann trat einen Schritt vor und hielt plötzlich eine Spraydose in der anderen Hand. Er verzog den Mund zu einer Art Grimasse, und Andreas sah eine Reihe kleiner Zähne. Er drückte auf die Spraydose. Andreas schlug sich automatisch die Hände vor den Mund. Das Mittel roch chemisch. Ein trockenes Schluchzen kam aus seinem Mund, dann wurde ihm schlecht und schwindlig. Er wusste sofort, was es war. Er hatte das Gefühl zu fallen; es war Gas, wie es in Spanien benutzt wurde, es wurde in Ferienhäuser und Wohnmobile am Straßenrand gesprüht. Ein schriller Pfeifton füllte sein Gehirn, und für einen

Moment wurde ihm schwarz vor Augen. Aber er konnte sich aufrecht halten.

Der Motorradfahrer schob die Dose wieder in die Tasche seines Lederanzugs. Seine Waffe legte er auf den Boden. Dann zog er aus der anderen Tasche eine Rolle Klebeband. Andreas war willenlos. Er schwankte. Der Mann zog ihm die Hände auf den Rücken und fesselte sie mit Klebeband. Danach wickelte er ihm Klebeband um den Mund und um die untere Hälfte des Gesichts, es riss an den Haarwurzeln. Er hob die Pistole auf. »Los!«, sagte er und zeigte ins Innere des Kellergangs.

Dort stand eine Tür offen. Frische Luft fegte durch den Keller. Eine steile Treppe führte in den Hinterhof auf der anderen Seite des Zaunes. Andreas stolperte und knallte gegen eine Treppenstufe. Sein Hals traf die Kante, sein Adamsapfel. Für einen Moment sah er nichts mehr, und er spürte das Blut, das durch seinen Rachen lief.

*

Das Badezimmer war frisch renoviert, die Mosaikfliesen waren braun und beige. Durch das kleine Fenster schaute sie auf den dicken Dachbalken mit dem Schnitzwerk, das an Spitzen erinnerte. Das Licht aus dem Haus betonte die Maserungen im Holz.

Marian putzte sich die Zähne, spülte mit einem Schluck Gin aus der Flasche im Badezimmerschrank zwei schmerzstillende Tabletten hinunter, dann zog sie sich aus. Die Arme zu heben und sich den Pullover über den Kopf zu streifen, das tat noch immer weh. Die Brandwunde spannte und schmerzte. Offenbar würde das von Dauer sein. Marian wurde langsam zu einem bedauernswerten Wesen, das in die Frührente glitt. Sie warf mit wütenden Handbewegungen zwei Kleidungsstücke in die Waschmaschine, schaltete die Maschine aber nicht ein. Wenn die Rettung darin lag, an irgendeinem verdammten ungeklärten Fall herumzupusseln, dann sollte sie das vielleicht tun. Wenn Kopfschmerzen und die anderen Plagen zu stark würden, müsste sie eben Tabletten einwerfen.

Marian klopfte sich auf den Oberschenkel und trug Birka die Leiter ins Turmzimmer hoch. Dort gab es einen niedrigen, länglichen Schrank, sozusagen eingebaut in den Zwischenraum zwischen dem Boden und dem Schrägdach, wo der Turm begann. Marian bewahrte in diesem Schrank Kleider und einige Kartons mit gemustertem Deckel auf. Und den alten Kopierer, den sie von einer Sekretärin beim Gewaltabschnitt bekommen hatte. Der Schrank war ursprünglich wohl eine Luke gewesen, die auf den Dachboden führte, aber jetzt war die Platte dahinter festgenagelt. Marian war die Vorstellung eigentlich unangenehm, dass es einen Zugang zu ihrem Schlafzimmer gab. Von außen.

Ihr Bett war anderthalb Meter breit. Sie half dem Boxer hinauf; viele fanden Tiere im Bett unappetitlich. Es kam natürlich vor, dass Birka etwas mitschleppte, Kieselsteine, Dreck und Sand oder Insekten, aber Marian nahm das nicht so genau. Birka wirkte beruhigend auf sie. Nachts wimmerte die Hündin oft, als habe sie Schmerzen. Sie träumte, und Marian musste das Tier mit einem Tritt wecken. Sie ertappte sich dabei, dass sie in Gedanken immer häufiger »es« und »das Tier« sagte. *Time to say goodbye*. Vorhin war dieses Stück auf P 4 gespielt worden, und Marian war das so unangenehm gewesen, dass ihr im Nacken der Schweiß ausgebrochen war.

6

Der erste Mann wartete hinter einem Abfallcontainer. Über seinem Kopf war das trübe Licht einer Hoflampe zu sehen. Der Kastenwagen stand mit geöffneten Hecktüren da, der Wagen, der vorhin vor dem Supermarkt gewartet hatte. Am Himmel funkelten Sterne. Und der Mond schien. Andreas drehte sich rasch um und schaute über den Zaun zu seinem eigenen Hof hinüber. Das Fenster, das eben noch offen gestanden hatte, war jetzt geschlossen. Die Männer stießen ihn an, und er kippte ins Auto. Er war hilflos, knallte mit der Nase auf den Boden. Schmerz jagte durch seine Stirn und in den Schädel. Sie packten seine Beine, bogen sie und schoben ihn vollständig ins Auto. Dann knallten sie die Türen zu. In Sekundenschnelle war alles vorbei. Er würde sterben.

*

Vielleicht lag ihr Dienstausweis in einem der Kartons auf dem Dachboden? Marian stand wieder auf, ging nach unten und zog sich an. Sie musste hinaus ins Treppenhaus gehen, dann eine Treppe zu der Tür mit dem Hängeschloss hochsteigen, um auf den Dachboden zu gelangen.

Sie brauchte einige Zeit, um das Hängeschloss zu öffnen, und die Angeln kreischten, als sie die Tür aufzog. Es roch nach Schimmel und Fäule, der Dunst schlug ihr entgegen, als sie den Dachboden betreten hatte. Sie schaltete die einsame Glühbirne ein, die ein trübes Licht über das graue Holz warf, ließ die Tür hinter sich offen stehen und kroch weiter. Sie musste kriechen, so niedrig war das Dach an den Seiten. Nur mitten auf dem verstaubten Dachboden konnte sie aufrecht stehen, aber die Kartons standen ganz am Rand, dort, wo sich Dach und Boden begegneten.

Am Giebelrand klafften große Risse in der Dachkonstruktion, und von dort kam ein kalter Luftzug. Der grobe Boden rieb ihre Handflächen auf und war so schmutzig, dass man hier eigentlich gar nichts lagern konnte. Ganz hinten gab es ein altes Nest, das Schwalben aus Lehm und Stroh gebaut hatten. Das Nest war jetzt leer.

Der Künstler hatte auf seiner Seite einige Kisten voll Mörtel und Kitt stehen. Sie hatte ihn gegoogelt. Er machte Skulpturen. Einige ziemlich große und viele kleine. Die meisten von Menschen. Marian hatte hier oben drei Pappkartons mit alten

Kleidern und einen mit Papieren. Sie schob eine Rolle Isoliermaterial zur Seite und konnte den Deckel von dem Karton mit den Papieren nehmen, dann setzte sie sich und suchte, fand aber ihren Ausweis nicht. Er hatte eine Schnur und wäre deshalb leicht zu sehen. Er war nicht hier. Aber er war zudem ungültig und musste erneuert werden.

Sie legte den Deckel wieder auf den Karton und kroch zurück. Mitten auf dem Boden lagen einige Häufchen von abgenagten Spänen. Überall lagen durchsichtige Flügel toter Ameisen. Sie wurden in Kreisen hin und her geweht, wenn der Wind durch die Spalten drang.

*

Wenn er den Kopf hob, sah er lange Lichtstreifen von Autos und Schaufenstern vorübergleiten. Plötzlich fegte ein Lichtstrahl von Scheinwerfern durch die Rückfenster. Andreas konnte jetzt ahnen, was hinter dem Wagen war, ein verzerrtes, vergrößertes Bild: der Vollhelm des dicklichen Mannes, der sich mit seinem Motorrad dicht an das Auto hielt.

Im Auto roch es nach etwas, wie nach fauligem Fleisch. Ihm wurde noch schlechter, aber wenn er sich erbrach, würde er daran ersticken. Das Blut lief noch immer durch seinen Rachen. Ehe er in den Laden gegangen war, hatte er auf Facebook ein selbstgemaltes Fischbild im Comicstil von sich selbst ausgelegt, mit offenem Mund, und er hatte ein großes Micky-Maus-Bild geliked, das von zwei Straßentaggern stammte. Andreas versuchte zu begreifen, durch welche Straße sie fuhren. Es war ein Lieferwagen mit nur zwei Sitzen und einer Drahtabsperrung zwischen Sitzen und Ladefläche. Bei jeder Kurve schmerzte sein Kopf. Seine Eltern – was würden sie denken? Wann würden sie ihn vermisst melden? Er musste am nächsten Morgen um acht im Sportgeschäft sein. Dort würden sie ihn an den ersten Tagen nicht vermissen, sie würden ihn einfach für einen unzuverlässigen Penner halten, der die Arbeit nicht ernst nahm.

Der Wagen hielt an. Eine Straßenbahn schepperte vorüber.

Der Mann drehte sich um. »Jetzt lege ich ein bisschen Musik für uns ein.« Die Stimme hatte einen unnatürlichen metallischen Klang, wie bei einer Puppe. Er machte sich an einer CD zu schaffen, schob sie in den Player. Dramatische Musik war zu hören. »Vivaldi. Von diesem Komponisten hast du wohl noch nie gehört«, sagte er herablassend.

Die Musik war unendlich widerlich. Mit Hilfe der Zunge konnte Andreas das Klebeband teilweise von seinem Mund schieben, jetzt hing es an seiner Unterlippe. Ein heftiges Schluchzen kam aus seinem Mund, wie bei einem Säugling, der sich ausgeweint hat.

»Weißt du, was ich an dieser Musik wirklich liebe?« Der Mann erwartete natürlich keine Antwort. »Dass sie in der Zeit zurückreicht, aber nicht in alte Tage. Sie begleitet nur alles, was es in der Gegenwart gegeben hat.«

*

Sie hatte sich nach dem Besuch auf dem Dachboden die Hände geschrubbt. Ihre Hose hatte sie in den Korb für die schmutzige Wäsche gelegt, und jetzt saß sie im Nachthemd im Bett und schaute zum Turmdach mit den kleinen Fenstern hoch. Die Dachkonstruktion war wirklich raffiniert. Das Holz konnte achthundert Jahre halten, es war ein ökologisches und nachwachsendes Material. Hygroskopisch, wie bei den Stabkirchen. Von hier aus konnte sie in alle Himmelsrichtungen blicken, als sei ihr Bett ein Boot auf dem Ozean. Wenn das Mondlicht hereinfiel, so wie jetzt, zeichneten die Fenstersprossen ein Gittermuster über die Bettdecke und weiter auf den Boden. Die Sterne waren darüber verstreut, wie Fingerabdrücke. Sie dachte an das seltsame Phänomen, dass die Sterne am Himmel eigentlich tot waren. Dass sie schon vor langer Zeit erloschen waren. Und sie bekam ein Gefühl von Déjà-vu, fragmentarisch und kalt. Ein Kind war mitten in der Stadt aus einem Schrebergarten verschwunden, vor fünfzehn Jahren. Was, wenn dieses Kind noch am Leben war? Auf dem Nachttisch lag ein Stapel Bücher. Marian schaute auf die Uhr. Es war kurz nach halb zwölf. Sie schickte Cato eine SMS. *Ich bin bereit für den Job.*

*

Sie hatten den Verkehrsknotenpunkt beim Bahnhof Oslo S erreicht. Der Fahrer bremste und bog nach rechts ab, wo die Fahrbahn bei der Oper nach unten ging. Andreas sah die Barcode-Häuser. Als sie in den Tunnel fuhren, bückte er sich und biss sich in den Ärmel. Um nicht zu schreien. Sein Puls ging schneller. Die Geräusche draußen änderten sich, wurden von den Felswänden verstärkt. Er spürte den Druck um die Stirn. Der Fahrer gab Gas, in Richtung Gardermoen. Die Straßenbeleuchtung blinkte systematisch, hoch oben.

7

Cato Isaksen rief sie sofort an, obwohl es schon auf Mitternacht zuging. Er freute sich über ihre Antwort, und das fand sie rührend. Marian saß im Bett, an zwei Kopfkissen gelehnt, und ließ ihn reden. Sie fand es schön, seine Stimme wiederzuhören, hätte fast gesagt, dass er ihr gefehlt habe. Sie richtete ihren Blick fest auf einen Ziergegenstand auf der alten braunen Kommode.

»Ich freue mich darüber, dass du das Angebot angenommen hast, Marian. Die Kripo hat eine Cold-Case-Gruppe mit kleinen Einheiten gebildet. Sie setzen immer zwei Ermittler an ungelöste alte Fälle. Zweiunddreißig ungeklärte Morde standen anfangs in der Warteschlange, aber du weißt ja sicher, dass der Kristina-Fall von Anfang des Jahrtausends geklärt ist und dass der Tina-Fall aus Stavanger sich jetzt in neuem Licht zeigt. Die Schlagzeilen ziehen die Hinweise aus der Öffentlichkeit ja geradezu an. Also hat die Kripo jetzt noch dreißig Fälle auf dem

Zettel. Und der Fall Thona gehört nun also dir. Und Karsten Tønnesen.«

»Karsten Tønnesen?«, fragte Marian. Sie wusste, dass der joviale Psychiater seit einigen Jahren im Ruhestand war. Was sie wohl für ein Team abgeben würden?

»Ich glaube, aus euch kann das perfekte kleine Team werden, ihr werdet euch gegenseitig ergänzen«, sagte Cato und erzählte etwas mehr über den Fall.

Plötzlich standen ihr Tränen in den Augen. Sie tat Cato leid. Sie hörte das in seiner Stimme. Er hatte in Ullevål an ihrem Krankenbett gesessen, als sie auf der Intensivstation im künstlichen Koma gelegen hatte. Er war alle zwei Tage gekommen, wie sie später erfahren hatte. Als sie aufgewacht war, hatte sie ihn gebeten, nicht mehr zu kommen, sie konnte es nicht ertragen, jemanden zu sehen. Aber er hatte sich um Birka gekümmert.

Marian schwang die Füße auf den Boden, presste sich das Telefon zwischen Ohr und Schulter und ging zur Kommode hinüber. Sie zog die oberste Schublade auf. Vielleicht lag ihr Dienstausweis dort? »Du hast die Sache natürlich im Laufe der Jahre verfolgt. Der Fall Thona wurde doch überall besprochen. Du erinnerst dich vielleicht an die Taubenfrau, wie sie genannt wurde, die Vorsitzende des Kleingartenvereins. Ihr Sohn, Glenn Haug, stand ja lange unter Verdacht, aber man konnte ihm damals nichts nachweisen.«

In der Schublade roch es muffig und nach Lavendel, es lag arg viel Kram darin herum. Es sprach für Tønnesen, dass er alt war, denn ältere Menschen waren oft langsam. Sie durchwühlte die Papiere in der Schublade. »Das wird spannend, Cato«, sagte sie und hob ein Album hoch. »Ich hoffe nur, ich schaffe das. Du weißt …«

»Das schaffst du. Du warst doch die Beste …«

Sie spürte, wie ihr Herz loshämmerte.

»Eine der Besten«, korrigierte er sich, und sie hörte, dass er lächelte.

Marian war gut, aber nicht, wenn es um Zusammenarbeit ging. Unmittelbar vor dem Unglück hatte sie einen Big-Five-Test gemacht. Es ging dabei um Extrovertiertheit und Introvertiertheit, um Neurotizismus und Ausdauer. Das Ergebnis war kein Grund zum Jubeln. Sie erzielte eine hohe Punktzahl bei Aufklärung, aber auch bei Manipulation und eine niedrige bei Zusammenarbeit.

Unter zwei Fotos fand sie die Schnur des Dienstausweises und zog ihn hervor.

*

Zur selben Zeit fuhr das Auto mit Andreas Lindeberg in der Dunkelheit durch eine Talsenke. Am Straßenrand zogen sich schwarze Felder und Tannenwälder dahin. Und es gab auch einige Höfe, aber am Ende war kein Haus mehr zu sehen, nur noch Dunkelheit, ehe der Wagen nach rechts abbog und dann einem Kiesweg folgte. Kleine Steine knirschten unter den Reifen. Alles war dunkel und endlos schwarz. Andreas stützte sich zitternd auf einen Ellbogen und sah schwarzen Wald und eine Scheune ohne Dach. Nackte Balken ragten zum Himmel hoch. Ein kleines Stück weiter bremste das Auto. Im Licht der Scheinwerfer tauchte ein Briefkasten auf. Und nun drehte der Mann die Musik aus. Andreas sah ein zweistöckiges Steinhaus mit flachem Dach. Das Haus kam ihm vor wie eine Fabrik und war ziemlich heruntergekommen. Eine zerfallene Treppe führte zur Eingangstür hoch. Rechts angebaut war eine Garage mit einem Rolltor aus Wellblech. Die Lampe an der Wand war zerbrochen, was die Garagentür in dem grellen Licht leuchten ließ. Das Haus sah unbewohnt aus, die Vorhänge waren geschlossen, aber neben der Tür sickerte ein schwacher Lichtschein am Fensterrahmen durch. Jetzt fuhr die Garagentür mit einem metallischen Geräusch hoch, und grobes Gebell hallte zwischen den Garagenwänden wider. Ein Hund. Ein großer Hund.

Der Mann fuhr in die Garage und stieg aus. Die Autotür wurde zugeschlagen. Hier drinnen brannte ein schmutzigweißes Licht. Das Motorrad wurde neben einem anderen Motorrad abgestellt, das genauso aussah. Andreas hatte keine Ahnung von motorisierten Fahrzeugen. Der Mann stieg vom Motorrad. Dann wurde die Hecktür des Wagens geöffnet, und Andreas spürte den Luftzug an seinem Leib. Nun war der Hund da, ein Schäferhund. Er legte die Vorderpfoten in den Wagen. Sein Kopf war groß, die Zähne waren gelb und scharf. Er legte den Kopf in den Nacken und bellte. Sein stinkender Atem spritzte Andreas ins Gesicht. Der Lärm des Gebells traf ihn wie ein Schlag und hätte fast sein Trommelfell zum Bersten gebracht. Der helmlose Mann riss den Hund weg, packte ihn am Halsband. Das Garagentor wurde mit einem leisen Pfeifton nach unten gerollt. Andreas wurde von dem anderen Mann aus dem Auto gezerrt. Dieser Mann hatte das Visier seines Helms noch immer heruntergeklappt. Die Mauern in der Garage waren nicht verputzt, der Boden warf hier und dort Risse und war von Ölflecken und Schmutz überzogen. Der Hund wurde an einer Kette befestigt, die gerade so lang war, dass er Andreas nicht erreichen konnte. In der einen Ecke stand eine Drehbank, und an der Wand darüber waren reihenweise Messer aufgehängt. Das hier war also offenbar eine Art Werkstatt. Neben der Drehbank standen ein Druckluftapparat und ein alter Holzkasten mit vielen riesigen Schraubenschlüsseln und allerhand altmodischem Werkzeug.

Links, auf der Seite des Hauses, befand sich ein Glaskasten. Der Glaskasten hatte eine geschlossene Glasklappe, wie es sie früher in Postämtern gegeben hatte, offenbar hatte es hier einmal Kundschaft gegeben. In dem Kasten saß ein alter Mensch und schaute ihn an. Nebenan führte eine Tür ins Haus. Es stank hier, verschüttetes Öl, Auspuffgase und Benzin, die Gerüche gingen ineinander über. Die Wirklichkeit ließ sich nicht zurückspulen. Alles hier war im alten Stil gehalten. Als ob er in einen Retrofilm hineingezogen worden wäre.

*

Marian merkte, dass sie Angst hatte, es nicht zu schaffen. Die kleine Thona Ormberg Johansen, großer Gott, das sollte jetzt *ihr* Fall sein. Es war etwas ganz Besonderes, sich mit dem Tod zu befassen. Aber der Fall Thona war ja kein Mordfall. Sie hatten schließlich keine Leiche.

Als Marian damals eingeschult worden war, hatte sie nicht begriffen, dass es für sie nichts Gefährlicheres geben könnte als den Versuch, gemocht zu werden. Die anderen Kinder nannten sie Chinaböller – wegen ihrer schrägstehenden Augen. Schon damals hatte sie beschlossen, zur Polizei zu gehen. Sie wurde die ganze Zeit gezwungen, sich mit den Schattenseiten des Lebens zu beschäftigen. Nachts, wenn sie nicht in der Schule war, wurde sie immer wieder davon geweckt, dass ihre Eltern sich in der kleinen Blockwohnung stritten. Die Gewissheit, dass das Leben gefährlich war, hatte sich ihr eingeätzt. Sie sah alles, durchschaute alle Arten von Spiel. Auch ihr eigenes.

Sie hatten im Laufe der Zeit allerlei Fälle aufgeklärt, sie und Cato. Eigentlich war sie besser als er. Nicht technisch, sondern taktisch. Sie erfasste alles, was mit Atmosphäre und Situation zu tun hatte. Cato hatte ihr einmal vorgeworfen, durch strategische Tricks ihre eigene Position zu verstärken. Darin hatte er verdammt recht, er begriff nur nicht, dass sie es tat, um zu überleben. Sie musste die Beste sein, und das war anstrengend. Viele fühlten sich verraten. Aber vielleicht war das so, wenn man Erfolg hatte. *Be successful, it drives people crazy,* war ihr Abiturmotto gewesen.

8

Der Stuhl war bereit, der Thron, wie er ihn nannte. Bei den Verzierungen hatte er die Kerbschnitz-Technik benutzt; an Armlehnen und Rücklehne hatte er geometrische Muster in die

Oberfläche geschnitzt, hatte das Wayne-Barton-Messer mit der überscharfen gekrümmten Klinge genommen.

Das kleine Zimmer im ersten Stock war dunkel, sogar wenn die Deckenlampe brannte, die braune Rosentapete verschlang Licht. Das Fenster war mit Packpapier abgedeckt. Der Beutel auf seinem Bauch dürfte nicht stinken, das tat er jetzt aber, wie er merkte. Kein Wunder, er hätte ihn längst auswechseln müssen. Die Stomabeutel hatten sich im Laufe der Jahre verändert, die ersten damals hatten die Wundfläche entzündet, aber alles war einfacher geworden, sauberer und besser.

Er leerte die Bierdose, presste sie zwischen seinen schmalen Händen zusammen und hielt den Blick auf den Stuhl gerichtet. Alles hatte eine Reihenfolge: der Vater, der Teufel, Gott und alle, die Qual verdienten. Der Stuhl sah aus wie ein altmodischer Bauernsessel, so ein Sessel aus der guten Stube. Der Sitz war mit blassgrünem Leder überzogen. Genau wie das Rückenpolster. Der Metallgegenstand, den er mitten auf dem Sitz angebracht hatte, machte den Stuhl zu einem Foltergerät. Er hatte den scharfen Gegenstand von unten her durch den Sitz gebohrt, so dass man einen Menschen darauf pressen konnte. Es musste dasselbe Gefühl erzeugen, wie mit einem großen Werkzeug vergewaltigt zu werden. Als Kind hatte er mit seinem Vater draußen in der Werkstatt, unten in der Schmiergrube, grauenhafte Spiele spielen müssen. Es war so schmerzhaft und grotesk gewesen, dass er mit fünfzehn Jahren operiert werden musste, ganz kurz vor der Konfirmation. Sein Vater hatte die Operation als persönliche Beleidigung betrachtet. Dem Krankenhaus hatte er erzählt, sein Sohn habe sich beim Spielen im Wald verletzt, an irgendwelchen Ästen. Als er dann wieder nach Hause kam, wurde seine Anwesenheit unerträglich, schien seinen Vater krank zu machen und zum Verstummen zu bringen. Obwohl sein Vater ihm die Schuld für alles gab, was passiert war, sagte er auch, es sei Teufelswerk, da er nicht auf seine Mutter gehört und die Bibel gelesen habe. Der Vater zog sich mehr und mehr in sich selbst zurück. Er war gefangen, der starke Mann war einsam. Und deswegen hatte er seinen Vater vor allem gehasst.

Sie waren noch immer vorhanden, die großen Werkzeugteile, draußen in der Werkstatt. Über der Drehbank hing das Werkzeug in Reih und Glied, Eismesser, Löffelmesser, *gebogene* Messer. Am Ende der Bank war eine Zwinge befestigt. Im vergangenen Jahr hatte er am Küchentisch gesessen und das Muster zuerst auf Butterbrotpapier gezeichnet, dann hatte er in der Werkstatt mit Holz gearbeitet. Einiges von dem Muster hatte er gefärbt, war mit einem kleinen Pinsel darüber gefahren, so dass die Schnitzereien betont wurden. Er war der Geschickte in der Familie. Er hatte das Material im Baumarkt in Varåa gekauft. Es gab da einen Bauern, der Holz noch immer auf die alte Art behandelte. Er hatte natürlich kein imprägniertes Material gekauft, darin konnte man ja nicht schnitzen. Im Notfall könnte er selbst imprägnieren, eine Mischung aus Salz, Kreosot und Chlorphenol herstellen. Dann würde das Holz so ungefähr in alle Ewigkeit halten.

Anatomie brauchten sie bei der Arbeit nicht, aber bei der Arbeit am Thron hatte er sich in alten Zeitschriften kundig gemacht. Der Enddarm war ein Teil des Verdauungssystems und zwischen zehn und fünfzehn Zentimeter lang. Der gastrokolische Reflex verursachte Zusammenziehungen in Magen und Dünndarm. Er hatte den Metallgegenstand draußen in der Werkstatt geformt, aus einer alten Stoßstange. Und der Ledergürtel war mit einem Metallschloss versehen, das Opfer konnte also nicht entkommen. Er hatte gelesen, wenn ein Schreiner einen Stuhl herstellte, dann, weil jemand eine Sitzgelegenheit brauchte. Wenn ein Holzschnitzer einen Stuhl herstellte, dann, weil er etwas über Kultur und Gesellschaft aussagen wollte. Und das stimmte.

An der Wand hingen Gemälde mit Goldrahmen, Schiffe in schwerer See und rote und gelbe Rosen auf schwarzem Grund. Bilder, die in größeren Zimmern hätten hängen müssen. Maggies Stickerei hing ganz allein an der Wand gegenüber. Den

Text konnte er auswendig: *Wir betrachten euch, und ihr wisst es nicht. Aber am Ende wird euch die Ehre zuteil, uns zu begegnen. Du wirst dich vor Satan und dessen Weisheit beugen.*

Er hatte sich plötzlich geschämt, als er im Keller die Spielzeugpistole auf den Jungen gerichtet hatte. Die Waffe war eine Plastikkopie einer russischen Makarow, neun Millimeter. Die Schuldgefühle wurden immer stärker. Aber er verdrängte sie. Nicht *er* musste sich schämen, sondern der Junge. In ihm wuchs die Aggression zu einer schwarzen Blüte, die explodierte. Es kam ihm vor, als habe sich die Wirklichkeit ein wenig zur Seite verschoben.

*

Der Bruder war oben in der Folterkammer. Die kleine farblose Mutter saß mit einem großen Kissen im Rücken im Bett in dem Glaskasten. Hinter dem Käfig, wie sie den Kasten nannten, befand sich ein enges dunkles Wohnzimmer mit Ledermöbeln. Die Fenster hatten sorgfältig geschnitzte Gardinenbretter, die der Bruder hergestellt hatte, und schwere Vorhänge aus brauner Chenille. Die waren jetzt geschlossen. Draußen in der engen kleinen Küche war die Anrichte vollgemüllt, Stapel von schmutzigem Geschirr, ein fauliger Geruch von Essensresten. Und von dem Schrank darunter war die Farbe abgeblättert. Es gab eine Waschmaschine und ein Spülbecken aus Stahl.

Sie waren jetzt an der Wegkreuzung angelangt. Das ewige Gefasel der Mutter in seiner Kindheit über Gottesfurcht hatte rein gar nichts wiedergutgemacht. Die Kirchenbesuche in Varåa waren als Erinnerungen an Verzweiflung gespeichert. Jesus nahm das letzte Abendmahl irgendwo in Bethanien zu sich, vielleicht im Haus des Lazarus. Das hier war das Haus des Lazarus; auch er war der Bruder von mehreren anderen gewesen, und Jesus hatte ihn von den Toten auferweckt. Der Bruder identifizierte sich mit Lazarus. *Antipas wurde bei euch getötet, da, wo der Satan wohnt.* Und in der Apostelgeschichte stand: *Und als das Blut vergossen wurde, stand auch ich dabei und willigte mit ein und bewachte die Kleider derer, die ihn umbrachten.* Sie hatten also die Schrift im Rücken, der Bruder hatte die Schrift im Rücken. Und sie waren dabei, hatten einen lebenden Menschen in der Schmiergrube. Der Bruder hielt das für heilend. Aber die Welt machte keine Fortschritte, wenn es um das Menschliche ging. Die Welt war zyklisch, und die Wiederholung von Schmerz und Tod galt für Menschen und Götter gleichermaßen.

Die Mutter sog an einer Zigarette. Der Aschenbecher auf dem Nachttisch war voll. Wenn sie sich gerade setzte, konnte sie hinaus auf ihr altes Paradies blicken. Die Mutter liebte den Ölgeruch. Er erinnerte sie an alte Zeiten, als der Vater noch lebte, sagte sie. Der Vater war prachtvoll gewesen, als er dort draußen regierte, in seinem blaulila Overall mit den Ölflecken. Seine Hände waren groß wie Flöße, und er hatte sich die Haare mit Wasser gekämmt. In den alten Zeiten hatten die Eltern die Werkstatt zusammen betrieben. Sie hatte im Glaskasten hinter der Luke gesessen und das Geld entgegengenommen. Hatte die Scheine in einen Metallkasten gelegt und mit schöner Handschrift Quittungen ausgeschrieben. Das war damals, als die Menschen stolz auf ihre Autos und Traktoren gewesen waren. Diese Zeit war jetzt vorbei.

Die Mutter schwor auf Vergebung, das hatte sie ihnen in all den Jahren eingeprägt. Aber der Bruder wollte nicht vergeben, er wollte eine andere aktiv-mentale Methode benutzen, wie er das nannte. Sie hatten die Nummernschilder des Autos ausgetauscht, hatten einige alte gefunden, die noch in der Werkstatt herumlagen. An den Motorrädern hatten sie das Problem auf andere Weise gelöst, auf dem einen Nummernschild war eine 3 zu einer 8 geworden. Mit Filzstift ließ sich so viel erreichen. Auf dem anderen war eine 1 jetzt eine 7.

Rex hatte sich jetzt draußen beruhigt und bewachte den Gefangenen in der Schmiergrube. Andreas Lindeberg war jung und schmächtig. Deshalb hatten sie ihn zuerst geholt. Denn sie hatten eine Reihe von Männern, die sie sich vornehmen wollten. Glenn Haug hatten sie noch nicht überlisten können. Er war aufmerksam, war verschwunden, sowie er sie entdeckt hatte. Bei ihm mussten sie ihre Taktik verändern. Am nächsten Tag würden sie das Versuchstier, das sie gefangen hatten, auf den Thron des Teufels setzen und seine Schreie hören. Er war der Erste, aber der Erste würde nicht der Letzte sein, wie es in der Bibel stand.

*

Die Schmiergrube war so tief, dass er nicht hinausklettern konnte, ungefähr zwei Meter tief und vielleicht sechs Quadratmeter groß, ein in den Betonboden gehacktes Loch. Der Wagen war über ihn gefahren worden, wie ein Deckel. Das Dröhnen, das er hörte, kam von der Belüftungsanlage unter der Decke. Der Luftstrom brachte einen Dunst aus Benzin mit. Er musste aufhören zu weinen. Das reizte den Hund nur noch mehr.

Er konnte nicht begreifen, wieso sein Herz weiterschlagen konnte, als ob nichts geschehen würde. Er versuchte, seine Gedanken nach innen zu lenken, zu einem Punkt, der schwarz und weich war.

Auf einem Werkzeugkasten lag eine Broschüre. Jemand hatte darauf *Treibachse*, *Radiator* und *Reservereifen* geschrieben. Und dann lag dort ein Heft über Anatomie. Es lag auf dem Steinboden, gleich neben einem großen Ölfleck, der Fleck war ein dunkles Feld, das an einen Stern erinnern konnte. Es war doch kein Öl, es sah aus wie Blut, war aber eingetrocknet und alt. Andreas spürte, wie sich ihm vor Übelkeit der Magen umdrehte. Der Boden unter ihm war eiskalt.

9

Es war der erste September. Die Witwe Thyra Vinding hörte die Schritte der Asiatin auf der Treppe. Und das Kratzen des Hundes, die Krallen auf den lackierten Stufen. So früh am Morgen? Sie ging zur Haustür und legte das Ohr an den Türspalt. Die dicke Tüllgardine vor dem Türfenster war ein zu grobes Hindernis, sie sah nichts und lief deshalb rasch weiter in die Küche. Durch das dreigeteilte Fenster schaute sie auf die Straße hinaus, die teilweise hinter den majestätischen Bäumen versteckt war. Die Kletterrosen an der Mauer hinter den Wäschepfählen waren verwelkt. Frau Vinding postierte sich in sicherem Abstand zu den geriffelten Glasplatten, die auf der Fensterbank hinter den Blumentöpfen angebracht waren.

Die neue Nachbarin blieb draußen einen Moment stehen, auf dem ovalen Kiesplatz, damit der Hund sein Geschäft verrichten konnte. Jetzt war die Brandwunde in ihrem Gesicht deutlich zu sehen. Sie hatte sich etwas unter den Arm geklemmt, das aussah wie ein Kopierer. Sie hob die Exkremente des Hundes auf und ging auf das Gartentor zu. Es war deutlich, dass sie ein klares Ziel hatte.

Die neue Nachbarin wohnte jetzt schon seit vier Monaten hier, hatte sich aber noch nicht vorgestellt. *Diese Leute* waren eben unhöflich. Frau Vinding hatte schon längst den Kaffeetisch im Wohnzimmer gedeckt. Der Mann, der die Skulpturen herstellte, hatte zwar im Treppenhaus ein wenig mit ihr geredet, aber er hatte auch nicht darum geschert, wie sie hieß oder wer sie war.

Thyra Vinding ging ins Wohnzimmer und trat dort ans Fenster. Ihre Möbel sahen aus wie Museumsgegenstände. Sie konnte von dem grünen Plüschsofa aufstehen und wie durch Zufall auftauchen, wenn sie draußen eine Bewegung sah oder ein Geräusch hörte. Die anderen Sofas hatte sie mit alten Bettbezügen und Laken bedeckt, im Winter sahen sie aus wie Pferde. Auf ihre ererbten Möbel musste sie schließlich gut aufpassen.

Die Frau mit der Lederjacke und dem Hund ging durch das verrostete Tor im Lattenzaun. Frau Vinding schaute hinter dem Spitzenrand des Vorhangs hervor. Jetzt lief die Frau auf der anderen Zaunseite weiter zu ihrem weißen Kombi. Wo sie wohl hinwollte?

Thyra Vinding sah ihr Spiegelbild im Glas der Standuhr. Sie hatte ein bleiches, schmales Gesicht und markante Augenbrauen, die unnatürlich geschwungen waren. Sie zog sich diese Augenbrauen jeden Morgen mit einem schwarzen Stift nach.

Thyra hatte eine hohe kobaltblaue Vase geopfert und sie sieben Stufen weiter oben auf den Treppenabsatz gestellt. Das sollte der neuen Nachbarin einen schönen Anblick bieten, aber vielleicht würde sie die Vase wieder zu sich holen, da die andere die Geste offenbar nicht richtig zu schätzen wusste.

Als der Wagen gefahren war, ging sie mit langsamen Schritten zurück in die große Küche. Wände und Schränke waren hellgrün angestrichen. Und an der Wand neben der Küchentür hing das Schlüsselbrett mit den hineingedrehten Haken; drei Schlüssel hingen daran. Einer war ihr eigener. Der zweite war der für den Keller, der dritte gehörte zur Turmwohnung. Sie hatte ihn von dem Vorgänger der Frau mit dem Hund bekommen.

*

Das Polizeigebäude, die Hauptwache für den Bezirk Oslo, lag auf einem Höhenzug im Ostteil der Stadt; die Kirche von Grønland und etliche verfallene Mietshäuser waren die nächsten Nachbarn. Das Polizeigebäude war aus Glas und Stahl gebaut. Das Kreisgefängnis lag nicht weit entfernt. Marian bremste, als sie das Gebäude sah. Sie trug ihren Dienstausweis um den Hals und war gespannt. Der Herbst hatte dünne Silberfäden um die Bäume in der Auffahrt gesponnen, und die Fassade war mit den Schatten der Bäume tätowiert. Das Gras vor dem Haus war herbstscharf in seinen Farben, es schien ganz besonders zu leuchten, ehe Fäule und Frost einsetzten. Marian bog auf die Rampe vor der Garagenanlage und betrat mit einer Kollegin, die sie von einem gemeinsamen Einsatz her kannte, den Fahrstuhl. Die Frau schob ihre Karte durch den Scanner, und sie fuhren hoch zum Gewaltabschnitt im vierten Stock.

Als Marian aus dem Fahrstuhl trat, sah sie für einen Moment jemanden auf dem Weg in den Nachbarfahrstuhl. War das Karsten Tønnesen?

Vor der Abteilung horchte sie auf das Stimmengewirr der vielen Menschen, die dort in den Büros arbeiteten; es hatte ihr so gut gefallen, ein Teil von allem zu sein; sie hatte gern Vernehmungen geführt, sich Lügen angehört, denn Lügen waren eigentlich ein Geräusch, und sie erkannte es – immer. Die Schmerzen strahlten von der Wunde aus und am Ohr entlang. Marian hatte an diesem Tag Tabletten und Gin widerstehen können, aber das rächte sich.

Cato gab ihr kurz die Hand, wie einer Fremden, und zog ihr einen Stuhl zurecht. Sie hatten ja am Vortag noch telefoniert, aber jetzt kam sie sich vor wie nach einer Erdumseglung. Sie hatte ihn zuletzt gesehen, als er ihr im Februar den Hund gebracht hatte.

»Eben war Tønnesen hier. Er kann loslegen«, sagte er. »Gib mir deinen Dienstausweis. Hier hast du einen neuen.«

»Wie gut«, sagte sie, froh, weil er die Sache mit dem Brand nicht erwähnte. Die Ermittlungen in diesem Zusammenhang waren schließlich abgeschlossen.

Cato hatte in diesen Monaten abgebaut, das sah sie jetzt, die grauen Haare waren schütter geworden, seine Züge noch schärfer gezeichnet. Er war achtundfünfzig und würde wohl bald in Ruhestand gehen müssen, aber er klammerte sich krampfhaft an seine Position als Ermittlungsleiter beim Gewaltabschnitt. Ohne diese Arbeit wäre er *niemand.* Sie selbst war im Moment auch *niemand.* Deshalb war sie hergekommen. Er sagte zum Glück auch nichts über ihr entstelltes Gesicht, das sah er ja nicht zum ersten Mal. Er holte einen großen Ordner und legte ihn auf den Tisch. »Wir haben die Wiederaufnahme dieses Falles schon seit einiger Zeit vorbereitet. Ich war zweimal oben im Krankenhaus Lovisenberg und habe mit Annie Ormberg Johansen gesprochen, der Mutter des verschwundenen Mädchens. Sie arbeitet noch immer dort, in einer anderen Abteilung, in einem anderen Haus. Ich glaube, sie hat das Gefühl, dass wir ihr die Verantwortung für die Geschehnisse von damals zuschreiben, sie kommt mir ein bisschen zurückhaltend und angespannt vor.«

Marian fiel ihm ins Wort. »Ich arbeite doch wohl nicht gratis oder gegen Sozialhilfe, oder was, Cato?«

Er sah sie an. »Das ist ein Projekt. Was dich betrifft, in Zusammenarbeit mit der Agentur für Arbeit.«

»In Zusammenarbeit mit der Agentur für Arbeit – so was«, sagte sie sarkastisch. Zwischen ihr und Cato hatte es wohl immer einen kleinen Machtkampf gegeben. Sie waren sich ein wenig zu ähnlich und mochten einander ein bisschen zu sehr.

»Es kann sich um eine Bagatelle handeln, die damals übersehen worden ist, du weißt schon, einfach eine Kleinigkeit, wie sie vorkommt. Ich hatte ja damals den Thona-Fall. Der wurde uns ziemlich bald übertragen, die Kleine war wie vom Erdboden verschwunden. Dieser Schrebergarten ist ziemlich groß, aber wir kamen damals zu dem Schluss, dass sie von dort weggeschafft worden war. Wir hatten Myrtel Haug und ihren Sohn in Verdacht, fanden aber keine Spuren. Er ist der Vater des Mädchens, mit dem Thona gespielt hatte. Wir haben mit allen Kleingärtnern gesprochen, die Aufnahmen der Überwachungskameras aller Tankstellen in der Umgebung wurden durchgesehen, und wir haben die Mautschranken überprüft. Haben nach Wiederholungstätern gesucht, die Freigang aus der Haft hatten, und versucht, sie mit dem Verschwinden der Kleinen in

Verbindung zu bringen, aber alles war negativ. Natürlich können Wiederholungstäter von damals involviert sein. Aber das müsst ihr euch genauer ansehen.«

Ein schwacher Schmerz arbeitete sich von ihrer Stirn nach hinten.

»Geht es dir nicht gut?«

Marian schaute nur kurz auf und strich sich eine Haarsträhne aus der Stirn. »Nein. Wem sollen wir Bericht erstatten, dir oder der Kripo?«

Er sah sie an. »Du bekommst einen Ansprechpartner bei der Kripo. Es gibt Material von damals, DNA-Proben beider Mädchen von einem Ball. Und inzwischen gibt es ja eine neue Analysemethode.«

»Ich war nicht so lange weg, Cato.« Marian hob den Kopf und rutschte auf dem Stuhl weiter vor. Sie versuchte zu lächeln.

»Das *ist* etwas ganz Neues, Marian. Sehr viel sensibler und genauer. *Low Copy Number.* Aber wir haben niemals irgendwelche DNA-Spuren des Täters gefunden. Wir konnten uns ja auch nicht auf den Bauch legen und jeden einzelnen Grashalm untersuchen. In dem Kleingarten wimmelte es noch dazu rund um die Uhr nur so von Menschen. Nur nicht zu der Zeit, als die Kleine verschwunden ist.«

Sie holte Atem. »Wo kann ich arbeiten?«

»Du bekommst ein Zimmer unten im K 1, hinter der Garderobe im Keller«, sagte er. »Ich habe dir allerlei Unterlagen bereitgelegt. Hier ist der Schlüssel.«

»Nur für Tønnesen und mich, also?«

Er nickte. »Für Tønnesen und dich. Die Kripo möchte aus finanziellen Gründen kleine Einheiten. Wenn ihr irgendwie weiterkommt, werden natürlich weitere Kollegen abgestellt.« Er kam ihr zuvor. Er kannte sie ja. »Ich glaube, Tønnesen möchte am liebsten zu Hause arbeiten. Aber triff dich so schnell wie möglich mit ihm. Er wird sich bei dir melden, und dann plant ihr euer weiteres Vorgehen. Lebt Birka übrigens noch?«

Sie nahm den Schlüssel entgegen. »Birka lebt noch, aber sie leidet am Alter, falls man das als Leiden bezeichnen kann.« Sie deutete ein Lächeln an. »Die Nadel im Heuhaufen ist ein passender Vergleich für diesen Fall, scheint mir.«

»Glenn Haug kam damals in U-Haft. Aber im Nachhinein scheint mir, wir hatten ein wenig zu sehr den Tunnelblick. Er konsumierte Drogen und hatte eine Vergangenheit als Kleinkrimineller. Er ist übrigens noch immer aktiv, wohnt in einem Hospiz unten beim Oslo City, das habe ich in Erfahrung gebracht. Ich kann mich gut an ihn erinnern, die stechenden Augen und die kalte Ausstrahlung. Er hat danach auf Entschädigung geklagt, damit kam er aber nicht durch.«

10

Er wurde von einem Lichtstrahl geweckt. Der war leuchtendweiß. Die Leuchtröhren in der Werkstatt wurden eingeschaltet und flackerten, ehe sich das Licht stabilisierte. Gleich beim Aufwachen hatte er gewusst, dass etwas Schreckliches geschehen war. Es war, als hätte sich eine eiskalte Kralle in die Schmiergrube gesenkt und ihn an der Schulter gepackt. Andreas hatte sich die ganze Nacht hindurch wachgehalten, er fror in der dünnen Jacke, aber er musste am Ende doch eingeschlafen sein, für einen Moment, auf dem harten Boden. Das Blut auf seinen Lippen war geronnen, er hatte den Mund an der Mauer gerieben, um sich von dem Klebeband zu befreien. Er warf sich zur Seite. Die Schmerzpunkte saßen in Brust und Bauch und im Hals. Er bestand nicht mehr aus Füßen und Armen, sondern aus Schmerz.

Das graue Licht war unter dem Garagentor zu ahnen, in dem Spalt zwischen Schmiergrube und Auto, wenn er sich auf

Zehenspitzen stellte. Hier unten roch es nach Pisse, denn er hatte in eine Ecke machen müssen. Niemand kam, deshalb setzte er sich wieder und legte den Kopf auf die Knie. Er steckte in einer Falle fest, war ein Fuchs, der sich die Pfote abnagen musste, um sich zu befreien. Nun hörte er das Geräusch, es kam aus ihm selbst. Ein Geräusch, das es nicht gab. Er war hungrig und durstig, sein Magen war schwarz vor Angst. Warum hatten sie ihn mitgenommen? Was hatten sie mit ihm vor?

*

Das sogenannte Büro hatte kein Fenster und war nur schlecht beleuchtet, es gab nur eine altmodische Lampenkuppel unter der Decke, die dem Raum eine eiskalte Prägung gab. Es gab auch keine Lüftungsluke, nur ein Ventilatorensystem, das im Kellergang lärmte. Aufgrund der Lage gab es ein ziemliches Gelaufe hin und her zur Garderobe. Ein enges Scheißloch ganz einfach, aber das gefiel ihr ja eigentlich, sich zu verkriechen und keine Menschen in der Nähe zu haben. Asservatenkammer und Materiallager, wo man unter anderem eine Waffe bekommen konnte, lagen im K 2, ein Stockwerk tiefer. Marian kannte den hinkenden Henningsen, der dort unten herrschte, vom Sehen.

Sie nahm sich einen Kaffee aus dem Automaten eine Etage höher. Der Kaffee war so heiß, dass sie sich die Zunge verbrannte. Sie holte Birka und die Hundedecke aus der Tiefgarage und ging mit dem Pappbecher in der Hand zurück in den Keller. Birka schnupperte ein wenig herum, dann legte sie sich hin. Marian holte ihren altertümlichen Kopierer, den sie sich einmal von einer Sekretärin im Gewaltabschnitt erschlichen hatte. Man konnte nie wissen, wann man einen Kopierer brauchen würde.

Sie hatten keine Leiche. Sie hatten DNA-Material des Mädchens auf einem Ball, der sich offenbar in der Asservatenkammer befand, aber sie hatten nichts, womit sie dieses Material vergleichen könnten. Neue Technologie könnte vielleicht bessere Antworten geben, aber auf welche Fragen? Sie hatten keinen Verdächtigen. Das Kind war ganz einfach spurlos verschwunden.

*

Der Wagen wurde angelassen und weggefahren, und eine leichte Stahlleiter mit sechs Sprossen wurde herabgelassen. Der schmächtige Mann mit den dunklen Augenbrauen kam heruntergeklettert. Er trug jetzt einen blauen Overall, der abgenutzte Stoff war von Ölflecken übersät. Der Overall war zu groß für ihn, deshalb hatte er die Beine aufgerollt. Der Mann gab ihm eine Flasche Wasser, und Andreas trank gierig. Dann legte der Mann den Kopf ein wenig schräg und zog Andreas ein neues Klebeband über den Mund.

Der andere Mann ließ sich nicht blicken, aber Andreas hörte, dass jemand im Haus war. Teller klirrten, und ein Fernseher lief. Die Angst war so stark, dass er glaubte, daran sterben zu müssen.

Seine Schultern taten weh. Er trug noch immer die Jacke. Der kleine Mann schob ihn die Leiter hoch und dann durch die Werkstatt. Die Person, deren Haarbüschel er am Vorabend gesehen hatte, war eine alte Frau. Sie starrte ihn durch das Glas ausdruckslos an, war dement oder bösartig. Die Luft im Steinhaus war gesättigt von Bratengeruch, es stank zudem nach altem Tabaksrauch. Das Haus war im Stil der sechziger Jahre eingerichtet, mit großgemusterten Tapeten und Möbeln von der Art, wie sie jetzt wieder modern waren.

Der Couchtisch war bedeckt von Papieren und Lottozetteln. Jacken und andere Kleidungsstücke lagen überall auf den abgenutzten Stühlen und dem Sofa. Der Fernseher lief und zeigte leuchtende Bilder der Morgennachrichten. Der erste Mann war nicht zu sehen. Durch eine halbgeschlossene Tür sah er vor sich die Küche. Auf der Anrichte herrschte Chaos. Für einen Moment sah er dort auch eine Frau. Sie schob die Tür zu. Der eine Mann hatte also eine Frau? Ihr Bild hatte sich ihm eingeprägt, ein wenig mollig, aber auf eine farblose Weise hübsch. Der Mann zog ihm die Jacke aus, und Andreas wehrte sich nicht. Rechts von der Küchentür führte eine Treppe mit einem grünen Teppich in den ersten Stock. Die Treppe war steil. Der Teppich roch nach Moder, sicher steckte er voller Milben. »Hoch!«, sagte der Mann. Und Andreas blieb nichts anderes übrig.

*

An der einen Wand stand ein grauer Metallschrank mit leeren Schubladen. Der Schrank war von einer dünnen Staubschicht bedeckt. Dieser Raum war offenbar als Lager genutzt worden, alte Kartons mit allerlei Unterlagen waren an der anderen Wand aufgestapelt. Marian trank noch einen Schluck Kaffee. Hier würde sie zwar ihre Ruhe haben, aber keine Luft bekommen. Wie sollte das mit ihren Kopfschmerzen werden?

An einem Nagel in der Wand hing ein Polizeikalender aus den neunziger Jahren. Die Uniformen hatten sich seit damals geändert. Das Papier kräuselte sich an den Rändern. Sie setzte sich. Sie war wirklich nicht mehr wichtig, war so tief gesunken, dass sie sich bereitwillig in einen Keller gesetzt hatte, um Polizistin zu *spielen.* Auf der Erde gab es sieben Milliarden fünfhundert Millionen Menschen. Den anderen sieben Milliarden vierhundertneunundneunzig Millionen war es egal, was aus ihr wurde. Sie war eine Ameise, eine von denen, die in ihre Wohnung eingedrungen waren, die durch einen Spalt im Boden nach oben geströmt waren, aus dem Garten tief unten. Sie hatte alles gekauft, was es an Giftpulvern und kleinen Behältern mit einer rötlichen tödlichen Flüssigkeit gab, aber Birka hatte etwas davon aufgeleckt und Marian hatte zu offener Feldschlacht, Staubsaugen und Schrubben mit Chlor übergehen müssen. Menschen waren ebenso unwichtig wie Ameisen, einer mehr oder weniger spielte wirklich keine Rolle. Und vor zwei Tagen waren die Ameisen zurückgekehrt.

Ihr war ein Mac zur Verfügung gestellt worden. Marian sah

sich den Stapel von Ordnern auf der abgenutzten Tischplatte an, einen Haufen hellbrauner altmodischer Umschläge die mit Unterlagen gefüllt waren. Oben lag ein Informationsblatt. Ihnen wurden ein Kriminaltechniker und ein Analytiker genannt, die jederzeit zu erreichen wären. Und dann gab es noch einen gewissen Salman, dem sie Bericht erstatten sollten. Die Kripo hatte eine Emailadresse für Tipps aus der Öffentlichkeit eingerichtet. *Tips.coldcase@politiet.no.* Mehrere alte Fälle sollten neu aufgerollt werden, und das war eine gemeinsame Mailadresse. Dieser Salman von der Kripo würde dann entscheiden, was wichtig war, die Hinweise systematisieren und aktuelle Mails an die zuständige Gruppe weiterleiten. Gruppe ist vielleicht übertrieben, dachte Marian, es fiel ihr schwer, sich selbst und einen pensionierten Psychiater als Gruppe zu betrachten.

Mitten im Raum stand auf dem Boden ein Karton mit der Aufschrift *vermisst*. Er enthielt Kopien von Vernehmungsprotokollen und Zeitungsausschnitten. Marian kniete sich hin. Der Fall war jahrelang durch die Medien gegangen. Natürlich würde sie alle Unterlagen genau durchgehen. Alles lesen, was dort stand, auch zwischen den Zeilen. Mit neuem Blick, wie man so sagte. Sie trank einen Schluck Kaffee, bückte sich und streichelte abwesend den Hund. Birka hob den Kopf und sah irgendwie erleichtert aus. Als ob ein Hund erleichtert sein könnte.

11

Im Gang oben hing eine Reihe von verblassten Schwarz-Weiß-Bildern an der Wand, ein Hochzeitsbild aus den sechziger Jahren oder so etwas; die kleine Braut trug einen kurzen Rock, sie hatte dunkle Locken, einen Schleier und einen viel zu großen Brautstrauß. Der Bräutigam war kräftig gebaut, hatte glatte, mit

Wasser gekämmte Haare und eine flache Boxernase. Er lehnte sich über die Braut und starrte in die Kamera. Ein anderes Bild zeigte einen Konfirmanden und seine Geschwister. Der Junge in der Mitte war dünn und dunkel, leicht zu erkennen, es war der kleine Mann. Der Konfirmand hatte sich während der Aufnahme bewegt, sein Sakko war nicht deutlich zu sehen und verschwamm mit dem Hintergrund.

Auf der einen Seite stand ein molliges Mädchen, das war die Frau, die er in der Küche gesehen hatte, sie waren also Geschwister. Auf der anderen Seite stand ein größerer, traurigerer Junge. Das war sicher der andere Mann. Sie waren an einem Waldrand postiert, vor blattlosen Bäumen.

Der Mann schob ihn auf einen niedrigen Schrank am Ende des Ganges zu. Der Schrank war tief und unter einem Sicherungskasten angebracht. Die Holztür war mit einer festverbolzten Eisentür ausgetauscht worden. Er kroch in sich zusammen und legte sich hin. Was hätte er sonst tun sollen? Im Schrank befanden sich ein Stapel schmutziger Handtücher und andere Dinge, eine Vase mit einem Streifenmuster und ein alter grauer Rucksack. Ganz oben an einer Leiste zog sich ein geriffelter Streifen Isolationsband hin, an der Wand über der Tür hing eine Glühbirne. Ihr Licht war grell. Das Holz der Schrägwand hatte Tieraugen, die auf ihn herunterblickten. Er drehte sich auf den Rücken, zog die Knie an wie spitze Gipfel und schlug sie manisch gegeneinander. Bein gegen Bein ergab ein dumpfes Geräusch.

Nach einer Weile brachte ihm der Mann eine Scheibe Brot und ein Glas Wasser, sie wollten ihn immerhin nicht verhungern lassen, aber die Magensäure brannte. Die Tür wurde wieder geschlossen. Er war auf Grund gelaufen. Das hier war kein Fuchsbau mit mehreren Ausgängen. Er spürte am ganzen Leib, dass er sterben würde. Und dann kamen die Tränen.

*

Marian loggte sich beim Einwohnermeldeamt ein und suchte nach Glenn Haug. Der war inzwischen fünfundvierzig. Er war damals, als er der Entführung verdächtigt worden war, dreißig gewesen. Sie klickte sich weiter durch das System der Polizei und fand die Bilder von damals, ein Profilbild und eins von vorn, als er in Untersuchungshaft genommen worden war. Ein Mann, der schon damals schüttere Haare hatte, rötlich und struppig. Sein Gesicht war ein wenig verzerrt, solche Züge, wie Drogensüchtige sie oft haben. Sein Blick war stechend, seine Augen quollen ein wenig hervor, darunter saßen dunkle Ringe. Diese Augen erinnerten ein bisschen an die eines Fisches. Mit anderen Worten, nicht gerade ein junger Adonis. Aber vielleicht hatte Glenn Haug sich seit damals ja verändert.

Marian fand bei Facebook kein Profil von Annie Ormberg Johansen. Sie loggte sich auf der Website der Kripo ein und überflog die Präsentation der Cold-Case-Fälle. Neben der frisch eingerichteten Emailadresse gab es auch den *roten Knopf. Drücken Sie auf den Knopf,* hieß es, *und sie werden direkt zur Website der Kripo weitergeleitet: www.tips.kripos.no. Wir sind dankbar für jeden Hinweis. Selbst unwichtige Dinge können wichtig sein.* Sie klickte das Bild weg und nahm den obersten Ordner vom Stapel. Das vertraute Bild von Thona Ormberg Johansens Gesicht fiel heraus. Sechs Jahre alt. Ein rundliches Gesicht; zwei dünne blonde Zöpfe, keine Schneidezähne im lächelnden Mund. Weißes Kleid, darüber eine Jacke, ebenfalls weiß, dazu eine rosa Strumpfhose, die um die dünnen Waden Falten warf. Und die Schuhe, die zu groß wirkten, mit Söckchen mit Spitzenrand. Sie wäre jetzt einundzwanzig.

Die Kleine war bei ihrer Entführung so gekleidet gewesen. Ihre Mutter war Ärztin und hatte damals nur etwas von der Station holen wollen. Der Kleingarten lag auf der anderen Straßenseite, dem Institut für Volksgesundheit gegenüber, dort arbeitete die Mutter. Sie hatte ein Büro im sogenannten Alten Hauptgebäude, arbeitete an Infektionsvermeidung. Die Straße zwischen Büro und Garten hatte in jeder Richtung zwei Fahrspuren und war stark befahren. Wie hatte sie ein Kind auf der anderen Seite einer solchen Straße alleinlassen können?

Marian griff zu einem Zeitungsausschnitt. Der war fast auf den Tag genau fünfzehn Jahre alt. *Aftenposten, 13. August 2001. Die Polizei sucht in der Umgebung der Kleingartenkolonie Geitmyra nach der verschwundenen Sechsjährigen. Der Friedhof Nordre gravlund auf der anderen Seite der Kierschows gate wurde auf Spuren hin durchgekämmt, es wurde aber kein Fund gemacht.* In einem Umkreis von zwei Kilometern waren die Gullydeckel geöffnet worden. Alle Anwohner waren befragt worden. Die Aufnahmen der Überwachungskameras an den Tankstellen in der Nähe waren durchgesehen worden. Und man war allen Hinweisen nachgegangen.

Ein weiteres Bild fiel aus dem Ordner und landete auf dem Boden. Marian hob es auf. Es zeigte das Mädchen und dessen Mutter. Sie hielten einander an den Händen. Das Mädchen hatte einige rosa Nagellackflecken an den kleinen Nägeln. Marian war absolut dagegen, so kleine Mädchen zu schminken. Sie dachte an den Fall Jon Benét in den USA, die grotesk geschminkte und aufgedonnerte Sechsjährige, die im Jahre sechsundneunzig im Keller ihrer Familie ermordet aufgefunden worden war.

Auf dem Bild war Annie Ormberg Johansen selbst ungeschminkt und hatte kleine Sommersprossen an den Wangenknochen. Die arme Mutter! Ungewissheit war einfach zerstörerisch, das Allerschlimmste. Marian verspürte eine winzige Freude. Was, wenn sie das Mysterium aufklären könnte! Das Kind war aller Wahrscheinlichkeit tot, aber alle Familien brauchten eine Antwort.

*

Sie verließ das Polizeigebäude schon gegen eins. Musste vorsichtig anfangen, das merkte sie. Unterwegs kaufte sie ein, Kartoffeln, Fisch und Gemüse. Sie hatte sich im Laden schon lange nicht mehr so viel Zeit gelassen. Im Wagen stand der Karton mit den Unterlagen.

Zu Hause sah sie im Briefkasten nach. Eine Aufforderung zur Nachuntersuchung im Krankenhaus fiel heraus. Sie zerriss das Papier, weil sie keine weiteren Kontrollen mehr ertragen konnte. Spärliches Licht fiel durch die Fensterscheiben in der Haustür und malte Streifen auf den Mosaikboden und die untersten Treppenstufen.

Sie schlief gleich nach dem Essen auf dem Sofa ein und erwachte zwei Stunden später. Ihre Lippen kamen ihr geschwollen vor. Es war, wie ein Koma zu verlassen, und sie belohnte sich mit einem Schluck aus der Ginflasche und einem Kaffee. Dann duschte sie. Die blanken Duschwände umschlossen sie. Sie war keine Verliererin. Sie spielte mit dem Gedanken, Tønnesen anzurufen, aber Cato hatte ja gesagt, dass der sich bei ihr melden würde. Sie zog sich wieder an, warmer Pullover und Trainingshose, und sah weiter die Unterlagen durch.

Die Gartenkolonie Geitmyra lag mitten in der Stadt. Es war ein dreieckiges Kleingartengebiet von ungefähr vierzig Hektar. Die Gärten wurden an Privatleute vermietet, und derzeit gab es eine Warteliste von fünfhundert Personen. Die Gartenkolonie war von einem hohen Stacheldrahtzaun umgeben, hatte aber drei Eingänge, einen an jeder Ecke der dreieckigen Oase. Das Gelände grenzte an den Friedhof Nordre gravlund, nur getrennt durch die Kierschows gate. Im Osten verlief die Uelands gate, im Süden die Griffenfeldts gate. Es gab zudem viele Schuppen und Buden auf dem Gelände. Eine Scheune und einen Hühnerstall. Und einen Taubenschlag. Myrtel Haug hatte Thona damals als Letzte gesehen. Ihr unter Verdacht stehender Sohn Glenn zeige aggressive Einstellungen, stand in den Unterlagen. Die sogenannte Taubenfrau war noch immer Vorsitzende des Vereins, das war auf der Website des Kleingartenvereins Geitmyra angegeben. In den Vernehmungsprotokollen hieß es, Thona habe an die Tür geklopft, und die Enkelin der Taubenfrau, die fünf Jahre alte Elly, sei für einige Minuten zu ihr nach draußen gegangen, die beiden hätten mit einem altmodischen Gummiball gespielt. Aber Elly hatte die Grippe und fühlte sich nicht wohl, deshalb kam sie fast sofort wieder ins Haus. Danach wurde Thona nicht mehr gesehen. Als die Mutter zehn Minuten später an jenem Tag im August kam, um sie abzuholen, war sie verschwunden.

*

Andreas hatte sie draußen reden hören, über das Gerät und wozu es in der Lage sei. Etwas Grauenhaftes würde passieren. Er sah das Haus seiner Eltern vor sich, Wohnzimmer, Küche, Schlafzimmer, Garten. Und seine kleine frischangestrichene Wohnung. Er war der Junge mit den langen schmalen Händen, das Einzelkind, das sich nichts befehlen ließ, nicht einmal von seiner Mutter: Schon als er ungefähr fünf war, wurde sie nicht mehr mit ihm fertig, und als er dann allein zurechtkommen sollte, ging alles schief. Der kleine Mann öffnete die Schranktür. Er war jetzt normal gekleidet. Das kurzärmlige Hemd war zu weit. Er hatte behaarte Arme. Und jetzt fiel Andreas ein, woran der Mann ihn erinnerte: an einen Bergsteiger, den er einmal in einer Zeitung gesehen hatte, den Bergsteiger, der mit Diana Ross verheiratet war. Auch Andreas hatte einmal davon geträumt, Bergsteiger zu werden, wenn er nicht Astronaut draußen im Weltraum werden könnte. Er war kein zufälliges Opfer.

12

Es war Freitag, der 2. September. Tag 2 kam ihr leichter vor. Aber Marian konnte nicht bei verschlossener Tür dasitzen, dann erwachte ihre Klaustrophobie. Jetzt stand die Tür offen. Marian schaute einfach nach unten, wenn jemand vorbeiging, konnte nicht alle begrüßen. Sie schob den Kopierer etwas weiter weg, in die Ecke, neben die Stapel von Kartons, die nichts mit ihrem Fall zu tun hatten. Danach las sie über die Männer, die damals zur Vernehmung geholt worden waren. Bei ihrer Arbeit waren ihr schon viele Mörder begegnet, viele waren bescheiden und höflich. Fast alle besaßen einen psychischen Verleugnungsmechanismus und oft eine besondere Ausstrahlung, die sie vor ihrer eigenen Persönlichkeit beschützte. In ihr erwachte ein seltsames Gefühl: Diese Leute fehlten ihr. Zwei frühere Kollegen schauten herein. Die Abteilungsleiterin Ingeborg Myklebust steckte den Kopf durch die Tür und sagte, sie habe große Erwartungen an Marians Cold-Case-Arbeit. Marian lächelte, und sie sprachen über alles und nichts. Dann ging Myklebust wieder, glücklicherweise.

Myklebust hatte Marian auch in der Rehaklinik Sunnaas besucht. Sie war dafür bekannt, dass sie ihre Untergebenen in nervöse Wracks verwandelte. Es war fast zum Erbrechen. Marian war schon erschöpft, das merkte sie, deshalb musste sie gegen elf eine Pause einlegen. Schlafen half nichts, so eine Müdigkeit war das nicht. Sie fuhr mit dem Fahrstuhl nach oben und ließ Birka ein wenig über das Hundegelände im Hinterhof des Polizeigebäudes laufen. Laufen war eigentlich übertrieben, Birka lief nicht mehr, sondern schnupperte und trottete breitbeinig umher. Sie waren sich so ähnlich, sie und Birka. Ein oranger Sonnenstreifen glitt zwischen zwei Gebäude und färbte das grüne Gras hinter dem Haus. Marian steckte die Stöpsel ihres iPods in die Ohren. Sie hörte Melody Gardot. Die brüchige Stimme sang *Your Heart is Black as Night*.

Danach besorgte Cato ihr eine Begleitung zur Asservatenkammer im K 2. Es gab dort gewaltige Archivschränke mit Rädern, die gedreht werden mussten, um die Regale zu bewegen und dazwischen eine Öffnung zu schaffen. Der Ventilator unter der Decke mit seinen Rotorblättern war von einer Staubschicht bedeckt. Marian schaltete ihn ein, das leise Summen wirkte beruhigend.

Der Fall Thona war als Entführung eingestuft worden, jemand musste die Kleine mitgenommen haben. Auf dem Ball, mit dem die beiden Mädchen gespielt hatten, gab es DNA von beiden, das war alles. Andere Fingerabdrücke auf dem Ball hatten nicht identifiziert werden können. Aber jetzt gab es ja eine neue Methode, wie Cato gesagt hatte.

Marian suchte eine halbe Stunde, fand den Ball aber nicht an der Stelle, wo er dem Register nach liegen müsste. Sie meldete sich wieder ab.

Fünfzehn Jahre waren eine lange Zeit, der Beutel mit den Beweisen konnte verlegt worden sein. Sie würde am nächsten Tag weitersuchen müssen. Im Büro googelte sie die zwanzig Jahre alte Elly Haug. Sie sah auf dem Profilbild bei Facebook niedlich aus. Eine schlanke junge Frau mit langen braunen Haaren, grauen Augen und Ring in der Nase. Sie studierte in Trondheim und hörte am liebsten Sissy Wish und die Foo Fighters. Ihre Lieblingsautoren waren Ernest Hemingway und Sylvia Plath, außerdem hatte sie den Norwegischen Wanderverein, die Kirchliche Stadtmission und die Gemeinschaftspraxis »Gesundheitsapostel« angeführt.

*

Rex war der Hund des Bruders. Jetzt nahm er die Pfoten von der Wagentür. Es war befreiend, den Kopf an der Nackenstütze ruhen zu lassen. Einfach hier im Auto zu sitzen. Im Wald behandelte der Bruder den Hund, als wäre er ein Zoologe, der herausfinden wollte, wie viel das Tier ertrug. Der Bruder hatte Andreas Lindeberg jetzt auf den Thron gesetzt, und seine Schreie waren noch hier unten zu hören; ein heiseres Geheul wie von einen gequälten Tier. Es war ein Szenario, das eher in einen Horrorfilm gehört hätte. Der Bruder hatte gesagt, das solle das Nervensystem öffnen, Ordnung schaffen in den Tangdolden, die in der Seele wogten. Die Lektion des Bruders über

Omnipotenz und Kraft war grauenhaft: *Wir Starken sind dazu verpflichtet, etwas zu tun. Und jetzt tun wir das.* Omnipotenz war doch eigentlich eine unrealistische Bezeichnung, es bedeutete übertriebenen Glauben an die eigene Stärke, Allmacht. Aber Allmacht besaß doch nur Gott. Die Lesebrille glitt hinunter und traf die aufgeschlagene Bibel, die am Lenkrad lehnte. Die Hände des Vaters waren nur wenig größer gewesen als diese Pranken. Rex bellte jetzt. Hinter dem Gefühl von Leere lag ein anderes Gefühl, tief, jenseits der Angst.

Sie teilten das Interesse an Motorrädern. Aber die Rachegedanken, die immer vorhanden gewesen waren, gehörten dem Bruder und nur ihm. Der Bruder maß höchstens eins siebzig auf Socken. Er hatte mit fünfzehn aufgehört zu wachsen, in Verbindung mit der Operation, als hätte sein Leben dort geendet, im Operationssaal. Sie waren beide gut zurechtgekommen, hatten eine Ausbildung gemacht, funktionierten in der Gesellschaft. Sie wussten viel über Persönlichkeit; dass die mit um die dreißig wie Gips erstarrt waren und dass sie nur sehr selten noch einmal aufweicht. Dass Menschen oft etwas anderes wurden, als sie selbst wollten, war nichts Besonderes. Die Mutter saß am Fenster und schaute hinaus in die Werkstatt. Ihre Miene war wie immer. Sie regte sich nicht auf, bloß weil jemand schrie, dachte sicher, das komme aus dem Radio. So war sie auch in den siebziger Jahren gewesen; damals hatte sie oft Fernsehen gesehen, wie sie das nannte, auch wenn ihr das Radio lieber war. Außerdem engagierte sie sich in der Kirche. Der Hund stand jetzt auf den Hinterpfoten und schaute durch das Wagenfenster. Sich vor Rex zu fürchten war natürlich blödsinnig. Aber es war vorhersagbar. Und der Junge auf dem Thron? Sie konnten jetzt nicht mehr zurück.

*

Plötzlich stand Cato mit einem Stuhl in den Händen in der Türöffnung. »Für Tønnesen«, sagte er. Seine Lesebrille war tief über seinen Nasenrücken gerutscht. »Es wird hier unten sicher allerlei Besprechungen geben, stelle ich mir vor.«

Birka erhob sich schwanzwedelnd und schaute zwischen den beiden hin und her. *Bei wem soll ich sein?* Cato stellte den Stuhl weg und bückte sich.

Marian schob das Foto von Thona Ormberg Johansen unter die Tastatur und klopfte sich auf den Oberschenkel. »Komm her, Birka.« Der Hund begann zu fiepen.

Cato stellte den Stuhl ab. »Wie geht es?«

»Ich weiß nicht. Um ganz ehrlich zu sein, habe ich das Gefühl, nicht im Gleichgewicht zu sein, als ob ich frisch aus dem Winterschlaf käme.«

Er versuchte es mit einer Art Lächeln und schob sich die Brille wieder hoch. »Ein kleiner Bär also. Immerhin wird sich niemand mehr darüber ärgern, dass du den Hund mit ins Büro bringst«, sagte er.

Marian erwiderte das Lächeln. Ein angestrengtes Lächeln, bei dem sich die Narbe spannte. »Mein Hund ist ein illoyales Biest. Aber du brauchst nicht dauernd zu mir herunterzukommen, Cato.«

»Dauernd, wenn ich einfach einen Stuhl bringe?«

»Ich kann das hier vielleicht schaffen, wenn meine Umgebung mich in Ruhe lässt.«

»Und diese *Umgebung*, das bin ich?« Er lächelte sie über die Lesebrille hinweg an, nahm sie ab und schlug sich damit gegen die Handfläche. »Ich habe dir eine Zugangskarte zur Asservatenkammer besorgt. Du brauchst dich also nicht mehr begleiten zu lassen.«

»Ach, danke.« Sie nahm die Karte.

Sie wusste, dass es nicht leicht für ihn gewesen war, die zu beschaffen.

»Ich weiß ja, wie du arbeitest. Ich habe übrigens vergessen zu sagen, dass du vielleicht nach Australien musst, nach Melbourne. Der Vater der Kleinen hat dort gewohnt, als sie verschwunden ist. Wir haben nie persönlich mit ihm gesprochen – und er lebt noch immer dort.«

»Ich fahre nicht nach Australien«, sagte sie.

*

Es war schon etwas Besonderes, dass die Polizei den Vater nicht aufgesucht hatte. Thonas Vater hatte die Familie schon verlassen, als Thona noch ein Baby gewesen war, entnahm Marian den Unterlagen. Er war gewalttätig gewesen, so lautete die Aussage der Mutter. Es hatte keine Anzeige gegeben, aber die Eltern brachten einander offenbar einen tiefen Hass entgegen. Die Mutter beschrieb ihn als Frauenmisshandler und Psychopathen. Marian hatte gerade erst eine Biographie über einen Vater gelesen. Dort ging es überhaupt um abwesende Väter, wie in der Geschichte von Oliver Twist, wie in Walt Disneys Tick, Trick und Track. Wie in den Märchen von Aschenbrödel und Rotkäppchen. Ganz zu schweigen von Pippi Langstrumpfs Vater, der König auf einer fernen Insel war. Ein Vater war jemand, der sein Kind behüten, der aufpassen sollte. Diese Rolle hatte John Johansen der kleinen Thona gegenüber offenbar niemals übernommen.

Marian rief bei der Arbeitsagentur an und erfuhr, dass Glenn Haug eine Frührente bezog. Die Sachbearbeiterin gab ihr seine Telefonnummern, »zwei davon«, wie sie sagte. Offenbar hatte er noch weitere. Marian würde sich in den nächsten Tagen in dem Hospiz umschauen, in dem er lebte. Aber zuerst kam Annie Ormberg Johansen an die Reihe.

Lovesenberg war ein Bezirkskrankenhaus für Psychiatrie und Innere Medizin. Annie Ormberg Johansen arbeitete dort in der Tagesklinik. Marian sollte vielleicht die Mutter und den Kleingarten erst aufsuchen, wenn sie mit Tønnesen gesprochen hätte, aber es wirkte verlockend, es jetzt zu tun. Es stand ja nicht fest, dass sie jetzt bei der Arbeit wäre, aber irgendwo musste sie doch anfangen. Und sie wollte das Krankenhaus jedenfalls sehen. Sie fand Annie Ormberg Johansens Mobilnummer im Netz. Doch ja, sie war gerade im Dienst.

Marian loggte sich aus, nahm den Hund und fuhr aus der Garagenanlage. Auf dem Weg nach Lovesenberg hielt sie am Alexander Kiellands plass und kaufte sich im Staatlichen Alkoholladen eine neue Flasche Gin und einen Karton Weißwein. Aus dem Lebensmittelladen nebenan nahm sie ein Brot und eine Packung Salami mit. Dann setzte sie sich wieder ins Auto und fuhr los. Es lag auf der Hand, dass die Tagesklinik eine Abteilung war, die man in Notfällen aufsuchen konnte.

*

Die Herbstsonne schien auf die Windschutzscheibe und warf ihre Wärme in Marians Gesicht. Marian hielt vor dem roten Gebäude am Eingang Geitmyrsvei. Es war schon halb zwei. Sie wählte eine der Telefonnummern, die die Frau bei der Arbeitsagentur ihr genannt hatte, aber Glenn Haug meldete sich nicht. Ein Müllwagen fuhr vor, und dunkle Schatten huschten über die Dächer der Krankenhausgebäude. Marian stieg aus und betrachtete den Abteilungsplan. Medizinische Klinik. Regionales Kompetenzzentrum für Kinder und Jugendliche. Tagesklinik. Große Bäume ragten aus runden Löchern in der Asphaltdecke. Hoch über ihr leuchtete das Laub der Baumkronen, jedenfalls das, was vom Laub noch übrig war. Das Gras neben dem Eingang sah im Schatten dunkelgrün aus.

13

Annie wartete draußen auf dem Gang, vor den Fenstern, die auf den Parkplatz wiesen. Sie hielt Ausschau nach der Polizistin, die ihr Kommen angesagt hatte. Der Regen hatte auf der Fensterscheibe ein schmutzigbraunes Spitzenmuster hinterlassen. Eine Patientin irrte im Gang umher, eine Kollegin versuchte, sie zu beruhigen. Alle Geräusche kamen ihr so scharf vor, ein Müllwagen, der gerade draußen einen Container leerte. Sie fuhr sich mit den Händen über die Taille, unter ihrer weißen Fleecejacke zeigte ihr Bauch einige kleine silbrige Schwangerschaftsstreifen. Thona hatte nur wenige Spuren hinterlassen, eben diese Streifen und einen kleinen Knick in der Reihe der Rückenwirbel, von der Hüfte hoch zur Schulter. Sie hatte Thona so viel getragen, noch mit drei Jahren hatte die Kleine getragen werden wollen. Sie konnte natürlich gehen, aber sie war ein Mamakind. Kein Wunder, sie hatte ja nur ihre Mutter. Und Annie hatte Thonas Geburtsurkunde. Die lag zu Hause in der Nachttischschublade. Nach Thonas Verschwinden waren ihre Sinne geschärft, alles war nähergekommen, Gerüche, Anblicke und Geräusche, viel stärker als früher. Vorhin hatte sie in einer Falte in einem Blatt der Topfblume im Stationszimmer einen Marienkäfer entdeckt. Eine Patientin hatte ihnen diesen Topf geschenkt. Der Marienkäfer war leuchtendblank, er sah aus wie ein Tropfen Blut, der Beine und ein Leben erhalten hatte.

Das Gerede der Frauen im Stationszimmer wurde oft zu einer Kakophonie aus Oberflächlichkeit und machte ihr Angst. Weder Fanny noch Margrethe ahnten auch nur, wie es ihr wirklich ging. Sie arbeitete mit Menschen, Kollegen, die sie zu verstehen glaubten, sie *glaubten* zu verstehen. Sie hatten mehrere Kurse zusammen gemacht. Selbstverteidigung, Empathie und Kurse für den Umgang mit zerstörten Seelen. Aber sie verstanden nichts.

Anfangs waren Bilder des leeren Gartens immer wieder wie ein Film vor ihrem inneren Auge abgelaufen. Sie konnte ihn nicht anhalten. Annie hatte sich ein Grab gewünscht, das sie besuchen könnte. Sie verspürte einen Stich der Hoffnung, Aber im selben Augenblick wusste sie, dass sie dieses Grab niemals bekommen würde.

*

Die Tür war schwer, als ob sie die Welt aussperren sollte. Eine Frau und ein Junge von vielleicht neun Jahren wollten ebenfalls hinein. Marian hielt ihnen die Tür offen, und die beiden gingen Hand in Hand die Treppe hoch. Die Tagesklinik lag im Erdgeschoss links. Die Schwelle war abgenutzt und gesplittert, durch die vielen Füße, die hier ein und aus gegangen waren. Der Linoleumboden war matt und leuchtend kariert. Eine Frau mittleren Alters stand dort und schaute sich verwirrt um. Sie trug eine viel zu große Häkeljacke und sah wütend und in sich gekehrt aus. Es gab hier lange Gänge und dicke Mauern, Weinen und Stille. In einem Glasschrank an der Wand standen kleine Vasen in gedämpften Farben zur Zierde. Hier gab es ausreichend Lebensmittel und Medikamente. Menschen in schwierigen Situationen kamen her. *Ein Tag Stille. Stunden des Nichts.* Einige Wochen zuvor hatte sie Tolstoi gelesen. Nicht lange vor seinem Tod hatte der alte Autor Frau und Kinder verlassen und nur einen Brief hinterlegt: »Ich tue nun das, was alte Männer in meinen Jahren für gewöhnlich tun: Sie gehen fort aus dem weltlichen Leben, um in Zurückgezogenheit und Stille ihre letzten Tage zu verbringen.«

Andere Patienten waren nicht zu sehen. Nur geschlossene Türen. Aber am Ende des Ganges stand Thonas Mutter und wartete auf sie.

*

Annie Ormberg Johansen hatte braune Haare und war Ende vierzig. Sie hatte Sommersprossen, wie auf dem Bild. Sie färbte sich die braunen Haare, die Haarwurzeln an ihrem Scheitel waren grau. »Sie waren früher in der Infektionsabteilung?«, fragte Marian als Einleitung. »Das hier ist doch etwas ganz anderes.«

»Ja, das hier ist eine psychiatrische Notstation.« Annie Ormberg Johansen nickte einem Kollegen zu, der mit wehendem Kittel vorübereilte. »Die Arbeit mit Ansteckungsvermeidung ist etwas anderes, ja. Nach Thonas Verschwinden war ich eine

Zeitlang krankgeschrieben. Aber ich bin dann bald wieder arbeiten gegangen, genauer gesagt schon nach einer Woche.«

Annie musterte die Ermittlerin. Sie hatte eine große Narbe, die sich von einem Ohr wie ein dicker Zopf aus Haut über ihre Wange nach unten zog. Annie fand sie gleichermaßen anziehend wie abstoßend.

Vor einigen Wochen hatten zwei Polizisten mit ihr sprechen wollen. Der eine hieß Cato Isaksen. Sie war total verdutzt, als die beiden Männer sagten, sie wollten die Untersuchungen über Thonas Verschwinden wieder aufnehmen. Er hatte gesagt, er wolle eine ihrer fähigsten Ermittlerinnen mit dem Fall beauftragen, zusammen mit einem Psychiater. War diese Frau die fähige Ermittlerin, von der er gesprochen hatte? Sie sah nicht kompetent aus. Aber vielleicht war sie das ja doch.

Marian hatte ihre Gedanken erraten. »Ich hatte einen Unfall«, sagte sie.

»Das sehe ich. Ich habe mich vor einigen Jahren auf diese Stelle hier beworben. Es wurde mir zu schwer, immer wieder auf den Garten hinauszublicken. Aber die Arbeit im Institut für Volksgesundheit war spannend, wir hatten die AIDS-Epidemie und die Schweinegrippe. Und jetzt beschäftigen sie sich mit Ebola.«

»Ich habe Sie bei Facebook nicht gefunden«, sagte Marian Dahle.

»Da bin ich auch nicht. Kann den Stress bei den Sozialen Medien nicht aushalten. Ich bin ziemlich zerbrechlich.«

»Und hierher kommen zerbrechliche Menschen?«

»Ja. Aber heute ist es hier ziemlich still. Wir haben siebzehn Tagesplätze. Zwei von diesen Plätzen sind für Notfälle reserviert. Wir versuchen, Menschen in einer Krisensituation zu helfen. Damit kenne ich mich ja aus.«

Trauernde Menschen hatten oft ihre Verteidigungsmechanismen. Marian dachte daran, was Cato gesagt hatte, dass die Mutter glaube, sie machten sie für Thonas Verschwinden verantwortlich. Man verlässt keine Sechsjährige in einem Schrebergarten mitten in der Stadt.

Sie sah ein zweisitziges Sofa am Ende des Ganges. »Können wir uns irgendwo hinsetzen?«

»Wir können ins Stationszimmer gehen.«

Nichts hatte annehmen lassen, dass Thona damals in einen der Schuppen in den Gärten gezerrt worden war. Die Polizei hatte keine Spuren gefunden. Aber Annie war eigentlich überzeugt gewesen, dass genau das passiert war. Etwas war *drinnen* geschehen, nicht draußen. Es war nicht so, dass sie weiterhin jeden Tag an die Schuppen dachte. Aber es waren die stärksten Bilder.

»Ich bin davon überzeugt, dass die Taubenfrau sie damals mitgenommen hat«, sagte sie. »Haben Sie mit Glenn Haug gesprochen?«

Marian schaute zu der Alarmglocke über der Tür hinüber. »Ich habe ihn jedenfalls ausfindig gemacht.«

»Ich spüre einfach, dass er es war. Er hat ein schlechtes Gewissen ausgestrahlt, aber die Polizei hat ihn laufen lassen.«

*

Im Stationszimmer saßen ein Mann in einem grünen Anorak mit einem Jagdabzeichen auf dem Ärmel und zwei Frauen in weißen Fleecejacken. Das Sofa hatte dicke Beine aus hellem Holz, wie man sie überall in Norwegen in Stationszimmern und Lehrerzimmern fand. Auf dem Holztisch stand eine kräftige Topfblume, und an der Wand hingen zwei Plakate. Sie stellten sich vor. Der Mann hieß Dan Brodahl und war Arzt auf der einen Stockwerk höher gelegenen Station. Er bat um Entschuldigung für seinen Aufzug. Bald werde die Jagdsaison beginnen, sagte er lächelnd. Marian sah ihn an. Sein Gesicht war scharf geschnitten, und seine welligen grauen Haare waren gefällig arrangiert. Seine Stimme war tief und angenehm.

Margrethe Moe war psychiatrische Krankenschwester. Sie

verkörperte den Typus Mutter Gütig, mit großer Büste und lockigen Haaren. Die andere Frau hieß Fanny und war unnatürlich braun und durchtrainiert, sie hatte sich die Augenbrauen ein wenig zu stark zurechtgezupft und hatte eine weiße Stachelfrisur, aber sie konnte doch an eine Hexe erinnern. Sie spielte mit dem Ring in ihrem linken Ohr. Armband und Ohrringe wiesen perfekte Proportionen auf. Eine seltsame Erscheinung auf einer Station für menschliche Wracks, dachte Marian, aber dann fiel ihr ein, dass ein solches Aussehen auf die Patienten vermutlich beruhigend wirkte. Sie waren offenbar eine Art Uniform, die weißen Jacken, die die Frauen trugen. Keine war bei Thonas Verschwinden schon Annies Kollegin gewesen. »Ich werde versuchen, dazu beizutragen, in dem Fall weiterzukommen«, sagte Marian und hörte selbst, wie eiskalt das klang. »Sollen wir unter vier Augen weiterreden?«

»Meine Kollegen kennen die ganze Geschichte. Ich habe nichts zu verbergen.« Annie Ormberg Johansen sah für einen Moment düster aus.

Dan Brodahl erwiderte Marians Blick für wenige Zehntelsekunden. Ihre Erinnerung bewegte sich in Bahnen, die sie lange nicht mehr aufgesucht hatte. Gab es ein Gefühl der Nähe zwischen ihr und Dan Brodahl? Sie dachte, es sei seltsam, was Annie da gesagt hatte, dass sie nichts zu verbergen habe. Brodahl erhob sich.

»Jetzt muss ich rauf und mich umziehen. Habe gleich einen Patienten.« Er blieb einige Sekunden zögernd in der Tür stehen, dann verschwand er.

Marian schaute seinem breiten Rücken hinterher, dann glitt die Tür zu. Ein Hauch von Rasierwasser hing noch in der Luft. Marian setzte sich gerade und sah auf das Plakat an der Wand, pastellfarbene Tulpen in einer Vase. Auf der Fensterbank lag ein Stapel Bücher über Psyche und Selbsthilfe.

Margrethe Moe servierte Kaffee, einen dünnen säuerlichen Trank aus einer altmodischen Kaffeemaschine. Marian konzentrierte sich auf Annie: »Es ist lange her. Details können in Vergessenheit geraten«, sagte sie, »aber mit der Zeit kann auch Neues dazukommen. Der Garten ist ja eine Art Tatort. Ich war noch nicht dort. Annie, wenn Sie an den Tag zurückdenken, Sie kennen sicher das Gefühl, wenn ein Zusammenhang, den man bisher nicht gesehen hat, plötzlich offenkundig wird. Ein Detail, das andere Dinge in eine neue Perspektive rückt.«

Marian trank einen Schluck Kaffee und stellte die Tasse auf den Tisch.

»Ich habe nichts Neues anzubieten. Ich frage mich noch immer, ob es vielleicht etwas geändert hätte, wenn ich sie fünf Minuten später dort gelassen hätte, oder fünf Minuten früher.«

Das Zittern in Annie Ormbergs Stimme war kaum zu hören. Es kostete sie viel Kraft, natürlich zu sprechen, natürlich zu sitzen, sich natürlich zu bewegen. Den Kaffee natürlich zu trinken.

»Hatte Thona irgendwelche Freundinnen?«

»Nicht sehr viele. Eigentlich waren wir beide immer zusammen. Aber natürlich hat sie mit den Kindern aus der Nachbarschaft gespielt.«

»Thonas Vater lebt in Australien, er und Sie hatten keine gute Beziehung?«

»Das nun wirklich nicht, er war ein Psychopath. Ja, ich weiß, das klingt reichlich hart. Ich habe versucht durchzuhalten. Dann wurde ich schwanger, und er hat sich eine andere gesucht und ist abgehauen. Wir wurden geschieden. Er lebt irgendwo da unten. Johns alte Mutter, Thonas Großmutter, ist noch am Leben. Sie ist im Frognerheim untergebracht. Aber ich besuche sie nicht.«

»Warum nicht?«

»Weil sie mich niemals leiden konnte. Es hat viel Streit gegeben, damals, als John mich verlassen hat. Dann ist Thona gestorben.«

»Sie sagen, *gestorben,* aber wir wissen ja nicht, ob sie tot ist.« Marian hörte sofort, wie falsch das klang, es gab der Mutter die Hoffnung, dass es so sein könnte.

14

Über dem Garten hing eine Wolke von Auspuffgasen. Myrtel Haug fror. Am Morgen waren es nur zwölf Grad gewesen. Sie hatte drei Tassen schwarzen Kaffee in sich hineingeschüttet und Nikotin zu sich genommen. Zwei Zigaretten gleich hintereinander. Jetzt stand sie bei dem Ausgussbecken am Treibhaus und zerlegte eine Sonnenblume. Vorsichtig, als handele es sich um einen Kinderkopf, hatte sie die Blüte an ihre Halsgrube gelegt und die Blume hergetragen. Die Blütenblätter waren klebrig und rochen harsch. Das Wetter schien sich nicht entscheiden zu können. Myrtel warf einen Blick auf das Thermometer. Sie hatte vorhin die Vogelscheuche umgezogen, hatte ihr die alte Windjacke ausgezogen, sie selbst blitzschnell übergestreift und der Vogelscheuche einen alten Schlafanzug verpasst. Die Vögel waren gescheit, die gewöhnten sich bald an ein Aussehen und begriffen, dass alles Betrug war. Arme und Beine waren aus Zweigen und zwei Eisenrohren hergestellt, der dünne Leib war aus Stroh. Sie hatte mit dem Traktormann einen Termin im Oktober abgesprochen, der Kleingarten wurde immer umgepflügt, ehe der Frost einsetzte.

Die Sonnenblumenkerne würde sie trocknen und im nächsten Frühling aussäen. Ein Streifen Herbstsonne drang durch einen Spalt in der grauen Wolkendecke. Die Strahlen hatten dieselbe Farbe wie die Kürbisse, die in Reih und Glied auf Feld 5 lagen. In diesem Jahr waren sie gut gelungen, sie wurden mit jedem Tag größer. Sie würden später verzehrt werden oder Totenkopflaternen ergeben. Im Vorjahr hatte jemand Kürbisse gestohlen. In diesem Jahr würde sie sich als Nachtwächterin betätigen. Würde sich in dem kleinen Schuppen gleich neben dem Acker bereithalten. Dort stand ein verschlissener Sessel, Polster und Federn schauten an mehreren Stellen hervor. Ihr Sohn Glenn übernachtete dort ab und zu, in einem verschimmelten Schlafsack. Sie ließ ihn nie ins Haus. Er wollte auch gar nicht herein, er komme sich dort gefangen vor, sagte er. Er war als Rezeptfälscher und Taschendieb entlarvt worden. Er hatte in der Ausnüchterungszelle übernachtet und wegen Raubüberfalls gesessen. Aber eigentlich war sie stolz auf ihn. Sie musste lächeln.

Eines der Fenster im Schuppen hatte Bleiglas, wie eine Kirche. Vielleicht stammte das Fenster ja auch aus einer Kirche. Aber die Öffnung, die auf die Vogelscheuche blickte, wies kein Glas auf. Überall lag so viel Abfall herum. In den Buden lagen Gartengeräte und Möbel aus einer verschwundenen Zeit. Glenn hatte sich gefürchtet, als er zuletzt hier gewesen war. Noch mehr gefürchtet als sonst. Er hatte ihr ein Geschenk gemacht, einen Goldring, und er hatte unzusammenhängend erzählt, dass jemand es auf ihn abgesehen habe. Ihr war ja klar, dass er den Ring irgendwo gestohlen hatte. Er war wie ein Fisch, wie einer der Goldfische, die sie in den kleinen Teich gesetzt hatte. Fische konnten hochsensibel sein, wie Fruchtfliegen. Einige Menschen waren ebenfalls so; gequälte Wesen, die nur an Flucht dachten.

*

Annie setzte sich auf dem Sofa gerade. Schon, wenn sie nur darüber sprach, fühlte sie sich krank. »Ich kann mich nur an unwichtige Dinge erinnern, wie daran, dass ich mich an dem Morgen über Thona geärgert habe, weil sie so herumtrödelte«, sagte sie. »Sie wollte zwei Schmusetiere mit in den Kindergarten nehmen. Das habe ich ihr verboten. Die Tiere liegen noch immer zu Hause auf ihrem Bett. Ich habe Thona früher aus dem Kindergarten abgeholt, weil wir eine Schultasche kaufen wollten, sie wäre doch bald darauf eingeschult worden, aber daraus ist ja nichts geworden. Wir haben die Tasche gekauft. Ich hatte meinen Dienstplan vergessen. Wir hatten damals noch Papierlisten, und also musste ich zurück und meinen Plan holen.«

Fanny und Margrethe saßen still auf ihrem Sofa. Und Annie erzählte weiter: »Thona wollte im Kleingarten warten. Sie wollte mit Elly spielen, so hieß dieses Mädchen. Sie hatten schon einige Male zusammen gespielt, wir gingen nämlich manchmal sonntags hin, Thona und ich. Ich bin dann wohl etwas länger im Büro geblieben, als ich vorgehabt hatte.«

»Wie lange denn? Ich weiß ja, dass Sie diese Frage schon hundertmal beantwortet haben.«

»Vielleicht eine Viertelstunde.«

Marian sah sie an. »In alten Vernehmungsprotokollen steht, dass Sie Thona zwischen acht und zehn Minuten allein gelassen haben.«

»Dann stimmt das vielleicht. Ich wollte eine Belohnung aussetzen«, sagte sie. »Die Zeit heilt nicht alle Wunden. Das hier ist eine Eiterbeule, die immer noch wächst.«

Fanny richtete sich auf und sagte mit scharfer Stimme: »Du sollst doch keine Belohnung aussetzen. Die Polizei soll ihre Arbeit tun.« Aber dann lächelte sie plötzlich. »Entschuldigung, mich geht das ja nichts an.«

Marian spürte die Unruhe im Raum. Dann redete Annie weiter: »Als ich sie holen wollte, bin ich zu dem kleinen Haus gegangen. Niemand machte auf, und ich konnte die Mädchen nirgendwo sehen. Da lag nur ein Stück weiter ein blauer Ball.«

Plötzlich passierte draußen auf dem Gang etwas. Laute Stimmen. Fanny und Margrethe sprangen auf und liefen hinaus.

»Eine neue Patientin.« Annie holte tief Atem. »Ich dachte, die Mädchen wären vielleicht mit der Taubenfrau ins Treibhaus gegangen, und deshalb setzte ich mich auf eine eiserne Bank, um erst mal zu Atem zu kommen. Die Sonne schien. Alleinstehende Mütter sind immer müde, wissen Sie. Vielleicht steht sie noch immer da, die türkise Bank. Aber ich war seit fünfzehn Jahren nicht mehr in dem Park, konnte die Vorstellung nicht ertragen. Ich blieb eine Weile sitzen, dann ging ich wieder zum Haus, und jetzt war Myrtel Haug da, die Taubenfrau. Sie wirkte gehetzt und erstaunt, als ich nach Thona fragte. Sie sagte, die sei gegangen. Ella habe die Grippe, sagte sie, deshalb hätten die Mädchen nur kurz mit dem Ball gespielt. Elly lag oben in ihrem Bett. Als sie das sagte, schnürte sich mir die Kehle zusammen. Ich geriet in Panik und lief herum und rief nach Thona. Dann ging ich in mein Büro, aber da war sie auch nicht. Also stürzte ich wieder zurück zur Taubenfrau, aber die war jetzt noch abweisender. Und dann rief ich die Polizei an. Sie waren schnell da. Sonst erinnere ich mich von diesem Tag her an nichts mehr. Nur, dass ich nach Hause gefahren wurde und der Polizei ein Foto gab, das mit den Spitzensöckchen. Und dass die Meldung in den Nachrichten kam. Ich fuhr zurück zum Garten. Ich kann mich noch an das grelle Licht der Streifenwagen draußen auf der Straße erinnern. Und an die Dunkelheit, die dann kam. Seither war auf irgendeine Weise immer Nacht.«

*

Marian holte Birka aus dem Auto und zog sie hinter sich her die Straße entlang. Das musste als Gassigehen gelten. Es war schon nach vier. Vor Hunger knurrte ihr der Magen.

Die Theorie, dass Thona bei ihrem Vater sein könnte, ging ihr nicht aus dem Kopf, es war ja niemand in Australien gewesen. Es war der pure Wahnsinn. Es gab viele solcher Beispiele für schlampige Ermittlungen bei ihnen im Haus, Dinge, von denen die Medien nie erfuhren.

Drüben bei dem alten Hauptgebäude, wo Annie Ormberg Johansen damals gearbeitet hatte, blieb Marian vor dem Fußgängerübergang für einen Moment stehen. Sie schaute das alte, mächtige Gemäuer an. Von einem dieser Fenster hatte Annie also Blick auf den Kleingarten gehabt. Hatte sie geglaubt, von dort aus auf ihr Kind aufpassen zu können?

Der umzäunte Bereich ähnelte von hier aus einem Wald, die Wipfel der alten Bäume ragten wie Bögen zum Himmel auf. Auf der Straße herrschte starker Verkehr, die Autoreifen verursachten ein klebriges Geräusch, weil einige Regentropfen gefallen waren. Marian packte Birkas Halsband fester, überquerte die Straße und spürte, wie sich das Leder unter ihrer Handfläche anspannte. Sie ging auf das verrostete Gittertor zu. Es war unmöglich, über die hohe Hecke in den Garten zu sehen. Oben auf dem Zaun war Stacheldraht angebracht. Sie machte kehrt und ging weiter in die Kierschows gate. Das Tor beim Nordre gravlund stand offen. Daran war ein Übersichtsplan der Gartenkolonie befestigt.

*

Annie sah Fanny und Margrethe an und sagte: »Ich hatte ja gehofft, dass ein fescher Polizist auftauchen würde. Der, der das erste Mal hier war, war gar nicht so schlecht. Aber diese Frau da …«

Fanny und Margrethe lächelten ein wenig. Unter den Kolleginnen bestand die schweigende Vereinbarung, dass Annie mit Vorsicht zu behandeln sei. Sie hatte schließlich ihr Kind verloren.

Ich komme zurecht, dachte Annie. Ich habe noch immer Humor. Wer nicht zurechtkommt, das sind die Leute in meiner Umgebung. Ich bin ein bisschen wie eine Atomanlage mit giftiger Strahlung.

Fanny erhob sich. »Was du durchgemacht hast, ist furchtbar, Annie. Und jetzt wird alles noch einmal aufgewühlt.«

Nun merkte Annie, wie satt sie es hatte. Ihre Kolleginnen. Alles. Frauen seien unzuverlässig, fand sie. Die brächten anderen Frauen oft eine heimliche Verachtung entgegen und spielten ein Schauspiel, das nur diejenigen, die wirklich auf der Bühne des Lebens standen, wirklich durchschauen konnten. Annie stand seit fünfzehn Jahren auf dieser Bühne, versuchte, sie selbst zu sein, aber das kam nicht immer gelegen. Sie hatte das Gefühl, andere Menschen gewaltig zu belasten, wenn sie ihnen ihre Geschichte erzählte. Dann musste sie deren Reaktion über sich ergehen lassen, und das brachte sie nicht über sich. Und seit die Polizei die Ermittlungen wieder aufgenommen hatte, wollten alle sie trösten.

Margrethe stand auf. »Liebe Annie«, sagte sie und legte die runden Arme um sie. »Ich finde, du solltest jetzt nach Hause fahren.«

Annie hielt einige Sekunden durch, dann wurde sie vom Weinen gepackt und in die Klauen der Kollegin geschleudert. Sie weinte an Margrethe Moes weicher Brust. Und plötzlich war auch Fanny da. Annie sank gegen die Frauen und gab sich verloren.

15

Es war, wie den Garten Eden zu betreten, eine grüne Lunge mitten in der Stadt, dunkle Bäume und offene Flächen, Beerensträucher und Blumen, die die Beete einrahmten. Die Vogelscheuche hatte eine abstoßende Ausstrahlung. Sie stand mitten in dem vielen Grün und hing vor einer Reihe schlaffer Sonnenblumen. Aus der Entfernung sahen sie Menschen zum Verwechseln ähnlich. Sie streckte die Arme nach oben, wie um den Himmel zu umarmen. Über die Stockbeine war eine alte Schlafanzughose gezogen worden. Und die Vogelscheuche trug eine Jacke aus dem gleichen Stoff. Der Kopf war aus rotem zusammengeballten Tüll, der mit Klebeband am Pfahl befestigt war, ganz oben saß eine weiße, schmutzige Mütze. Eine Möwe kreiste kreischend darüber. In der Nähe mussten also Abfälle herumliegen. Die Vögel zogen vom Meer her immer tiefer in die Stadt, eben aufgrund von Lebensmittelabfällen und Müll. Der Vogel hörte sich an wie ein schreiendes Kind.

Die Sonnenstrahlen wurden von den Zweigen der Bäume gesiebt und zogen schmale orange Streifen durch die Kleingärten. Verwelkte Kapuzinerkresse hatte sich um den Stängel einer Kürbispflanze gewunden. Hinter der hohen Hecke sausten Autos vorüber. Und es roch nach Rauch, jemand verbrannte hier irgendwo etwas. Hier war Thona verschwunden. Marian versuchte, ein Gefühl zu entwickeln, spürte aber nichts. Außerdem wurden die vielen Schattierungen von Grün und Braun in ihrem Kopf zu einem Karussell. Sie bückte sich, nahm Birka die Leine ab und ließ den Hund frei laufen.

In der Ferne war der Motor eines Rasenmähers zu hören. Es roch intensiv nach Gras. Graue Kästen ohne Boden waren in die Erde getrieben und mit kleinen rosa und blauen Kornblumen gefüllt worden.

Das Geräusch das Rasenmähers kam näher, und dann stand sie plötzlich da: eine kräftige Frau in einem engen Trainingsanzug. Ihr Gesicht war mondrund und verschlossen. Die Hände waren riesig. Sie sah überhaupt nicht aus wie auf den Bildern in den Zeitungsartikeln, aber Marian fragte trotzdem: »Sind Sie Myrtel Haug?«

Die Frau schüttelte den Kopf und ging weiter.

Jetzt sah Marian die türkise Bank. Auf der Annie Ormberg Johansen gesessen hatte. Freute sich Annie eigentlich über die Wiederaufnahme des Falles? Marian dachte an Dan Brodahl und Margrethe Moe. Und an Fanny Soundso. Hatte die Mutter etwas mit dem Verschwinden der Tochter zu tun? Marian besaß ein selektives Gespür für verdeckte Feindseligkeit bei anderen Menschen. Besaß Annie davon nicht auch ein wenig? Aber das hatte vielleicht auch mit Marian zu tun. Annie glaubte wohl nicht, dass Marian tüchtig genug war. Sie sah nicht tüchtig aus. Annie vertraute ihr nicht.

*

Myrtel Haug kippte die Reste einer übelriechenden Düngermischung in den Ausguss und ging ins Treibhaus, um Säcke zu holen. Zwischen den Bäumen, am Osteingang, war eine Frau in Lederjacke und Jeans aufgetaucht, mit einem schwarzen Hund. Sie war nicht besonders groß. Die Schatten der Bäume betonten ihre schrägstehenden asiatischen Augen und ihre Wangenknochen. Die linke Gesichtshälfte wies große Narben auf, das war von hier aus zu sehen.

Hunde waren in den Gärten nicht zugelassen. Aus der Ferne war die Kirchturmuhr zu hören, nur ein Glockenschlag, denn es war halb fünf.

Sie wollte die Jutesäcke über die empfindlichsten Pflanzen legen, dort, wo der Boden nicht aufgepflügt werden durfte. Es gab mehrere solche Stellen, zum Beispiel beim Taubenschlag und hinter der Vogelscheuche. Bald würde sie die restlichen Sonnenblumen abschneiden müssen, die auf ihren hohen Stängeln die Köpfe hängen ließen. Die Hagebuttenhecke hatte keine blassrosa Blüten mehr, sondern grünrote Früchte. Das Blumenbeet mit den roten Blumen war noch unversehrt, Georginen waren schließlich Herbstblumen. Aber bald würde sie auch diese Knollen ausgraben und in der Scheune lagern.

*

Plötzlich stand Marian Myrtel Haug von Angesicht zu Angesicht gegenüber. Es musste Myrtel Haug sein. Sie hatte mehrere Jutesäcke unter dem Arm. Ihr Gesicht war nicht zu verwechseln. Sie sah verhärmt und ungesund aus, mit braungegerbter Haut und ein wenig hervorstehenden Fischaugen über Tränensäcken. Ihre Haare, die nicht mehr schwarz waren, wiesen beim Scheitel kräftige graue Fäden auf und waren im Nacken zu einem Pferdeschwanz gebunden. Sie trug Gummistiefel, schmutzige Jeans und einen verschlissenen Anorak. Um einen passenden Einstieg zu finden, sagte Marian: »Sie kennen sich doch mit Gärten aus. Ich hatte im Frühling eine Ameiseninvasion. In meiner Wohnung im ersten Stock. Aber kürzlich habe ich wieder welche gesehen, vielleicht ein Dutzend, kann das sein? Gibt es um diese Jahreszeit Ameisen?«

»Nicht im Haus. Da sind sie im Frühling. Im Herbst gibt es auch weniger Vögel. Wenn der Frost kommt, kriegen sie die Würmer nicht mehr aus der Erde.«

Marian merkte, dass die andere ihre Narbe anstarrte, aber sie hatte nicht vor, die zu erklären. Sie nutzte die Gelegenheit, um den Dienstausweis zu heben, den sie um den Hals trug, er war unter der Jacke teilweise versteckt. »Ich komme von der Polizei«, sagte sie.

»Was ist passiert? Wieder irgendwas mit meinem Sohn?«

»Nein«, sagte Marian. Sie hatte beschlossen, nicht sofort nach dem Sohn und der Enkelin zu fragen. »Ich möchte darüber sprechen, was vor fünfzehn Jahren in diesem Kleingarten geschehen ist.«

16

Myrtel Haug hasste alles, was mit dem verschwundenen Mädchen zu tun hatte. Ihr Leben bestand aus *vorher* und *nachher.* Die Polizei hatte an mehreren Stellen Absperrband angebracht und bestimmte Bereiche umgegraben. Hatten sie nach all den Jahren irgendetwas herausgefunden? Damals, nachdem das Mädchen verschwunden war, waren ganze Horden von Presseleuten hier gewesen. Sie hatten Bilder von Myrtel im Garten machen wollen. Einer verlangte, dass sie sich mit ausgestreckten Armen genau an der Stelle zeigte, wo sie das kleine Mädchen zuletzt gesehen hatte. Sie hatte sich geweigert. Aber bei der Polizei konnte sie sich nicht weigern. Sie hatte geglaubt, alles sei vergessen. Doch jetzt musste sie dieser Frau die Stelle noch einmal zeigen. Rekonstruktion hatten sie das damals genannt. Jetzt stand sie wieder hier, mit den Jutesäcken über dem Arm. Als ob diese Stelle der Tatort eines Verbrechens wäre. Myrtel gab sich alle Mühe, um ausreichend gleichgültig zu wirken. Normalerweise war sie nicht redselig, nun aber sagte sie: »Ich muss ein paar Pflanzen abdecken. Ich glaube, dass damals da vor dem Zaun ein Auto hielt, das stand auf dem Bürgersteig, das Tor stand offen, und ein Mann hat sie geholt. Das ist die einzige Möglichkeit. Das habe ich damals alles gesagt. Alle, die hier einen Garten hatten, wurden vernommen.«

»Ich lese gerade alle Vernehmungsprotokolle«, sagte Marian. »Ihre Theorie ist nicht unwahrscheinlich. Sie sagen *abgeholt* und nicht *entführt.*«

Myrtel Haug ließ die Schultern sinken. »Ich weiß das doch nicht. Hier wimmelt es ja ab und zu nur so von Kindern. Jemand kann sie für kurze Zeit versteckt haben, aber die Mutter hat ja sehr bald die Polizei gerufen. Und die war mit Hunden hier.«

»Ich komme mit Ihnen zu den Pflanzen, die Sie abdecken wollen. Falls Sie mich nicht zu einem Kaffee einladen können, meine ich. Sie wohnen doch in dem roten Haus beim Kreisverkehr?«

Myrtel Haug sah den Hund an. »Ich habe eine Menge Katzen.« Sie wühlte in ihrer Jackentasche nach einer Zigarette und steckte die zwischen die Lippen. »Haben Sie einen Durchsuchungsbefehl oder so was?«

»Natürlich nicht.«

»Am Tor hängt ein Schild. Hunde sind hier verboten.« Myrtel Haug ließ das Feuerzeug zurück in die Tasche gleiten.

*

Als Marian wieder im Auto saß, rief Karsten Tønnesen an. Dunkle Regenwolken zogen über den Himmel. Sie verabredeten ein Treffen nach dem Wochenende, am Montag. Die Kopfschmerzen kamen ihr vor wie ein eiserner Reifen um ihre Stirn, und sie fühlte sich wie gerädert. Plötzlich fror sie. Alles war ein bisschen zu schnell gegangen, von stillen Tagen und Monaten zu vollem Einsatz im Polizeigebäude. Sie schaltete das Autoradio ein, als sie auf dem Alexander Kiellands plass nach rechts abbog und dann in Richtung St. Hanshaugen weiterfuhr. Der Sprecher redete im Stakkato. Jetzt war die Polizei wegen der Terrorgefahr bis auf weiteres bewaffnet worden.

Es wurde auch Zeit, dass sie bis auf weiteres bewaffnet wurden. Die Leute begriffen gar nicht, wie lächerlich die norwegische Polizei wirkte. Der Polizeichef wurde interviewt und sagte etwas darüber, dass die Systeme der Informations- und Kommunikationstechnik über vierzig Jahre alt seien. Es gebe keine ausreichend gute Infrastruktur, die mit neuen Anwendungsmöglichkeiten kompatibel sei. Im Fall von Terror war ein schnelleres landesweites Alarmsystem vonnöten. Sie lächelte kurz, als ihr einfiel, dass sie sich mit acht Jahren zu Weihnachten eine Pistole gewünscht hatte.

Marian konnte jederzeit die verletzten Körper in den Fällen sehen, an denen sie mitgearbeitet hatte, voller Stichwurden und Schussverletzungen. Und Blut. Aber oft erinnerte sie sich im Nachhinein an Bagatellen. Wie an das Muster ihrer Kleider, an zerfetzte Strümpfe, an Handtaschen und Schmuckstücke. Die Details der Toten: solche, über die man in Illustrierten las, über eine Seite verstreut. Lass dich von den Neuigkeiten dieses Herbstes in Versuchung führen.

*

Am selben Abend erreichte ein kräftiges Regenwetter die Stadt. Donnerhall zerriss die Stille. Wasser strömte an den Bürgersteigen entlang und in die Gullys. Ein Ehepaar betrat die Eingangshalle des Polizeigebäudes. Sie schauten einen Moment zu dem Kunstwerk aus Metall hoch, das unter der Decke hing. Es hatte eine gewisse Ähnlichkeit mit einem riesigen Insekt und wurde angestrahlt, deshalb leuchtete es. In dem großen Gebäude herrschte eine feuchte Wärme. Hinter der Rezeptionsschranke saßen zwei Polizisten in blauen Hemden.

Einer schaute auf. Einige Menschen bildeten eine Warteschlange. Das Ehepaar, das jetzt vortrat, war triefnass. Sie waren durch die Straßen gegangen, erzählten sie, hoch nach Ruseløkka, wo ihr Sohn wohnte. Die Frau war blond und hübsch, der Mann etwas älter, aber ebenfalls gutaussehend. Sie konnten ihren achtzehn Jahre alten Sohn nicht erreichen. Die Stimme des Mannes drohte zu brechen. Die Frau war weiß im Gesicht. Der Sohn habe die Schule geschmissen, erzählte sie mit tränenerstickter Stimme. Ihm sei vielleicht alles zu viel gewesen. Sie habe gequengelt und gequengelt: *Alle wollen doch das Beste für ihre Kinder.* Der Vater hatte ihn vielleicht auch unter Druck gesetzt, das gab er zu. Aber jetzt habe der Sohn einen neuen Job. In einem Sportgeschäft. Und sei verschwunden.

*

Die Scheibenwischer arbeiteten auf Hochtouren. Marian hatte viel zu lange über den Unterlagen gesessen. Am nächsten Tag und am Sonntag wollte sie sich ausruhen. Sie hatte abermals nach dem Ball gesucht. In der Asservatenkammer reihte sich ein Regals ans andere. Es gab dort kein Fenster, nur das grelle Licht der Leuchtröhren unter der Decke. Sie fand den Ball nicht, aber der musste ja irgendwo sein, denn er war nicht als »weggeworfen« vermerkt. Marian hielt in der Straße beim Drachenhaus in der Sophus Lies gate und nahm die schwere Tüte aus dem Alkoholladen und die leichte aus dem Supermarkt heraus. Als sie das Haus betreten wollte, begegnete ihr die alte Dame. Die hatte einen krummen Rücken, trug ein Hauskleid und schleppte zwei schwere Tragetüten, die über den Boden schleiften und im Kies Spuren hinterließen. Sie schaute auf.

Marian nickte. Die scharf gezeichneten Augenbrauen ließen die alte Frau fast komisch aussehen. Ihre Haare waren dünn und erinnerten an einen mottenzerfressenen Pelzbesatz.

»Sie müssen die Tür hinter sich zumachen, wenn Sie das Haus

verlassen oder betreten«, sagte Marian. »Wegen meines Hundes.«

»Katzen sind mir eigentlich lieber«, sagte Thyra Vinding. »Der, der früher hier gewohnt hat, hatte eine Katze.«

*

Der Polizist notierte die Informationen und gab sie ins System ein. Andreas Lindeberg war eins neunundsiebzig. Er war dünn und hatte halblange blonde Haare. Er trug eine blaue Jacke, Jeans und weiße Turnschuhe. Er war weder am Donnerstag noch am Freitag zur Arbeit in der G-Sport-Filiale in Grensen erschienen. Und seine Freunde konnten ihn ebenfalls nicht erreichen. Er hatte eine kleine Wohnung in der Gustav Bloms gate in Ruseløkka, gleich bei der US-Botschaft. Der Vater war zwei Tage zuvor nachmittags dort gewesen. Der Sohn war am Vorabend mit einigen Freunden in der Stadt unterwegs gewesen. Keiner dieser Freunde hatte eine Ahnung, wo er jetzt sein könnte. Der junge Mann gehörte keiner besonderen Szene an. Die Eltern, die in Vinderen wohnten, wirkten ein bisschen hysterisch, notierte der Polizist. Er stellte sich Andreas Lindeberg als verwöhntes Muttersöhnchen vor, und er verfasste nur einen oberflächlichen Bericht. Sie hatten häufiger solche Fälle. Er sagte den Eltern, es komme durchaus vor, dass Jugendliche für einige Tage verschwanden. Derzeit gebe es in Norwegen über tausend vermisste Personen, sechshundert davon in Oslo und Umgebung. Als ob das ein Trost wäre. Er bat sie, ein wenig zu warten. Aber er versprach, die Auskünfte an die Vermisstenabteilung weiterzureichen, und beruhigte sie damit, dass Jungen in dem Alter oft einfach nur ein Mädchen kennengelernt hätten.

17

Es war Nacht. Der Regen strömte draußen durch die Dachrinne und hämmerte gegen den Stahl. Andreas fror. Etwas war mit seinem Kopf passiert. Die Knochen an der Seite der Stirn, an der Schläfe, wirkten wie eingesunken. Er betastete die Stelle vorsichtig mit den Fingerspitzen und krümmte sich in Embryostellung zusammen. Das Blut strömte aus den Verletzungen um die Enddarmöffnung. Er hatte den Mann gefragt, was sie wirklich mit ihm vorhatten, aber der Mann war stumm, sah ihn nicht an, schaute nur nach unten, zur Seite oder nach oben. Der Schmerz übertraf alles, was er jemals verspürt hatte. Er drehte sich vorsichtig um. Sein Rückgrat fühlte sich wie gebrochen an, als hätten sich die Knochen darin gelöst. Unter ihm war alles feucht, es roch nach Blut. Wie viel Blut konnte ein Mensch verlieren?

Als er in dem Kindergarten gearbeitet hatte, hatten die Kinder Sterne gezeichnet, die sich vom Himmel lösten und ins Meer fielen. Es war nur Unsinn, dass sich Sterne lösten. Toby hatte damit angefangen; große Sterne mit spitzen Kanten, die ins Meer fielen und von Fischen gefressen wurden. Simen, der, der ihm die Arme um den Hals legte und sich an ihn drückte, wie Mädchen das machen, wollte nicht zeichnen. Und obwohl er ihnen von seinem Traum erzählt hatte, Astronaut zu werden, und gesagt hatte, dass man werden kann, was man will, schauten sie in eine andere Richtung, wenn er morgens kam. Es war, als ob sich der Erdball selbst um ihn wickelte und versuchte, ihn zu erwürgen; vor nicht allzu langer Zeit war er ein normaler Junge gewesen, zu Hause in der Stadt, bei seinen Freunden. Jetzt war er die Hauptperson in einem Horrorfilm. Er war der Sohn seiner Eltern. Der Freund seiner Freunde. Es gab viele Arten zu sterben, das hier war sicher die schlimmste.

Er zog die verschmutzte Fleecedecke von Ikea über sich. Sein

Weinen war dunkel, fühlte sich in seinem Hals an wie Watte, als wäre er erkältet.

Er schaute zur getäfelten Mansardendecke hoch, zu der Glühbirne mit dem grellen Licht, zu der Tür mit dem Metallschloss, zu einer Fliege und einer Motte. Alles war still. Auch der Hund unten in der Werkstatt. Der war wie ein Grenzwächter bei dem Wellblechtor, dieser Hund. Die Knieschalen kamen ihm zu groß für seine Beine vor.

Sie hatten ihm wieder Essen gebracht, Brot und etwas Käse. Und Wasser. In der Stille in diesem Verschlag hatte er nur einen Gedanken: *Wer waren diese Menschen?* Er stieß mit dem Fuß gegen die Vase, die mit dem anderen Schrott zusammenstand, und sie kippte zur Seite und zerbrach. Eine Scherbe fühlte sich unter seiner Fußsohle an wie eine scharfe Kante.

*

Annie Ormberg Johansen lag in ihrem Reihenhaus in Nordstrand und lauschte dem Regen. Sie stand wieder auf, ging ins Wohnzimmer, setzte sich auf das Sofa und griff nach einer Decke. Der Schrank aus Kiefernholz an der Längswand war viel zu groß für das Zimmer. Auf jeder Seite des Fensters stand ein Sessel – sie saß abwechselnd darin, um sie gleichmäßig abzunutzen. Der eine gehörte ihr. Der andere hatte Thona gehört. Die Tochter war so stolz auf diesen Erwachsenensessel gewesen.

Während die Tropfen gegen das Wohnzimmerfenster hämmerten, gab sie den Namen ihrer Tochter im iPad ins Suchfeld ein. Sie hatte sich das jetzt schon länger nicht mehr angetan. Bilder tauchten auf, dazu zahlreiche Meldungen aus den Medien. Sie las eine: *Die Mutter ließ die Tochter auch bei zwei früheren Gelegenheiten im Garten allein. Die Enkelin der Vorsitzenden des Kleingartenvereins ist ungefähr im selben Alter, und die beiden Mädchen spielten zusammen. Aber Thona verschwand. Niemand hat sie seither gesehen.* Dann tauchte ein Pop-up von Interflora auf. *Schicken Sie einen letzten Gruß.* Sie klickte alles weg, holte tief Luft und starrte ins Leere. Sie dachte, dass sie vielleicht Strafe verdient hätte. Die Kolleginnen sagten, sie müsse weiterkommen. Annie war doch weitergekommen, aber so weit nun auch nicht, auch wenn der Traum, in dem sie von ihrer Tochter Abschied nahm, jetzt nicht mehr ganz so oft kam: Thona, die durch das hohe Herbstgras ging, vorbei an den Bäumen und über den kleinen Weg, der die Kleingärten teilte. Sie ging vorbei an der Vogelscheuche. Und im Traum sagte sie zu ihrer kleinen Tochter: Wenn ich dich das nächste Mal sehe, bist du nicht mehr da. Dieser grauenhafte Satz. John war für Thona niemals dagewesen. Er hatte das auch nicht gedurft, nachdem er Cathryn geschwängert hatte. Sie hatte ihn bestraft, indem sie ihm die Tochter vorenthalten hatte.

Myrtel Haug war jetzt fünfundsechzig, rechnete Annie sich aus. Sie hätte mit Elly Haug sprechen müssen. Und sie hätte mit der Taubenfrau sprechen müssen, aber das brachte sie nicht über sich. Ihre Leben hingen so eng zusammen, dass physische Entfernung keine Bedeutung hatte. Es musste auch für diese beiden grauenhaft sein. Sie konnte nicht begreifen, dass so viele Jahre vergangen waren. Als sie aufschaute und in den Raum blickte, hatte sie das Gefühl, in der Zeit zurückzusinken. Die Nächte wurden kälter und dunkler. Wieder. Sie vergaß jede Jahreszeit, sowie die vorüber war.

*

Am Samstagmorgen machte Marian es sich mit zwei großen Kissen im Rücken im Bett bequem. Sie zog sich die Decke über die halben Oberschenkel. Und stellte den Mac auf die Decke. Birka lag am Fußende. Es dauerte nicht lange, sich ins Polizeiarchiv einzuloggen. Marian legte den Kopf in den Nacken und ließ die Augen für einen Moment am Holz der hohen Decke ruhen.

Glenn, Myrtel Haugs Sohn, nahm Drogen. Er war zahllose Male vernommen worden. Weil er sich bei Thonas Verschwinden in der Nähe aufgehalten hatte, aber das hatte er abgestritten, und nichts ließ sich beweisen. Dann tauchte er ab. Myrtel wollte ihn nicht gesehen haben. Sie wollte mit ihrem Sohn nichts zu tun haben. Dysfunktionale Familie, mit anderen Worten. Glenn Haug war Ellys Vater. Ellys Mutter war an einer Überdosis gestorben, als die Tochter vier war. Myrtel Haug war vielleicht nicht die ideale Betreuerin. Irgendwer hatte das in den Unterlagen notiert. Mit Bleistift am Blattrand. Beim Taubenschlag hatte der Spürhund angeschlagen, aber er war abgelenkt worden, von den Vögeln, hieß es im Protokoll. Denn im Taubenschlag hatten sie das Kind nicht gefunden.

Sie griff zu dem Knausgårdbuch, das auf dem Nachttisch lag. Schlug es auf und las die letzten Zeilen noch einmal. Weil sie bei der Arbeit mit dem Tod zu tun hatte: Und der Tod, den ich stets als die wichtigste Größe im Leben betrachtet hatte, dunkel, anziehend, war nicht mehr als ein Rohr, das platzt, ein Ast, der im Wind bricht, eine Jacke, die von einem Kleiderbügel rutscht und zu Boden fällt.

*

Thyra Vinding ging ans Küchenfenster. Ihre Wäsche wehte von den alten verrosteten Wäschepfählen. Es war Sonntag, aber sie hatte die Wäsche trotzdem aufgehängt. Wenn der Wind die Pfähle packte, war ein lautes Jammergeräusch zu hören. Es war kein gutes Wetter zum Trocknen, aber sie hatte ja vor allem gewaschen, um etwas zu tun zu haben. Sie wartete darauf, dass die Nachbarin mit dem Hund herauskäme. Der Hund hatte seine feste Schnupperrunde. Die Stellen, wo früher einmal Rasen gewesen war, waren jetzt von Blättern bedeckt, aber die meisten hingen noch an den Bäumen. Niemand harkte noch Laub. Wenn jemand an der Tür klingelte, ließ sie diese Leute ein, denn die dort oben hatte keine Gegensprechanlagen, wie sie jetzt so modern waren. Doch so gefiel es ihr; das Geräusch der Klingel war tief wie eine Bassstimme. Sie schaute auf die kleine Kiesfläche vor der Tür hinaus. Kein Hund. Verwelkte Grasbüschel ragten hier und dort auf. Es gab dort draußen so viele Verrückte: Bettler, Zuwanderer und Drogensüchtige. Der Künstler hatte häufig Besuch, wie sie sah. Unter anderem von einer kräftigen Frau. Sie hatte diese Frau vorhin eingelassen, und vor einigen Wochen hatte der Künstler sie nackt im Garten fotografiert. Das ging doch nicht. Thyra hatte das Fenster offen gehabt, sie hatte die beiden miteinander reden hören, das Geräusch der Verschlussklappe des altmodischen Fotoapparates hatte die Stille zerklickt. Und danach waren die beiden wieder nach oben gegangen, man konnte sich ja denken, was sie da oben trieben. Vor kurzem waren auch zwei junge Mädchen da gewesen. Sie waren vielleicht vierzehn oder fünfzehn. Aber er brauchte wohl Modelle jedes Alters. Wenn er sie fragte, würde sie mitmachen. Alte Körper waren doch wohl interessant. Es gab schlimmeres, die Zeitungen berichteten von Ausländern, die versuchten, sich bei alten Leuten einzuschleichen, um sie auszurauben. Wenn sie erst einmal im Haus waren, stahlen sie wie die Raben. Sie war eine Art Hausmeisterin. Eine, die aufräumte, eine, die schön machte, ordnete und bewahrte. Jetzt hörte sie Schritte auf der Treppe. Die Tür wurde geöffnet. Es war die Frau aus der Turmwohnung, die ihren Hund im Garten auslüften wollte. In den Zeitungen wurde jetzt so oft über Ausländer geschrieben. Horden, die in Plastikbooten über das Mittelmeer kamen. Und auch wenn die in der Turmwohnung nicht *so eine* war, so war sie nicht freiwillig hergekommen, das war doch klar, sie war adoptiert. Sie sahen sich alle so ähnlich, die *Adoptierten.*

18

Um neun Uhr am Montag, dem fünften September tauchte endlich Karsten Tønnesen im Kellerbüro auf. Marian war mit der Straßenbahn zur Arbeit gekommen. Birka war zu Hause. Es regnete wieder, und Marian hatte einen nur teilweise funktionierenden Regenschirm. Der Polizeipsychiater war ein hochgewachsener und schmaler Mann in den Siebzigern – mit grauen Haaren und einer leicht undefinierbaren Frisur. Er zog sich den anderen Stuhl heran und nahm Marian gegenüber Platz. Das karierte Flanellhemd und die altmodische Cordhose standen ihm gut. Er sprach mit dem Akzent von Arendal und war noch immer braun.

Marian kam die ganze Situation plötzlich vor wie ein Schmerz im Zwerchfell. Sie war sonst immer so tüchtig, sie liebte Routine und Sicherheit und die Arbeit, die ihr das Wichtigste im Leben war. Aber sie hatte am Wochenende zu viel getrunken. Deshalb war sie nicht mit dem Auto gekommen. Wenn sie erst anfing, schien sie sich nicht beherrschen zu können. In der Handtasche hatte sie die Ginflasche; die hätte sie besser zu Hause gelassen. Sie schob die Flasche mit dem Fuß weiter unter den Tisch. »Ich bin ja gespannt auf deine Ansichten, damit wir richtig loslegen können«, log sie. Sie hatte ja schon richtig losgelegt.

Tønnesen überlegte. »Ich hoffe, es ist in Ordnung, hier unten zu sitzen? Es ist ja ein spannender Fall. Und wir müssen etwas erreichen. Nur die Ergebnisse zählen«, sagte er und setzte sich mit feierlicher Miene aufrecht.

Marian sah ihn lange an. Er hatte grobe weiße Falten in den Augenwinkeln – er war sicher viel draußen gewesen und hatte mit zusammengekniffenen Augen zur Sonne hochgeschaut. »Ich fühle mich wohl hier«, sagte sie.

»Wir müssen weiterkommen, Ergebnisse erzielen.«

»Unbedingt.«

Das war leeres Gerede. Sie ertappte sich bisweilen dabei, dass sie Männer verachtete; das hing mit ihrer Kindheit zusammen, damit, wie die Mutter den Vater schikaniert hatte. Er war zu schwach gewesen, um sich zu wehren. Tønnesen wusste vielleicht, dass einmal die Sondereinheit ihre Vergangenheit durchforstet hatte. Bei diesem Gedanken schämte sie sich.

»Annie Ormberg Johansen ist nicht bei Facebook. Das ist eigentlich ein bisschen seltsam. Bist du bei Facebook?«

Er schüttelte den Kopf.

»Ich auch nicht«, sagte sie.

Tønnesen sagte: »Wir müssen die Presse einschalten. Die Erinnerung der Öffentlichkeit aktivieren.«

»Sehe ich auch so. Aber die Medien musst du übernehmen. Dieser Belastung bin ich noch nicht gewachsen.«

Er zuckte mit den Schultern.

Sie spielte an irgendwelchen Papieren herum, gab vor, etwas zu suchen. Die Abteilungsleiterin hatte sie einmal als Genie bezeichnet. Das hatte jedoch kein Kompliment sein sollen. Ihre Methoden seien eine Art Kriegserklärung an die ganze Truppe, hatte sie gesagt. Marian respektiere keine Gesetze und Regeln. Und dann hatte die Sondereinheit ihr auf den Zahn gefühlt, hatte aber nichts finden können, das gegen sie gesprochen hätte. Sie hatte vor einigen Jahren von einem älteren Polizisten einige Millionen Kronen geerbt. Er war wie ein Vater für sie gewesen, mehr nicht. Sie waren beide gleichermaßen einsam und eigen gewesen, aber sie dachte jetzt nicht mehr sehr oft an ihn, denn der Unfall hatte alle ihre Kräfte aufgezehrt. Ein halbes Jahr vor dem Brandunglück hatte sie sein Haus verkauft, hatte das alles von einer Maklerfirma erledigen lassen. Für dieses Geld hatte sie im Frühling die Wohnung im Drachenhaus erstanden; als sie aus dem Koma erwacht war, hatte sie auf dem Überwachungsbildschirm das Parallelogramm gesehen, und sie war hungrig gewesen und es hatte nach Ruß gerochen. Und sie hatte beschlossen, einen neuen Anfang zu machen.

Tønnesen sagte: »Woran denkst du, Marian?«

Sie antwortete: »An nichts. Immerhin bleiben uns die ewigen Besprechungen und das Berichterstatten erspart. Mein Motto ist: Alles untersuchen, was unmöglich ist, und danach die Überzeugung ändern.«

Er sah sie an. »Das ist ein gutes Motto. Wir müssen natürlich die Vernunft anwenden, auch wenn die Vernunft nicht immer gut ist. Bei meinem ersten Fall als Polizeipsychiater haben wir nach einem Mädchen gesucht, das nach der Schule verschwunden war. Die Eltern waren verzweifelt, vor allem der Vater war von Verzweiflung und Kummer zerfressen. Aber nach vierzehn Tagen fanden wir die Leiche auf dem Dachboden des Vaters. Er hat mich total an der Nase herumgeführt. Ich habe gelernt, analytisch zu denken, mich ein wenig zurückzuziehen, wenn die Vernunft zu stark wird. Wir werden eine Möglichkeit finden, wie wir zusammenarbeiten können«, sagte er. »Ich kenne mich mit sozialen Medien nicht aus. Ich hoffe, das kannst du übernehmen?«

»Cato Isaksen und sein Team haben damals keine gute Arbeit geleistet«, sagte sie. »Das ist meine Schlussfolgerung. Elly Haug geht nichts ans Telefon, wenn ich da anrufe. Auf SMS reagiert sie auch nicht.« Sie hätte jetzt aufhören müssen, sich auf den Fall beschränken, aber sie sagte: »Mit acht Jahren habe ich mir eine Pistole gewünscht.«

Er lächelte. »Du bist witzig. Dann bist du jetzt jedenfalls am richtigen Ort gelandet.«

»Es hilft doch nichts, dass die Polizei wegen der aktuellen Gefährdungslage bis auf weiteres bewaffnet ist. Ich bekomme trotzdem keine Waffe.«

Er lachte. »Wie schade! Mit einem Spielzeug kann man es weit bringen. Ich kenne natürlich die ganzen Berichte darüber, wie schwer Frauen es bei der Polizei haben.«

Er versuchte es mit Humor. Das stand ihm nicht, und sie hatte es auch nicht so gemeint, dass Frauen es schwer hätten. Begriff er, dass sie getrunken hatte?

Er sah sie an. »Mir ist schon klar, dass du gern Abkürzungen nimmst.«

»Abkürzungen? Wie meinst du das?« Ihr Herz hämmerte los, er kam ihr nicht gerade freundlich vor.

»Gerüchte.« Tønnesens Gesicht zeigte plötzlich eine Art von

herablassender Nachsicht. Er lächelte nicht mehr, sondern sagte: »Ich glaube, du und ich werden gut zusammenarbeiten. Wollen wir nicht einfach mit einem Besuch bei Myrtel Haug anfangen? Ihr Sohn stand doch unter Verdacht.«

»Ich war am Freitag da«, sagte sie. »Weil ich zufällig vorbeikam.« Tønnesen konnte sie nicht durchschauen. Selbst ein Psychiater war kein Hellseher.

»Ach was! Und wie war sie? Ihr Sohn wurde ja nur aufgrund von Indizien verdächtigt.«

»Myrtel Haug erinnerte mich an meine Adoptivmutter. Ich konnte sie nicht leiden.«

Karsten Tønnesen zuckte mit den Schultern. »Dann fahren wir eben zu Annie Ormberg-Johansen.«

»Da war ich auch schon, im Krankenhaus«, sagte Marian. »Aber wir können ja noch mal hinfahren.«

19

Am Ende des Ganges gab es ein kleines Fenster. Wenn er diesen Schrank verlassen und sich durch das Fenster pressen könnte, würde er auf das flache Dach der Werkstatt fallen. Es gab auch neben dem Wohnzimmerfenster eine Tür, nicht nur das Garagentor. Das hatte Andreas gesehen, als sie an dem Abend gekommen waren, ehe der Wagen in die Garage gefahren war. Es gab also drei mögliche Ausgänge.

Die Folter war so grauenhaft gewesen, dass sein Gehirn versuchte, die Erinnerung daran zu blockieren. Wenn er wieder nach Hause käme, dürften seine Eltern nichts davon erfahren. Es war krankhaft, dass er jetzt daran dachte, dass sie nichts erfahren dürften. Er dachte an den letzten Abend mit seinen Freunden. Die Jukebox im London Pub hatte eine magische

Anziehungskraft ausgeübt. Sie waren aus Jux hineingegangen, waren auf dem Weg nach Hause zufällig dort vorbeigekommen. Sie waren nicht schwul. Er war nicht schwul. *Das* war er nicht. Er dachte jetzt an das rote Licht. Die Gesichter seiner Freunde, die von den beiden roten Lampen angeleuchtet wurden. Sie wussten nichts über ihn. Die Jukebox war wie ein Schaufenster; der Zettel mit den Titeln der Lieder war fächerförmig. Wenn man sich daran lehnte, spürte man die Musik im Körper.

Er legte die Hände zu einer Schale zusammen und hielt sie sich an den Mund. Er drehte sich um. Sein Hüftknochen tat weh. Der Mann hatte die Porzellanscherben der Vase entfernt, aber Andreas hatte die längste, gröbste unter dem Teppich versteckt. Das hier war nur das Vorzimmer zur Hölle. Dreimal hatten sie ihn jetzt auf den grauenhaften Stuhl gezwungen. Er begriff, dass sie ihn noch länger hätten sitzen lassen können, und dann wäre er jetzt tot.

Er zog die scharfe Scherbe hervor. Wenn er sich beeilte, könnte er den Mann überwältigen, ihm die Spitze gegen den Hals drücken. Er würde das tun, wenn der Mann das nächste Mal die Tür öffnete.

*

Karsten Tønnesen bremste vor einem Bagger. Marian Dahle füllte den Wagen mit einem süßen Duft, in dem noch etwas anderes lag, Parfüm oder Schnaps.

Die Baggerschaufel donnerte auf den Asphalt. »Straßenarbeiten«, sagte er. »Hier in dieser Stadt wird aber auch überall gebuddelt.«

Über vierzig Jahre lang hatte er der Polizei bei ihren Fällen geholfen. Sein Leben als Rentner war nicht ganz so geworden, wie er sich das vorgestellt hatte. Er hatte Enkelkinder, und seine Frau hatte die liebend gern zu Besuch, aber der Kinderlärm machte ihn müde. Es war schön, wieder einen Auftrag zu haben. Er freute sich darauf, die Mutter des verschwundenen

Kindes kennenzulernen und richtig anzufangen. Marian wirkte älter, als sie war, und kam ihm ein bisschen kalt vor, sie hatte so etwas von Rühr-mich-nicht-an. Sie war mutig und ängstlich. Er war daran gewöhnt, Menschen zu deuten, und dachte, das hier könne spannend werden.

Die Autoschlange bewegte sich ein wenig vorwärts. Marian hatte wirklich einen schlimmen Unfall hinter sich. Er konnte ihr nicht ansehen, was sie dachte, aber es war ihr wichtig, sich zu beschützen. Das könnte eine Herausforderung sein. Sie redete wie ein Polizeibericht, was sie auch gleich danach bestätigte: »Ich habe übrigens Judith Lewis Hermans *Die Narben der Gewalt* gelesen«, sagte sie. »Ich habe viel gelesen.«

»Über Opfer?«, fragte er.

»Ja«, sagte sie.

Ein Mann in oranger Weste winkte sie an dem Bagger vorbei. Tønnesen trat auf das Gaspedal. Sein Auto war alt und träge. »Psychisches Trauma ist ein Leiden, das die Ohnmächtigen trifft«, deklamierte er. »Wie gut, dass du dein Fach beherrschst.«

Sie sagte: »In dem Moment, in dem das Trauma entsteht, wird das Opfer von einer überwältigenden Kraft hilflos gemacht. Wenn es sich dabei um eine Naturkraft handelt, sprechen wir von einer Katastrophe. Wenn die Macht von anderen Menschen ausgeübt wird, sprechen wir von einer Gewalthandlung. Das stammt aus dem Buch. Aber das weißt du ja. Es ist eine Art Bibel.«

Er nickte. »Opfer ist der richtige Name für Thona, egal, was mit ihr passiert ist.«

Dann sagte Marian: »Myrtels Sohn ist doch Alkoholiker und Drogenkonsument. Myrtels Schwiegertochter war eine pflichtbewusste Krankenpflegerin, steht in den Unterlagen, aber dann hat sie Myrtels Sohn kennengelernt und angefangen, bei der Arbeit Tabletten zu stehlen, und schließlich wurde sie selbst süchtig. Und dann ist sie gestorben.«

»Im Rausch walten starke Kräfte. Ich trinke nicht, weil ich einen Sohn habe, der Probleme hat.« Tønnesen fuhr sich mit der Hand durch seine zerzausten Haare.

Marian sah ihn an. »Die Menschen leben, dann sterben sie«, sagte sie. »Und wir müssen herausfinden, wie.«

*

Sie betraten die Tagesklinik. Marian erkannte Dan Brodahl sofort, als sie durch die Tür kamen. Er trug jetzt einen weißen Ärztekittel und sah gleich weniger maskulin aus. »Annie ist heute nicht im Dienst«, sagte er. »In letzter Zeit war alles ein bisschen viel für sie.« Er schaute auf die Uhr. »Ich habe gleich oben einen Termin. Tut mir leid. Kommen Sie lieber morgen wieder.«

Sie fuhren zu den Kleingärten. »Ich werde Annie anrufen und einen Termin bei ihr zu Hause verabreden«, sagte Marian. »Ich möchte sehen, wie sie wohnt.«

Tønnesen fuhr durch das offene Tor und hielt vor dem roten Haus. Niemand öffnete, als sie an die Tür klopften.

Aus dem Taubenschlag war Gurren zu hören, und sie gingen hin, es waren nur knapp dreißig Meter. Die Öffnungen waren mit Hühnerdraht abgedichtet. Die Vögel waren eingesperrt. Aus den Unterlagen wusste Marian, dass der Polizeihund auf der Suche nach Thona beim Taubenschlag angeschlagen hatte, aber sie hatten ihn dann noch einmal suchen lassen, und dann hatte er nicht angeschlagen. Vogelexkremente rochen sehr streng.

Tønnesen wollte sehen, wo die Mädchen mit dem Ball gespielt hatten. Marian zeigte ihm die Stelle. Dort stand eine Schubkarre, voller Laub und Dreck und großer Moosstücke. Ein Krähenschwarm stob aus einer Pappel auf.

Die Sonnenblumen hinter der Vogelscheuche hatten faserige Stängel, waren in der Mitte braun und hatten zusammengerollte blassgrüne Blätter. Der Gestank nach Verwesung war unangenehm. Auf dem Boden lag ein Kürbis. Er sah künstlich aus. An einem kleinen Baum lehnte ein Spaten, im Stamm war ein Loch.

*

Myrtel Haug stand in dem morschen Schuppen und beobachtete die beiden. Die Polizistin hatte also einen Kollegen mitgebracht, einen großen alten Mann mit grauer Mähne. Sie standen hinten bei der Vogelscheuche. Der Hund war nicht dabei.

Sie schüttelte einen Regenwurm von ihrem mit Erde verschmierten Handschuh und stellte den Topf auf eine der Eisenbahnschwellen, die den Boden bildeten. Der Boden war mit graugrünem Hühnerkot bedeckt. Zwei Klumpen klebten unter ihren Stiefeln. Sie fand es schrecklich, dass sich die Polizei hier herumtrieb. Glenn konnte durch so etwas gefährlich werden. Ein Leopard ändert seine Flecken nicht. Alles war jetzt fünfzehn Jahre her. Sie erinnerte sich so genau, als wäre es gestern gewesen. Sie sprachen nie darüber, die Kleine und sie, darüber, wie der Tag wirklich verlaufen war. Die Bilder von Pflanzen und Bäumen und Gras, alles zusammen wurde zu einem großen grünen Rad, das sich in ihrem Kopf immer wieder um sich selbst drehte. Und es wimmelte in den Bäumen von schwarzen Vögeln, als ob sie gekommen wären, um ein Schwätzchen zu halten. Das ganze erste Jahr war schrecklich gewesen. Dann war es wieder Sommer geworden. Mit Vierecken aus Licht auf dem Holzboden in dem kleinen Wohnzimmer und fließendem Wasser in den Brunnen. Die Bäume bekamen Blätter, der Himmel zeigte ein scharfes Blau, und die Hagebuttensträucher hatten gezackte Blätter. Sie legten ein Herbarium an. Elly konnte sich die Pflanzen holen, die sie wollte. Von jeder Parzelle. Einmal hatte sich ein Mann beklagt, weil Elly aus seinem Beet eine kleine Blume gepflückt hatte. Darauf hatte sich Myrtel aufgeblasen wie eine Furie und gesagt, das hier sei *ihr* Garten, und so kam es ihr auch vor, auch wenn sie von der Gemeinde angestellt war.

20

Die Polizei bekam bitteren Kaffee in angeschlagenen Tassen. Sie hatte sie ins Haus bitten müssen, alles andere hätte Verdacht erregt. Sie fuhr sich müde über die Stirn. Myrtel blieb bei der Bank stehen. Oda wachte draußen wie eine hellwache Kröte, aber sie konnte ihr ein Zeichen geben, dass sie gehen dürfte. Myrtel sah den breiten Rücken ihrer Gehilfin durch das Tor verschwinden.

Marian setzte sich auf einen Hocker und schaute sich um. Die Haustür hatte ein Glasfenster und führte gleich in die Küche. Der Raum hatte Bretterwände und eine Bretterdecke, alles war aus Holz, wie in einer Ferienhütte. Am Fenster hingen zusammen mit getrockneten Kräutern zwei Taubenfüße an einer Schnur. Es stank nach Nikotin. Schmutziges Geschirr war auf der Anrichte aufgestapelt. Zwei tote Fliegen hingen am Nylonrand der Gardine fest. Ein graues Katzenjunges miaute plötzlich neben ihren Knöcheln.

»Sind das alle Katzen, die Sie haben?« Marian bückte sich und streichelte den Rücken des Kätzchens.

In diesem Moment kam ein zerzaustes und ziemlich bejahrtes Tier vom Wohnzimmer herüber.

»Ich habe vier. Madame ist siebzehn. Die anderen sind im Garten«, sagte Myrtel Haug und nickte ihr zu. »Was ist mit Ihrem Gesicht passiert?«

»Brand«, sagte Marian kurz und sah zu Tønnesen hinüber. Die Katze hatte also schon gelebt, als Thona verschwunden war. Wenn Tiere sprechen könnten? Ihr Auftrag lautete, alle vorstellbaren Alternativen, möglichen Geschehnisverläufe an dem Tag, an dem das Mädchen verschwunden war, zu untersuchen. Geplauder gehörte nicht dazu. »Das ist ja nun fünfzehn Jahre her«, sagte sie und nahm ihren eigenen harschen Geruch wahr. »Wo können wir Ihren Sohn antreffen?«

Die andere gab keine Antwort.

»Ihr Sohn hat Ihnen vielleicht etwas erzählt, das uns weiterhelfen kann«, sagte Tønnesen.

»Was sollte das denn sein? Der weiß nichts.«

*

Sie hatten doch in dem anderen Haus gewohnt, als das Mädchen verschwunden war, in dem kleinen. Aber das hatten diese neuen Polizisten nicht mitbekommen, dass sie vor zwölf Jahren in das große rote umgezogen war. Hier war es nicht so zugig, aber sie hatten mehr Verkehrslärm, die Autos fuhren ja gleich auf der anderen Seite der Wände vorbei, in alle Richtungen. Das alte Haus sah einem großen Lagerschuppen zum Verwechseln ähnlich. Es wurde jetzt auch als Lager benutzt, war von der Decke bis zum Boden mit Kram vollgestopft. Möbel, Esstische, Stühle und ein altes Sofa. Mottenzerfressene feuchte Teppiche. Und Vorhänge, die noch immer an den Gardinenstangen befestigt waren. Betten und Säcke mit schmutzigen alten Kleidern gab es dort außerdem.

»Erzählen Sie mir etwas über Tauben«, sagte der Polizist.

*

»Über Tauben gibt's nichts zu sagen. Das sind Vögel wie andere Vögel eben. Die Leute mit den Gärten kommen gern her und machen es sich gemütlich. Sonnen sich, bringen Kaffee in der Thermoskanne und Brote mit. Jäten ein bisschen Unkraut und kommen zur Ruhe.«

Marian trank einen Schluck von dem lauwarmen Kaffee. Auf dem Tisch lag ein vor Schmutz grauer Lappen. Ein hoher Zeitungsstapel thronte auf dem einen Küchenstuhl.

Myrtel Haug starrte sie an. Marian war an die Mienen ihrer Mutter gewöhnt. Die Mutter zeigte deutlich, wie idiotisch Marian ihr vorkam. Sie hatte ihre Kindheit hindurch Magenschmerzen und Kopfweh gehabt. Und jetzt kam es ihr wieder so vor.

»Mein Sohn … den hattet ihr ja in Verdacht. Das hat ihn total kaputtgemacht. Ich weiß nicht, wo der ist. Hab ihn ne Ewigkeit nicht mehr gesehen.«

»Wie war er, ehe es passiert ist?«

Myrtel Haug sah Marian wortlos an. Die Frage hatte ins Schwarze getroffen. Er war damals natürlich ebenso hilflos gewesen.

»Ich muss mit Ihrer Enkelin sprechen«, sagte Marian jetzt. »Haben Sie sonst noch Angehörige?«

»Ich hab ne Schwester, aber mit der hab ich keinen Kontakt mehr.« Myrtel zog einen Becher Kaffeesahne aus dem Kühlschrank und goss daraus in ihre Kaffeetasse. »Wir sind zu ihr gezogen, als es hier so schlimm zuging. Waren zwei Wochen da. Elly war fünf, als es passiert ist. Sie weiß nichts mehr davon.«

»Mit fünf erinnert man sich doch schon an eine Menge«, sagte Marian und sah den Sahnebecher an. Ihre Adoptivmutter hatte Kuchen mit Sahnesteif gemacht. Marian hatte sich schon mit vier Jahren mit ihren Spielkameradinnen geprügelt und konnte sich an jedes Detail der Geschehnisse in Treppenhäusern und Kellern erinnern.

»Die weiß vielleicht noch, dass sie Ball gespielt haben. Sie studiert in Trondheim.« Myrtel sah für einen Moment stolz aus. Sie schloss die mit blauen Adern und Altersflecken überzogene Hand um die Kaffeetasse.

»In den Vernehmungsprotokollen von damals steht, dass Sie am Ende nicht mehr aussagen wollten«, sagte Karsten Tønnesen.

»Ich hatte das zum Kotzen satt. Ich wusste doch nix. Meine Schwiegertochter war tot. Ein verschwundenes Kind musste ich da nicht auch noch haben. Und einige Tage später hat Elly eine giftige Pflanze gegessen und musste den Magen ausgepumpt kriegen. Ist es so schwer zu verstehen, dass das zu viel war? Danach sind wir zu meiner Schwester gefahren.«

*

Zwei Sachen dominierten in den folgenden Tagen die Online-Medien und die Papierzeitungen: das Verschwinden des achtzehn Jahre alten Andreas Lindeberg und der Cold-Case-Fall. Thona Ormberg Johansen. Im Zusammenhang mit Thona stellte sich Tønnesen der Presse. Die Öffentlichkeit brachte einem distinguierten älteren Herrn Vertrauen entgegen. Der pensionierte Polizeipsychiater hatte sich zu Hause im Wohnzimmer in Nordberg abbilden lassen. Er hielt ein Foto von Thona in der Hand. Es war am Rand ein wenig zerknittert, und das Blitzlicht ließ es aussehen, als leuchte über ihrem Kopf ein Stern. Es wurde nach weiteren Zeugen gesucht, die Öffentlichkeit wurde zur Mitwirkung aufgefordert. Noch die geringste Kleinigkeit konnte von Bedeutung sein. An den folgenden drei Tagen liefen achtzehn Hinweise ein. Die Kripo reichte elf davon an Marian und Tønnesen weiter. *VG Nett* brachte ein Bild von Andreas Lindeberg. Er war ein Einzelkind aus Vinderen und hatte nie auch nur einer Fliege etwas zuleide getan. Er sah noch dazu gut aus, die Bilder zeigten einen bezaubernden blonden jungen Mann mit regelmäßigen Zügen und einem sympathischen Lächeln.

21

Marian ging die Rampe der Garagenanlage hoch und überquerte die Straße. Ein Bus fuhr vorbei und spie eine Wolke aus Auspuffgasen aus. Myrtel Haug hatte gesagt, sie habe ihren Sohn seit einer Ewigkeit nicht mehr gesehen. Das stimmte natürlich nicht. Da waren sich Marian und Tønnesen einig. Myrtel Haug war eine Zynikerin, die Taubenfrau war kein warmer Mensch. Tønnesen wollte sich nach Myrtel Haugs Schwester erkundigen. Marian sollte den Sohn ausfindig machen.

Sie hatte mit Elly Haug telefoniert. Die hatte eine neue Mobilnummer. Marian hatte ein Gespräch auf Face-Time vorgeschlagen. Aber Elly hatte gesagt, sie könne sich nicht mehr an sehr viel erinnern. Wenn Marian sie treffen wolle, dann werde sie in den Herbstferien nach Hause kommen. Das seien nur noch zwei Wochen. Dann könnten sie sich doch zu einem Gespräch verabreden.

Marian fand das Hospiz. Es lag gleich beim Hauptbahnhof in der Nygata. Das Steingebäude war auf der einen Seite ein wenig abgesackt, und der Anstrich war abgeblättert. Im Rinnstein draußen lag Abfall. Marian griff nach der Tür. Die war abgeschlossen, aber jetzt öffnete sie sich von innen. Ein heruntergekommener langhaariger Mann, genauso, wie sie sich einen Hospizbewohner vorgestellt hatte, kam heraus. Marian schlüpfte hinein.

Das Treppenhaus war düster und abweisend, unten hing eine mit Mitteilungen übersäte Pinnwand. Es roch sehr unangenehm. Das hier war einwandfrei eine Endstation. Hinter einer geschlossenen Tür waren wütende Stimmen zu hören. »Was bildest du dir ein, zum Teufel, mich kannst du nicht reinlegen«, brüllte ein Mann, dann schrie ein anderer zurück: »Scheiße, ich werd dir …« Es folgte ein Höllenlärm, offenbar wurden Möbel umgestoßen. Dann wurde es still. Marian stieg die Treppe hoch. Sie hatte schon als Kind gelernt, immer auf der Hut zu sein, immer einen Schritt voranzuliegen, falls etwas passierte. Sie verspürte jetzt diese Angst, und die war keine gute Eigenschaft für eine Ermittlerin.

»Die schwarzlackierte Tür«, sagte eine dünne Frau und zeigte darauf. »Da wohnt er.« Marian blieb vor der Tür stehen und lauschte einen Augenblick, dann hob sie die Hand und klopfte energisch mit den Fingerknöcheln. Niemand öffnete. Sie griff nach der Klinke. Die Tür war abgeschlossen. Der Lärm im Erdgeschoss hatte sich gelegt. Marian zog eine Visitenkarte aus der Tasche und schrieb auf die Rückseite eine Mitteilung: *Melden Sie sich.* Dann schob sie die Karte unter die Tür und ging.

Sie würde natürlich keinen Mucks von Glenn Haug hören, aber er wusste jetzt immerhin, dass sie ihn suchte.

In ihrem Kellerraum kniete sie sich vor den Pappkartons auf den Boden. Für einen Moment dachte sie an Birka, die zu Hause in der Turmwohnung war. Sie würde etwas früher nach Hause fahren müssen. Jetzt griff sie nach einem weiteren Karton und öffnete ihn. Ein Stück weiter unten zwischen den grauen Umschlägen lag ein Bild des Balles. Weiße Zettel waren mit Klebeband über den Fingerabdrücken befestigt. A: Thona Ormberg Johansen, und B: Elly Haug. Der Ball war schmutzig und mit Fingerabdrücken bedeckt. Einer sah schwarz und klebrig aus, war aber nicht identifiziert worden. Könnte es sich um Öl handeln? Oder Dünger? Oder einfach Erde? Sie musste den Ball finden und ins Labor schicken. Ihn mit dem neuen Verfahren überprüfen lassen. Das könnte entscheidend sein.

In den Regalen der Asservatenkammer lagen Hunderte von Nummernzetteln. Dass die Leute die Sachen nicht an die richtige Stelle zurücklegen konnten! Die kleinen Ziffern leuchteten ihr entgegen. Die Beweise mussten in der richtigen Reihenfolge liegen, so, wie sie registriert worden waren, aber das war nun eben nicht der Fall. Es gab so unvorstellbar viel: Kleider, Taschen, Lampen, Handschuhe, Baseballschläger, Schuhe und Stiefel. Jedoch keine Waffen. Die wurden in einem gesonderten Raum gelagert. Sie fand den Ball nicht. Beweise konnten auch vernichtet werden. Das Problem war, dass es keine Vorschriften dafür gab, wie lange etwas aufbewahrt werden musste. Neue Methoden könnten mehr Spuren aufweisen, als es früher möglich gewesen war. Etwas, das fünfzehn Jahre zuvor am Beweismaterial nicht aufgefallen war, könnte sich heute nachweisen lassen.

Sie ging zurück in den Kellerraum und googelte das Jahr 2001. Einfach, um das *Gefühl* von vor fünfzehn Jahren zu finden. Die erfolgreichsten Filme jenes Jahres waren unter anderem »Die fabelhafte Welt der Amélie«, »Crocodile Dundee in

Los Angeles« und »Fünfzehn Minuten Ruhm« mit Robert de Niro und Edward Burns. Sie war 2001 noch keine zwanzig gewesen. Thona war fünf. Sie waren nur dreizehn Jahre auseinander. Es war ein krankhaftes Gefühl. Sie schaltete den iPad aus und steckte ihn in ihre Handtasche.

Sie wollte schon gehen, als Cato in die Tür trat. »Was ist mit Australien?«

»Tønnesen kann nach Australien fahren«, sagte Marian. »Du musst irgendwie das Geld für seinen Flug auftreiben.«

»Die Kosten muss die Kripo übernehmen«, sagte Cato Isaksen.

In diesem Moment klingelte sein Mobiltelefon, und er trat hinaus auf den Gang. Er drehte sich ein wenig weg. Aber sie hörte, dass er über den vermissten Jungen sprach. »Ja, das ist allerdings kein Mordfall«, sagte er. »Der Gewaltabschnitt kann nichts unternehmen, wenn jemand vermisst wird. Dafür gibt es eine eigene Gruppe. Nein, ich bin über die Einzelheiten nicht informiert. Sohlenabdrücke seiner Turnschuhe in einem Keller in der Gustav Bloms gate?«

Marian zog ihre Jacke an.

»Und ihr habt sein Handy in diesem Keller gefunden?«, fragte nun Cato Isaksen. »Ja, aber dann müssen wir uns die Sache ansehen. Sicher, ich rufe gleich zurück.« Er beendete das Gespräch, drehte sich um und sah sie an. »Du überraschst mich immer wieder, Marian. Du lauschst.«

Sie lachte, das erste Lachen seit langem. »Ich gehe jetzt nach Hause, Cato. Tønnesen und ich haben vor, Annie bald zu Hause zu besuchen. – Was ist denn übrigens mit dem Jungen?«

»Du bist ja verdammt neugierig. Konzentrier du dich auf Thona. Du bist im Moment dem Cold-Case-Segment zugeteilt. Aber weiß Gott, wir sind zu wenige im Gewaltabschnitt.« Er war blass. »Andreas Lindeberg ist jetzt seit acht Tagen verschwunden.«

»Der Gewaltabschnitt ist doch meine Arena.«

Er seufzte tief. »Wir sind zu wenige, aber du musst erst wieder richtig zu Kräften kommen, schon aus eigenem Interesse.«

»Das weiß ich, aber ich komme zurück. Ich habe auch nicht mehr so starke Schmerzen. Ich muss nicht die ganze Zeit daran denken. Du weißt doch, wie das ist.«

»Im vergangenen halben Jahr haben hier etliche aufgehört, Marian. Sie haben Angebote von anderen Behörden bekommen, vom PST, der Abteilung für Wirtschaftskriminalität und der Kripo. Roger ist nicht mehr da, Irmelin Quist auch nicht. Die Flüchtlingskrise.« Er seufzte. »Die Terrorgefahr. Dieser ganze Mist. Ein kleiner Mord zählt irgendwie nicht mehr. Das ist krankhaft.«

»Das weiß ich. Was glaubst du eigentlich, was mit dem jungen Mann passiert ist?«

Cato sah sie an. »Er war mit seinen Freunden in der Nacht vor seinem Verschwinden noch spät im London Pub, aber es gibt keinen Grund zu der Annahme, dass es da einen Zusammenhang gibt. Es muss etwas im Treppenhaus und im Keller in dem Haus passiert sein, in dem er wohnt.«

22

Andreas hatte die Tür mit der Ferse auftreten können. Die Angel hatte sich vom Holzrahmen gelöst. Er blutete unter der Fußsohle, und Wade und Oberschenkel taten weh. Er setzte sich auf und horchte nach unten, aber niemand kam die Treppe hoch. Jetzt kroch er langsam über den grünen Teppich und hielt die Scherbe von der zerbrochenen Vase in der Hand. Er trug eine Trainingshose und ein viel zu großes mittelblaues T-Shirt. Er hatte viel Blut verloren, und ihm war schwindlig, aber er konnte sich an der Wand, an der die vielen Bilder hingen, aufrichten.

Die Schmerzen in der Hüfte krochen sein Rückgrat hoch. Das kleine Fenster am Ende des Ganges ließ sich nicht öffnen. Draußen dämmerte es, ein letzter Sonnenstreifen legte sich über die dunklen Tannenwipfel unten im Wald. Es war also Abend. Er hatte keine Ahnung, wo das Haus lag, aber sie waren in Richtung Lillestrøm abgebogen. Ein dumpfer Lärm von unten her ließ ihn zusammenfahren. War der Hund los? Er bewegte sich langsam auf die Treppe zu, zog sich am Geländer hoch und setzte vorsichtig einen Fuß auf die oberste Stufe. Die knackte. Sein Puls wurde schneller. Der Hund musste draußen in der Werkstatt sein. Er blieb stehen und lauschte, aber nichts geschah. Ein muffiger Schimmelgeruch drang aus dem unteren Stockwerk nach oben. Hörten sie, dass er kam? Er tastete mit beiden Händen auf dem Geländer herum und ging eine Stufe weiter nach unten. Das Blut an den Innenseiten seiner Oberschenkel war geronnen. Die Schwester – war sie jetzt dort unten? Die Alte lag bestimmt im Bett? Warteten die Männer auf ihn?

Mit unbeholfenen Bewegungen stieg er die Treppe hinunter und hielt sich dabei am Geländer fest. Warum brachten sie ihn nicht einfach um? Sie konnten ihn nicht mehr laufenlassen, das war ihm schließlich klar. Als Erstes würde er dann doch zur Polizei gehen. Das wussten sie ja. Er hatte schon einmal mit der Polizei zu tun gehabt. Die siebte Stufe knirschte, als er darauf trat. Er blieb stehen und hörte seinen Herzschlag. Der Schweiß lief ihm über den Nacken, dann erstarrte er.

*

Der Künstler sprach sie auf der Treppe an, nachdem sie mit Birka im Garten gewesen war. Im Treppenhaus war es halbdunkel, das einzige Licht fiel durch das bunte Glas der kleinen Fenster über der Tür. Marian hatte ihn bisher nie richtig angesehen. Aber es war eigentlich zu spät, ihm die Hand zu geben, da sie schon seit vier Monaten hier wohnte. »Sie arbeiten also bei der Polizei«, sagte er. »Lange Tage.« Er lächelte und fuhr sich durch seine weizenblonden Struwwelhaare.

»Woher wissen Sie das?« Sie sah seine Bartstoppeln an.

»Sie tragen ja den Dienstausweis um den Hals.«

Marian zog automatisch ihre Lederjacke vor der Brust zusammen. »Putzen wir die Treppe abwechselnd?« Sie sah die blankgestrichenen Stufen an. »Ich habe unten den Aushang gesehen.«

»Ich besorge eine neue Putzfrau, die Alte im Erdgeschoss meint, wir könnten das selbst erledigen.« Er lächelte wieder. »Verknacken Sie Leute, die zu schnell fahren, und so was?«

»Ich verknacke nie Leute, die zu schnell fahren«, sagte Marian. Sein Motorrad stand auf einer kleinen Rasenfläche gleich neben dem Tor, aber er benutzte es fast nie. Sie wollte schon nach seinem Namen fragen, denn der stand nicht auf seinem Briefkasten, aber nun merkte sie, dass er ihre Narbe anstarrte. »Komm, Birka«, sagte sie.

*

Nach der zwölften Stufe war er unten. Er hörte das Ticken der Wanduhr. Wenn die Schwester im Haus wäre, hätte sie ihn jetzt angehalten. Die enge Küche kam ihm heute fast noch enger vor. Unter den Wandschränken war eine kleine Lampe eingeschaltet. Auf der Anrichte stand die Spraybox mit dem Gas. Darauf war ein Bild eines Totenschädels über zwei gekreuzten Knochen. Er nahm die Dose und legte die Scherbe auf die Anrichte. Nun hörte er etwas: eine Bewegung, das Geräusch einer raschelnden Bettdecke. Das Geräusch kam aus dem Glasraum, von der alten Frau. Sie hatte leise ein Radio laufen, mit altmodischer Musik. Es war der Sender P1 Pluss. Seine Mutter hörte den auch gern, und dabei war sie erst dreiundvierzig. Er merkte, dass ihm wieder die Tränen kamen. Er konnte ein Stück vom Bett sehen, den untersten Teil und das Fußende. Die Decke war halbwegs auf den Boden gerutscht. Er machte noch einen Schritt.

*

Sie wusste es jetzt wieder, sie musste die Tür abschließen. Vielleicht bildete sie es sich ja nur ein, aber als sie im Wohnzimmer stand, hatte sie gehört, dass jemand nach der Klinke griff und versuchte hereinzukommen. Sie war auf den Gang hinausgelaufen und hatte die Tür aufgerissen, aber niemand war zu sehen gewesen. Eine Stelle, wo sie nachzusehen vergessen hatte, war die Treppe hoch zum Kriechboden. Die Treppe verschwand hinter einer Wand ganz oben, es war also durchaus möglich, sich dort zu verstecken. Marian mischte sich einen Gin mit Orangensaft. Sie brauche Vitamine, sagte sie sich. Die Mischung war ätzend im Magen, aber sie hatte Suppe, Rührei, Käse und Toast gegessen. Ab und zu musste sie Nexium nehmen, um das Gefühl von Magengeschwüren loszuwerden. Jetzt nahm sie dazu noch ein Vicodin, einfach sicherheitshalber. Sie schaltete den Fernseher ein und fühlte sich zum ersten Mal seit Monaten ruhig, als ob sie das Unglück wegbeschworen hätte, in der Situation ruhte, sie akzeptierte. Jetzt müsste sie nur noch die verdammten Ameisen ausrotten, dann hätte sie Frieden. Dumm, dass sie vorhin vergessen hatte, den Künstler zu fragen, ob es auch bei ihm Ameisen gebe. Annie Ormberg Johansen hatte sich früher mit ansteckenden Krankheiten befasst, im Institut für Volksgesundheit, vielleicht kannte sie sich mit Schädlingen aus?

*

Die alte Frau beugte sich aus dem Bett. Er sah ihre wimpernlosen Augen, einen grauen, wässrigen Blick. Sie drehte sich gleichgültig um und saugte an ihrem Zahnfleisch. Auf ihrem Nachttisch lagen eine Packung Zigaretten und Streichhölzer. Er ging hinein und nahm sich beides. Sah die Alte nicht an, steckte die Sachen einfach ein. Durch das Glas blickte er in die Werkstatt. Das Auto stand da. Der Hund auch, an der rostigen Kette. Aber die Motorräder waren verschwunden. Wo konnte die Schwester stecken? Er horchte, musste rasch handeln, aber er war so langsam. Neben der Diele gab es ein kleines Badezimmer. Wenn sie ein Festnetztelefon hätten, würde das in der Diele auf der Kommode stehen.

Die Badezimmertür stand offen. Es war feuchtwarm dort drinnen. Hatte gerade jemand geduscht? Er gab sich mit zitternden Händen Feuer. Die Luft wurde durch ein kleines Ventil hinausgesaugt. Er sah sein Spiegelbild an. Es war voller grauer Zahnpastaflecken, die sich über sein ganzes Gesicht verteilten. Er drückte die Zigarette im Waschbecken aus, und er musste sich einen Moment lang festhalten, weil ihm schwindlig war, ehe er zurück ins Wohnzimmer ging. Sein Herz hämmerte jetzt wie besessen. Nun sah er seine Kleider: sie lagen übereinander auf dem Sofa. Jeans, Pullover und Jacke. Sogar die Schuhe standen dort und leuchteten, ordentlich nebeneinander unter dem Couchtisch. Andreas streifte die scheußliche Trainingshose und das T-Shirt ab und zog, so schnell er konnte, seine eigenen Sachen an. Er überwand den Schmerz, als er sich bückte, um die Schnürsenkel zuzubinden. Er merkte plötzlich, wie arg er stank, als wäre sein Körper schon halb verfault. Und jetzt hörte er den Hund bellen. Die Kette klirrte. Er sah das gelbe Gebiss vor sich. Er musste hier so schnell weg, wie sein geschundener Leib das überhaupt schaffte. Ihm ging auf, dass er nur diese eine Chance hatte.

*

Marian nahm das Glas und setzte sich damit an den Esstisch, gab den Code in ihren iPad ein und suchte nach Ameisen. Bulldoggenameisen lebten von Nektar und Pilzen. Auf dem Bildschirm hinter ihr liefen Nachrichten über den verschwundenen Achtzehnjährigen. Sie drehte sich um und warf einen Blick darauf. Es gab Peter-Pan-hafte Bilder des Jungen. Jetzt wurden seine Eltern interviewt. Marian sah sich die beiden genau an. Sie waren ordentliche Menschen, vor einem ordentlichen Einfamilienhaus in Vinderen. Aber dann folgte schon eine andere Nachricht. Mehrere tausend Flüchtlinge waren auf griechischen Inseln an Land gegangen. Grenzzäune wurden hochgezogen, immer mehr, damit sie nicht in Horden nach Norden weiterwandern könnten. Marian drehte sich wieder zu ihrem iPad um. Sie dachte nur an die Ameisen. Die Königin ging auch auf Jagd, nicht nur die Arbeiterinnen. *Die Königin nährt die Larven mit ihrem eigenen Körperfett. Weil die Flügelmuskeln überflüssig werden, wenn sie sich die Flügel abreißen.* Marians Augen überflogen die Seite. *Einzelne Arten sind tagaktiv, andere rund um die Uhr. Die Jagdmethoden vieler Ameisen werden von Massenangriffen geprägt.* Sie stand auf und ging zum Sofa hinüber. Legte sich hin. Die Ameisen sollten verschwinden. Sie sah kurz einige neue Mails mit Hinweisen durch. Eine war besonders unwahrscheinlich und behauptete, Annie habe ihre Tochter selbst umgebracht. Die Einsenderin gab sich als Hellseherin aus. Nun klingelte ihr Mobiltelefon. Sie kannte die Nummer nicht, meldete sich aber. Es war Farhi Salman von der Kripo. Er sagte, sie müssten sich bald treffen. Seine Stimme war hell und angenehm. Sie sagte, das sei kein Problem, nur nicht sofort. Erst müsse sie Ergebnisse vorweisen können.

23

Es war eine diffuse Dunkelheit, abendliche Stille. Die Hochhäuser lagen wie eine Reihe schwarzer Vierecke unter dem grauschwarzen Himmel, solche Blocks, wie es sie am Stadtrand von Oslo überall gab; der asphaltierte Parkplatz, der Spielplatz mit den Schaukeln und dem großen Sandkasten, Holzbänke, von denen die Farbe abgeblättert war, und in regelmäßigen Abständen aufgestellte Laternen. Daran hingen überfüllte Mülleimer. Der große Strommast auf einer kleinen Rasenfläche zwischen den Blocks summte vor sich hin. Sicher wurden gerade die Kinder ins Bett gebracht. Die Fenster waren gelbe Flecken, die durch das Glas des Visiers miteinander verschwammen. Sie sprachen nicht miteinander, denn in einem dieser Blocks hier wohnte der Nächste auf ihrer Liste, ein Hausmeister. Glenn Haug hatten sie noch nicht ausfindig machen können. Er hatte im Bahnhof einen Schock erlitten, hatte offenbar begriffen, dass sie es auf ihn abgesehen hatten, deshalb mussten sie einen neuen Plan machen. Der Bruder war vorhin von der Arbeit nach Hause gekommen, ehe sie hergefahren waren, sie hatten gegessen, und er war nach oben gegangen, um nach Andreas zu sehen. Sie hatten gedacht, er werde an seinen Verletzungen sterben, aber er lebte noch immer. Sie hatten es vor sich hergeschoben, sich seiner zu entledigen, aber sie waren sich einig, dass es jetzt sein musste, in dieser Nacht.

Sie waren nicht zum ersten Mal hier. Die Motorräder standen wieder auf dem Besucherparkplatz, und jetzt schlenderten sie auf den Block B zu. Neben dem Gehweg waren große Thujen gepflanzt. Sie blieben stehen und musterten den Hausmeister durch das erleuchtete Küchenfenster.

Sie zogen sich zurück und gingen um das Haus herum. Auf der Rückseite lag die Wohnung des Hausmeisters fast angrenzend an einen Felshang. Das Wohnzimmer wies auf die Straße. Er zog nie die Vorhänge vor. Das Licht aus dem Zimmer legte sich wie ein viereckiger gelber Teppich über den schwarzen Rasen. Er hatte Musik laufen. Sie hörten es gedämpft, wie aus einem Sack. Sie schauten sich um. Niemand war zu sehen. Sie hatten schon an einigen dunklen Abenden hier gestanden. Das Einzige, was sie von dem Hausmeister trennte, waren eine Mauer und ein Fenster. Er wusste nicht, dass er überwacht wurde, dass die beiden Gestalten in Lederkluft jede seiner Bewegungen verfolgten. Jetzt lief er drinnen hin und her, in kurzer Hose und großen Crocs. Sie planten nüchtern, wie sie ihn holen könnten. Wie sie ihn betäuben und zum Kastenwagen schleppen würden. Vielleicht nicht durch die Haustür, sondern eher durch den Hinterausgang. Sie könnten das Auto auf den Gehweg fahren. »Nur zur Warenanlieferung«, stand auf dem Schild. Sie wollten es in der nächsten Nacht erledigen. Sie hatten schon eine Stelle gefunden, wo sie ihn begraben könnten, irgendwo im Wald oder vielleicht hier in der Stadt. Der Bruder spielte mit diesem Gedanken.

Sie standen am Rand der Rasenfläche, jetzt trennten sie höchstens fünf, sechs Meter und eine Mauer. Aber Gustav Joner hatte keine Ahnung davon, was ihn erwartete.

Sie fuhren über die E6 zurück. Sie mussten Andreas loswerden und sich Joner holen, wenn Andreas tot und begraben wäre.

*

Etwas war mit seinem Kopf passiert. Er war so langsam, jetzt stand er hier und zögerte. Er sehnte sich nach seinen normalen Tagen, voller Aufgaben bei der Arbeit. Früh aufstehen. Vor allem waren die Tage anstrengend. Aber gut. Hinter ihm lag das Haus mit dem Garagentor und der spärlichen Außenbeleuchtung. Er sah das braune Haus links, nur einen Katzensprung entfernt. Es war auf einer Mauer aus Leca-Ziegeln errichtet. An einer Stelle gab es eine Öffnung in der Mauer, dort war ein hölzernes Spalier angebracht. Er könnte darunter kriechen und die Öffnung als Ausguckposten nehmen. Wenn die Männer ihn nicht fänden, könnte er dort viele Stunden still sitzen bleiben. Aber der Köter würde ihn wittern. Er horchte auf Motorradgeräusche, doch es blieb still.

Er drückte sich die Spraydose in den Hosenbund. Laufen tat zu weh, aber er stellte vorsichtig einen Fuß vor den anderen und brachte langsam den Kiesweg hinter sich. Die Sonne war jetzt verschwunden. Er sah sich das Haus und die Treppe mit der verschlossenen Tür an. Auch hier brannte eine Außenlampe, ein schwaches Licht. Hinter den Fenstern waren die Vorhänge geschlossen. War dort jemand zu Hause? Ein Briefkasten war auf einem Holzpfahl angebracht, er war vollgestopft mit Zeitungen und Briefen, die unter dem Deckel hervorhingen. Das war kein gutes Zeichen, das war natürlich klar. Sollte er nach links oder nach rechts gehen? Wo gab es Menschen? Jemanden, der ihn retten könnte. Wo war die Hauptstraße? Er musste wohl in Richtung des orangen Lichts gehen. Aber sie würden sicher genau auf diesem Weg zurückkommen, jeden Augenblick, auf ihren Motorrädern.

Ein Windstoß rüttelte die Bäume am Waldrand unten, hinter dem Haus. Seine Jacke blähte sich, und seine Haare wurden nach hinten geweht.

Zwischen der Grundmauer und dem Weg war der Boden einen halben Meter breit mit Kies aufgefüllt. Es gab hier keinen Garten, nur eine Wiese oder ein Feld, das unten in einer Senke vor dem schwarzen Waldrand verschwand. Er entdeckte in der Grundmauer eine Kellertür und drückte auf die Klinke, aber die Tür war abgeschlossen. Er kniff die Augen zusammen und sah auf der Innenseite der Lider rote Flecken. Dann ging er über einen schmalen Weg auf den Wald zu, der Weg war eine Art natürliche Rinne, die der Senke folgte, und plötzlich stolperte er und rutschte das letzte Stück nach unten. Der Schmerz jagte ihm durch den Leib, sein Handrücken wurde aufgeschrammt. Die Spraydose war aus seinem Hosenbund gefallen und verschwunden. Er fand sie in der Dunkelheit nicht wieder. Der Waldboden war bedeckt von flachem blanken Heidekraut, aber hier und dort standen auch größere Gewächse. Er konnte jetzt in der Dunkelheit sehen. Im Wald, zwischen den hohen Stämmen, roch es nach Harz. Ein seichter Tümpel oder fast ein Waldsee lag vor ihn. Er kam wieder auf die Beine. Der Waldboden war von Blättern bedeckt, seine Fußabdrücke waren deutlich, aber gleich danach waren sie verschwunden. Er musste die Richtung finden, die, in der Menschen waren. Er ging auf die Straße zu, aber mehr nach rechts, rechnete damit, dass er die Straße wieder erreichen würde.

Das tat er. Er sah in der Ferne über den Baumwipfeln einen schwachen Streifen. Der orange Schein stammte sicher von den

Lichtmasten an der Schnellstraße. Niemand würde ihn finden, er war gefangen in der Natur, in der Dunkelheit. Der Hund würde ihn jedoch aufspüren. Wenn doch nur ein Auto käme. Vom Kiesweg führte ein anderer Weg hinaus in die Landschaft. Er wies tiefe Treckerspuren auf und führte vermutlich nirgendwo hin.

Andreas trat neben den Weg und ließ sich in ein Feld voller Farnbüschel sinken. Es roch nach feuchtem Moos, fauliger Erde und Angst.

Da kam ein Auto! Er hörte Motorendröhnen und ging euphorisch in die Hocke. Die Schmerzen schossen von seiner Hüfte aus den Rücken hoch. Der Kies knirschte, als das Auto näher kam. Die Scheinwerfer strahlten die Farnwedel an und zeigten das gepunktete Muster auf ihrer Unterseite, das aussah wie Augen.

Das konnten auch *sie* sein. Er duckte sich wieder zwischen die Farnwedel, die im Licht der Autoscheinwerfer aussahen wie die Schatten von Skeletten. Er dachte an den Jungen im Kindergarten. In einer Nacht hatte er geträumt, dass er ihn mit einem Hammer schlug; über dem Kindergesicht war plötzlich ein Licht aufgeflackert, das ein Muster wie Herbstlaub hinterlassen hatte, gezackte Ränder, wie ein Sägeblatt. Andreas erstarrte. Als er im Kindergarten angefangen hatte, war seine Unbeholfenheit verschwunden. Natürlich hatte er niemals jemanden mit einem Hammer geschlagen. Das war nicht das, was er getan hatte.

In diesem Moment ging ihm sein Irrtum auf, denn der Kastenwagen stand ja in der Garage der Werkstatt. Was sich hier näherte, war nicht ihr Auto. Er kam halbwegs auf die Beine, musste den Hang hochlaufen. Fiel mit dem Gesicht auf einen Stein, und seine Nase fing an zu bluten, aber er kam wieder auf die Beine.

Und schon sauste das Auto an ihm vorbei. Hinter dem Lenkrad sah er die Umrisse eines alten Menschen. Vage, mit einer Art Glorienschein um den Kopf.

Als er sich aufrichten und die Arme schwenken konnte, war es zu spät. Er hielt den Atem an, konnte nicht glauben, dass der Wagen weitergefahren war, ohne anzuhalten. Die Schmerzen im Becken kamen jetzt stoßweise. Die roten Hecklichter verschwanden hinter einer Wegbiegung.

24

Sie hielten an einer Tankstelle und kauften sich Knabbereien und Zeitungen. Gustav Joner war vorhin ein Teller auf den Boden gefallen, als ob er spürte, dass draußen jemand stand und ihn beobachtete. Er hatte automatisch das Gesicht zum Fenster gedreht, aber natürlich nur sein eigenes Spiegelbild gesehen, draußen war es ja dunkel. Seine Wohnung war perfekt gelegen, versteckt am Steilhang, der ein bisschen an einen Felsen im Meer erinnerte. Sie hatten immer die mieseste Lage – diese Hausmeisterwohnungen.

Sie fuhren in hohem Tempo weiter, beugten sich auf den Motorrädern vor und spürten den Druck des Windes gegen ihre Körper. Die Fahrzeuge waren wie wütende Wespen. Die Motorräder vom Typ BMW R 1150 R waren ihr ganzer Stolz. Sie hatten eine Liste von Männern aufgestellt. Und die würden sie abarbeiten. Andreas hatte sie beide in eine eisengraue Moorlandschaft geführt. Sie konnten einander plötzlich nicht ansehen und gerieten in einen Zustand furchtbarer Angst. Was, wenn sie gefasst würden? Was, wenn sie ins Gefängnis müssten? Sollten sie Andreas freilassen? Würde die Polizei sie finden? Die Polizei würde sie garantiert finden. Der Bruder hatte sich Andreas ohne Helm und Visier gezeigt. Das war seine Entscheidung gewesen. Er hatte sich auch zum Töten entschieden, und jetzt gab es kein Zurück mehr für sie beide. Sein Gehirn kam nie zur Ruhe. Das würde so bleiben, bis sie am Ziel wären. Vor einem Monat hatte Annie Ormberg Johansen in der Zeitung *VG* gesagt: *Ich bin überzeugt, dass Thona missbraucht und ermordet wurde. Und die Polizei hatte damals ja einen Verdächtigen, konnte aber nichts beweisen. Ich hoffe, dass ihnen das jetzt gelingt.*

Wenn die Polizei ihnen nicht zuvorkam, würden sie ihn holen; Glenn Haug – er sollte zur Rechenschaft gezogen werden. Das Gemüt der Menschen war lebensgefährlich, sie sprachen oft darüber. Sie sprachen über alles. Dass Schmerz und Bosheit durch Schmerz und Bosheit ausgetilgt werden mussten. Psychologisch und historisch gesehen waren es nur Grausamkeiten, die anderen Grausamkeiten ein Ende machten. Konkrete Taten, die die Angst dämpften. Konkrete Taten, wie im Krieg. Das hier war Krieg.

*

Andreas erreichte eine Kante, eine Art Abgrund, der senkrecht nach unten abfiel. Er musste zurück und nach links, um nach unten steigen und weiter zur Hauptstraße gehen zu können. Der Mond hing über ihm, wie eine Laterne. Das hier war keine wirkliche Welt. Er irrte in alle Richtungen, hin und her, über Bäche und über Lichtungen und dann wieder zwischen den hohen Baumstämmen. Dann stürzte er. Verzweifelt streckte er die Hände nach den fetten Grashalmen aus, die er vor sich sah. Die fühlten sich an wie gefüttert. Die Feuchtigkeit des Bodens drang durch seine Kleider, und ihm wurde eiskalt.

Er kroch weiter, kam auf die Beine und trampelte in einen Bach. Dann verlor er den einen Schuh, der wurde weggeschwemmt. Ein scharfer Stein bohrte sich in seine rechte Fußsohle. Der Stein setzte sich fest und schnitt durch die Haut, als er weiterging. Er krümmte die Zehen vor Schmerz, wenn sich immer neue Steine oder Wurzeln in seine Fußsohlen bohrten.

Er dachte an die Folterkammer. Die Gemälde dort waren viel zu groß. Er hatte nur einige Sekunden gebraucht, um zu begreifen, warum der Thron so gebaut war, wozu er diente. Er war kein Apparat, sondern ein Thron. Er hätte in einer Kirche stehen können, auf einem hölzernen Podium. Mitten auf dem Sitz war ein kantiger eiserner Gegenstand befestigt. Wenn der Verrückte ihn darauf presste, wurde er von innen her aufgeschnitten. Der Mann hatte ihn gepackt und ihn über den Boden geschleift. Er hatte versucht, dagegen anzukämpfen, aber das hatte nichts genutzt, denn die Tür war abgeschlossen und das Fenster verklebt. Und er begriff ja, worum es hier ging. Er war nicht das Opfer, sondern der Teufel. Sie wussten, wo er wohnte, und sie wussten, was er getan hatte. Sie hatten ihn geholt. Und bestraft. So, wie der Teufel die Seinen bestraft.

*

Gustav Joner räumte Zeitungen und Zeitschriften vom Couchtisch, fegte sie auf den Boden und zog einen Ordner aus dem Bücherregal. Draußen vor dem Fenster war die Dunkelheit kompakt. Es hatte plötzlich das Gefühl, erwürgt zu werden. Er war sechsundfünfzig Jahre alt und arbeitete als Hausmeister bei einer Wohngenossenschaft.

Die Küche war klein, der Herd hatte nur zwei Kochplatten. Wer hatte heutzutage wohl noch nur zwei Kochplatten? Er setzte sich auf einen Stuhl und hatte das Gefühl, dass die senfgelben Wände über ihm zusammenbrachen. Er müsste hier anstreichen, die Farbe war einfach zu stark. Sie erinnerte ihn an Kotze. Er holte sich eine Whiskyflasche aus dem Schrank und nahm einen Schluck. In der Wohnung war alles totenstill und herbstlich kühl. Er hatte die Musik ausgestellt, denn die in der Wohnung über seiner hatten sich schon zweimal über Lärm beschwert. Ihre Drecksblagen müssten schlafen.

Er fuhr sich über den langen kräftigen Unterarm. Die Polizei hatte jetzt seit drei Monaten nichts von sich hören lassen. Er war nicht vernommen worden, nur informiert, wie sie sagten. Sie hatten ihm wohl keinen Beweis anhängen können. Es stand Aussage gegen Aussage. Der Junge war zur Untersuchung in irgendeine Institution geschickt worden. Er würde vielleicht erst bei einem eventuellen Prozess erfahren, was dabei herausgekommen war. Aber es stand Aussage gegen Aussage. Er schaute hinüber zu der Wohnung, in der der Junge jetzt wohnte, im Block A. Er selbst hauste nun im achten Jahr in dieser Wohnung in Block B. Wenn klar wäre, dass er dem Kind etwas getan hatte, wenn sie dem Kind geglaubt hätten, hätte er seine Stelle verloren. Hinter fast allen Fenstern war es jetzt dunkel. Auch im Zimmer des Jungen. Er stand auf und ging zurück ins Wohnzimmer, sah ihn für einen Moment vor sich: das dünne Gesicht und die Haare, in denen gleich neben dem Ohr das Kaugummi klebte. Er hatte ihn gelockt, hatte gesagt, im Keller habe eine Katze Junge bekommen. Der Kleine war mitgegangen. Er war nicht blöd genug gewesen, um ihm gleich da etwas zu tun. Er spürte seinen Atem wie einen lustigen kleinen Wind an seinem nackten Arm. Er gab vor, die Katzenbabys hätten sich in einem Verschlag versteckt, und der Junge versprach, das Geheimnis zu bewahren und am nächsten Tag nach der Schule wiederzukommen.

Als der Junge kam, stand er hinter der Tür. Er ließ ihn einige Meter gehen, ehe er das Licht ausschaltete. Der Junge fing an zu schreien. Er lief hin, fing ihn ein, hielt ihm den Mund zu. Er hatte sich diese Situation schon lange ausgemalt. Besonders viel konnte er dann nicht machen, also ließ er den Jungen laufen und brachte sich selbst in Sicherheit. Er hatte keine Ahnung, wie der Junge hieß, das erfuhr er erst später, als dessen Eltern vor der Tür standen und ihn beschuldigten, sich an Sebastian zu schaffen gemacht zu haben. Er hatte gesagt, am fraglichen Tag sei ein Reparateur in der Nachbarschaft gewesen. Das stimmte auch, ein polnischer Klempner, der etwas in dem anderen Treppenhaus erledigt hatte, aber der Scheißbengel behauptete steif und fest, er sei es gewesen, der Hausmeister, und so stand Aussage gegen Aussage. Er schaute auf das Thermometer am Fenster, das sieben Grad zeigte. Er knipste das Licht aus und schaltete den Fernseher ein.

25

Die Motorräder bogen auf den Kiesweg ab. Der Kies knirschte unter den Reifen, als sie sich dem Steinhaus näherten. Weiter hinten am Weg gab es nur noch ein Haus, ganz oben bei Klovehøgda. Dort wohnte eine alleinstehende Witwe. Das braune Nachbarhaus stand leer. Der frühere Bewohner war verstorben. Seine Erben hatten erfolglos versucht, das Haus zu verkaufen. Sie gaben ein wenig Gas, bremsten dann aber und hielten vor der Garagentür. Der Bruder öffnete sie. Rex stand drinnen und wartete auf sie, mit offenem Rachen und straffer Kette.

*

Die Metalltür hing schief an der einen Angel. Die Befestigung war abgerissen. Sie hatten schon begriffen, als sie aus der Garage kamen und sahen, dass seine Kleider vom Sofa verschwunden waren. Der Bruder war nach oben gerannt. Etwas lag auf der Anrichte, das als Stichwaffe benutzt werden könnte, eine große Scherbe von der zerbrochenen Vase. Als Joner vorhin mit den beiden halben Tellern dagestanden hatte, war eine Erinnerung aufgetaucht – sich die Haut zu zerschneiden, den Punkt zu finden, an dem der Schmerz in Auflösung überging. Alles wurde neutralisiert. Diese Methode war gefährlich, denn sie machte Narben, die als sichtbare Zeichen des Wahnsinns blieben. Man musste den Blick von sich selbst abwenden, ihn an einen Nullpunkt verlagern.

Und jetzt sahen sie die Asche im Waschbecken im Badezimmer. Der Junge konnte nicht weit gekommen sein, nicht mit diesen Verletzungen. Die Mutter schüttelte den Kopf. Nein, sie habe ihn nicht gesehen, piepste sie. *Man kann Kinder nicht vor allem Möglichen beschützen.* Das war ihr Mantra gewesen, als sie noch klein waren.

Der Bruder ging hinaus in die Werkstatt. Rex folgte sofort

seinen Kommandorufen. Der Hund kam nie ins Haus. Er blieb in der Werkstatt, schlief und fraß dort. Sie hatten den Hund eigentlich nicht besonders gern, aber er gab ihnen eine Sicherheit. Das Garagentor wurde geöffnet. Rex wurde losgelassen.

*

Jetzt hörte er den Hund. Vorhin hatte er das Brummen der Motorräder gehört. Das scharfe Mondlicht sah unecht aus, wie von den Lichtmasten einer Sportanlage. Er richtete sich auf. Die Tannen wurden zweidimensional. Ihre Schatten streckten sich vor ihm und malten Muster auf den Waldboden. Sein eigener Schatten wuchs zu einem Riesen heran.

Er war offenbar im Kreis gegangen, denn nun erkannte er das blanke Heidekraut, und jetzt sah er das braune Haus wieder. Es lag auf der anderen Seite des offenen Platzes. Hier irgendwo hatte er die Spraydose verloren. Er suchte fieberhaft mit den Händen danach. Ein Insekt fiel gegen seine Wange. Er fand die Dose nicht und kroch weiter. Der Boden unter ihm war in allen Richtungen von großen Wurzeln durchzogen. Ein Stück vor ihm tauchte ein kleines Tier auf, ein schmaler Rücken zwischen den Büschen. Er konnte nicht sehen, was es war. Ein kleiner Körper, der über den Waldboden streifte, ehe er in der Dunkelheit verschwand.

Er kroch unter einen Busch. Es gab dort einen Rest Wärme, so kam es ihm wenigstens vor.

Das Gebell kam näher. Er hielt den Atem an und lauschte. Der Wind fegte durch den Wald und ließ die Tannen hin und her wogen. Riesige Kiefern wurden von der Dunkelheit über ihm schwarz gefärbt. Er hatte seinen Eltern gesagt, Kinder seien langweilig, er wolle sich eine andere Arbeit suchen, aber die Mutter hatte schon verstanden. *Wo er doch so tüchtig war.* Er solle die Schule zu Ende machen, sagte der Vater. Aber er machte die Schule nicht zu Ende. Dann fand er die Wohnung. Oder zuerst fand er die Stelle im Sportgeschäft, durch Bekannte des

Vaters, dann kam die Wohnung, auch das durch den Vater. Die Miete war hoch, aber er wollte ja alles zurückzahlen. Nur würde es nicht mehr dazu kommen.

Er hörte das Rascheln von Zweigen, die sich teilten, als der Hund sich eine Bahn brach. Das Gebell scholl ihm entgegen wie das Geräusch von Lautsprechern. Jetzt war er da. Der Hund. Er kroch in sich zusammen, zog die Knie ans Kinn, schlang die Arme darum. Der Lärm ließ sein Gesicht prickeln, sein Gehör bersten. Fauliger Atem spritzte gegen seine Wange. Andreas spürte die Zähne des Hundes im Unterarm wie Feuer. Dann war der Mann da. Er riss ihn hoch, packte ihn an der Jacke, stülpte den Stoff zu zwei Handgriffen um. Dann zog er ihn mit sich.

26

Tønnesen hatte sich auf die Begegnung mit Annie Ormberg Johansen gefreut, das hatte er gesagt. Und jetzt waren sie dort, da, wo Thona gewohnt hatte, in einem roten Reihenhaus in Nordstrand. Annies Auto, ein Golf, stand im Carport. Annie hatte die Endwohnung, ihr Garten war also etwas größer als die anderen. Und sie hatte ein zusätzliches Wohnzimmerfenster nach Norden. In der Gegend wimmelte es nur so von Familien mit kleinen Kindern. Hier und da lagen Dreiräder herum, und hinten bei den Schaukeln gab es einen großen Sandkasten. Thona wäre jetzt einundzwanzig, sie hätte also weder am Sandkasten noch an den Schaukeln Freude gehabt. Auf Annies Treppe stand eine Thuja in einem Topf. Und auf dem Türschild stand: *Hier wohnen Annie und Thona.*

Annie öffnete die Tür, und sie traten ein. Sie hatte sich die Haare zu einem wirren kleinen Dutt auf dem Kopf zusammengesteckt. Sie trug einen langen weißen Pullover und Jeans. Sie war doch hübsch! Marian dachte an die Grundregel, niemals jemanden ausführlich bei sich zu Hause zu befragen. Wenn eine offizielle Vernehmung notwendig würde, könnte sie von Cato einen Raum bekommen. Sie konnte diese Frau doch nicht in ihren Keller bitten.

Es war warm im Wohnzimmer. Es war ein Ort, den alle mögen mussten. Eine Mischung aus Bolia und Ikea. Marian hatte kein besonderes Geschick für Farben und Einrichtung. Sie wusste, wie sie es haben wollte, aber so wurde es nie. Aber hier stand alles in Harmonie miteinander. Der Schrank aus Kiefernholz war vielleicht ein bisschen zu groß, aber er enthielt garantiert viele Erinnerungen. An den Wänden hingen mehrere Bilder von Thona. Sie sah auf zweien davon anders aus; auf einem war sie mit anderen Kindern zusammen, sicher im Kindergarten, und auf dem anderen mit einem jungen Mädchen.

»Meine Nachbarin«, sagte Annie. »Sie hat hier geschlafen, wenn ich Nachtdienst hatte. Ich habe Kuchen, den Fanny gebracht hat, ein Mandelboden mit Schokolade und Sahne. Sie möchten doch Kaffee?«

Sie nahmen dankend an.

Marian merkte, dass Annie sich für Tønnesen interessierte, sie wandte sich vor allem an ihn. Viele hielten Psychiater fast für hellseherisch, meinten, die könnten ein Bild von dem wirklichen Ereignis herbeizaubern, sogar Annie, die doch selbst Ärztin war.

»Dieser Garten war als Tatort absolut geeignet«, sagte Tønnesen. »So viele Verstecke und Fluchtwege. Das muss ich ehrlich sagen.« Annie schnitt ein Stück Kuchen ab und legte es auf seinen Teller. Er reichte es weiter an Marian und bekam ein neues.

Tønnesen fragte: »Haben Sie viele Freunde, Annie?«

»Ich habe meine Kolleginnen«, sagte Annie. »Ich hoffe fast, dass Sie Thona nicht finden werden. Verstehen Sie das nicht falsch, aber ich habe gewissermaßen mein Leben wiedergefunden.«

Sie hatte mit ihrem Psychologen viel über Mut gesprochen. Darüber, sich selbst gegenüber mutig zu sein. Aufrecht in die Gedanken hineinzugehen, selbst wenn man dann herausgekrochen kommt. Er hatte über Zorn gesprochen, als sei der etwas Prachtvolles. Hatte sie aufgefordert, »maskuliner« zu werden. Ein Mensch, der es wagt, wütend zu sein, hat ein Geschenk bekommen, sagte er. Sie war zwar sehr wütend, gab sich aber alle Mühe, das nicht zu zeigen.

»Aber haben Sie keine Freunde?« Marian wiederholte die Frage und schaute hinaus in den kleinen ordentlichen Garten, wo Gartentisch und Stühle für den Winter aufeinander gestapelt waren.

»Meine Kolleginnen unterstützen mich. Ich bin am liebsten allein. Das ist eine Art Überlebensstrategie.«

Marian erkannte sich in dieser Beschreibung wieder. »Diese Fanny – ist sie Ärztin?«

Annie schüttelte den Kopf. »Und auch keine Krankenschwester. Das Lovisenberg-Krankenhaus ist in diesem Punkt sehr gelobt worden. Es steht nämlich nicht fest, dass man bei jedem Behandlungsschritt Personen mit jahrelanger Ausbildung braucht. Es liegt doch auf der Hand, dass eine solche Anforderung zu mangelhafter Effektivität führt. Lovisenberg hat das begriffen, und das Krankenhaus hat jetzt genügend Spielraum, um alles verfügbare Personal einzusetzen. Ein Krankenhaus mit so vielen Berufsgruppen zu organisieren und dabei einem strengen Regelwerk folgen zu müssen, das geht nur zu Lasten der Behandlungszeit. Und auf unserer Station geht es um Zuwendung.«

»Das ist schön«, sagte Tønnesen. »Leckerer Kuchen. Ist es schwer für Sie, dass die Medien über den Fall berichten?« Er stellte den Teller auf den Tisch.

»Es regt die Menschen jedenfalls an.« Annie seufzte. »Ich habe eben eine Frau abgewiesen, die hier angerufen hat, sie gab sich als hellseherisch aus. Mich hat schon lange niemand mehr wegen Thona angesprochen. Diese Frau hat gesagt, sie habe Thonas Stimme eingefangen, habe sie im Kopf und könne sie täuschend ähnlich nachmachen. Wenn ich wollte, könnte ich jetzt mit Thona sprechen. Es war einfach grauenhaft. Ich habe das Gespräch sofort beendet und nichts mehr von ihr gehört. Ich verstehe einfach nicht, dass ich sie im Kleingarten allein lassen konnte.«

Tønnesen nahm sozusagen Anlauf. »Thonas Vater – wir möchten mehr über den wissen.«

Annie rieb sich nervös das Kinn. »Darüber wissen Sie doch alles. Das steht in den Vernehmungsprotokollen. John Johansen hat mich verlassen, als Thona gerade geboren war. Ich nenne ihn John Johansen. Ich bringe es nicht über mich, das alles noch einmal zu wiederholen. Er bekam noch eine Tochter. Wir ließen uns scheiden, und er ging mit der neuen Familie nach Australien. Dort kam dann noch eine Tochter. Er hat also zwei neue Mädchen.«

Marian fiel der Ausdruck »neue« Mädchen auf.

»Es fällt mir schwer, darüber zu sprechen, sogar mit Ihnen. John Johansen und ich haben uns nicht in Freundschaft getrennt, um das mal so zu sagen.«

Marian beugte sich ein wenig vor. »Wieso heißen Sie dann immer noch Johansen?«

»Weil Thona so hieß. Er war zehn Jahre älter als ich, und er hat alle Rechnungen bezahlt, und ich sollte mich um das Haus kümmern, putzen und kochen. Er hielt es für Unsinn, dass ich Ärztin werden wollte. Ich habe mein Studium beendet, nachdem er mich verlassen hatte, als Thona schon geboren war.«

»Ich verstehe«, sagte Marian. Als Annie aufstand, um neuen Kaffee zu holen, sah Marian sie an. Das alles war nur leeres Gerede gewesen. Wenn sie nur nicht Tønnesen bei sich haben müsste. Er lenkte sie ab, wirkte störend. Er behinderte sie ganz einfach bei ihrem Gespräch mit Annie.

»Ich muss zugeben, dass ich nichts unternommen habe, um

Thona Kontakt zu ihrem Vater zu ermöglichen«, sagte Annie. »John Johansen hat mir deshalb Vorwürfe gemacht. Wollen Sie Thonas Zimmer sehen?«

Marian sah das Plakat mit den 101 Dalmatinern an, das über dem Bett hing, starrte die böse Frau an, Cruella de Vil, die Teufelin, die böse Frau, gespielt von Glenn Close, die Hundebabys entführt, um sie zu einem Pelzmantel zu verarbeiten.

Annie schlug die Arme übereinander, als ob sie sich zu einem harten Knoten machte. Das Fenster stand einen Spaltbreit offen, es zog. »Ich habe mir alle Mühe gegeben, aber das war nicht genug«, sagte sie.

Am Tag nach Thonas Verschwinden war die Herbstsonne rund und warm. Annie hatte in ihrem Zimmer gestanden. Das Einzige, was sich dort bewegte, waren die Staubkörner, die im Sonnenstrahl umherglitten. Es war eine so konzentrierte Lichtsäule, dass sie die fast mit Händen greifen konnte. Diese Lichtsäule wurde sie nicht mehr los. Die neue Schultasche stand auf dem Boden. *Die neue*, sie war fünfzehn Jahre alt.

Die Entfernung zu Thona schien nicht größer zu werden, Thona schien immer näher zu kommen. Annie wusste es genau: An ein positives Ergebnis zu glauben, wäre das Dümmste, was sie jetzt tun könnte. Was bedeutete das überhaupt – dass Thonas Überreste gefunden würden? Das wäre das Schlimmste und zugleich eine große, große Erleichterung.

»Ich habe Thona den Dalmatinerfilm sehen lassen«, sagte Annie. »Eigentlich war der total grausam. Aber im Film ging am Ende natürlich alles gut«, sagte sie.

27

Es war schon fast zehn, als sie endlich loskamen. Tønnesen hatte in seinem alten Honda einen Kindersitz. Für die Enkel. Er fuhr aus der Reihenhaussiedlung. Marian sagte kein Wort davon, dass sie am nächsten Tag ins Frognerheim wollte, um mit Annies Ex-Schwiegermutter zu reden.

»Dieser Fall hat äußerst vage Konturen«, sagte Tønnesen. »Niemand hat etwas gesehen. Niemand hat etwas gehört. Myrtel Haugs Schwester hat übrigens kein Telefon. Ich versuche es am Montag wieder. Ich denke auch an Thonas Vater, vielleicht ist der Fall ja doch leicht zu lösen. Wir müssen nach Australien.«

Marian blickte ihn von der Seite her an. »Es ist nicht genug Geld für uns beide da. Also musst du fahren, und zwar ziemlich bald, finde ich.«

Er drehte sich um und musterte sie in der Dunkelheit. »Ich kläre das morgen mit Salman.«

Als sie an Ryen vorbeikamen, sagte Tønnesen: »Ich habe nicht den Eindruck, dass die bisher eingelaufenen Hinweise etwas Neues bringen. Ein anonymer Anrufer behauptet, Annie Ormberg Johansen sei die Schuldige, aber das weißt du sicher schon.«

»Ja. Es ist nicht gerade wahrscheinlich.«

»Aber sie ist eine starke Frau«, meinte Karsten Tønnesen. »Sie besitzt eine rigide Überlebensfähigkeit. Eine gefährliche Mutter ist viel schlimmer als ein kräftiger Verbrecher mit Skimaske.«

Marian schluckte. »Rigide? Was hatte sie denn eigentlich für eine Wahl?«

»Ich meine das positiv. Dass sie schon eine Woche nach dem Verschwinden ihrer Tochter wieder zur Arbeit gegangen ist. Und dass sie sagt, dass sie gern allein ist.«

»Ich bin auch gern allein.« Sie fuhren durch den Tunnel,

durch Vika und über den Solli plass und bogen in die Bygdøy allé ab.

»Es kann etwas passiert sein, es kann ein Unfall gewesen sein«, dozierte er auf seine langsame Art. »Wir müssen eliminieren und uns auf die Details konzentrieren, die etwas bedeuten können. Auf dem aufbauen, was wir wissen. Myrtel Haugs Theorie, dass Thona von einem Mann geholt worden ist. Sie hat nicht entführt gesagt, sondern geholt.«

Marian schnitt eine Grimasse, als der Schmerz wieder vom Wangenknochen hoch in ihren Schädel wogte. Tønnesen führte sich belehrend und allwissend auf. Mehrere Anrufer hatten mitgeteilt, dass Glenn Haug nach Thonas Verschwinden vor fünfzehn Jahren psychotisch durch die Stadt geirrt sei. Jemand, der ihn gut kannte, behauptete, er habe damals offenbar einen argen Schlag erlitten. Mehrere hatten sich auch damals schon gemeldet. »Wir wissen doch wohl, wer der Täter ist«, sagte sie.

»Glenn Haug«, sagte Tønnesen. »Oder Thonas Vater. Salman hat uns um Informationen gebeten. Wir sollen alles schicken, was wir bekommen. Aber wir bekommen ja nichts.«

»Er hat mich vorhin angerufen. Wir haben doch gerade erst angefangen.« Marian machte eine irritierte Kopfbewegung. »Ich schreibe erst einen Bericht, wenn wir etwas zu erzählen haben.«

Karsten Tønnesen ließ den Motor im Leerlauf und schaute zu dem Krähenschloss in der Sophus Lies gate hinüber.

»Du wohnst ja in einem beeindruckenden Haus«, sagte er.

»Hast du gedacht, ich lebe in einer Behindertenwohnung?« Marian lächelte.

»Turm und Schnitzwerk. Aber die Fliederbüsche da musst du beschneiden. Die Stämme sind zu hoch.«

»Das Haus ist über hundert Jahre alt. Die Sträucher sind ebenfalls uralt. Ich habe nicht vor, sie zu beschneiden.«

»Fliederbüsche müssen beschnitten werden. Hier wohnen sicher noch andere. Leute, die das übernehmen können.«

»Du bist ein Pedant. Tu dich mit Myrtel zusammen. Ich habe nichts mit den Nachbarn hier zu tun.«

»Du bist noch immer jung, vieles kann passieren, Marian. Sei mal ein bisschen sozialer.«

Sie öffnete die Tür und stieg aus, hatte plötzlich genug. Sie sah ihn vor sich als Pater familias in einer Großfamilie, an einem abgebeizten langen Tisch mit Kerzen. Er wohnte am Holmenkollen, war aber Sozialist. Das verriet ja schon sein Flanellhemd.

Sie beugte sich ins Auto, legte die Hand an die Tür.

»Du bist jung«, wiederholte er.

»Besorg du dir jetzt einen Flug nach Australien.« Sie knallte mit der Tür und schaute den roten Hecklichtern hinterher, als er weiterfuhr.

Sie zitterte. Hoffte, dass sie jetzt nicht zerstritten waren. Dann ging sie auf das Tor zu und betrat den Garten. Der war wirklich eine Wildnis, sah aus wie auf einem alten Gemälde.

Tønnesen meinte es gut. Sie dagegen brachte ihm Verachtung entgegen. Das war das Schlimmste an ihr, diese Verachtung. Jetzt sah sie eine Bewegung hinter den Topfblumen im Erdgeschoss. Thyra Vinding passte auf. Und dann sah sie noch etwas anderes: In der Turmwohnung brannte Licht, hinter ihren Fenstern. Sie hatte kein Licht gemacht, ehe sie gegangen war, aber jetzt flackerte es dort oben. Flammen, oder leuchtete da jemand mit einer Taschenlampe?

*

Marian öffnete langsam die Tür und schaute in die Wohnung. Im ganzen Haus war kein Geräusch zu hören. Birka kam auf steifen Beinen auf sie zu, dann sträubten sich ihr die Haare, und sie bellte wütend. Birka stellten sich sonst nie die Haare auf. Für einen Moment wurde es Marian schwarz vor Augen, und ein Schmerz strahlte durch ihren Hals. Etwas hier stimmte nicht. Ihr Herz schlug nicht mehr regelmäßig. Sie schaute ins

Wohnzimmer hinüber. Die künstliche Kerze stand mitten auf dem Holztisch und warf gespenstische weiße Lichtflecken durch das große Zimmer. Sie hatte die Kerze nicht eingeschaltet, oder vielleicht doch? War jemand hier gewesen?

Sie hatte diese Kerze mit Batterie bei Clas Ohlson gekauft. Die Kerze war aus Wachs, hatte eine naturgetreue Oberfläche und kostete nur neunundsiebzig Kronen. Marian ging zum Tisch, hob die Kerze hoch und schaltete sie aus. Sie wollte keine echten Flammen haben, diese Kerze hier hatte auf der Unterseite einen Knopf zum Ein- und Ausschalten. Sie benutzte sie nur abends. Dieses Haus könnte in einer Stunde abbrennen, wenn etwas Feuer fing oder wenn der Blitz im Turm einschlug. Sie streifte die Schuhe ab. Dann schaute sie ins Turmzimmer hoch. Natürlich war niemand hier gewesen. Sie hatte sicher aus Versehen das Licht angemacht. Sie schaltete die Deckenlampe ein. Deren Licht war schmutziggelb und wirkte grell vor der Dunkelheit draußen. Sie sah ihr Spiegelbild in der Fensterscheibe. Inzwischen war der 9. September, und am nächsten Tag war Samstag. Die Zeit verwischte die Konturen, und sie hatte so vieles aus dem vergangenen Jahr vergessen. Sie hatte das Gefühl, schon lange hier zu wohnen, eigentlich schon immer hier gewesen zu sein.

28

Als Marian am nächsten Morgen erwachte, war nicht eine Wolke zu sehen. Solche perfekten Farben und Formen, ein Fächer aus Herbstblättern am Eichbaum vor dem knallblauen Himmel, das alles machte sie niedergeschlagen. Es erinnerte sie an damals, als sie noch klein war, wenn die Herbstferien näher rückten. Endlose Tage ohne irgendetwas zu tun. Sie war am Vortag noch durch die Wohnung gegangen, ehe sie sich schlafen legte, aber nichts fehlte. Das Licht musste ein Fehler in der Schaltung gewesen sein. Zu ihrer Freude hatte sie erfahren, dass Tønnesen gerade jetzt einen Termin mit Farhi Salman oben bei der Kripo in Bryn hatte. Nun würde er nach Australien reisen.

Thonas Großmutter und Annies Ex-Schwiegermutter hieß Gudrun Johansen. Sie ging auf die neunzig zu und war vielleicht zu alt, um sich noch an besonders viele Dinge zu erinnern. Marian wollte trotzdem ins Frognerheim fahren und mit ihr reden.

Marian bog auf die Bygdøy allé ab, es war nicht sehr weit. Sie suchte einige Minuten nach einem Parkplatz, dann fand sie einen in der Nobels gate. Annie hatte keinen Kontakt mehr zu der alten Dame gehabt, nachdem der Sohn, John Johansen, nach Australien gegangen war. Auch nach Thonas Verschwinden hatte sie kein Wort von der Großmutter des Kindes gehört. Das war seltsam.

Die alte gepuderte Frau mit der weißen Dauerwelle saß in einem Ohrensessel vor dem Fenster in ihrem Zimmer und spielte an ihrer goldenen Uhr herum. Sie war schön angezogen, sie trug eine Seidenbluse und einen karierten Rock. Es roch streng. Nach Einsamkeit, dachte Marian. Die alte Frau hatte das Zimmer mit ihren eigenen Möbeln eingerichtet, Schrank, Sofa, Tisch und Stühle. Auf einer Kommode lagen die Toilettenartikel.

Über der Kommode hing ein Bild der neuen Töchter des Sohnes, jedenfalls mussten sie das sein, kräftige rothaarige Mädchen.

»Ich komme von der Polizei. Ich würde gern kurz mit Ihnen sprechen. Wer sind die beiden Mädchen auf dem Bild?«

»Das sind Sophia und Serina«, sagte die alte Frau stolz. »Meine Enkelinnen.«

»Ich weiß, dass Sie keinen nennenswerten Kontakt zu Ihrer früheren Schwiegertochter haben.« Marian schluckte. »Aber wir haben die Ermittlungen über Thona wieder aufgenommen, über

Ihre älteste Enkelin. Die, die verschwunden ist. Warum haben Sie kein Bild von ihr an der Wand?«

»Die, die verschwunden ist, ja. Annie hat mir nie ein Bild von ihr gegeben.« Die alte Frau sah sie hilflos an, sie brauchte offenbar ein wenig Zeit, um sich in ihren Erinnerungen zurechtzufinden; sie schien verwundert festzustellen, dass es ein Enkelkind gegeben hatte, als sei das Hunderte von Meilen außer Reichweite oder sogar aus ihrem Leben fortgeschafft worden. »Ich kann mich nicht besonders gut erinnern. Altwerden ist ein Elend. Setzen Sie sich doch. Können Sie mir die Geschichte von Anfang an erzählen?«

Marian setzte sich und beschloss, bei den obligatorischen Fragen vorsichtig vorzugehen, Schmerz, Eifersucht und Wut, die die alte Frau ausstrahlte, keinen Ausgang zu bieten.

»Ich habe das Kind kaum gekannt«, sagte Gudrun Johansen. Sie lutschte an ihren Zähnen. »Thona ist tot. Ich habe doch mit meinem Sohn darüber gesprochen. Vor langer Zeit«, fügte sie hinzu. »Er will nicht darüber reden. Und ich will es auch nicht.«

»Wie war Thona?«

»Annie hat nicht auf ihr Kind aufgepasst.« Sie versank in Schweigen. »Ich wollte sie ja kennenlernen, aber sie haben mich nie besucht. Das Glück verschwand, ich wollte nur, dass es an nichts fehlt. Mein Sohn war nicht in dem Garten, als das Kind weggeholt wurde.«

Marian sah sie an. »Hat Annie Ihnen etwas getan?«

Die alte Dame starrte die Wand an. »Annie hat alles entschieden. Mein Sohn hat nichts getan. Das Einzige, was bei Annie feststeht, ist, dass sie durch und durch verlogen ist.«

*

Auf der Fahrt zum Polizeigebäude dachte Marian daran, was Gudrun Johansen über Annie gesagt hatte. Stimmte mit Annie etwas nicht? Was war damals passiert? Ein Unfall? Hatte die Mutter sie selbst weggeschafft? … *dass ich nach Hause gefahren wurde und der Polizei ein Foto gab, das mit den Spitzensöckchen.* Annies eigenes Auto hatte wohl bei dem alten Hauptgebäude gestanden. In der Umgebung waren viele Autos gesehen worden. Es war besonders schwer, in der Stadtmitte Fahrzeuge zu lokalisieren und ihre Bewegungen festzuhalten. Es gab so viele Ausfahrtsstraßen durch die Stadt und über die E 6 in Richtung Gardermoen. Die E 18 nach Sandvika, vorbei am Ullevål-Stadion oder zum Carl Berners plass und weiter, oder jede Menge kleine Straßen in alle Richtungen. Aber konnte Thona im Kofferraum im Auto ihrer Mutter gelegen haben? Es war nicht wahrscheinlich, die Möglichkeit jedoch existierte.

Im Fahrstuhl traf sie Cato Isaksen. Das Licht war grell. »Tønnesen fährt morgen nach Australien«, sagte er.

»Das weiß ich«, behauptete Marian und drückte auf den Knopf für K1.

Der Fahrstuhl fuhr nach unten. »Habt ihr übrigens irgendwas Neues über Andreas Lindeberg?«

»Nein, nichts.«

Die Türen gingen auf. Sie lächelten einander an. Dann stieg Marian aus. Der Geruch von Duschlotion schlug ihr entgegen, und sie wäre fast gegen den Brustkasten eines durchtrainierten Schönlings gelaufen.

Als sie sich dann in ihrem Büro hingesetzt hatte, rief Tønnesen an und sagte, das mit der Reise sei in Ordnung, er werde schon am Sonntag fliegen, also am Tag darauf.

29

An diesem Tag waren viele Leute in den Gärten, eine Menge von lärmenden Kindern jeglichen Alters. Und von Erwachsenen, die sich in kleinen Gruppen verteilt hatten. Eigentlich hasste Myrtel

Haug sie, hasste sie alle. Die Werktage waren besser, bei schlechtem Wetter. Dann hatte sie ihre Ruhe. Wenn sie im Garten war, atmete sie tiefer und ruhiger, die Landschaft war in sie hineingewachsen, alle Gestalten und Formen waren ihr vertraut.

Die Leute genossen den sonnigen Tag und machten ihre Gärten für den Winter bereit, packten Zwiebeln ein, die bis zum nächsten Jahr im Keller aufbewahrt werden sollten, trugen Stühle und kleine Tische zu ihren Wagen und stellten Töpfe aus Ton und Terracotta in die Schuppen, jeder Garten hatte einen davon.

Glenn hatte am Vortag die Vogelscheuche abermals umgezogen; er hatte ihr um Mitternacht ein blaues Hemd umgehängt. Myrtel war hingestapft, hatte gefühlt, dass er da war. Glitzernde Tautropfen hatten ihr in der grünen Dunkelheit den Weg gezeigt. Die Vogelscheuche war sein Altar. Er sagte immer, näher an eine Kirche könne er gar nicht herankommen, und manchmal hielt er dort Zeremonien ab, hinterlegte kleine Dinge, die er anderen gestohlen hatte, Schächtelchen und Plastikschmuck, wertlose Sachen. Ihr tat das furchtbar weh, und sie räumte alles wieder weg. Er war trotz allem ihr Kind. Er hatte lange nicht mehr so schlimm ausgesehen, so erschöpft und verkommen. Mit dem über das halbe Gesicht tätowierten Spinnennetz sah er verrückt aus. Er war verrückt.

Als sie zuletzt vergessen hatte, die Tür abzuschließen, war er hereingekommen, hatte in der Küchenschublade ihre Brieftasche gefunden und zweitausend Kronen herausgenommen. Sie war am Vortag empört gewesen, weil wieder etwas über ihn in der Zeitung gestanden hatte, in Verbindung mit der Wiederaufnahme der Ermittlungen. Und diese Polizistin war im Hospiz gewesen und hatte versucht, Kontakt zu ihm aufzunehmen. *So eine verdammte Bullenkuh*, hatte er gesagt. *Hat ihre Karte dagelassen, im Hospiz. War die auch hier?* Das musste Myrtel zugeben, aber sie hatte gesagt, es sei nicht so schlimm. Es sei doch viel zu lange her. *Was hast du gesagt? Was hast du gesagt? Was ist mit dem anderen Haus?*

Sie hatte gesagt, sie habe kein verdammtes Wort gesagt. Sie fingerte an ihrem Tabak herum. Wozu wäre Glenn wohl diesmal fähig?

*

Sie saß in ihrem Zimmer in Trondheim. Sie hatte in der Wohnung, die sie mit zwei anderen teilte, ein eigenes Zimmer. Die waren im Café, es war ja Samstag. Sie hatte natürlich den Fall Thona schon oft gegoogelt, ihr wurde bereits schlecht, wenn sie diesen Namen nur hörte. Die Großmutter wurde übellaunig und mürrisch, wenn davon die Rede war. Es war, als ob Thonas Bild auf eine Lochkarte in ihrem Gehirn traf, ein Vakuum. Es gab da etwas, was sie vergessen hatte. Was die Großmutter sie vergessen lassen wollte.

Sie hatte die Wahrheit schon oft gestreift, aber ihr Gehirn wollte nichts wissen. Ihr gesamtes Nervensystem war jetzt in Bereitschaft. Die Großmutter war nervös und wütend, weil die Sache mit Thona wieder aufgenommen worden war. Woran sie sich erinnerte, war das klare Licht an den folgenden Tagen, als sei das Glas im Fenster ein Brennglas, ein Vergrößerungsglas, das die Bäume dort draußen riesig machte. Sie war tüchtig, das sagte die Großmutter. Sie hatte viel Phantasie, aber sie wollte die Wahrheit finden. Dann hob sie den Blick und schaute aus dem Fenster, versuchte, etwas zu sehen in dem grünen Garten, um allem auf den Grund zu kommen. Aber alles wurde verkleinert oder vergrößert. Und sie erinnerte sich an die schmutzigen Kleider. Sie war fast immer schmutzig gewesen. Nicht nur, weil sie auf den Erdhaufen in den Kleingärten spielte, sondern auch, weil ihre Oma das alles nicht so genau nahm. Sie hatten in dem ersten Haus keine Badewanne gehabt, und Elly hatte als Kind die Dusche gehasst, deshalb musste die Großmutter sie in eine Bütte stecken. Und das geschah sicher höchstens alle zwei Monate, nur, damit die Schule nicht den Verdacht hatte, das Kind werde vernachlässigt. Sie sagte das oft, die Oma, wenn du nicht baden willst, kommt das Jugendamt und holt dich. Als sie dann größer war, duschte sie natürlich. Sie verspürte eine Distanz und eine Kälte: Einsamkeit. Das lag daran, dass die Wahrheit das Tageslicht nicht ertragen konnte. Sie wählte die Mobilnummer der Großmutter. Die meldete sich sofort.

»Hallo, hier ist Elly«, sagte sie.

*

Myrtel Haug stand auf der Anhöhe vor dem Gewächshaus. Elly war aufgeregt. Dass sie nie ihre Ruhe haben konnten! Marian Dahle hatte gesagt, sie müsse anrufen, sowie Elly nach Hause gekommen sei. Jetzt kam sie, in einigen Tagen. Myrtel würde nicht anrufen. Es reichte jetzt.

Als das Gespräch beendet war, steckte sie sich eine Zigarette an und ging hinüber zu dem kleinen überwucherten Haus, es war baufällig und grau und zwischen blattlosen Büschen und jungen Bäumen eingezwängt. Manchmal hatte sie das Gefühl, dass sich im Garten neue Wege öffneten, vorher nie entdeckte Senken und Kanten, von denen man fallen konnte. Irgendwer hatte hinter dem Haus einen Kräutergarten angelegt. Von hier aus war der nicht zu sehen. Sie blies langsam den Rauch durch den Mund aus. Dieses ganze Gequengel wegen der Kleinen. Am nächsten Tag müssten sie anfangen, das Gewächshaus von innen auszuspülen. Die Stockflecken von den Fensterscheiben entfernen. Es gab dort einen Lehmboden, er hatte Ränder aus Moos und roch süßlich und faulig. Sie zog ein letztes Mal an der Zigarette, warf sie dann auf den Boden und trat sie aus.

*

Am Sonntag fuhr Marian Tønnesen nach Gardermoen. Sie hatte plötzlich das Gefühl, schon seit endlos langer Zeit mit ihm zusammenzuarbeiten, während sich ihre Wege nun für immer trennten. Sein Flugzeug ging gegen eins. Sie plauderten leicht und zwanglos, als sie vorbei an Feldern und Bäumen fuhren, mit der Bahnlinie auf der linken Seite. Sie gingen die Dinge durch, die er in Erfahrung bringen sollte. Er musste DNA-Proben der beiden Mädchen nehmen. Er hatte einige Behälter mit Wattestäbchen mitgebracht. Und er musste mit ihrer Mutter unter vier Augen sprechen, wenn John Johansen nicht dabei wäre, und auch von den Erwachsenen brauchten sie DNA. In einigen Tagen würden sie vielleicht die Antwort wissen. Es könnte so einfach sein. Marian merkte, dass sie das nicht wollte, sie wollte eine andere Wahrheit finden. Wo sie schon einmal losgelegt hatte.

Die Erleichterung, mit der sie auf dem Rückweg auf die Autobahn fuhr, war nicht zu beschreiben. Wie einen anstrengenden Vater loszuwerden, dachte sie und lächelte kurz. Großer Gott, was war sie doch sozial unfähig. Aber jetzt würde sie sich wirklich an die Arbeit machen.

Auf den Gängen herrschte sonntägliche Stille. In der Kantine, die jetzt nicht besetzt war, lief der Fernseher und zeigte Nachrichten. Eine Gruppe von Ermittlern, die sie nicht kannte, saß beim Kaffee um einen Tisch. Jetzt lachten sie laut über irgendetwas.

Marian holte sich eine Cola und nahm sich ein in Plastikfolie gewickeltes Baguette vom Tresen. Plötzlich tauchte ein Interview mit den Eltern von Andreas Lindeberg auf dem Bildschirm auf. *Haben Sie irgendeinen Verdacht, dass mit Andreas vielleicht etwas nicht stimmte?*, wurde gefragt.

Marian sah das Ehepaar Lindeberg an. *Nein, bei Andreas ist alles in Ordnung*, sagte die Mutter. Das Blut schien aus ihrem Gesicht zu verschwinden, und sie sank ein wenig in sich zusammen. Dann sagte sie nichts mehr.

Marian fuhr mit dem Fahrstuhl in den Keller hinunter. Beim Essen sah sie sich Andreas Lindebergs Facebook-Seite an. Den letzten Beitrag hatte er um 20.36 an dem Abend gepostet, an dem er verschwunden war, ein Foto von sich selbst mit Fischmund und einem Micky-Maus-Bild, das von einer Künstlergruppe stammte, die sich Broslo nannte, wer immer sie nun sein mochten. Auf der Seite kochte es jetzt, es wimmelte nur so von Mitteilungen seiner Freunde. Vor allem Jungen, aber auch einige Mädchen und Kollegen aus dem Sportgeschäft waren dabei.

Marian schluckte das letzte Stück Brot hinunter und loggte sich ins interne System der Polizei ein. Sie trank ihre Cola. *Nur Kleinkram,* hatte Cato gesagt. Und das stimmte, wie sie sah, wenn man es für Kleinkram hielt, dass sich jemand in einem Kindergarten an kleinen Jungen vergriff. Er wollte nicht, dass sie in seinem Fall herumschnüffelte. Die Ermittlungen waren ja noch nicht abgeschlossen. Andreas Lindeberg konnte sich wegen dieser Sache das Leben genommen haben. Er hatte wohl Angst, dass die Sache ans Licht kommen könnte. Sie nahmen sich oft das Leben, diese jungen Männer. Wenn es ernst wurde, konnten sie nicht gerade viel vertragen.

30

Die Sonntagsnacht war kohlschwarz. Sie trugen Gustav Joner, den sie in einen Perserteppich gewickelt hatten, auf die offene Tür zu. Zogen ihn langsam über die Schwelle und in das beleuchtete Treppenhaus. Er war betäubt und weit weg. Nichtsahnend hatte er auf ihr Klingeln hin die Tür geöffnet. Es war spät, deshalb hatte er mit irgendeinem Hausbewohner gerechnet, der Hilfe brauchte.

Solche Treppenhäuser waren immer grell erleuchtet. Sie lauschten. Keine Schritte auf der Treppe. Sie hatten vorher die Fahrstuhltür geöffnet und einen Zeitungsstapel im Türspalt abgelegt, so dass die Tür halboffen stand und niemand lautlos aus einem höheren Stockwerk angesegelt kommen könnte, um sie zu überraschen. Die Reihe von Briefkästen war in psychedelischen Farben vollgesprüht. Der Boden roch nach Stein. Er *war* auch aus Stein, grau mit eingegossenen schwarzen und weißen Sprenkeln. Joners Wohnungstür fiel leise zu, ein Klicken, und sie war abgeschlossen. Sie hatten natürlich Handschuhe, Vollhelme und Lederanzüge.

Oben wurde eine Tür geöffnet. Das Geräusch warf im Treppenhaus ein Echo. Sie blieben stehen, dann gingen sie aber mit dem schweren Teppich zwischen sich weiter. Sie hatten den Teppich mit Klebeband umwickelt, damit Joner nicht hinausrollen konnte. Die Haustür wurde von einem Stein offengehalten. Oben im Haus wurde es wieder still. Niemand kam.

Jetzt waren sie draußen, auf dem Fußweg. Sie hatten mit dem Gedanken gespielt, den Hausmeister auf der Gartenseite wegzuschaffen, aber die Nachbarwohnungen hatten große Fenster, die auf diesen Grasstreifen blickten, und jemand konnte doch wach sein, jemand konnte in einem dunklen Wohnzimmer sitzen und nach draußen schauen.

Der Wagen stand im Schutze eines Containers gleich beim Spielplatz. Sie trugen den Teppich zum Auto, so schnell sie konnten, über den Gehweg, auf dem auf beiden Seiten die Thujen standen wie Wachtposten. Sie mussten den Teppich für einen Moment ablegen, um ihn besser fassen zu können. Sie benahmen sich wie Dompteure in einer Manege, von überall zu sehen, furchtlos, aber es war schwerer, als sie gedacht hatten. In der Luft hing Nieselregen. Das Summen des Strommastes war bis hierher zu hören.

Hinter einigen Fenstern des Wohnblocks gegenüber brannte Licht. Wer sie hier sah, falls jemand sie sah, würde einfach denken, dass da jemand einen Teppich zu einem Auto schleppte. Sie konnten Joner auf die Ladefläche schieben und die Tür zuschlagen. Der Bruder lief noch einmal ins Treppenhaus und entfernte die Zeitungen aus der Fahrstuhltür und den Stein aus der Haustür. Dann fuhren sie los.

Fuhren aus der Wohngegend und hinunter auf die Straße mit

der orangen Straßenbeleuchtung. Vorbei an etwas, das aussah wie eine Fabrikhalle, und an einem leeren Wartehäuschen. Um diese Uhrzeit fuhren keine Busse.

*

Am Dienstag, dem 13. September, wollte Marian wieder zum Kleingarten. Sie hatte noch nichts von Tønnesen gehört. Der Zeitunterschied sorgte wohl dafür, dass es nie eine passende Anrufzeit gab. Im Gewächshaus passierte irgendetwas, wie sie sah. Wasser lief innen an den Glasscheiben herunter, und sie konnte unmöglich jemanden erkennen. Ein junges Mädchen kam um die Ecke und verschwand. Marian ging rasch am Taubenschlag vorbei. Myrtel Haug trat sofort in die Türöffnung des Gewächshauses. Ihr Gesicht verdüsterte sich, als sie Marian sah, sie zog ihre Handschuhe aus und kam heraus. Dann fragte sie: »Habt ihr schon mehr herausgefunden?«

»Kann sein«, log Marian. »Ich glaube nicht, dass damals ein Auto gekommen ist. Ich glaube, dass jemand auf sie gewartet hat. Jemand, der schon hier war.«

Myrtel Haugs Gesicht verdüsterte sich noch mehr. »Ach was.«

Plötzlich stand sie dort. Elly Haug trat hinter ihrer Großmutter hervor, sie war schlank und hatte lange glatte Haare. Ihre Augen waren grau und kühl. Ein hübsches Gesicht, bedeckt von Sonnenpuder. Den benutzten sie alle wohl derzeit, die jungen Mädchen.

»Elly ist zu Hause? Sie sollten mich doch sofort anrufen, sowie sie da wäre.« Marian sah Myrtel an.

»Sie ist ja gerade erst gekommen«, sagte Myrtel Haug.

Elly Haug erwiderte ihren Blick. »Die Herbstferien haben ja noch nicht angefangen. Ich wollte nur kurz mal vorbeischauen, Oma zuliebe.«

An ihrem Nasenring hing ein blanker Tropfen, und sie trug lange, gebleichte Jeans an den dünnen Beinen, eine Strickjacke und große Gummistiefel.

»Können wir ein Stück weitergehen?« Marian wollte unter vier Augen mit ihr sprechen.

Die junge Frau drehte sich zu ihrer Großmutter um.

»Oda und ich wollen die Büsche zur Kierschows gate hin beschneiden«, sagte Myrtel Haug verbissen.

Das war ihre Art, die Enkelin abzuweisen, dachte Marian und gab Elly Haug ihre Karte. »Hier haben Sie auch meine Mailadresse.«

Elly nahm die Karte und steckte sie in die Tasche der Strickjacke. Marian spürte die Unsicherheit, die sie ausstrahlte. Lag die daran, dass sie ihre Antworten nicht mit ihrer Großmutter absprechen konnte? Sie musste dieser Sache wirklich auf den Grund gehen.

Sie wanderten los.

»Wer ist eigentlich Oda?«

Elly zögerte. »Ach, nur eine Kleingärtnerin, die voriges Jahr angefangen hat, meiner Oma ein bisschen zu helfen. Sie arbeitet in der Druckerei hinter der Kirche. Sie ist ein wenig zurückgeblieben, wie Oma sagt.«

»Zurückgeblieben? Also weniger intelligent?«

Elly zuckte mit den Schultern. »Ich kenne sie nicht.«

Elly Haug wirkte mürrisch, sie musste anscheinend erst etwas warm werden.

»War es schön, in diesem Garten aufzuwachsen?«

Marian sah den Rücken eines Mannes mit einer blauen Mütze. Der Mann beugte sich vor und verschwand hinten zwischen den hohen Bäumen.

»Ja«, sagte Elly. Sowie sie aus der Hörweite der Großmutter waren, wurde sie gesprächiger. »Hier gibt es Dachse, mitten in der Stadt. Durch das viele Grüne können sie hier leben. Auf dem Friedhof auf der anderen Straßenseite hat das Forstamt gerade erst zwei in einer Falle gefangen und sie eingeschläfert. Ich finde, man sollte sie leben lassen.«

Marian begriff bald, dass sie es mit einer jungen Dame zu

tun hatte, die es nicht ganz leicht gehabt hatte, die aber den Absprung geschafft hatte und jetzt in Trondheim studierte. »Ich habe da oben viele Freunde«, sagte sie. »Teile die Wohnung mit zweien. Es war sehr schwer für mich, als ich klein war. Meine Mutter ist gestorben. Ich habe mich sehr unsicher gefühlt. Mein Gehirn hat dieses Ereignis wohl einfach blockiert. Das mit Thona. Sie ist doch einfach weggelaufen. Was ich noch weiß, ist, dass sie Insekten die Flügel ausgerissen hat. Nicht an dem Tag, an dem sie verschwunden ist, meine ich, an einem anderen. Sie war nicht lieb. Oma hat uns einmal Rote Beete gegeben, und Thona wurde lila um den Mund. Ich erinnere mich an den Ball, mit dem Thona und ich gespielt haben. Oma hat gesagt, ich hätte so schön mit Stöckchen und anderen Dingen aus dem Garten gespielt. Aber ich weiß noch, dass ich Thona nicht sehr gut leiden konnte. Sie hat mir Angst gemacht, hat behauptet, die Vogelscheuche sei lebendig und so was. Wir haben einmal Schmetterlinge gespielt. Aber Thona war eher Insekt als Schmetterling. Ich habe danach oft davon geträumt, ich habe ihr Flügel angeträumt.«

Marian staunte über diese Redseligkeit und über die abgehackte Sprechweise der jungen Frau. Sie gingen zu einer Stelle, wo der Park sich erweiterte und das Gelände sich zur Uelands gate hin absenkte.

»Erzählen Sie mir von Ihrer Großmutter.«

Elly zog ihre Strickjacke fester um sich zusammen und blieb stehen. Vor ihrem schmalen Gesicht wurden dünne Strähnen hin und her geweht. »Es war alles nicht so ganz einfach. Meine Mutter ist an einer Überdosis gestorben. Ich musste bei Oma wohnen. Oma ist nicht gemein, das nicht, aber sie überwirft sich mit allen, außer den Tauben.« Elly Haug lächelte verkniffen. »Sagen Sie aber nicht, dass ich das gesagt habe. Oma hat es auch mit der Hygiene nicht so genau genommen. Als ich klein war, war oft Dreck in der Milch. Als ich bei Mama gewohnt habe, hatte ich ein Zimmer mit einer rosa Tapete. Die hatte weiße Punkte und grüne Blätter. Alle kleinen Mädchen wünschen sich so ein Zimmer. Bei Oma bekam ich das Mansardenzimmer. Und als mein Gitterbettchen zu klein war, hat sie es zersägt und zwei Stuhlrücken daraus gemacht. Ich wollte es eigentlich aufbewahren. Ich kann doch auch Kinder kriegen. Wenn in der Schule etwas los war und die anderen Kinder ihre Eltern mitbrachten, hatte ich nur Oma. Und ich weiß noch gut, dass sie einfach nicht dazu passte.«

Sie gingen weiter, und Elly fügte hinzu: »Sie war scheußlich gekleidet und so angespannt. Niemand redete mit ihr, und niemand konnte sie leiden. Es war furchtbar peinlich, und ich war wütend, weil sie es wagte, sich so unterwürfig zu verhalten. Sie wusste auch nicht, wie sie mich anziehen sollte. Ich suchte mir meine eigenen Sachen aus und ging jeden Abend spät ins Bett.«

Sie setzten sich auf die türkise Eisenbank. Und Elly redete weiter. »Ich aß, was ich essen wollte, vor allem Süßigkeiten. Oma hatte ja Salat im Garten, aber der war oft schmutzig. Ich hatte dann Erde im Mund. Sie wusch ihn nicht gut genug. Und wenn sie Möhren und Kartoffeln servierte, hatte sie die immer zu lange gekocht, und sie waren matschig und schmeckten nicht. Ich fand, ich hätte etwas Besseres verdient, und war sehr schwierig. Aber jetzt ist mir klar, was sie alles für mich getan hat. Und dann hatte sie ja meinen Vater. Der war als Sohn ein Albtraum. Er *ist* als Sohn ein Albtraum. Ich glaube nicht, dass sie Kontakt zu ihm hat. Wir reden nie über meinen Vater. Oma muss ja einen Mann gehabt haben, und mein Vater einen Vater, aber ich weiß nicht, wer das war. Das ist schon komisch, dass sie mir das nie erzählt hat. Es gibt so vieles, wonach ich sie nicht fragen kann.«

Marian sah Elly Haug an. Sie stellte dieselbe Frage, die sie Annie und der Großmutter gestellt hatte. »Ich wüsste gern, ob Ihnen jemals, in all diesen Jahren, etwas Neues eingefallen ist, ein Detail, irgendetwas, das vielleicht für den Fall von Bedeutung sein könnte.«

»Nein«, sagte Elly Haug rasch und rupfte einen dünnen Grashalm aus.

»Sind Sie sich da ganz sicher?«

»Ja.«

Ein älteres Paar ging mit einer Einkaufskarre vorbei, aus dem ein Spaten und eine Rolle schwarzer Plastiksäcke hervorschauten. Sie nickten freundlich.

»Wann haben Sie Ihren Vater zuletzt gesehen?«

Elly zuckte mit den Schultern. »Weiß nicht mehr. Oma lässt ihn nie ein. Wir haben nichts mit ihm zu tun.«

»Warum nicht? Er war an dem Tag hier, an dem Thona verschwunden ist. Ihre Großmutter streitet das ab, aber mehrere Kleingärtner haben damals bestätigt, dass er hier war. Er stand ja in Verdacht und wurde in Untersuchungshaft genommen.«

»Oma beschützt mich vor ihm. Ich weiß nichts mehr. Ich war doch erst fünf.«

»Sie und Thona haben mit dem Ball gespielt. Einem altmodischen Gummiball. Der müsste im Beweislager liegen. Auf dem Ball waren Ihre und Thonas Fingerabdrücke. Ich habe ihn allerdings noch nicht gefunden.«

Elly nickte. »Auf irgendeine Weise habe ich mir eingebildet, dass ich an Thonas Verschwinden schuld war. Aber das war ich nicht. Ich habe ihr nichts getan.«

Die Bank unter ihnen war kalt, sie standen auf. Sie schlenderten auf die Vogelscheuche zu. Elly lächelte. »Jetzt hat Oma der Vogelscheuche einen Regenmantel angezogen. Weil es gestern Abend geregnet hat.« Sie hob eine Ecke des Mantels hoch. »Und darunter hat sie ein Hemd.« Sie lachte. »Ich habe immer noch ein bisschen Angst davor.«

»Was wissen Sie noch von dem Tag damals?«

Elly hielt ihrem Blick stand. »Ich weiß noch, dass ich mir die Ohren zuhielt, als die Polizei kam. Und dass in den Bäumen schwarze Vögel waren. Ich saß im Bett. Die Polizisten beugten sich über mich und stellten lauter Fragen, aber ich konnte nicht antworten. Sie verschwammen irgendwie vor meinen Augen. Sie hatten Walkie-Talkies und einen Hund. Oder vielleicht zwei Hunde. Ich kann mich an das laute Knistern der Walkie-Talkies erinnern. Aber abgesehen davon erinnere ich mich vor allem an das Gefühl, dass es ein furchtbarer Tag war und dass ich schrecklich traurig war. So traurig war ich noch nie in meinem Leben gewesen. Oma hat danach alles für mich getan. Sie hat mir eine Puppe geschenkt. Und ein kleines Fahrrad, das weiß ich noch.«

Marian fragte: »Elly, könnten Sie sich vorstellen, sich hypnotisieren zu lassen? Um festzustellen, ob Sie sich dann an etwas erinnern?«

31

Am Nachmittag des 14. September fand Annie unter der Bank im Stationszimmer eine Bibel, ein altes, abgegriffenes Exemplar. Sie entdeckte das Buch, als ihr ein Kugelschreiber auf den Boden gefallen war. Sie bückte sich und zog die Bibel hervor. Darin lag auch ein Zettel. Die Handschrift auf dem Zettel war ihr unbekannt, sie war fast ein wenig kindlich schräg. Sie sah ihn an. Darauf standen untereinander vier Männernamen. *Glenn Haug, Andreas Lindeberg, Gustav Joner, Hallgrim Schavenius.*

Sie kannte die Schrift von allen, die auf dieser Station arbeiteten, niemand von hier hatte das geschrieben. Und eine Bibel! Von den Kolleginnen und Kollegen war doch niemand christlich?

Glenn Haug war der Sohn der Taubenfrau. Dieser Name war schwarz wie die Nacht. Sie wusste nur, dass er damals mit Thonas Verschwinden zu tun gehabt hatte. Etwas war passiert, als sie vor Gericht gewesen war, als er in Untersuchungshaft kam. Es war wie eine negative Stromladung, eine Leitung aus einem Universum ins andere. Ihr schauderte bei der Erinnerung an seinen stechenden Blick. Konnte man jemandem das Böse an den Augen ansehen? Sie konnte das.

Andreas Lindeberg – das war der hübsche Junge, der vermisst wurde, die beiden anderen Namen hatte sie noch nie gehört.

Warum hatte jemand den Namen von Glenn Haug und den eines verschwundenen Jungen auf einen Zettel geschrieben und den in eine Bibel gesteckt?

Jetzt durfte sie das alles nicht zu dramatisch sehen. Alle redeten doch derzeit über diese Fälle. Andreas Lindeberg und Glenn Haug, das waren Namen, die in den Medien genannt wurden.

Die schwarze Bibel hatte einen Goldrand, auf dem mit grünem Filzstift herumgekritzelt worden war. Sie schlug sie an irgendeiner Stelle auf. Ein scheußlicher Vers aus der Offenbarung war mit schwarzem Filzstift unterstrichen:

Ich weiß, wo du wohnst: wo der Thron des Satans ist.

Am Rand war mit dicken Buchstaben etwas geschrieben: *Du. Ich habe es gesehen. Er stand dort am Rand in seiner Uniform und gab dir einen Stoß in den Rücken, und du bist gefallen und auf den Steinboden geprallt. Ich werde dieses Geräusch und die Stille danach nie vergessen. Es war nicht zu ertragen. Und ich konnte nichts machen. Wenn ich das gewollt hätte, aber ich wollte nicht. Denn ich konnte ihn verstehen.*

Annie schlug die Bibel wieder zu. Was für ein Wahnsinn! Sie würde Fanny nachher fragen, ob sie wüsste, welchem Patienten die Bibel gehörte. Diejenigen, die herkamen, hatten Probleme mit ihrem Leben. Annie legte die Bibel auf andere Bücher auf der Fensterbank, aber der Zettel mit den Männernamen glitt wieder heraus, deshalb bückte sie sich und schob ihn zwischen einige Illustrierte im Fach unter dem Tisch. Sie würde ihn sich später noch genauer ansehen. Dann ging sie hinaus, um eine Frau in Empfang zu nehmen, die einen Zusammenbruch hinter sich hatte. Ihr Ehemann begleitete sie. Sie würde nicht mit

Fanny reden können, denn es kamen in der nächsten Stunde noch zwei Patienten, und dann würden die beiden Nachtwachen übernehmen.

Annie war müde, musste sich konzentrierten, um sich zu erinnern, wohin sie die Autoschlüssel gelegt hatte. In die Manteltasche? Da waren sie nicht. Sie fand sie in ihrer Handtasche. Die Bibel war verschwunden. Jemand hatte sie mitgenommen. Natürlich hatte jemand sie mitgenommen, vielleicht hatte ein Patient nach ihr gesucht? Es war unheimlich gewesen, aber es stand ja nicht fest, dass das, was dort geschrieben war, etwas bedeutete. Sie mochte nicht mehr daran denken, es wurde alles zu viel. Sie lebte in einer unwirklichen Wirklichkeit, das hatte ihr Psychologe gesagt. Ihr Gehirn stand unter Druck, natürlich war sie zerstreut und abwesend. Sie wartete ja die ganze Zeit auf Antworten. Sie ging so schnell sie konnte durch den Gang, schleppte ihre Beine aber sozusagen hinter sich her. Sie hatte keinen Humor mehr. Wenn sie über etwas lachte, weinte sie gleich darauf. Einer der Namen auf dem Zettel war übrigens *gelb* gewesen: Gustav Joner. Sie hatte über die Eigenschaft gelesen, dass man Namen, Monate und Daten nach Mustern und Farben einteilte. Sie erinnerte sich nur nicht, wie diese Eigenschaft hieß, aber sie besaß sie. Sie zog sich in der Personalgarderobe um, zog ihre Stiefel an und ging.

*

Marian saß im Turm im Bett. Birka lag zu ihren Füßen. Auf der Decke vor sich hatte sie den iPad, für den sie einen Deckel gekauft hatte, so dass er stehen konnte. In der Hand hielt sie ein Glas Gin Tonic. Elly hatte den Vorschlag der Hypnose nicht einfach abgewiesen. Aber sie wolle warten, hatte sie gesagt. Bis zu ihrem nächsten Besuch zu Hause. Marian spürte, wie ihre Spannung bei dem bloßen Gedanken wuchs. Im Netz fand sie einen dänischen Therapeuten, der auch schon mit der dänischen Polizei zusammengearbeitet hatte. Er hieß Shai Timo, war Chinese und wohnte in Oslo. Auf dem Bild trug er einen orangefarbenen Seidenkittel. Die norwegische Polizei setzte nie Hypnotiseure ein. Das war tabu.

Sie las, dass das Unterbewusstsein sein Spezialgebiet sei und er über Spitzenkompetenz für das limbische System verfüge, dass er bei der Behandlung sogenannte Blitzinduktionen anwandte, die raschen Zutritt zum Kern der Sache ermöglichten, wenn der Klient total entspannt war. Er benutzte auch Psychotherapie und Akupunktur und hatte einen Artikel über eine in kommunistischen Systemen benutzte Methode verfasst. Es ging um Zwangsbehandlung, mit der eine Persönlichkeit geändert werden sollte.

Er hatte seine Praxis in der schlimmsten Gegend von Oslo, in Tøyenbekken dicht beim Polizeigebäude.

Sie schaute den Schrank an. Im Haus schien es eine Bewegung zu geben, denn die Schranktür glitt langsam auf. Alte Häuser bewegten sich eben.

Marian googelte Nachrichten. Nichts Neues über Andreas Lindeberg. Es ärgerte sie, dass sie nicht in Kontakt zu Glenn Haug kommen konnte. Alle Streifenwagen hielten nach ihm Ausschau, aber sie hatten nur alte Fotos. Das, was Elly über Thona gesagt hatte, rückte den Fall in neues Licht. War Thona nicht das liebe kleine Mädchen, das Annie geschildert hatte? Log das Bild des Mädchens mit den beiden Zöpfchen und dem lächelnden Mund ohne Schneidezähne? Sie sah Thona vor sich: die rosa Strumpfhose, die um die dünnen Waden Falten warf. Und Söckchen mit Spitzenrand. Und die Schuhe, die zu groß waren. … *ich weiß noch, dass ich Thona nicht sehr gut leiden konnte. Sie hat mir Angst gemacht, hat behauptet, die Vogelscheuche sei lebendig und so was. Wir haben einmal Schmetterlinge gespielt. Aber Thona hat Insekten die Flügel ausgerissen.*

Die Nachtischlampe warf einen runden Kreis auf den Nachttisch. Marian drehte die Lampe ein bisschen und sah sich noch einmal die Liste der Vernehmungen der Kleingärtner an. Diese

Gartenhelferin, Oda, deren Name stand dort nicht. Also hatte sie damals keinen Garten gehabt. Es gab so viele Herangehensweisen, so vieles, was untersucht werden musste. Stimmte das, was Gudrun Johansen über Annie gesagt hatte, dass sie verlogen sei? Plötzlich fiel ihr Andreas Lindeberg ein. War auch er ein Opfer? Was man sah, war nicht zwangsläufig das, was man sehen sollte. Sie dachte an den griechischen Polyeidos, den fünften Menschen. Den Gott mit allen Gesichtern, Mann und Frau zugleich. An dem Tag, an dem ein zuverlässiger Lügendetektor erfunden wäre, würde die Arbeit der Polizei ganz anders aussehen. Ab und zu befand sie sich mit Verbrechern auf einer solchen Wellenlänge, dass es ihr Angst machte. Es war, als besitze sie eine dunkle Kammer. Hatte Thona Glenn Haug auf irgendeine Weise verärgert? Sie musste ihn einfach dingfest machen. Es war ja nichts Neues, dass sich der erste Verdächtige dann wirklich als der Täter entpuppte.

*

Als sie im Carport vor dem Reihenhaus hielt, stellte sich Annie vor, wie Marian Dahle zu Hause zwischen ihren Unterlagen saß. Vielleicht hätte sie die Bibel und den Zettel doch mitnehmen sollen? Natürlich hätte sie. Sie fühlte sich unwohl; eine alte zerlesene Bibel mit den Aufzeichnungen eines Zeugen, der gesehen hatte, wie jemand auf einen Steinboden fiel. Und der Zettel mit den Namen – sie hätte alles mitnehmen und Marian Dahle geben sollen. Hatte sie ihre Urteilsfähigkeit eingebüßt? Diese Männernamen … Irgendwo tief in ihrem Hinterkopf murrte etwas. Ihr Nervensystem kam ihr vergiftet vor. Ihr Psychologe hatte von einem *gespaltenen Gemüt* gesprochen, das war ein anderer Name für Psychose. Die Wirklichkeit war unwirklich. Der Psychologe bestand darauf, dass sie nicht krank war, sondern *sensitiv, an der Grenze zu etwas anderem.* Diese Bezeichnung sagte ihr gar nicht zu.

Sie hängte ihren Mantel an den Haken draußen auf dem Gang. Warum lag die Bibel im Stationszimmer? Warum hatte jemand Glenn Haug und Andreas Lindeberg auf den Zettel geschrieben? Sie ging ins Haus und googelte den dritten Namen auf der Liste. Gustav Joner, der, an den sie als gelb dachte. Er war Hausmeister bei einer Wohnungsgenossenschaft, las sie. Ein ganz normaler Mann. Er wohnte in einer Blocksiedlung auf der anderen Seite der Stadt. Das Bild, das sie im Netz fand, zeigte einen Mann mit einem offenen und freundlichen Gesicht. Eine blonde wellige Mähne, ein sympathisches Lächeln und Aknenarben auf den Wangen. Das Bild war vor einigen Jahren gemacht worden, als der Block renoviert wurde. Er sei stolz auf seine Siedlung, teilte er mit.

Im Badezimmer riss sie sich die Kleider vom Leib. Sie waren einfach widerlich. Der Schweiß, gefüllt mit dem Gestank nach Angst, war wieder da. Die Zeit hatte nicht geholfen, die Vergangenheit steckte ihr wieder im Leib, in allem, in den Zimmern, wie am ersten Abend, als sie nach Hause gekommen war. Die unerträgliche graue Stille. Erstickend. Sie hatte in der ersten Zeit nach Thonas Verschwinden Angst vor dem Alleinsein gehabt, hatte sich eingebildet, jemand könne es auch auf sie abgesehen haben. Sie zog eine saubere Bluse und eine Hose aus dem Trockenschrank. Zog sich an, warf die alte Kleidung in den Korb für schmutzige Wäsche. Sie hatte Thonas Kleider nicht weggegeben, hatte sie nicht einmal gewaschen. Alles lag wie vorher in einem Kleidersack im Kinderzimmer, Flecken von Himbeermarmelade auf einem gestreiften Pullover, rote Saftflecken auf einem Kleid. Die grüne Hose mit dem Loch am Knie. Alles zusammen in einem dicken grauen Kleidersack, mit Thonas Geruch, im Schrank in ihrem Zimmer. Aber ihr Geruch war jetzt eigentlich verschwunden, auch wenn der Kleidersack einen Reißverschluss hatte.

Sie öffnete eine Weinflasche und setzte sich in den einen Sessel. Erfuhr in den Abendnachrichten, dass Andreas Lindeberg offenbar am Abend vor seinem Verschwinden einen Supermarkt am Solli plass aufgesucht hatte. Die Überwachungskameras im

Laden hatten ihn eingefangen. Ein aufmerksamer Ladenangestellter hatte ihn erkannt. Das Bett in seiner Wohnung war gemacht. Der Vater war nachmittags dort gewesen, er hatte in der Nacht also nicht dort geschlafen. Damit konnte der Zeitpunkt seines Verschwindens berechnet werden. Es war jetzt zwei Wochen her. Die Zeit war so schnell vergangen. Die Tage strömten ihr einfach nur so davon.

Sie wartete zwei Sekunden darauf, dass ihr Gehirn etwas zusammenschaltete, das sie nicht zu fassen bekam. Der letzte Name. Wie war der noch gleich gewesen? Sibelius? Wie der Komponist? So ähnlich? Die Müdigkeit steckte vorn in ihrer Stirn, wie ein Bleigewicht. Aber den Zettel hatte sie ja zwischen die Zeitschriften gesteckt, nicht zurück in die Bibel. Sie schaute auf die Uhr. Es war fast elf. Sie hatte nur zwei Glas Wein getrunken und hielt sich für fahrtüchtig. Sie musste Marian Dahle über die Bibel und den Zettel informieren, aber zuerst musste sie den Zettel holen.

32

Das Problem war, dass die Verfolgung so viel Kraft forderte. Und was er hier machte, war nur ein Aufschub, eine Folter. Aber das gehörte zu seinen Gewohnheiten, die Dinge aufzuschieben. Bald würde er in etwas Besseres hinübergleiten. Er wurde von Gedanken gelenkt, über die er keine Kontrolle hatte. Allein, hierher auf diesen Kriechboden zu gehen, hatte eine Art von Planung erfordert, die ihm nicht guttat. Alles kam zu ihm, von hier und von dort. Jetzt war er hier, in der Finsternis. Er hatte lieber kein Licht gemacht. Licht würde durch die Risse in der dünnen Platte zu ihr hinunterleuchten. Denn dort war eine Platte, an der Wand zu ihrem Schlafzimmer. Er hatte hier lange gelegen und gehorcht, aber nun war es still, schon seit einer ganzen Weile. Er leuchtete mit seinem Telefon und sah auf die Uhr. Sie schlief jetzt sicher. Er zog sein Messer hervor.

*

Marian setzte sich im Bett besser zurecht, zog das Kissen ein wenig höher. Tønnesen hatte ihr eine SMS mit einem Bild von Cathryn, John Johansen und den beiden Töchtern geschickt. Alle waren groß und hatten rötliche Haare. Marian hörte in Gedanken Ellys Stimme. *Aber Thona war eher Insekt als Schmetterling.*

Marian gab abermals die Adresse der Kleingartenkolonie Geitmyra ein und klickte *Streetview* an. Sie veränderte den Blickwinkel nach Belieben. Es war faszinierend. Sie zoomte einen Punkt heran und erkannte Myrtel Haug. Sie konnte ihr Gesicht natürlich nicht sehen, aber sie erkannte die Kleidung. Myrtel Haug war bei der Vogelscheuche mit irgendetwas beschäftigt. Das Unbehagen machte sich in ihrem Bauch breit. So vieles an Myrtel Haug gefiel ihr nicht. Sicher war *sie* hier die Verlogene. Plötzlich hörte sie ein Kratzen. Leise zuerst, dann deutlicher. Es kam vom Kriechboden.

Vorsichtig stellte Marian das Glas auf den Nachttisch, schlug die Decke zur Seite, ging hinüber und kniete sich vor den Schrank. Sie atmete durch den Mund. Zog keine Luft durch die Nase ein. Für kurze Augenblicke war es dort drinnen still, dann ging es wieder los. Konnte sich da ein Vogel durch einen Spalt ins Haus verirrt haben? Aber nachts waren doch wohl keine Vögel unterwegs? Sie schaute in den Schrank. Da lagen die Kleider ordentlich aufeinander. Die Kartons standen gerade da. Die Rückwand war nur eine dünne Spanplatte. Sie horchte einige Minuten, jetzt war alles still. Instinktiv wie auf ein Signal hin hob sie den Karton mit dem geblümten Bezug heraus und öffnete ihn. Suchte mit raschen Griffen zwischen den ordentlich zusammengefalteten Kinderkleidern. Der Karton hatte einen doppelten Boden, deshalb musste sie zuerst alle Kleider herausnehmen. Sie fuhr mit den Fingern über einen festen Rand und riss den Boden aus dem Karton. Dort lag die Einstellungserklärung, zusammen mit einem alten Zeugnis. Es stand schwarz auf weiß da. Von der Sondereinheit: *keine verdächtigen Funde.* Farhi Salman hatte die Erklärung unterschrieben. Sie schloss den Mund, hob das Gesicht und schauderte zusammen. Alle Gedanken wurden irgendwo auf dem Weg vom Gehirn ins Nervensystem blockiert. Sie starrte die Wand über dem Schrank an. *Er* war das also. Die Sondereinheit suchte Häuser und Wohnungen auf, fotografierte und dokumentierte. Salman hatte früher beim PST gearbeitet, dann bei der Sondereinheit, einer unabhängigen Organisation, die dem Justizministerium unterstellt war. Und jetzt war er also bei der Kripo. Aber war er wirklich dort, oder war diese Sache mit dem Cold Case eigentlich eine Falle? Sie legte Brief und Zeugnis wieder zurück. Wollten sie sie wieder einen Fehler machen lassen, um sie ein für allemal los zu sein? Zeigen, was sie wirklich für ein Mensch war, und sie aus dem System der Polizei entfernen?

Sie lauschte wieder. Auf dem Kriechboden war noch immer alles still. Die Kleider wurden zurückgeworfen, der Karton geschlossen und zurückgestellt. Farhi Salman war ihr Feind. Von jetzt ab. Sie erhob sich und legte sich wieder ins Bett, kroch in Embryostellung unter der Decke zusammen. Die Schranktür stand offen, deshalb würde sie besser hören, wenn es neue Geräusche gäbe.

*

Annie schloss die Eingangstür auf. Es war still auf der Station. Das Licht war auf halbe Stärke heruntergefahren, wodurch das beleuchtete Schild des Notausgangs besonders deutlich war. Weit hinten auf dem Gang sah sie einen Rücken in einem Zimmer verschwinden. Sie öffnete langsam die Tür. Das Stationszimmer war leer. Der Zettel steckte noch immer zwischen den Zeitschriften unter dem Tisch. Sie schaute ihn rasch an. Hallgrim Schavenius lautete der letzte Name. Sie steckte den Zettel in die Tasche, dann ging sie leise wieder hinaus.

Sie schlich sich in das Büro weiter hinten im Gang und schaltete den Computer ein. Sie machte kein Licht, und deshalb färbte der Bildschirm das Zimmer blau. Annie behielt den Mantel an. Sie fand Andreas Lindeberg nicht im System. Und auch nicht Gustav Joner oder Schavenius. Die waren niemals Patienten der Tagesklinik gewesen. Glenn Haug hatte sie schon überprüft. Auf einen Impuls hin. Sie loggte sich aus dem System aus und fuhr den Rechner herunter.

Annie fuhr zusammen, denn plötzlich stand Fanny in der Tür.

*

Am Ende nickte Marian ein, sitzend im Bett, ihr Kopf kippte zur Seite. Die Papiere segelten lautlos zu Boden. Sie träumte, schwebte über den Kleingarten und sah alles aus der Vogelperspektive. Mit Röntgenblick untersuchte sie das Gelände. Nicht weit von der Vogelscheuche entfernt sah sie einen weißen Fleck, ein Kind mit Spitzensöckchen und sonst gar nichts, es lag leblos im regenschweren Gras. Das grüne Leuchten der Blätter umgab das Mädchen wie ein Heiligenschein. Einige Tauben landeten neben ihr und fingen an, auf sie einzuhacken.

Plötzlich fuhr sie hoch und riss die Augen auf. Farhi Salman hatte damals ihren Fall eingestellt. Der Traum flatterte davon, wie Papier, das in Fetzen gerissen und vom Wind eingefangen wird. Eine SMS ließ das Telefon auf dem Nachttisch piepsen. Sie schaute rasch darauf. Sie kam von Tønnesen. *Melde mich bald. Ganz schön viel zu holen hier auf der anderen Seite des Äquators.*

Dann hörte sie es wieder. Jemand kratzte dort draußen. Hinter dem Schrank. Vorsichtig, mit einem Werkzeug. Es war nach Mitternacht.

Sie stand lautlos wieder auf. Atmete durch den Mund, Sie hatte das Gefühl, als hätte ihr jemand einen Nagel in den Nacken geschlagen. Sie griff sich an den Hals, spürte die Schlagader pochen, bückte sich und schaute durch das Loch. Es war dunkel, fast ganz dunkel, aber es war auch etwas Weißes da. Sie wollte es nicht, musste sich aber eingestehen, was sie da sah. Sie schaute mitten in ein Auge.

33

Fanny schob die Tür weit auf und betrat das Büro. »Hallo«, sagte sie. »Hast du heute Nachtdienst? Und dann sitzt du hier im Dunkeln?«

»Nicht doch«, sagte Annie, sprang auf und zog den Mantel fester um sich zusammen. Sie erstarrte. Sie hatte das Gefühl, dass in ihrem Gehirn plötzlich ein Warnlämpchen aufleuchtete.

Fanny trug eine lange Kette um den Hals, und an ihrem Armband hing allerlei Gebammel: Tierfiguren und Gebäude, solche Anhänger, wie kleine Kinder sie gern hatten. Warum sagte sie nichts über diese seltsame Bibel? Hatte sie die nicht gesehen?

»Ich hatte nur vergessen, ein Protokoll fertigzuschreiben, und ich musste ohnehin noch los und mir an der Tankstelle ein Brot besorgen«, log Annie. »Bei mir ist im Moment ein bisschen zu viel los.«

Fanny musterte sie besorgt, und Annie fiel auf, dass sie gelbe Sprenkel in den grünen Augen hatte, um die Iris herum. Ihr Nervensystem ging langsam in Auflösung über. Um überhaupt etwas zu sagen, behauptete sie: »Ich habe über einen Grabstein nachgedacht. Falls sie Thona finden. Dann soll sie auf dem Vestre gravlund liegen, nicht auf dem Nordre, nicht bei den Kleingärten.«

Fanny umarmte sie rasch. »Lass uns bald mal etwas Schöneres unternehmen. Lass uns nach Spanien fahren. Du und ich und Margrethe.«

»Ja«, sagte Annie, aber sie wusste, dass aus solchen Dingen niemals etwas wurde.

Als sie wieder im Auto saß, spielte sie mit dem Gedanken, eine SMS an Marian Dahle zu schicken, dann aber schaute sie auf die Uhr und fand es zu spät. Sie legte den Kopf auf die Hände und blieb eine Weile so hinter dem Lenkrad sitzen. Als sie sich aufrichtete, sah sie, dass im ersten Stock Licht gemacht wurde, in Dan Brodahls Büro. Annie verließ rasch im Rückwärtsgang den Parkplatz und fuhr durch die Dunkelheit nach Hause.

*

Der Schrei steckte ihr im Hals fest. Der Urschrei. Jemand wollte zu ihr herein, in ihr Haus. Für einen kurzen Moment sah sie sich von außen, wie sie langsam zurückwich, wie ein zu Tode erschrecktes Kind, das allein zu Hause ist. Der Schrank schien ihr entgegenzukommen. Sie streckte die Finger aus und wich noch einige Schritte zurück. Der Rand ihres Blickfeldes flimmerte wie ein Horizont bei starker Hitze. In ihren Ohren war ein starker Druck. Sie hob die Hände vors Gesicht und schrie, ein kurzer Schrei, dann verstummte sie abrupt, und alles wurde still. Nach einem Moment der Lautlosigkeit hörte sie, wie sich jemand auf dem Kriechboden bewegte, echte Geräusche. Danach hörte sie Schritte, die Bodentür wurde geöffnet, die Angeln glitten wieder ins Schloss.

Sie lief zitternd ins Wohnzimmer, bekam die Leiter nicht richtig zu fassen und stürzte zu Boden, kam aber wieder auf die Beine und lief zur Wohnungstür. Legte das Ohr an den Türspalt und horchte. Verdammt, warum hatte sie keinen Türspion! Sie wagte nicht, die Tür einen Spaltbreit zu öffnen, jemand könnte sie ja aufstoßen und sie selbst in die Wohnung schieben, und dann wäre sie gefangen. Draußen war es ganz still, so still, dass es in ihrem Kopf summte. Wo war er jetzt? War er im Treppenhaus? Beim Künstler in der Wohnung? Unten bei der Haustür? Sie lief wieder ins Wohnzimmer und stellte sich ans Fenster über der Anrichte. Unten im Garten war niemand. Nur eine winzige Bewegung war zu sehen, ein Zweig, der über den Eisentisch schrammte.

*

Als Annie wieder zu Hause war, setzte sie sich in einen der kleinen Sessel und machte sich ein Bild von dem, der das Kind weggetragen hatte. Sie hob den Zettel mit den Namen auf und sah ihn mehrmals an. Je mehr Wein sie trank, umso deutlicher sah sie die blitzschnellen Bewegungen vor sich: eine gebückte Gestalt, die Thona trug. Ihre Tochter hatte keine kräftige Stimme. August, vor fünfzehn Jahren. Diese vielen Jahre. Sie hatte es seither nicht mehr über sich gebracht, in den Garten zu gehen. Was hatte der Teufel mit ihr gemacht? Sie wusste, was er mit ihr gemacht hatte. Wie hatte er sie getötet? Wie? Sie erwürgt? Sie mit einem Messer aufgeschlitzt? Ihr einen Stein auf den Kopf geschlagen? Niemand konnte ihr helfen. Niemand!

Als kleines Kind hatte Thona sich vor alten Damen gefürchtet, sie hatte sich an Annies Rock geklammert, wenn sich im Laden jemand über sie beugte. Dennoch hatte sie ihre Tochter zu Myrtel Haug in den Garten geschickt. Den grauenhaften Garten.

34

Sie fuhren von dem steinernen Haus weg, als die Nacht am schwärzesten war. Es war nach zwei. Inzwischen war der 15. September, der Herbst hatte sich bereits über die Landschaft gesenkt. Sie trugen ihre Lederanzüge und Handschuhe. Hinten im Wagen lag die Leiche des Hausmeisters. Joner war auf dem Thron gestorben. Sie hatten ihn länger dort sitzen lassen als Andreas. Sein Blutverlust war enorm, der ganze Boden um den

Stuhl herum war von einer Lache bedeckt. Am Ende hing er vornüber, den Kopf zwischen den Beinen.

Der Bruder fuhr. Der Wagen rollte langsam über den Kiesweg und dann hinaus auf die Straße nach Varåa. Er sagte kein Wort, die dicken, kurzen Finger hatten das Lenkrad gepackt. Er hatte genug geredet, so war es oft, und dann galt es, den Mund zu halten. Der Bruder war zum Sadisten geworden, wie der Vater einer gewesen war. Man brauchte ja nur die Beschreibung zu googeln, ein Sadist genoss das Leiden anderer, es gab ihm sexuelle Macht und ein Gefühl von Größe. Der Bruder stritt das nicht ab, sie sprachen aber nie darüber.

Der Straßengraben war einige Meter vom Straßenrand entfernt, die Straßenlaternen standen da wie Lichtmasten an einer Sportanlage. Auf der einen Seite gab es schwarzen Tannenwald, auf der anderen zogen sich die Felder dahin. Im Sommer lagen die Äcker wie sanfte wogende Decken nebeneinander an der schmalen Straße, bewachsen mit Weizen und Raps. Jetzt waren die Felder grau und schwarz. Die Vorstellung, dass es jemals wieder Sommer werden könnte, war sehr weit weg.

Die Angst vor dem Leibhaftigen war tief in ihnen verwurzelt. Da waren sie nicht die Einzigen. Eine ganz neue Untersuchung von InFact im Auftrag der Zeitung *VG* hatte ergeben, dass nicht weniger als fünfzehn Prozent der norwegischen Bevölkerung glaubten, dass es den Teufel gab und dass man vom Bösen besessen sein konnte. Es war vielleicht so, dass der Teufel, wenn man erst an ihn glaubte, in einen fahren und einem das Gemüt vergiften konnte. Man musste an denen festhalten, denen man eine Stütze sein sollte. In der Offenbarung, Kapitel 2 Vers 13, hieß es: *Ich weiß, was du tust und wo du wohnst, da des Satans Stuhl ist; und hältst an meinem Namen und hast meinen Glauben nicht verleugnet auch in den Tagen, in welchen Antipas, mein treuer Zeuge, bei euch getötet ist, da der Satan wohnt.*

So stand es in der Schrift. Und der musste man gehorchen, sonst würde alles zerfallen. In Vers 14 stand zudem: *Aber ich habe ein Kleines wider dich.* Und in Vers 16: *Tue Buße; wo aber nicht, so werde ich dir bald kommen und mit ihnen kriegen durch das Schwert meines Mundes.* Und schließlich in Vers 17: *Wer Ohren hat, der höre, was der Geist den Gemeinden sagt: Wer überwindet, dem will ich zu essen geben von dem verborgenen Manna und will ihm geben einen weißen Stein und auf den Stein einen neuen Namen geschrieben, welchen niemand kennt, denn der ihn empfängt.*

Es war jetzt die einzige Möglichkeit, den Bruder zu unterstützen. Es war eine Art gute Tat. Nur Gott allein war das Licht, darüber hatte die Mutter jeden Tag gesprochen, als sie klein waren, und sie hatte gesagt, sie müssten aufeinander aufpassen. Wenn der Bruder es nur mit der Reinlichkeit und dem Umgang mit dem Beutel auf seinem Bauch etwas genauer genommen hätte.

Tote Männer waren schwer und unhandlich. Sie mussten den Hausmeister die Treppe hinunterschleifen. Auf dem Teppich blieb eine Blutspur zurück und an einer Stelle ein roter Strich an der Tapete. Rex hatte sich ins Haus gedrängt, als sie Joner zum Wagen getragen hatten. Der Hund hatte eifrig das Blut aufgeleckt. Der Bruder musste seine gesamte Kraft aufwenden, um den Hund wieder die Treppe hinunterzuzerren.

Andreas war tot ebenso hübsch gewesen wie lebendig. Da waren sie einer Meinung gewesen, er war schön. Sein Gesicht war aschgrau, die Lippen waren dunkelblau. Seine Augen standen halboffen, sie zeigten einen schwarzen Halbkreis. Die Iris war erloschen, und sein junger weißer Leib war in einem anmutigen Bogen erstarrt. Rex hatte ihm den Arm zerbissen, als sie ihn ins Auto geworfen hatten. Dieser Hund durfte niemals von der Leine gelassen werden. Er würde dem erstbesten Menschen, der ihm über den Weg lief, an die Gurgel gehen.

Joner war nicht hübsch, wie er da hinten im Wagen lag. Sein Leichnam wies Verletzungen auf, bei denen die Polizei die Augen aufreißen würde. Der Bruder wollte das so, diesmal sollte das Opfer gefunden werden. Der Bruder war das Gehirn hinter allem. Er sagte, Hass werde unterschätzt, böse Taten könnten den Frieden wiederherstellen. Und so musste es sein.

Sie hatten auch nicht miteinander geredet, als sie Andreas weggefahren hatten, sie hatten ihn einfach tief nach Maridalen hineingebracht. Hatten sich in normalem Tempo einem Rastplatz genähert, den sie von früher her kannten. Es war klares Wetter, der Mond schien, keine Autos waren unterwegs. Sie hatten eine Weile gewartet und gelauscht, ehe sie ihn aus dem Auto gezogen hatten, aber niemand war gekommen. Das Mondlicht zeigte Öffnungen zwischen den Bäumen. Sie kannten sich hier aus, hatten hier im Sommer zahllose Radtouren gemacht.

Sie waren durch hohes Gras und verwelkte Brennnesseln gestapft. Als das Unterholz dichter wurde, trugen sie Andreas auf dem letzten Stück zur Schlucht zwischen sich. Der Fluss tief unten toste und dröhnte. Sie rollten ihn über die Kante und sahen ihn zum Flussufer hinunterkullern. Dort unten lagen Steine, runde, große und kleine. Er blieb am Ufer liegen. Niemand kam dorthin. Aber wenn im Herbst das Wasser anstieg, würde er mit in die Stadt geschwemmt werden. Wenn das Wasser zu Eis gefror, würde er von der Strömung nach unten gezogen und ins Meer hinaus getragen werden.

Der Kastenwagen bog auf die Landesstraße 22 in Richtung Lillestrøm ab. Dann hatten sie die Schnellstraße erreicht. Sie sprachen jetzt über die Reinigung des Hauses. Dass sie sich jemanden zum Putzen suchen müssten. Später, wenn das hier vorüber wäre und der Thron entfernt. Sie wollten ihn eigentlich verbrennen, aber nun meinte der Bruder, sie könnten vielleicht eine Stelle im Wald einrichten. Das Foltergerät entfernen und den Thron wie einen normalen Stuhl in den Wald stellen. Wenn jemand ihn fände, würde sich niemand vorstellen können, wozu der Stuhl benutzt worden war. Der Regen würde das Blut abspülen.

Vielleicht hätten sie sich Joners auf dieselbe Weise entledigen sollen, wie sie es mit Andreas Lindeberg gemacht hatten? Die Leiche *verstecken?* Aber der Bruder wollte nun eben, dass Joner gefunden würde, es sollte große Schlagzeilen geben. Die Schlagzeilen würden ihn bestimmt anregen. Glenn Haug müsste vor dem Nächsten auf der Liste gefangen werden. Sie mussten eine Art Ordnung beibehalten. Der Plan musste eingehalten werden. Und dann musste das Leben weitergehen – wie bisher. Oder nicht wie bisher, sondern als neues Leben, von dem Bösen befreit.

Unterwegs hielten sie an einer Tankstelle, parkten außerhalb des überwachten Bereiches in der Dunkelheit und gingen hinein und kauften Limonade und Rosinenbrötchen. Beide zitterten aufgrund des niedrigen Blutzuckerspiegels. Das Licht im Laden war so grell, dass es fast wehtat.

Als sie wieder im Auto saßen, kamen die Gedanken an die Kindheit. Sie hatten sich oft getrennt, jeder hatte sein eigenes Territorium. Der Wald war groß. Unten, im Abgrund, hinter dem braunen Haus, gab es einen See, ganz unten. In dem See lebten Frösche. Sie wetteiferten beim Fangen. Die Frösche starben, allesamt. Und wenn sie auf dem Weg ein Wettrennen veranstalteten, gewann immer der Bruder. Wenn nicht, setzte es Prügel.

Als sie am alten Haus des MC-Clubs in Dælenenga vorbeifuhren, ein niedriges Holzhaus in einem Hinterhof zwischen Blocks aus den fünfziger Jahren, konnten sie für einen kurzen Moment den Kreisverkehr unten auf dem Carl Berners plass sehen. Sie bogen einige hundert Meter weiter auf einen Parkplatz ab. Früher waren sie viel in diesem Clubhaus gewesen. Die Schilder waren jetzt entfernt und längst war alles weggeräumt worden. Es gab keine Spuren mehr vom MC-Club. Sie hatten an dem Resopaltisch gepokert, hatten eine Runde nach der anderen dort gesessen. Der Topf war von Woche zu Woche gewachsen, wenn niemand Bingo schaffte. Es herrschte eine warme, ruhige Stimmung. Die Prämie konnte bis zu zweitausend Kronen betragen.

Der Bruder, der ein ganz besonders glückliches Händchen besaß, hatte mehrmals gewonnen. Das neue Clubhaus lag in einem anderen Teil der Stadt. Jetzt trafen sie sich einmal im Monat, an einem Sonntag, es waren gute Treffen.

Der Parkplatz war umgeben von einem Geländer aus Eisenrohren, an den Pfosten hingen Papierkörbe. Die roten Klinkerblocks aus den fünfziger Jahren standen dicht an dicht. Die Häuser enthielten Sozialwohnungen, für Zuwanderer, Alkoholiker und alleinerziehende Mütter; solche Wohngebiete gab es überall am Rand großer Städte. Vor ihnen stand ein Bagger mit Asphaltbrocken in der Schaufel. Der Parkplatz wurde nicht überwacht, das hatten sie vorher gründlich untersucht. Eine Bewegung in einem Geschäftshaus gegenüber ließ sie beide zusammenzucken. Dort drinnen wurde offenbar geputzt, aber da alles grell beleuchtet war, konnte niemand sehen, was draußen auf dem Parkplatz vor sich ging.

Sie blieben eine Weile im Auto sitzen. Der Bruder hatte *diese* Miene. Er leckte sich dauernd die Lippen. Jetzt war er nervös. Zwei Roma, ein Mann und eine Frau, gingen vorbei. Beide trugen je zwei Plastiktüten, hatten sicher in der Nähe irgendeinen illegalen Coup gelandet. Es war jetzt schon Viertel vor vier. Die Nacht würde bald zum Morgen werden. Sie stiegen aus dem Auto. Kühle Luft traf ihre Gesichter. Sie setzten gleichzeitig die Helme auf, klappten die Visiere herunter, öffneten die Hecktüren, zogen den aufgerollten Teppich mit der Leiche gemeinsam heran und hoben ihn heraus. Joner war schwer. Neben einem Transformatorhäuschen aus mit Kieselsteinen dekorierten Mauern rollten sie den Teppich aus. Unten in einem Graben, der zum Transformatorhäuschen hinführte. Der Lehmboden wies einige Grashalme auf. Eine blasse Lampe über der Tür, mit fast blauem Licht, zeigte die Konturen des nackten Leichnams. Die Beine waren von Blutstreifen übersät, die Flecken auf dem Rücken des Toten waren tiefgelb, an einigen Stellen fast grün und an den Rändern schwarz.

Sie trugen den Teppich zurück zum Auto. Jetzt hörten sie die Vögel. Hoch über den Dächern der Stadt, schwarz, mit scharfen Flügelschlägen auf dem Weg in südlichere Gefilde. »Nachtflieger«, sagte der Bruder hinter dem Visier. Sie warfen den Teppich ins Auto, schlugen die Hecktüren zu, stiegen ein und fuhren in schnellem Tempo davon.

35

Der Tag segelte über das Meer heran und wischte die Nacht über Oslo weg. Es war Donnerstag, der 15. September. Das Licht fiel zuerst über Hafen und Rathaus, dann leuchtete es die Dächer an und füllte die Straßen. Marian war müde. Sie stand erst gegen zehn vom Sofa auf, auf dem sie den Rest der Nacht zugebracht hatte. Dieser verdammte Zwischenfall in der Nacht. Ehe sie in einen unruhigen Schlaf gesunken war, hatte sie drei schmerzstillende Tabletten und einige Schluck Gin genommen, um sich überhaupt beruhigen zu können. Sie war im Internet gewesen und hatte über autistische Phantasie gelesen. Dieser Zustand konnte auch positiv sein und Menschen aus einer festgefahrenen angstvollen Situation reißen. An diesem Punkt befand sie sich vielleicht jetzt. Aber sie *hatte* doch Geräusche auf dem Boden gehört! Alles kam ihr absurd vor. Sie zog sich eilig an. Draußen im Treppenhaus horchte sie an der Tür des Künstlers. Stille. Sie ging die kleine Blindtreppe hoch. Das Hängeschloss an der Dachbodentür war unversehrt. Marian steckte den Schlüssel hinein und schob die brüchige Tür auf. Das Tageslicht strömte durch die Spalten herein. Sie griff sich für einige Sekunden an die Brust und zog die scharfe Herbstluft ein. Hier war jetzt niemand. Falls sich nicht irgendwer hinter dem Stapel aus Kartons mitten im Raum versteckte? Von hier aus wirkten sie schwarz.

Sie bückte sich und stützte die Handflächen auf den verstaubten Bretterboden, dann kroch sie leise vorwärts. Im Staub gab es Spuren, aber sicher war der Künstler ab und zu hier, um irgendetwas zu holen, das war also nicht weiter verwunderlich. Sie hielt für einen Moment inne und drehte sich eilig um. Niemand durfte die Tür schließen und sie hier einsperren. Hinten bei den Kästen des Künstlers lag ein Meißel. Der hatte sonst nicht hier gelegen. Oder vielleicht doch?

Niemand hatte sich hinter dem Stapel aus Kartons versteckt, natürlich nicht, aber im Staub auf dem Boden vor der Luke zu ihrem Schrank waren deutliche Spuren zu sehen. Das Loch im Holz war so groß wie ein Fünf-Kronenstück. Sie konnte hindurch blicken. Es sah aus wie ein Astloch. Aber es war kein Astloch mehr. Sie hatte schließlich ein Auge gesehen!

*

Annie erwachte um elf und presste ihr Gesicht ins Kissen, um dem Licht auszuweichen, das durch die Spalten in der Jalousie sickerte. Es war Donnerstag. Sie hatte an diesem Tag Spätdienst, aber zuerst musste sie zum Psychologen. Sie kniff die Augen zusammen und sah vor sich eine schwarze Fläche mit einer dünnen Linie. Jemand ging über diese Linie, ein kleiner beweglicher Punkt in der Ferne, es war Thona. Annie setzte sich jählings auf. Diese Bibel, die sie gefunden hatte – beim bloßen Gedanken durchfuhr sie ein kalter Schauer. Wer hatte die wohl geholt? Ihr strömte der Schweiß über den Nacken. Im Sessel im Wohnzimmer lag der Zettel. Es war also kein Traum gewesen. Sie ging in Thonas Zimmer.

Die rosa Wände zeigten über ihrem Bett einen roten Filzstiftstrich, Thona war frech gewesen und hatte die Wand bemalt. *Rot für Gefahr.* Sie sah das Bett mit der Bettwäsche von damals an. Verstaubt und von Sonne und Licht verschossen. Der gestreifte Teppich war ebenfalls verblasst. Die Sonne hatte oft geschienen. Sie rückte das Plakat von Minnie Maus gerade, und auch das andere, das mit dem braunen Rahmen, die 101 Dalmatiner.

Sie hatte sich auf den Beinen gehalten. Bis jetzt. Am Vorabend hatte sie zu viel Wein getrunken, und es war zu spät geworden. Sie war nach zwei Glas Wein noch gefahren und hatte den Zettel geholt, es war also kein Traum. Der Zettel hatte in einer Bibel gelegen. Sie hatte versucht, sich vollaufen zu lassen, als sie nach Hause gekommen war.

Ihr Kopf kam ihr bleischwer vor. Sie ging zurück ins Bett und schlief ein. Als sie wieder aufstand, fühlte sie sich noch müder.

Sie schaltete den Fernseher ein und hörte sich die Vormittagsnachrichten an, während sie Kaffee kochte. Sie hatte einige Monate zuvor mit der Therapie angefangen. Margrethe und Fanny hatten sie dazu überredet. Sie schaute auf die Uhr, musste sich beeilen. Der Fernsehsprecher redete und redete, und sie ging ins Wohnzimmer. Ein Mann von Mitte fünfzig war ermordet aufgefunden worden, oben beim Carl Berners plass. Er war offenbar übel misshandelt worden. Aber die Polizei hatte ihn noch nicht identifiziert. Sie hofften auf Mithilfe der Öffentlichkeit. Es stand zwischen den Zeilen, dass er auf eine besonders grausame und groteske Weise getötet worden war. Was bedeutete das? Annie stand mit der Kaffeetasse in der Hand da, und ihr schauderte. Hatten sie ihm vielleicht den Kopf abgehackt?

Im Badezimmer zog Annie Jeans und einen grauen Pullover an und überdeckte ihre Sommersprossen mit Schminke, da die Sommersprossen sie unschuldig aussehen ließen; sommersprossige Frauen wurden nicht ernstgenommen.

*

Als Marian endlich zum Dienst erschien, war es schon nach zwölf. Kein Blatt bewegte sich an den Bäumen, als sie auf den Eingang zulief. Es war so seltsam still hier draußen. Sie hatte beschlossen, nicht daran zu denken, was geschehen war, sie musste bei diesem Beschluss bleiben. Und die Gewissheit, was Farhi Salman betraf, musste sie auf sich beruhen lassen, alles würde gegen sie verwendet werden, wenn sie ihre Besorgnis mit Tønnesen oder Cato teilte. Denen war das alles außerdem bekannt, vielleicht versuchten sie ja ebenfalls, etwas zu finden, mit dem sie Marian zu Fall bringen könnten.

Die Presse hatte große Teile des Empfangsbereiches im Polizeigebäude mit Beschlag belegt. Vor einem Wohnblock beim Carl Berners plass war am frühen Morgen ein Mann gefunden worden. Solche Dinge versetzten die Presse in Erregung. Daraus konnten bluttriefende Schlagzeilen werden. Die Fotografen standen mit den Kameras bereit. Die Presseleute liefen rastlos hin und her und redeten in ihre Mobiltelefone. Marian schaffte es, an ihnen vorbei ins Haus zu gelangen. Sie zog ihre Karte durch den Scanner und fuhr mit dem Fahrstuhl in den Keller. Sie wollte als Erstes wieder in die Asservatenkammer. Konnte jemand den verdammten Ball dort weggenommen haben? Da sie ihn doch nicht finden konnte. Der Ball war die einzige greifbare Verbindung zwischen Elly und Thona. Und vielleicht auch zwischen Glenn Haug und Thona, dachte sie. Wenn sie darauf auch seine Fingerabdrücke fanden, könnte der Ball der Beweis dafür sein, dass Glenn Haug an jenem Tag im Garten gewesen war. Er war keiner, der Ball spielte, hatte Elly gesagt. Sie würde einen Hypnotiseur finden.

Auf sie wartete eine Mail von Farhi Salman. In ihrem Kopf wurde alles still. Als jemand draußen über den Kellergang lief, fühlten sich die Stimmen dieser Leute an wie ein Schmerz. Salman wusste nicht, dass sie ihn durchschaut hatte, dass sie jetzt einen Vorsprung vor ihnen hatte. Wieder.

Sie würde diesmal nicht einen einzigen Fehler machen, musste sich zusammenreißen und überlegen, ehe sie handelte, nicht nur einfach Intuition und Impulsen folgen, sondern die Regeln einhalten. Auf ihrer Hut sein. Gewaltig auf ihrer Hut. Marian beantwortete Salmans Mail, schrieb, bisher hätten sie noch nichts zu berichten. Als ihr Telefon klingelte und es Tønnesen war, der von jenseits des Äquators berichten wollte, sah sie auf die Uhr. Da unten war jetzt doch sicher Nacht? Seine Stimme hatte Widerhall, sie war ein wenig verzögert wegen der Entfernung. Er plapperte drauflos. »Johansen wirkt kompetent und absolut vernünftig, Marian. Er hat mehrere Alibis. Er war hier, als Thona verschwunden ist. Er ist ein sympathischer Mann. Ich habe mit der Frau und den Töchtern gesprochen, habe von allen Fingerabdrücke und DNA genommen, wie abgemacht. Er hat Annie verlassen, weil sie total hilflos war. Er hat die Australierin Cathryn kennengelernt, und die beiden Töchter kamen dann sehr schnell. Die ältere ist nur einige Monate jünger als Thona. Er gibt zu, dass er Thona nach ihrem Verschwinden verdrängt hat und dass das unnormal und eiskalt wirken kann. Aber es hing mit Annie zusammen. Sie war schwierig, ja, turbulent.«

Marian schlug mit einem Kugelschreiber auf die Tischplatte. »Ich kann mir nicht so recht vorstellen, dass Annie auf irgendeine Weise turbulent gewesen sein soll. Hat er Kontakt zu Gudrun Johansen, seiner Mutter?«

»Zu seiner Mutter hatte er nie viel Kontakt, sagt er. Auch sie hat sich damals nicht nennenswert für ihre Enkelin interessiert, sagt er. Die Mutter ist dement, behauptet er.«

»Dann schiebt er die Schuld also anderen zu. Gudrun Johansen ist mir durchaus nicht dement vorgekommen. Was ist mit dieser Cathryn? Hat sie Thona gekannt?«

»Nein, sie ist ihr nie begegnet. Sie hat nur Bilder von ihr gesehen. Das hört sich vielleicht seltsam an, aber Johansen sagt, dass er einfach nicht wusste, wie er sich allem gegenüber verhalten sollte.«

»Seine Mutter bezeichnet Annie als Lügnerin.«

»Das ist sie ja vielleicht auch. Ich habe mir auch John Johansens DNA gesichert, denn hier hat sich eine wichtige neue Information ergeben. John Johansen sagt nämlich, er sei sich nicht sicher, ob er Thonas Vater ist.«

36

Schon am nächsten Tag, am Freitag, dem 16. September, gegen vierzehn Uhr, wurde der Name des beim Carl Berners plass aufgefundenen Toten bekanntgegeben. Er hieß Gustav Joner und hatte als Hausmeister bei einer Wohnungsgenossenschaft in Tveita gearbeitet. Der Mann war alleinstehend und hatte keine nahen Angehörigen. Deshalb konnte der Name so rasch veröffentlicht werden. In Bezug auf die Verletzungen, die ihm zugefügt worden waren, blieb die Polizei bis auf weiteres schweigsam. Marian verdrängte den Gedanken an das Auge und fuhr zum Staatsarchiv, um mehr über den Ball in Erfahrung zu bringen, um festzustellen, ob die Registriernummer in der Asservatenkammer vielleicht nicht stimmte, aber sie kam zu keinem Ergebnis. Es war frustrierend. Sie musste bald Ergebnisse vorweisen können. Dann kam ihr der Gedanke, dass der Ball vielleicht vernichtet worden war. Sie konnte aber keine Unterlagen dazu finden. Wenn alte Beweise vernichtet wurden, musste dazu ein Bericht geschrieben werden.

Sie fuhr zurück zum Polizeigebäude. Ließ Birka auf der Rückbank sitzen und fuhr mit dem Fahrstuhl hinunter zu ihrem Büro. Sie suchte sich einige Bögen mit dem Logo der Polizei, legte sie in den Drucker und loggte sich im System ein.

Cato würde ihr keine Waffe geben. Aber die Polizei war ja nun bis auf weiteres bewaffnet, und sie hatte eine Berechtigung. Was wollte sie mit einer Waffe? Sie brauchte eine Waffe. Die Geräusche auf dem Dachboden waren echt. War der Künstler verrückt, spionierte er ihr nach? Oder ging es um etwas, das größer und gefährlicher war? War sie selbst dabei, in etwas umzukippen, das an Wahnsinn erinnern konnte, etwas, dem sie sich einfach nicht stellen mochte? Ein anderes Wort für Gedächtnisverlust war Gedächtnisschwund. Allein dieses Wort, hervorgerufen durch Traumata, Kopfverletzungen, Stress und Depression. Aber ihre äußere Verletzung war immer unproblematischer geworden.

Sie zog unter den Papieren in der Archivschublade ein altes Anforderungsformular hervor. Die Buchstaben verschwammen vor ihren Augen. Der alte Farbdrucker würde eine täuschend ähnliche Kopie erstellen, mit einigen Korrekturen mit Tipp-ex, was das Ausstellungsdatum anging.

Nachdem sie das alles erledigt hatte, überkam sie die schwarze Angst. Natürlich würde sie dieses Papier nicht benutzen. In zwei Tagen kehrte Tønnesen aus Australien zurück.

*

Annie saß gerade bei einer Patientin, als die Nachricht im Radio kam. Die Stimme des Sprechers summte einfach nur im Hintergrund wie ein beruhigender Lärm, aber sie hörte es doch ganz deutlich. Die Stimme des Nachrichtensprechers hatte gesagt: Gustav Joner. Sie erstarrte am ganzen Leib. Das Zimmer schien über ihr zusammenzubrechen, es trat ihr ganz deutlich entgegen, als ob sie es zum ersten Mal betreten hätte: die weißen Wände, die Vorhänge in den gedämpften Farben, wie Vorhänge an solchen Orten eben immer waren.

Gustav Joner war der Name, der als Nummer drei auf dem Zettel bei ihr zu Hause stand. Sie musste Marian Dahle anrufen und von der Bibel und dem Mann mit dem *gelben Namen* erzählen, von Gustav Joner. Alles schnürte sich jetzt um sie herum zusammen. Und die Patientin im Bett, dieser arme gequälte Mensch, wurde plötzlich unsichtbar, wie sie dort in der Strickjacke lag, die Knie angezogen, in Embryostellung. Das Plakat über dem Bett zeigte ein Gehirn aus verschiedenen Blickwinkeln.

Annie sprang auf und stürzte aus dem Zimmer. Die Patientin rief etwas hinter ihr her, aber Annie lief weiter.

Fanny, Margrethe und Dan saßen im Stationszimmer. »Ich muss nach Hause«, sagte Annie. »Irgendwer muss mich in Zimmer 12 vertreten. Ich fühle mich nicht wohl.« Sie schaute rasch auf die Uhr, es ging auf fünfzehn Uhr zu. »Könnte jemand zu der Patientin in Zimmer 12 gehen?«

»Ich mach das«, sagte Fanny und stand auf. »Es gibt übrigens ein großes Herbstfest. Dan sagt, dieses Jahr haben wir Livemusik, nicht wahr, Dan? Es ist Platz für vierhundert Gäste. Dan will das Tanzbein schwingen«, scherzte sie.

Dan errötete ein wenig.

»Tanzzwang« sagte Margrethe und kicherte. »Da kommen sicher viele attraktive Ärzte.« Sie lachte, riss sich dann aber zusammen. »Annie«, fragte sie, »geht es dir nicht gut?«

Annie griff nach ihrer Tasche. »Ich bin nur schrecklich müde.«

Sie ging zur Garderobe, zog andere Schuhe an und streifte ihren Mantel über.

Draußen ließ sie den Wagen stehen und ging zu Fuß zum Kleingarten. Sie war seit fünfzehn Jahren nicht mehr dort gewesen. Die Szene vorhin bei der Patientin schien sich an einem anderen Ort abgespielt zu haben, als habe sie sich das, was der Nachrichtensprecher gesagt hatte, nur eingebildet. Gustav Joner war ermordet worden. Nachdem sie den Zettel gefunden hatte!

*

Sie öffnete das Tor und ging hinein. Einfach hinein, dann nach rechts. Der Garten sah aus wie ein graues Gemälde, auf dem die Farben eben erst getrocknet waren; ihre Erinnerung trug sie zurück zu jenem Tag, vor fünfzehn Jahren im August, aber ihr Gehirn beschützte sie. Die Bäume waren hoch geworden, die Büsche breiter; vollständige Stille, nicht eine Fliege. Sie ging über den Grasweg auf Myrtel Haugs kleines Haus zu, aber sie empfand nichts. Sie hatte sich fünfzehn Jahre lang aus diesem Garten ausgesperrt.

Die welken Sonnenblumen warfen Schatten über das herbstgelbe Gras. Und jetzt sah sie die Vogelscheuche, jetzt war sie wieder hier. Ihr Leben *nach* Thona – Arbeit, Einkaufen, Kochen, Wäsche und die Stunden beim Psychologen – hatte hier begonnen, wo das andere Leben aufgehört hatte. Jetzt ging es nur noch darum, ansonsten war ihr Leben leer. Und jetzt stand sie hier und verspürte weder Mitleid mit sich selbst noch Angst, nur Wut. Thona war ein schönes Kind gewesen. Aber wie gut hatte sie es wirklich gehabt? Ihr Kind hatte jeden einzelnen Augenblick gefordert. Annie war müde geworden. Was war sie eigentlich für eine Mutter gewesen?

Sie ging zu der Stelle, wo sie Thona verlassen hatte. Die sah jetzt anders aus, so, wie eine Landschaft sich immer verändert, im Laufe der Jahrhunderte. Und vielleicht ging es nur darum, um Veränderungen in einer Landschaft; wenn es einen Gott gab, konnte er ihr nicht ein Zeichen geben? Das Gefühl wurde verstärkt, als die Sonne durch die Wolkendecke drang. Und dann ging es ihr auf: Vielleicht hatte Gott das ja mit der Bibel gemacht, die sie unter dem Sofa gefunden hatte, ihr ein Zeichen gegeben. Wenn die wirklich dort gelegen hatte.

Von hier sah sie direkt auf den offenen Schuppen. Hatte er dort gestanden und gesehen, dass sie ihr Kind verließ. Hatte er gewartet, bis die Mädchen nicht mehr mit dem Ball spielen mochten und bis Thona allein im Garten war; er, der einen kleinen warmen Mädchenkörper brauchte und bereit war, für einige Sekunden Genuss im Garten des Teufels mit einem Leben zu bezahlen.

Oder hatte er sie zuerst zu einem Auto getragen und war mit ihr an einen passenden Ort gefahren?

Sie zog ihr Telefon aus der Tasche und gab die Nummer ein, die sie unter Marian D. gespeichert hatte, und als sie die Stimme der Polizistin hörte, brach sie zusammen.

Sie hörte selbst, dass sie unzusammenhängend redete, dass alles total hysterisch klang. »Es stimmt wirklich. Ich habe in einer Bibel im Stationszimmer einen Zettel gefunden, ehe dieser Hausmeister ermordet wurde. Andreas Lindebergs Name steht auch darauf. Und ganz oben steht Glenn Haug. Und noch ein Name. Den ich noch nie gehört habe.«

Marian Dahle schwieg. »Das ist doch eine wichtige Information, Annie«, sagte sie dann. Aber Annie hörte, dass die andere ihr nicht glaubte.

»Sie müssen ihn sich ansehen. Ich hole den Wagen und fahre nach Hause und hole den Zettel. Sind Sie auf der Wache?«

»Ich bin zu Hause«, sagte Marian Dahle. »Sind Sie im Dienst?«

»Ich bin im Kleingarten. Ich komme so schnell ich kann. Wo wohnen Sie?«

37

Marian spürte den Stress wie einen Reifen um die Stirn. Sie wollte Annie nicht bei sich haben, denn sie hatte früh Feierabend gemacht und ein wenig zu tief in den Weinkarton geschaut. Sie hatte einfach nie mehr ihre Ruhe. Jetzt kochte sie in aller Eile einen Kaffee. Sie lehnte sich mit dem Kreuz an die Anrichte und schloss die Hände um die Tasse, wie um sich an etwas festzuhalten. Sie hatte sich eine Art Dasein erarbeitet, es hatte angefangen, ihr sicher vorzukommen. Aber das war vorbei. Sie hatte versucht, sich nach dem Erlebnis mit dem Auge in der Luke zu beruhigen, aber jetzt wollte Annie ihr irgendeinen Zettel bringen. Es war einfach zu viel. Vielleicht verlor Annie jetzt gerade den Verstand? Marian konnte mit Menschen nicht umgehen, die den Verstand verloren, dann war *alles zerstört* wie damals, als sie klein war und ihre Eltern aufeinander herumhackten. Warum dachte sie jetzt daran? Sie wusste noch, wie sie im Bett gelegen und Angst gehabt hatte, sie wusste noch, wie das Weinen in ihrer Nase geprickelt hatte, und am nächsten Tag: der Schweißgeruch der Mutter, in der kleinen

Küche mit den gelben Schränken. Wenn es nachts zu schlimm wurde, wenn die Adoptiveltern stritten und schrien, lief sie im Nachthemd über den Parkplatz vor dem Block, durch den Tunnel, in dem ihre Schritte an den getaggten Mauern ein Echo warfen, und weiter zu der Bushaltestelle. Dort setzte sie sich auf die kalte Bank. Aber sie nahm nie den Bus, schaffte niemals die Flucht, ging immer zurück. Immer zurück.

*

Gegen fünf kam Annie in der Sophus Lies gate an. Als sie aus dem Auto stieg, hörte sie Jungenstimmen auf der anderen Straßenseite und das Geräusch eines Balles. Sie mochte das Geräusch dieses Balles nicht. Sie öffnete das Tor und ging in den Garten. Kleine Blätter eines Baumes sahen aus wie ein Insektenschwarm, als sie zu Boden fielen. In ihrer Handtasche lag der Zettel. Es hatte einen Augenblick gegeben, als sie den Zettel in der Hand hielt, dass sie ihn fast in Fetzen gerissen hätte. Denn er öffnete den Weg zu etwas, das sie nicht ertragen könnte. Doch als sie in den Kleingarten gegangen war, hatte sie gemerkt, dass sie keine Angst hatte – sie hatte gedacht, das hier könnte der Weg zu einer Lösung sein. Denn es musste doch einen Zusammenhang geben – und dann überkam sie eine seltsame Ruhe.

*

Marian sah Annie durch das Fenster. Ihre Haare wogten auf und ab, als ein leichter Wind aufkam. Ihr Mantel war blau, der Seidenschal rosa-kariert. Marian speicherte Muster im Bewusstsein, den Druck der Stoffe, die Anzahl von Scheiben in einem Fenster, wie viele Treppenstufen nach oben führten. Solche Dinge. Nicht zuletzt erinnerte sie sich an Einzelheiten von Toten, die sie gesehen hatte: Punkte und Striche auf ihrer Kleidung, zerrissene Strümpfe, Schmuck und Handtaschen.

Sie registrierte jetzt noch etwas anderes, etwas, das an einen schwarzen Flügel erinnerte, hinter der Reihe der parkenden Autos vor dem Zaun, an der Straße. Nicht die Jungen, die mit einem Ball spielten, sondern den Mann, der dort stand und hinter Annie herschaute. Er blickte hinter ihr her.

Marian ging nach unten und schloss auf. »Einen Moment noch, Annie.« Sie lief zum Tor und auf die Straße. Die Torangeln quietschten, als das Tor hin und her schlug. Niemand war zu sehen. Die Straße war leer, es gab nur die parkenden Autos und das Verkehrsgeräusch, das aus der Niels Juels gate weiter unten zu hören war.

Annie sah sie verwundert an, als sie zurückkam.

»Tut mir leid.« Marian versuchte ein Lächeln. »Nur ein Bettler oder so. Der treibt sich hier rum. Kein Grund zur Aufregung. Kommen Sie mit hoch.«

»Was für ein unglaubliches Haus, Marian.«

»Ja.«

Aus der Wohnung des Künstlers kam Musik, Joe Cocker, heiserer denn je.

»Entschuldigen Sie den Chlorgeruch. Ich habe in Chor getunkte Wattebäusche an den Bodenleisten ausgelegt. Die halten die Ameisen weg.«

Marian dachte jetzt an etwas, das Tønnesen gesagt hatte, dass Johansen vielleicht nicht Thonas Vater war. Sie durfte das Annie gegenüber nicht erwähnen. Sie hatten natürlich Thonas DNA-Profil. Das stammte von einigen Kleidungsstücken, die sie am Tag nach dem Verschwinden aus dem Reihenhaus geholt hatten, es wäre also schnell zu überprüfen.

Birka stand schwanzwedelnd in der Tür. »Sie haben also einen alten Hund.« Sie bückte sich und streichelte das Tier.

Annie war unter ihrem Mantel schön angezogen. Marian trug eine Trainingshose und den grünen Pullover. Zwischen ihnen herrschte jetzt eine unnatürliche Stille. Durch die halboffene Badezimmertür waren Tropfen zu hören, die ins Waschbecken fielen. Marian grauste es vor diesem idiotischen Zettel. Es war natürlich alles nur Spinnerei. Und sie verspürte eine Wut, sie hatte Anspruch auf Krankschreibung, bis sie wieder gesund wäre, und im Bett zu liegen und zum Himmel hochzublicken. Aber jetzt war Annie hier.

Annie zog den Zettel hervor und reichte ihn ihr. »Der lag in einer Bibel unter der Sitzbank im Stationszimmer, aber irgendwer hat die Bibel weggenommen. Ich habe es einfach nicht über mich gebracht, bei der Arbeit danach zu fragen.«

Marian hielt für einige Sekunden ihren Blick fest, dann schaute sie den Zettel an. *Glenn Haug, Andreas Lindeberg, Gustav Joner, Hallgrim Schavenius.* Natürlich hatte Annie den selbst geschrieben. Sie musste einfach mitspielen, durfte sie nicht verraten. Großer Gott! Sie spürte, wie es ihr kalt das Rückgrat hoch und bis in den Nacken lief.

»Gustav Joner war noch nicht gefunden worden, als ich den Zettel entdeckt habe. Über den verschwundenen Andreas lesen alle jetzt ja seit Wochen. Und Glenn Haug hat meine Tochter auf dem Gewissen. Sie müssen den Zettel dem Mann zeigen, der den Wiederaufnahmeprozess in die Wege geleitet hat. Der hieß Cato Isaksen, glaube ich.« Annie war sichtlich angespannt.

»Das ist nicht Isaksens Fall, Annie. Das ist ein Fall für meine Vorgesetzten von der Kripo.« Marian dachte an Farhi Salman, sie wusste nicht einmal, wie er aussah.

»Dann geben Sie denen den Zettel. Glenn Haug steht da als Nummer eins. Was kann das bedeuten?«

»Wir können nicht beweisen, dass Glenn Haug Thona auf dem Gewissen hat, Annie. Sind Sie ihm jemals begegnet?«

»Habe nie ein Wort mit ihm gewechselt, habe ihn nur vor Gericht gesehen. Es war, als ob er negative Elektrizität ausstrahlte. Als er mich angesehen hat, habe ich nur das Böse verspürt.«

38

Marian spürte, wie der Schmerz wieder an ihrer linken Schläfe zustach. Sie legte den Zettel auf den Esstisch und deckte den Couchtisch mit großen Tellern. »Jetzt essen wir eine Kleinigkeit und reden danach weiter.« Sie tischte auf, was sie hatte, Brot und Schinken, fertig gekauften Kartoffelsalat und in Scheiben geschnittene Tomaten. Danach sagte sie: »Möchten Sie Kaffee?«

»Es ist ein bisschen spät. Tee?« Annie sah den Bücherstapel auf dem Esstisch an. »Ich sehe, Sie haben den Knausgård. Einige Sätze sind so einzigartig kalt und wahr, dass es wehtut.« Sie stand auf, nahm das Buch und schlug es auf. »Die letzten Zeilen. Lesen Sie!«

»Ich kann sie auswendig«, sagte Marian.

»Sie sind wirklich eine Freundin für mich geworden, Marian«, sagte Annie und legte das Buch wieder weg. »Wir sind uns so ähnlich.«

Das war das Letzte, was Marian hören wollte. Deshalb sagte sie: »Ich komme den Angehörigen in Mordfällen häufig nahe.«

»Das mit dem Zettel macht mir doch arg zu schaffen. Sie glauben mir nicht, oder?«

»Doch, sicher. Das werden wir schon klären.« Marian war lange genug bei der Polizei, um zu wissen, dass viele Menschen Dinge ersannen, um sich interessant zu machen. In ihrem Kopf erklang immer wieder eine Melodie: »Im Frühtau zu Berge wir gehn, vallera …« Sie griff sich nervös an den Hals. Nur an den Hals, nicht an die Stirn, als wäre das ein Zeichen für Misstrauen.

Annie schaute im Turm nach oben. »Das ist wirklich ein ganz besonderes Haus.«

»Ich schlafe da oben.« Marian setzte Teewasser auf und nahm Tassen aus dem Schrank. Etwas fiel ihr auf: Die Tassen standen so ordentlich nebeneinander. Sie hatte die doch nicht so eingeräumt? Sie spürte, wie sich in ihrem Kopf wieder alles zusammenballte. Sie legte Teebeutel auf den Tisch. Der Alkohol war verbrannt, diesen Zustand hatte sie immerhin hinter sich. Das Wasser kochte. Sie holte den Kessel und füllte die Tassen.

»Sie müssen mir glauben.« Annie setzte sich wieder aufs Sofa. »Dieser Name, Joner, der ist gelb. Ich sehe Farben und Muster in Verbindung mit Namen und Orten und Monaten und so. Halten Sie mich nicht für verrückt.«

Marian stellte den Kessel zurück auf den Herd. »Ich halte Sie nicht für verrückt. Mir geht es auch manchmal so, dass alles zu viel wird.«

»Ich bin doch Ärztin, und wir halten uns meistens an die greifbare Wissenschaft. Aber es gibt einen Zustand, der Synästhesie genannt wird.«

Marian lächelte verbindlich. »Den kenne ich auch. Was hat das mit dem Zettel zu tun?«

»Gustav Joner ist gelb. Daran habe ich mich erinnert, nicht an den Namen. Ich bin zuerst nach Hause gefahren, wissen Sie, und dann zurück, um den Zettel zu holen.«

»Ach so. Vermischte Sinne, oder? Man kann Wörter schmecken, die Farbe von Geräuschen oder von Wörtern und Namen hören. Für mich haben Wochentage und Monate ihre eigenen dreidimensionalen Anordnungen.«

»Sie sind die Erste, die mich versteht. Ich habe mein Kind in diesem Garten verlassen, Marian. Alle Schattierungen von Grün und Braun treiben mich fast in den Wahnsinn. Alle Grüntöne sind Gift für mich.«

Marian schaute auf ihren grünen Pullover hinab.

»Es tut mir leid.« Annie lächelte. »Der Name Thona ist rot. In alten Zeiten wurde dieser Zustand als Diagnose betrachtet. Unsere multisensorischen Wahrnehmungen wurden als neurologisches Leiden eingestuft.«

»Thona ist für mich ebenfalls rot! Aber es ist ja nicht so, dass man immer dieselben Farben sieht.« Marian setzte sich neben Annie auf das Sofa. Sie sahen einander an, jede versank gewissermaßen in der Hilflosigkeit der anderen. Der Zettel lag noch immer auf dem Esstisch.

»Sie wissen, dass Autisten eine hochentwickelte Synästhesie aufweisen können?«

Marian trank einen Schluck Tee. »Ja. Ist mir bekannt.«

Birka legte Annie den Kopf auf den Schoß. Marian betrachtete die beiden. Die Hündin benahm sich nicht oft so. Sie wusste, was Annie dachte: Dieses Tier lebt nicht mehr lange.

Annie seufzte. »Manchmal werde ich ja gefragt von Leuten, die mir zum ersten Mal begegnen, ob ich Kinder habe.«

»Und was antworten Sie dann?«

»Ab und zu sage ich nein, ab und zu sage ich ja. Die meisten begreifen nicht, wie mir zumute ist. Ich habe getan, was ich konnte, aber das war nicht gut genug. Thona war vielleicht ein bisschen verwöhnt. Hätten Sie gern Kinder?«

»Nein, ich habe einen Hund.«

Marian hörte in Gedanken Ellys Stimme: *Ich weiß noch, dass ich Thona nicht sehr gut leiden konnte. Sie hat mir Angst gemacht, hat behauptet, die Vogelscheuche sei lebendig und so was.*

Annie sah sie an. »Dieser Joner wurde doch gefoltert. So habe ich jedenfalls die Nachrichten verstanden. Wissen Sie mehr darüber?«

»Nein, das ist nicht mein Fall.« Marian stand auf und holte den Zettel.

»Schavenius ist Richter beim Obersten Gericht«, sagte Annie. »Ich habe ihn gegoogelt. Weder er noch Lindeberg oder Joner waren Patienten bei uns in der Tagesklinik. Es war mein erster Gedanke, dass es einen Zusammenhang geben könnte, ich habe in den Archiven nachgesehen, aber da tauchen sie nicht auf, und ich kann mich auch nicht an sie erinnern.«

Marian warf Annie einen Blick von der Seite zu.

»Was werden Sie mit dem Zettel machen?« Annie schluckte.

»Ich habe mir gedacht, es sei wohl eine Liste von Männern, die sterben sollen.«

»Ich werde ihn natürlich auf Fingerabdrücke untersuchen lassen«, sagte Marian.

»Das müssen Sie schnell tun. Ich denke an diesen Richter, diesen Schavenius, dass der als Nächster an die Reihe kommen soll.«

39

Sonja Schavenius stand in der Küche ihres eleganten Steinhauses in Smestad. Die Küche war vollgestopft mit Einrichtungsgegenständen und in altmodischen Bonbonfarben gehalten. Sie warf einen Blick aus dem Fenster, auf den großen parkähnlichen Garten mit den majestätischen alten Bäumen. Hallgrim hatte Laternen an den Stämmen befestigen lassen, so dass sie auch in der Dunkelheit zu sehen waren. Sie wohnten in einem Viertel, in dem es vor allem große Villen in großen Gärten gab. In mehreren Gärten wurde derzeit die Bebauung durch kleine viereckige Häuser im Bauhausstil und Reihenhäuser verdichtet. Aber ihr Grundstück war unberührt, und so sollte es auch bleiben. Sie schaute wieder hinaus. Das schmiedeeiserne Tor stand offen. Davor standen jetzt zwei dunkelgekleidete Gestalten. Die Straßenlaterne schien auf sie herab. Sie trugen weiße Vollhelme. Sie starrten zum Haus herüber. Sonja Schavenius öffnete das Fenster. »Was wollen Sie?«, rief sie mit ihrer dünnen Stimme, ihre Stimmbänder waren brüchig von Zigaretten und vielleicht zu viel Wein. Und vom Alter. Sie sah diese Männer nicht zum ersten Mal. Die zogen sich zurück und verschwanden hinter der Hecke zur Straße. Gleich danach hörte sie das Geräusch von Motorrädern, die angelassen wurden und davonfuhren. Ferienzeit war Einbruchszeit. Sie wusste nicht, wann die Schulen Herbstferien hatten.

Sie schloss das Fenster mit einem harten Knall und musterte in der Glasscheibe ihr elendes Spiegelbild. Sie hatte ihre regelmäßigen Freundinnentreffen, aber sie hatte den anderen nichts erzählt. Wenn sie nach Leo fragten, saugte sie sich eine Antwort aus den Fingern. Sie konnte nicht verstehen, dass die anderen nicht merkten, wie müde sie war. Aber sie waren wohl alle jetzt so alt, dass Höflichkeit näher lag als Kommentare über das Aussehen der anderen. Sie hatte ein Gefühl von Verlust. Und Zorn! Und Abscheu! Zuerst war der Schock da gewesen, dann das Leugnen.

Hallgrim war schon schlafen gegangen, obwohl es erst halb elf war. Sie waren ein ungleiches Paar, sie und ihr Mann, er groß und dick mit einem fleischigen Gesicht. Sie war dünn, trug die gleiche Jeansmarke wie viele Sechzehnjährige und dazu dünne Blusen mit goldenen Perlen am Halsausschnitt oder elegante Twinsets aus weicher Babywolle. Ihre Augen waren schön, sie hatten einen Grünton, der sich mit dem Licht änderte, und ihr Mund war perfekt, abgesehen von den Runzeln auf der Oberlippe, die Zähne waren kreideweiß und vielleicht ein bisschen zu groß. Die gebleichten Haare waren natürlich zu lang für eine Frau in ihrem Alter, in einigen Tagen würde sie sechsundsiebzig. Ihre Dauerwelle verschwand jetzt gerade. Ihr Gesicht sah so seltsam aus. Das Problem mit diesen Eingriffen war, dass dauernd irgendetwas nachgefüllt werden musste. Ihre Freundinnen sagten, sie dürfe jetzt nicht noch mehr machen, sie sehe aus wie eine Hollywooddiva. Einige von ihnen sahen allerdings auch selbst so aus.

Sonja Schavenius dachte an ihr Enkelkind – Leo. Den schönen kleinen Jungen mit den halblangen Haaren. Sie hatte eine Vorahnung. Hörte ihn kommen. Aber der Neunjährige kam nicht. Es schien ihr jetzt, als habe sich eine dunkle Decke über das Haus gelegt. Eine gewaltige Stille; das Haus war auch so schon bedrückend genug. Holzhäuser machten Geräusche, dieses hier war aus Stein. Wie im Grab. Und es gab zu viele Wohnzimmer, die Küche war altmodisch, und sie hatten acht Schlafzimmer. Jetzt brauchten sie die nicht mehr; Sohn und Schwiegertochter und Leo kamen nie mehr zu Besuch. Das Böse schien das Haus infiziert zu haben.

*

Annie blieb viel zu lange. Als sie endlich ging, nahm Marian den Zettel und betrachtete ihn. Die Schrift sah konstruiert aus. Sie hob den Laptop vom Esstisch, setzte sich auf die Stuhlkante und loggte sich ins System der Polizei ein. Die Medien hatten noch nicht in Erfahrung gebracht, dass Andreas Lindeberg in dem Verdacht stand, sich an zwei kleinen Jungen im Kindergarten Gulltoppen vergriffen zu haben. Er hatte dort nur einige wenige Monate gearbeitet. Die Ermittlungen in diesem Fall waren noch nicht abgeschlossen. Gustav Joner stand in einem ähnlichen Verdacht, es ging um ein Kind aus der Wohnungsgenossenschaft, wo er als Hausmeister angestellt gewesen war, das sah sie jetzt. Das war schon seltsam, Annie hatte das doch nicht wissen können. Und die Foltermethode, die wollte sie nun auch noch in Erfahrung bringen. Über Hallgrim Schavenius fand sie keine Informationen. Nur, dass er Freimaurer war. Sie erlebte nicht zum ersten Mal, dass jemand von einem geheimen Netzwerk beschützt wurde. Er hatte vielleicht einen Logenbruder bei der Polizei. Aber dass dort nichts über ihn zu finden war, stärkte sie in ihrem Verdacht, dass Annie den Zettel selbst geschrieben hatte. Sie loggte sich schnell aus und klappte den Laptop zu.

*

Die Holzfassade wurde von der Außenlampe schwach erleuchtet. Es sah mächtig aus, dieses Holzhaus mit dem Turm an der einen Seite und dem mit Schnitzereien verzierten Dachfirst. Ein Stadthimmel war nicht ganz schwarz, deshalb waren die Umrisse deutlich zu sehen. Hinter ihren Fenstern brannte noch Licht, anders als bei der alten Frau im Erdgeschoss. Dort war es jetzt ganz dunkel. Das ferne Rauschen der Stadt klang hier wie ein unterdrücktes Fauchen, als läge hinter ihm ein großes ruhendes Tier. Er war erfüllt von Zorn und Hass, so stark, dass er die Bäume im Garten in Bewegung setze. Er konnte große Gärten nicht mehr ertragen. Er musste rational sein, aber sie war das Symbol für sein Versagen. Als er ihr durch das Loch ins Auge geblickt hatte, hatte er gespürt, wie alles in ihm zusammenbrach; so etwas dürfte nicht möglich sein. Für einen Augenblick wurde ihm schwarz vor Augen, und ein Schmerz strahlte nach oben, durch den Hals. Er hatte seine Rache überwintern lassen. Jetzt musste er durchhalten, bis es sie nicht mehr gab.

*

Marian konnte nicht schlafen, deshalb setzte sie sich an den Esstisch und fing an, in den Unterlagen zu lesen. Das Haus war still, als ob es auf seine Bewohner lauschte, darauf wartete, dass sie etwas unternahmen. Sie dachte an den Künstler. Der schlief jetzt sicher. Es musste eine Magie darin liegen, etwas erschaffen zu können. Die Papiere flatterten hin und her. Ein kleiner Zettel war mit Klebeband an einem größeren Bogen befestigt. Der segelte vom Tisch und landete zusammen mit Annies Zettel auf dem Boden. Und da sah Marian sie wieder, die Ameisen, obwohl doch Nacht war. Sie googelte Kammerjäger und entschied sich für Anticimex. Deren Telefon war rund um die Uhr besetzt. Der Mann am anderen Ende der Leitung sagte, der Notdienst gelte nur für Ratten, aber nicht für Ameisen und Kakerlaken.

»Aber Zuckerameisen kommen doch nicht im Herbst ins Haus«, sagte Marian, stand auf und ging zum Küchenfenster.

»Wie sehen diese Ameisen aus?«, fragte der Mann. »Sind sie hell, fast durchsichtig?«

»Gelbbraun mit einem etwas dunkleren Hinterteil«, erklärte Marian. »Sozusagen senfgelb, durchsichtig.« Sie biss sich ein Stück von einem Fingernagel ab.

»Dann sind das keine Zuckerameisen, sondern Pharaoameisen«, sagte der Mann. »Ich kann morgen kommen.«

»Sie müssen jetzt kommen«, sagte Marian und schaute auf die Uhr, es war nach ein Uhr nachts. »Sie haben doch einen Notdienst rund um die Uhr.«

Als eine Stunde darauf der Kammerjäger eintraf, war keine Ameise zu sehen.

Marians Mund war wie ausgedörrt. Sie zog ihren Morgenrock fester um sich zusammen. »Ich habe Spray und Chlor benutzt, aber nichts hilft. Sie haben sich jetzt unter die Fußbodenleisten verkrochen, aber bald kommen sie wieder zum Vorschein.«

Der Mann trug einen blauschwarzen Overall. Er kam mit ins Wohnzimmer. »Es muss sich um tropische Pharaoameisen handeln«, sagte er noch einmal. »Die können das Klima draußen nicht vertragen. Wir sehen sie derzeit immer häufiger. Sie sind durch die heutigen Reisegewohnheiten hergebracht worden. In Koffern oder so. Importierte Arten sind Kosmopoliten, die in Häusern und anderen Gebäuden wohnen. Die Königin kann bis zu dreißig Tagen leben und viertausendfünfhundert Eier legen. Die Pharaoameise frisst alles, hat aber eine besondere Vorliebe für Süßigkeiten und proteinreiche Kost. Diese Art kann asthmatische Leiden auslösen und haust gern in Ritzen.«

Marian fühlte sich plötzlich unwohl in ihrem Morgenrock. Sie spielte nervös an ihrem Mobiltelefon herum. »Können Sie die ausrotten? Wird das teuer?«

»Es kann kostspielig sein, ja.«

»Wie kostspielig?« Sie legte das Telefon zurück auf den Tisch.

»Um die zwanzigtausend.«

»Das ist ja wohl nicht Ihr Ernst. Dann töte ich sie selbst. Welches Gift nehmen Sie?«

»Wir legen Köder aus, frische Leber, in die Gift eingespritzt worden ist. Sie müssen aber zuerst Ihre Nachbarn informieren, feststellen, ob die dieselben Probleme haben.«

»Das habe ich schon gemacht. Die haben keine Ameisen. Fressen die Fleisch, sind das Raubtiere? Was für Gift?«

»Sie können das nicht so einfach beziehen. Das ist nicht frei verkäuflich.«

»Aber wie heißt dieses Gift?«

Er schüttelte den Kopf. »Privatleute können das nicht kaufen. Ich muss weiter. Rufen Sie mich an, wenn Sie Hilfe wollen.« Dann ging er.

40

Es war Samstag, aber »Wochenende« war bei der Polizei kein Begriff. Marian fand ein Schokoladenpapier, knüllte es zusammen und legte die Kugel in den Türspalt, ehe sie die Tür wieder zumachte. Wenn jemand die Wohnung betrat, würde die Kugel auf den Boden fallen.

Vor Müdigkeit brannten ihre Augen. Erst um drei Uhr nachts war sie eingeschlafen. Auf dem Weg durch das Tor sah sie, dass jemand eine Jacke auf den Zaun gehängt hatte. Die hatte sicher auf dem Bürgersteig gelegen, und jemand hatte sie aufgehängt, damit der Besitzer sie finden könnte. Sie setzte sich ins Auto und fuhr zum Polizeigebäude.

Oben in der Abteilung, in der der Gewaltabschnitt untergebracht war, wimmelte es nur so von Ermittlern, die in beiden Richtungen hin und her liefen. In Cato Isaksens Büro hing an der Übersichtstafel ein Bild von Andreas Lindeberg. Und es gab Bilder von Gustav Joner, vom Fundort. Die nackte Leiche wies umfassende Verletzungen am Unterleib auf. Marian sah sich die grotesken Fotos aus nächster Nähe an. Nach all diesen Jahren konnte sie toten Menschen noch immer keine Gleichgültigkeit entgegenbringen. Sie konnte jederzeit die verletzten Körper vor sich sehen, mit Stichwunden, Schussverletzungen und Blut. Oft prägten sich ihr Bagatellen ein.

Dann stand er plötzlich da. Cato. Sie drehte sich zu ihm um.

Er wirkte gestresst und angespannt. »Wartest du auf mich, Marian?«

»Ich wollte nur hallo sagen. Bin wieder auf dem Weg zum Hospiz, um Glenn Haug ausfindig zu machen.«

»Dann mach Haug ausfindig, es muss bald etwas passieren. Hier herrscht Ausnahmezustand. Du weißt ja, dieser Hausmeister. Wenn du nur wüsstest. Na, du hast ja die Bilder gesehen.«

»Ja, ich habe die Bilder gesehen«, sagte sie.

»Geht es gut? Ich mach mir ein bisschen Sorgen um dich.«

»Cato, seit wann bist du mein Vater?« Sie dachte an den Zettel. Ob sie den erwähnen sollte?

»Niemand hat etwas davon, wenn du zusammenbrichst. Nimmt dir ein bisschen frei. Du kannst dir den Tag doch selbst einteilen.«

»Ich breche nicht zusammen. Ich will mir jetzt nicht freinehmen. Ich habe doch gerade erst angefangen, wieder zu arbeiten. – Wie ist Joner getötet worden?«

Cato Isaksen holte Luft. »Wir haben gleich eine Besprechung. Schreckliche Sache. Zerfetzter Enddarm. Es wurde irgendein Gerät benutzt und so tief in den Anus gerammt, dass innere Organe geplatzt sind. Wer zum Teufel macht denn so was? Wir suchen hier nicht irgendeinen zufälligen Mörder, aber das hier ist eine total unbekannte Herangehensweise. Der vorläufige Obduktionsbericht stellt klar, dass es sich um hochentwickelte Folter handelt. Er weist zudem umfassende äußere Verletzungen auf. Die Presse darf das noch nicht erfahren.«

»Und der, der verschwunden ist?« Marian strich sich eine Haarsträhne aus der Stirn.

»Da du dich für Andreas Lindeberg interessierst … der steht unter dem Verdacht, sich in dem Kindergarten, wo er gearbeitet hat, an kleinen Jungen vergriffen zu haben.« Cato ging zum Schreibtisch und machte sich an einigen Papieren zu schaffen. »Seine Eltern wussten nichts davon, denn er war über achtzehn, als es passiert ist. Und gegen Joner liegen ähnliche Vorwürfe vor«, fügte er hinzu.

Das wusste sie ja schon. »Du glaubst also, dass es einen Zusammenhang gibt, Cato?«

»Das ist unmöglich zu sagen. Lindeberg ist noch immer wie im Erdboden versunken.«

*

Er aß eine Kleinigkeit, in einem Café. Einem kleinen Drecksloch im alten Vika. Er dachte über alles nach. Er kam sich vor wie in einem Film, einem altmodischen Horrorfilm. Das Haus war die pure Kulisse. »Nichts ist wahr«, wiederholte er, dann ertappte er sich dabei, dass er es laut gemurmelt hatte. Andere Gäste drehten sich um und glotzten ihn an.

In der Nacht war ein fremder Mann in einem Auto gekommen und zielstrebig in den Garten des Drachenhauses gegangen, um dort vor der Haustür zu warten. Dann hatte er gesehen, dass die Polizistin herunterkam und ihm aufmachte, im Morgenrock. Wer war der Mann, der mitten in der Nacht kam? Er konnte ein Polizist ein, ein Polizist in Zivil. Oder hatte sie einen Liebhaber? Einen, der auf sie aufpasste? Diese Vorstellung gefiel ihm nicht. Seine Pläne sahen keine Menschen vor, die aufeinander aufpassten.

*

Unten im Keller setzte Marian sich vor den Laptop. Hatten Männer einen Unterleib? Konnte man bei Joner von schweren Verletzungen im Unterleib sprechen, wenn es doch um Enddarm und Bauch ging? Nein, Männer hatten keinen Unterleib. Männer hatten Oberkörper und Unterkörper. Anatomie, vom griechischen τομή, Schnitt, bezieht auch die Strukturen ein, die ohne Mikroskop zu sehen sind. Sie ertappte sich oft dabei, dass sie sich von allem fortdefinierte, das mit Männern zu tun hatte. Das war eins ihrer allergrößten Probleme. Und um sich von diesem Bild zu befreien, googelte sie nun Ameisen. Rossameisen, Pharaoameisen, Zuckerameisen, Bulldoggenameisen, es gab an die neunzig bekannte Ameisenarten. Sie waren groß, einzelne Arten gehörten zu den größten sozialen Insekten überhaupt. Die Königin konnte über vier Zentimeter groß werden. Sie selbst war die »Königin der Finsternis«. So war sie als Kind genannt worden. Sie schnüffelte immer in den Sachen der anderen herum, war ein Teufelsbalg, das log und seine Eltern betrog. Das musste sie, um zu überleben. Vielleicht hatte diese Schnüffelei sie in diesen Beruf geführt. Sie schrieb noch einmal »Anatomie« ins Suchfeld, und sofort tauchten die Wörter »transversal«, »unterer« und »oberer Teil« auf. Superior und inferior beschrieben Strukturen, die sich zur vertikalen Körperachse verhielten. Der Kopf war superior, der Oberschenkel dagegen in Bezug zur Lende inferior. Neue Wörter: *superfiziell* und *tief*, die Körperoberfläche als Bezugspunkt. Zum Beispiel war das Brustbein oberflächlich im Verhältnis zum Herzen, der Magen jedoch tiefer als die Abdominalwand. Sie fand den Begriff *untere Extremitäten.* Da war es, das Wort: untere Extremitäten. Sie schob den Cursor auf das rote Kreuz ganz oben und klickte die Seite weg. Googelte abermals Ameisen. Pfui Spinne, Ameisen, widerliches Getier. Jetzt musste sie sich zusammenreißen. Warum kamen die jetzt in ihre Wohnung, im Herbst, wenn Ameisen doch eigentlich nur im Frühling in Häuser strömten? Sie klickte wieder *VG Nett* an. Der Artikel über Gustav Joner war aktualisiert worden. Eine Überwachungskamera in der Nähe der Fundstätte hatte für einen kurzen Moment ein dunkles Auto registriert, das sich langsam aus der Umgebung entfernte.

*

Es roch süßlich nach Mulch und Erde. Myrtel Haug stand im Treibhaus und säuberte mit hektischen Bewegungen Blumentöpfe, spülte sie mit einem dünnen Schlauch aus und stellte sie auf eine Holzbank. Wenn Blumen verwelkten, wurden die Blütenblätter zu dünnem Staub, und die Stängel wurden zäh und stanken. Da Samstag war, wimmelte es von Leuten. Glenn war auch dagewesen. Ihr schauderte, wenn sie an das Entsetzliche dachte, das er mit seinem Gesicht gemacht hatte. So krank war Glenn sonst nie gewesen. Wirklich zu keinem Zeitpunkt. Er war schon als Kind anders gewesen, und sie war mit der Mutterrolle nicht fertiggeworden. Er konnte heftige Zornausbrüche haben und sich ohne irgendeinen ersichtlichen Grund querstellen. Einige Male musste sie ihn festhalten, damit er anderen nichts tun konnte. Sein Vater war mit einer anderen verheiratet gewesen. Sie war ihm nur einige wenige Male begegnet, und er war zu fein für sie gewesen. So sah er das selbst auch. Aber aus seinem Jungen war nichts geworden. Sie hatte ihn wegen allem, was er tat, zusammengestaucht. Myrtel schluckte. Eine schwere Herbstfliege flog gegen die Glasscheibe. Draußen brachte Oda abgeschnittene Zweige in einer Schubkarre weg, zu dem Zaun zur Uelands gate, wo sie verbrannt werden sollten. Das war das Schöne an Oda. Sie sagte nichts, arbeitete nur.

»Wir haben jetzt nur drei Grad«, sagte Myrtel, als sie zurückkam. Oda nickte und hob einige Zweige auf, die von der Karre gefallen waren.

Als Myrtel wieder bei den Blumentöpfen stand, sah sie durch die Glasfenster des Treibhauses die Polizistin und drehte das Wasser ab. Sie wich zurück und ging durch eine Tür am anderen Ende. Aus dem Taubenschlag war Gurren zu hören. Sie ging dorthin und zog den Draht weg. »Weg mit euch«, sagte sie.

*

Tønnesen rief an, als Marian gerade am Taubenschlag vorbeiging. Er war wieder im Lande. Er war sechs Tage weggewesen, aber ihr kam es länger vor. Über ihrem Kopf schlugen Vogelflügel. Überraschenderweise fand sie es beruhigend, Tønnesens Stimme zu hören. Sie bückte sich und wich zur Seite aus, dieses graue Federvieh hatte sicher auch Läuse.

»Ich habe alles erledigen können, was ich vorhatte. John Johansen kommt mir wie ein anständiger Mann vor«, sagte er. »Wenn ich das so ausdrücken darf. Manchmal passen Menschen einfach nicht zueinander. Nichts ist schwarzweiß, Marian.«

Sie hörte, dass er erkältet war. »Wann kommst du ins Büro?«

»Ich nehme mir morgen und Montag frei. Hab ein bisschen Jetlag. Ich schaue am Dienstag mal rein.«

Sie verspürte einen Druck um die Stirn, sie hatte vergessen zu essen. Die Kopfschmerzen waren im Anmarsch. Sie setzte sich auf eine Bank. »Du findest John Johansen also sympathisch?«

»Ja. Das DNA-Material ist schon bei der Technik«, sagte Tønnesen. »Aber sie sagen, dass es dauern wird. Sie sind total überlastet, und dieser Cold-Case-Fall genießt nicht gerade Priorität. Kommt dir das auch so vor?«

»Ja. Aber wir werden es ihnen zeigen.«

Oda ging mit einer leeren Schubkarre vorbei. Marian fing ihren Blick ein und dachte an das Auge hinter dem Loch im Schrank. Nicht, dass das etwas mit Oda zu tun hätte, aber etwas war mit dem Ausdruck in Odas Augen. Sie erinnerte an eine Ziege, die Marian als Kind einmal in einem Zoo gesehen hatte. Die Ziege hatte sich in Stacheldraht verfangen. Der Schmerz, als der Stacheldraht ihr das Bein aufriss, spiegelte sich hier in dem wahnsinnigen Ausdruck der wasserfarbenen Augen. War Oda ganz so, wie sie sein sollte?

»Seine Töchter sind groß und übergewichtig«, sagte jetzt Tønnesen. »Das hast du ja auf dem Bild gesehen, das ich dir geschickt habe. Und dann werden wir ja sehen, ob Johansen Thonas Vater war. Ich wollte nur sagen, dass John Johansen darauf besteht, was seine Mutter dir im Frognerheim gesagt hat. Annie ist und war damals intelligent, tüchtig und schön. Und verlogen, aber das hat er hinzugefügt«, schloss Tønnesen.

Marian biss sich in die Unterlippe. »Ich bin im Kleingarten«, sagte sie.

»Warum das? Gibt es etwas Neues?«

»Nein. Ich suche nur nach Glenn Haug.« Sie hörte die Vögel

in den Bäumen gurren, drehte sich um und ging zurück. Die Tauben wurden sichtlich unruhig, als sie ihre Stimme hörten. Und sie nahm den Gestank der Vögel war. Harsch und ein bisschen säuerlich, wie nasse Haare.

41

Es war Montag. Leo Schavenius konnte Montage nicht leiden, denn dann waren es noch fünf Tage bis zum Freitag. Er stellte seine Tasche vor die Schulmauer und lief los, um sich ein Versteck zu suchen. Aber jetzt durfte er mitspielen. Er war neun Jahre alt. Seine Klassenkameradin, die zählen musste, war erst bei fünfzehn angekommen, aber es eilte, hundert war schnell erreicht. Als sie bei vierzig angekommen war, hatte Leo noch immer nichts Passendes gefunden. Der Schulhof war so groß, aber fast überall war Asphalt. Hinter jedem Busch und in jedem Winkel saßen schon andere Kinder. Aber er war dabei! Bei sechsundfünfzig sprang er in die Betonröhre, die die Bauarbeiter nach den Erweiterungsarbeiten an der Schule zurückgelassen hatten. Er war nicht gern da unten im Graben, aber er durfte nicht oft beim Verstecken mitmachen, und daher musste er sich jetzt, wo er dabei war, das Versteck nehmen, das noch übrig war. Die Röhre war groß, er konnte aufrecht darin stehen, und sie hatte zwei Ausgänge, er könnte also hinauskriechen, wenn er entdeckt würde. Er krümmte sich hinter einigen hochkant gestellten Plastikrollen zusammen. Sein Blick wurde von Fliegen angezogen, die über einem ausgepackten Butterbrot herumsurrten. Daneben lagen eine Packung Nägel und eine geöffnete Tüte Gips. Die Plastikrollen stanken, der Geruch brannte fast in seiner Nase. Er legte den Kopf auf die Knie und klemmte die Oberschenkel zusammen. Dann beugte er sich ein wenig vor und schaute um die Plastikrollen herum. Männer waren gefährlich, sehr gefährlich. Nicht der Vater, aber andere Männer. Dort saß ein Mann, und der sah ihn jetzt an.

Leo dachte an schwierige Wörter. Plüschsofa war so eins. Die Großmutter hatte ein Plüschsofa und ein Teeservice. Der Penner richtete sich halbwegs auf. Er hatte keine Jacke und war sehr alt, so wie der Großvater. Er nuschelte irgendetwas. Leo konnte im Gegenlicht das Gesicht des Mannes nicht sehen. Aber er wusste, dass er gefährlich war. Alle Männer waren gefährlich, das hatten seine Eltern gesagt.

»Ich habe eine Herbstjacke«, sagte er. Dann sah er das Insekt. Die Flügel von Libellen waren hellgrün oder vielleicht blau. Das Meer war auch blau. Die Großmutter hatte im Garten eine rote Katze. Tiere müssten rot sein, sagte sie. Der Mann war auch um den Mund herum schmutzig, aber er zog sich nicht aus. Er würde gleich weglaufen; es war ihm jedoch peinlich, einfach abzuhauen. Leo war schließlich höflich. Auch zum Großvater. Der Großvater hatte Leos Haare in die Hand genommen und ihm die andere auf den Bauch gelegt. Dann hatten sie dicht beieinander gelegen. Leo sah, dass der Penner müde war. Der Mann legte sich wieder hin und drehte ihm den Rücken zu.

Einmal hatte er etwas im Fernsehen gesehen, jemand hatte ein Netz über einen Spatz geworfen. Er verschränkte die Hände vor den Knien und wiegte sich hin und her. Er hatte die Großmutter jetzt lange nicht gesehen, seit einem halben Jahr nicht mehr, das hatte er seine Eltern in der Küche sagen hören. Der Vater war wütend auf den Großvater, denn sie hatten das Geheimnis nicht bewahren können. Der Vater war wirklich zur Polizei gegangen. Es war genauso gekommen, wie der Großvater gedroht hatte. Alle hatten sich zerstritten. Und Leo war daran schuld. Die Großmutter durfte nicht zu Besuch kommen. Er durfte die rote Katze nicht mehr streicheln. Leo war nicht zur Schule gegangen, aber jetzt konnte er nicht mehr zu Hause bleiben, nicht wochenlang, hatte die Mutter gesagt. Deshalb ging er jetzt wieder hin. Einmal hatte er sich mit Filzstift Striche auf die Innenseite des Armes gezeichnet, über die Adern, um sie deutlich zu machen. Das war offenbar gefährlich. Er richtete sich langsam auf und schaute aus der Röhre. Der Schulhof war leer. Alle anderen Kinder waren nach Hause gegangen.

*

Marian ging die kurze Strecke vom Polizeigebäude und zum Hospiz, in dem Glenn Haug angeblich wohnte, zu Fuß. Sie hatte die zuletzt eingegangenen Hinweise überprüft, aber keiner davon wirkte interessant. Sie blickte zu den parallel verlaufenden Straßenbahnschienen im Pflaster hinüber und konnte gerade noch über die Straße laufen, ehe eine Bahn herangedonnert kam. Die Bahn klingelte wütend. Marian schob sich den Dienstausweis unter die Lederjacke und zog den Reißverschluss hoch, sie dachte daran, dass sie neues Brennholz kaufen müsste. Oder vielleicht könnte sie einige Scheite vom Stapel der alten Frau nehmen, der vor der Hauswand lag. In einem Kiosk kaufte sie sich einen Becher Kaffee. Im Hinausgehen stieß sie fast mit einer Frau zusammen, die sie anstarrte. Wieder die Narbe. Ab und zu vergaß Marian die fast, aber immer, wenn sie neuen Menschen begegnete, wurde sie daran erinnert; ihr Aussehen bereitete Fremden eine Gänsehaut, und sie verspürte bis ins Mark, wie einsam sie war. Wieder brach es über sie herein, dieses graue Gefühl, das sogar einen Namen hatte, Prodromalsyndrom. Dabei ging es um Leere und Rückzug, es war eine klinische Beschreibung eines Zustandes. Annie hatte sich als Freundin bezeichnet. Sie brauchte auch eine Freundin, nur musste sie sich trauen. Was, wenn Annies Zettel echt war? Gab es wirklich einen Zusammenhang zwischen den Fällen? Und wenn ja, wie sah der aus? Thonas Verschwinden und der gefolterte und ermordete Mann? Und Andreas Lindeberg, der ebenfalls verschwunden war? Und welche Rolle spielte bei allem eigentlich Annie?

Niemand im Hospiz mochte mit ihr reden. Die Bewohner waren zusammengesunkene, müde Schatten ihrer selbst. Es war fast erbärmlich, genauso, wie viele sich ein Hospiz vorstellten. Niemand hatte Glenn Haug gesehen. Er wohne nicht da, hieß es. Wer sie überhaupt sei? Ob sie von der Polizei komme?

Auf dem Rückweg zum Polizeigebäude versuchte Marian, ihren Gedanken in das Chaos zu folgen, das Annie mit dem Zettel verursacht hatte. Die Stadt lärmte, und der Lärm wurde zu einem scharfen Geräusch in ihrem Kopf. Es waren getrennte Fälle, der Fall Thona und die Fälle Lindeberg und Joner. Glenn Haug hatte nichts mit Lindeberg und Joner zu tun. Das Chaos wurde verursacht durch Annies Phantasie und den von ihr geschriebenen Zettel. Die Fälle waren wie ein Sternbild mit Reihen von Lichtern, von denen jedes in eine andere Richtung blinkte.

42

Hallgrim Schavenius war siebenundachtzig. Die graue Hose mit dem hohen Bund wurde über seinem Bauch von Hosenträgern gehalten, an denen er ab und zu zog. Das war eine Unsitte, die er sich zugelegt hatte. Er hatte ein rundes Gesicht mit Froschwangen und war glatzköpfig. Sein übellaunig verzogener Haimund wirkte vorwurfsvoll. Die gewaltige Sitzgruppe thronte mitten im Wohnzimmer, umgeben von Beistelltischen mit Ziergegenständen, die auf Auslandsreisen gekauft worden waren. Er bewegte sich langsam zwischen den Rokokomöbeln und den tiefen abgenutzten Sesseln, die seinerzeit ein Vermögen gekostet hatten. Das goldene Sonnenlicht drang in eine Ecke des Zimmers und warf seinen Schein über das Bücherregal. Er blickte hinaus in den Garten und dachte, sie müssten sich einen Gärtner besorgen, der das Laub wegharken könnte, wenn es so weit wäre. Die Herbsttage vergingen langsam. Die Stunden kamen ihm vor wie schwere Steine. Er war Richter a. D beim Obersten Gericht. Er wusste alles über Strafrecht und Beweislasten. Es gab große Unterschiede zwischen Verbrechen und Vergehen. Er lief ruhelos in dem riesigen Wohnzimmer mit dem schweren Kronleuchter hin und her, konnte sich nicht auf die Unterlagen konzentrieren, die er aufmerksam lesen musste. Wenn die Sonne die Prismen traf, warfen diese regenbogenfarbene Flecken an die Wände. Diese Flecken störten. Die teuren Teppiche und Möbel waren vom Sonnenlicht mehr und mehr verblichen. Draußen im Garten sah er die rote Katze, die Sonja vergötterte. Sie kam auf das Haus zu und schaute ihn durch die Gartentür an, schloss halb die Augen, als sei es ein Genuss, dort zu stehen. Sie durfte nicht hereinkommen. Mit harter Hand zog er die Vorhänge zu.

Trotz seines Alters übernahm er noch kleinere Aufträge für das Ministerium. Er war noch nicht aus dem Dienst genommen, ihm war aber schon angekündigt worden, dass es passieren könnte. Plötzlich brach er in trockenes Weinen aus, und seine Schultern bebten. Niemand verstand ihn. Und er blieb mit der Schuld sitzen. Lust war eine höhere Einheit und im Grunde rein. Er war ganz sicher, dass er nicht bestraft werden könnte. Der Sohn Axel hatte sie erwischt. Hallgrim sagte, er habe dem Kleinen etwas vorgelesen, und es sei so warm geworden, dass er ihm den Schlafanzug ausziehen musste. Aber er hatte kein Märchenbuch zur Hand und war ebenfalls nackt. Er sagt, er schlafe aus Gewohnheit nackt. Aber Sonja wusste, dass er immer einen seidenen Schlafanzug trug.

Er hatte das Gefühl, gewachsen zu sein, so dass alle ihn sehen konnten. In Wirklichkeit hatte er abgenommen. Er war so wütend, wie er noch nie zuvor gewesen war, weil Leo ihn so im Stich gelassen hatte, der Bengel, der kleine Verräter. Er war nicht so dumm, dass er in den Jungen eingedrungen wäre oder so etwas, es gab also keine Spuren. Damit kannte er sich schließlich aus. Eigentlich war gar nichts passiert, aber sein Sohn hatte ihn angezeigt. Sonja vermisste ihr Enkelkind. Am Ende würde alles anders werden, das hatte er ihr versprochen. Aber vor allem hatte er sich das selbst versprochen. Sie waren erst spät Großeltern geworden. Und jetzt war alles zerstört. Sonja betete ihren Sohn und den Enkel an. Aber sie stand trotzdem auf seiner Seite. Da war sich Hallgrim sicher. Sie konnte gar nicht anders. Darauf baute ihre gesamte Ehe auf. Sie sprachen einfach nicht über diese Angelegenheit. Doch Sonja, die so lange schon seine Ehefrau war, hatte sich verändert. Ab und zu kam sie herein, blieb mitten im Zimmer stehen und starrte ihn an, wenn er hinter dem Schreibtisch saß. Er kam sich dann vor wie ausgestellt, mitten in einem großen Saal. Sonja betrachtete ihn von allen Seiten und spielte mit dem Gedanken, ihn zu verraten. Sie sollte sich in Acht nehmen. Wenn sie das tat, würde sie nach sechsundvierzig Jahren Ehe Hals über Kopf aus der Villa geworfen werden.

*

Marian ging langsam die angestrichenen Stufen hoch, auf ihre Tür zu. Hier und dort war die Farbe abgeblättert. Sie schob den Schlüssel ins Schloss. Das Glas der schmalen Fenster klirrte ein wenig, als sie die alte dünne Tür einen Spaltweit aufschob und in die Hocke ging. Sie hielt den Hund zurück. Die Kugel aus Silberpapier fiel herunter. Niemand war hier gewesen.

Sie ging hinein und schnitt sich zwei Scheiben Brot ab, nahm Aufschnitt aus einem Paket im Kühlschrank und belegte die Brote, kochte Wasser und goss Kaffeepulver in eine Tasse. Sie war wieder im Kleingarten gewesen, aber Myrtel bestand darauf, ihren Sohn seit *Jahr und Tag* nicht mehr gesehen zu haben. Sie log ganz sichtlich wie gedruckt. Marian stellte den iPad neben dem Esstisch auf und googelte beim Essen die Nachrichten. Gustav Joner war mit schweren Verletzungen in Enddarm und Unterleib aufgefunden worden, hieß es jetzt. Also war diese Information durchgesickert.

*

Am Dienstag stand Tønnesen mit einem Blatt Papier in der offenen Tür. Marian erhob sich. »Willkommen zu Hause. Was macht die Erkältung?«

Birka kam mühsam auf die Beine und trottete ihm schwanzwedelnd entgegen.

»Das geht schon. Auf langen Flügen kriege ich immer einen Schnupfen.« Er bückte sich und streichelte den Hund. »Ich habe alle Proben und alles Material bei der Kripo abgeliefert, und wir müssen jetzt ein bisschen Geduld haben. Es ist so einiges passiert, während ich weg war.«

»Denkst du an etwas Bestimmtes?« Sie setzte sich wieder.

»Dieser Hausmeister ist gefoltert und misshandelt aufgefunden worden.«

»Ja, das schon, das ist wirklich schrecklich. Cato & Co haben jetzt wirklich alle Hände voll zu tun.«

Er setzte sich ihr gegenüber. »Hast du alle Unterlagen lesen können? Es sind ja auch allerlei neue Tipps eingegangen.«

»Nein, ich habe wie eine Besessene gearbeitet«, log Marian. »Ich glaube, von den neuen Tipps ist keiner besonders interessant. Ich will diesen Ball finden, ich suche und suche, und ich habe auch noch andere Dinge zu bedenken.«

»Ach, und was sind das für Dinge?«

»Das ist eher privat. Hast du Myrtels Schwester in Rælingen erreicht?«

»Ich arbeite daran. Werde morgen hinfahren.«

»Ich schlage vor, dass wir ein paar Tage getrennt arbeiten und nur telefonischen Kontakt halten. Und wir treffen uns, wenn sich etwas Neues ergibt.«

43

Als Marian am Dienstagnachmittag nach Hause kam, lag wirklich die Kugel aus Silberpapier ein Stück von der Tür entfernt in der Diele. Birka stand mit aufgestellten Ohren hinter ihr. Die alte Hündin knurrte. Birka knurrte nie.

Die Unterlagen lagen auf dem Haufen auf dem Esstisch, genauso, wie sie sie verlassen hatte. Annies Zettel lag zusammengefaltet unter der Vase. Dennoch kam ihre Wohnung ihr jetzt gefährlich vor. Sie wusste, dass es eine haarfeine Grenze zwischen Phantasie und Wirklichkeit geben konnte. Autistische Phantasie konnte Menschen doch aus einer festgefahrenen, angstvollen Position befreien. Das Leben, das zu einem unsicheren Projekt wurde, von Phantasien angeregt, konnte in einen psychotischen Zustand übergehen. Es war ein idiotisches Gefühl, aber sie dachte jetzt an das Auge im Schrank. War das eine Halluzination gewesen? Das Prodromalsyndrom, die Grauheit, die Tristesse aller Dinge. Es gehörte nicht viel dazu, ein Messer, ein Abgrund, ein Stein oder ein krankes Gemüt. Hier war wirklich jemand gewesen.

Sie trat ans Fenster und schaute hinab in den Garten. Aber sie sah niemanden.

Sie warf einen Blick auf die stählerne Leiter. Dann griff sie zur Fernbedienung und schaltete den Fernseher ein. Sie brauchte Geräusche.

Die Frau auf dem Bildschirm lachte so sehr, dass ihre schwarzen Locken bebten. Marian sah eine halbe Stunde lang fern, dann verließ sie ihre Wohnung und klopfte bei dem Künstler an. Er öffnete in weiten Jeans voller Farbflecken.

»Tut mir leid«, sagte Marian. »Das ist vielleicht ein bisschen blöd. Aber ich habe Angst. Könnten Sie mit mir in meine Wohnung kommen. Ich glaube, da ist jemand oben in meinem Schlafzimmer. Das ist sicher nur Einbildung.«

Er kratzte sich in den struwweligen weizenblonden Haaren. »Ist das eine Aufreißnummer?«

Birka stand auf der Türschwelle und bellte wütend.

»Bitte. Kommen Sie mit.«

Marian schob den Hund zur Seite und ging vor dem Künstler her zur Tür.

Der kam langsam auf Socken hinter ihr her.

Er blieb stehen und sah sie fragend an. Birka wedelte zaghaft mit dem Schwarz, und der Künstler bückte sich und kraulte sie im Nacken. »Schöner alter Hund«, sagte er und lächelte.

Marian blickte ihn ernst an. »Tut mir leid«, sagte sie noch einmal.

»Macht doch nichts, Marian«, sagte er und legte ihr die Hand auf den Arm. Sie spürte deren Wärme und wich zurück. Alle Luft schien aus dem Zimmer zu verschwinden. Ihr Gesicht war heiß. Ihre Mutter hatte ihr einmal eine Ohrfeige verpasst. Marian wusste noch, wie ihre Wange geglüht und geschmerzt hatte. Damals war es eigentlich nicht so sehr der Schlag gewesen als das Gefühl, dass etwas nie wieder so werden würde wie zuvor. So ein Gefühl hatte sie auch jetzt.

»Hier riecht es nach Chlor«, sagte er. »Haben Sie geputzt?«

»Ich versuche, Ameisen umzubringen. Könnten Sie die Leiter hochsteigen und nachsehen?« Sie schaltete mit der Fernbedienung den Fernseher aus.

Sein Blick ruhte länger auf ihr, als ihr lieb war. Er hatte sicher ein Auge für Details. Er lebte für Details.

»Ist denn da oben jemand?«

»Ich weiß nicht.«

Er machte eine Handbewegung. »Sind Sie nicht bei der Polizei?«

»Doch …«

Der Künstler legte die Hand um die fünfte Sprosse und fing an, nach oben zu steigen. »Hier ist natürlich niemand«, sagte er von oben.

»Nein«, sagte Marian. »Der Lichtschalter ist rechts.«

Er war oben. Jetzt machte er Licht. »Niemand hier«, sagte er. »Niemand unter dem Bett.«

»Schauen Sie im Schrank nach«, sagte sie. »Dem niedrigen vor der Wand. Dahinter ist der Kriechboden. Vielleicht hat er sich da ein Loch gesägt.«

Er öffnete den Schrank. »Die Wand hier ist unversehrt«, sagte er. »Kein Sägemann zu sehen.«

Sie schaute zu ihm auf. Seine Stimme hatte sarkastisch geklungen.

Er lächelte auf sie herab. Seine Haare fielen ihm in die Stirn. »Sie sollten hier mal aufräumen. Da liegt doch alles wild durcheinander. Aber ich will mich natürlich nicht darin einmischen, wie Sie Ihre Kleider aufbewahren.«

Marian spürte, wie die Kälte des Bodens durch ihre Socken drang. Die Narbe schmerzte an einer Stelle über dem Auge. Der Schrank war doch aufgeräumt gewesen? Die Kleider hatten in zwei Stapeln auf den Seiten neben dem Karton gelegen. Oder vielleicht nicht?

*

Der Künstler ging zurück in seine eigene Wohnung. Sie blieb im Wohnzimmer, bis sie schlafen ging. Sie sah es, sowie sie sich ins Bett legen wollte. Ihre Decke war am Fußende zu einem Wulst zusammengerollt. So legte sie die nie hin! Sie schaute in den Schrank. Das Chaos dort konnte sie selbst verursacht haben, aber nicht das mit der Decke.

Sie mischte sich einen Drink und leerte ihn in zwei Zügen. Dann sah sie noch zwei Stunden fern, zappte zwischen den Sendern hin und her. Danach schlich sie sich ins Treppenhaus und legte das Ohr an die Tür des Künstlers. Sie hörte Musik und klopfte an. Er öffnete fast sofort und sah sie fragend an. »Entschuldigung«, sagte sie.

Er schaute auf die Uhr. »Halb ein Uhr nachts«, sagte er. »Wieder der Sägemann?« Dann lächelte er. Diesmal konnte sie in seine Wohnung blicken. Die Tür zu dem Raum, der sein Atelier sein musste, stand offen. Auf dem Boden lagen Tonklumpen und Gipsreste. In einem Regal standen viele unfertige Skulpturen, und auf einer Drehschreibe mitten im Raum sah sie einen weiblichen Torso in natürlicher Größe. Der war aus Gips. Er hatte eine schöne Kopfform mit glatten Haaren, das Profil zeigte eine kleine Nase. Der schmale Hals führte zu runden Schultern, auch die Brüste waren klein. Marian trat einen Schritt nach rechts. Nun sah sie, dass die Figur eine Narbe hatte, die sich vom Gesicht weiter bis zur Brust zog.

Er folgte ihrem Blick. Dann trat er wieder hinaus auf den Gang und zog wortlos die Tür zu. Marian verspannte ihre Lippen zu einem Lächeln. »Ich wollte nur fragen, ob Sie jetzt auch Ameisen haben? In der Wohnung?«

»Ameisen, nein«, sagte er rasch. »Habe ich nicht.« Er wirkte jetzt zerzauster und hektischer als vorhin. Die Stimmung, in der er ihr die Hand auf den Arm gelegt hatte, war verflogen.

»Na gut, entschuldigen Sie die Störung. Haben Sie übrigens meine Türklinke angefasst, versucht, die Tür zu öffnen?«

»Nein, großer Gott, warum hätte ich das tun sollen?«

»Nein, warum hätten Sie das tun sollen? Sie waren sicher in letzter Zeit auch nicht mehr auf dem Dachboden?«

Er sah sie nur an. Marian ging wieder in ihre Wohnung. Ihre Nerven kamen ihr vor wie elektrische Leitungen. Was hatte sie eigentlich dort drinnen gesehen? Der Gedanke an die Skulptur war so absurd, dass ihr innerlich eiskalt wurde. Der Schmerz war so scharf, dass sie fast nicht atmen konnte. Sie lehnte den Rücken an die Tür, drehte sich um und musterte wieder ihr Spiegelbild, nicht mit scharfen Kontrasten, sondern eher wie ein einsames kleines Kind in einer abgehackten Bewegung. Alle glaubten, ein Adoptivkind komme zu guten Eltern. Spiegel waren mit Silbernitrat überzogenes Glas, und in den alten Tagen wurde Silbernitrat für Filme verwendet.

Wer war er eigentlich, dieser Künstler? Waren sie gleich, sie und er? Alles im Leben ist leicht, wenn man nur so tut, als sei es leicht, dachte sie bitter. Das war ihr Mantra geworden, als sie endlich von zu Hause fort konnte. Sie gehörte niemandem, niemand liebte sie. Niemand kannte sie. Aber der Nachbar hatte sie in Gips gegossen.

44

Sonja Schavenius erwachte in der kühlen Dunkelheit des Zimmers und setzte sich in dem großen Doppelbett auf. Es war Nacht. Ein Uhr. Das beklemmende Gefühl war wie immer da, sobald sie die Augen aufmachte. Hallgrim lag im Gästezimmer und schnarchte wie ein Wal. Es war nicht sein Schnarchen, das sie geweckt hatte. Da hörte sie es wieder, das Geräusch eines Motorrads. Einer Eingebung folgend stand sie auf. Sie zog ihren Kimono über, ging die Treppe hinunter und öffnete die Verandatür.

Es waren zwei, sie standen breitbeinig da und sahen zum Haus herüber. Als sie die Gartentür aufzog und auf die ovale Terrasse hinaustrat, drehten sie sich um und verschwanden über die Straße. Die Luft war kühl. Dichte Sternenhaufen bedeckten den Himmel. Die Blätter raschelten und zitterten in der Brise. Sonja stapfte durch den Garten, durch das feuchte Gras, auf das geöffnete schmiedeeiserne Tor zu und prägte sich Datum und Uhrzeit ein. Es war die Nacht auf Mittwoch, den einundzwanzigsten September. Sie zog den Kimono enger um sich. Da sah sie die beiden in Leder gekleideten Männer wieder. Sie standen etwas weiter unten auf der Straße, auch jetzt direkt nebeneinander. Eine Katze schlich an ihr vorbei, es war die rote, die tagsüber das Vogelbad terrorisierte. Sonja Schavenius fror. Sollte Hallgrim jetzt etwa vor der ganzen Welt bloßgestellt werden? Würde es jetzt wirklich so weit kommen? Die Katze blitzte abermals vor ihr auf, wie eine Spiegelung des Gedankens. Sonja Schavenius bückte sich und strich über den weichen Katzenrücken, fuhr am Schwanz entlang und weiter nach oben, bis die Hand losließ. Dann ging sie wieder hinein. Die Wolfsstunde war die Kernzeit der Angst. Aber *er* schlief. Er, der alles zerstört hatte. Vielleicht waren die beiden Motorradmänner ja auf Erkundungstour? Plötzlich stand Hallgrim oben an der Treppe. »Leg dich wieder hin!«, rief sie. »Ich hab nur auf der Straße irgendwas gehört.«

Früher hätte sie niemals so mit ihm reden können. Aber jetzt, da alles herausgekommen war, gab er sich wie ein Lamm. Wie ein widerliches schwarzes Schaf. Sie hängte den Kimono im Badezimmer auf. Sie hätte ihn verbrennen sollen. Hallgrim hatte ihn ihr auf einer ihrer Reisen gekauft. Sie erinnerte sich daran, als wäre es gestern gewesen, sie waren in London. Sie war fünfzig geworden. Das war jetzt fünfundzwanzig Jahre her. Sie hatte sich ein großes Fest gewünscht, er aber wollte nur mit ihr allein feiern und hatte sie zu der Reise eingeladen. Gleich nachdem sie im Hotel angekommen waren, wollte sie hinaus in die Stadt. Alles war ganz fantastisch. Er wollte mit dem Ausgehen bis zum nächsten Tag warten. Aber das ist doch nicht einfach irgendeine *Reise*!, hatte sie gesagt. Ich werde fünfzig. Kann ich nicht wenigsten einmal entscheiden? Sie wusste sofort, dass alles zerstört war. Wieder einmal! Als er das Zimmer verließ, versetzte er ihrem Koffer einen Tritt. Er kam erst nach Mitternacht zurück. Sie hatte sich schlafen gelegt, aber er zog sie hoch. Dann schüttelte er sie, bis ihr Kopf zu zerspringen drohte. Hallgrim zog sie an den Haaren, große Büschel lösten sich. Das Beste, woran sie sich bei dieser Reise erinnern konnte, waren die Vorhänge im Hotelzimmer, beige und schwer und geschlossen. Als sie zurück nach Norwegen kamen, fragte Axel, ihr Sohn, ob sie eine schöne Reise gehabt hätten. Erstklassig, erwiderte Hallgrim. Sie blickte in das Gesicht ihres Sohnes und wusste, dass er wusste. Damals war er zehn.

Sonja Schavenius ging zurück ins Bett, ließ sich auf die Kissen sinken und spürte ihre Unruhe. Hallgrim hatte in den letzten Wochen abgenommen und beim Gehen angefangen zu schlurfen. Er hatte ihr das Versprechen abverlangt, dass sie es gemeinsam durchstehen würden. Sie hatte ihn gehört: *Leg dich ins Bett, Leo. Wieso denn, Großvater? Tu, was ich dir sage. Leg dich ins Bett!* Sie hatte sich befohlen, nicht impulsiv zu reagieren, sondern langfristig für sich selbst zu planen. Sie spürte, wie sich der Hass bis in die Handgelenke fortsetzte.

*

Am Mittwochmorgen stand Marian am Fenster und trank eine Tasse heißen Kaffee. Es war ihr gelungen, sich umzuprogrammieren. Nichts getrunken. Einfach einen Tag nicht zur Arbeit gegangen und geschlafen. Sie hatte nicht so viel nachgedacht, hatte gut gegessen, Entrecote gekauft, Kartoffeln und eine gute Sauce. Viel Gemüse und Fruchtsäfte. Sie wusste ja, was sie brauchte. Sie fühlte sich besser.

Jetzt sah sie die alte Frau aus dem Erdgeschoss mit einer großen Handtasche voller Zeitungen schwerfällig zum Tor hinausgehen. Wieder mal ließ sie es offen stehen. Verfluchte alte Schachtel! Marian fragte sich, was für ein Leben die Alte wohl hinter sich hatte. Sie drehte sich um und begegnete Birkas Hundeblick, erinnerte sich plötzlich, wie sie noch ein kleiner weicher Welpe gewesen war. Und dann war das Gefühl wieder da: Birka war alt und würde bald sterben. Dann kamen auch die Gedanken zurück. Sie sah den Torso vor sich, die schöne, weiße und dennoch unerträgliche Skulptur. War sie Einbildung oder Wirklichkeit? Birka strich von hinten an ihr vorbei, an den Kniekehlen entlang. Marians Knie sackten ein wenig ein. Sollte sie den Küchenschrank öffnen und nachsehen, ob die Dinge immer noch so darin standen, wie sie sie hineingestellt hatte? Stimmte etwas nicht mit ihrem Kopf? Lag es am Stress, dass sie die Bettdecke zusammengerollt hatte und sich nicht daran erinnern konnte? Und hatte die Angst vor offenem Feuer sie vor zwei Wochen mit dieser elektrischen Kerze herumspielen lassen? War da gar niemand auf dem Dachboden gewesen, und stellte die Skulptur des Künstlers sie vielleicht gar nicht dar? Und wer da am Türgriff gerüttelt hatte, waren das nur Geräusche von dem alten Haus? Häuser wie diese machten Geräusche. Das Holz lebte.

Marian drehte sich um und berührte die Sachen auf der Anrichte. Unbezahlte Rechnungen, eine Schale und eine kleine Tischdecke. Hatte der Künstler hier herumgeschnüffelt, als sie nicht da war? Sie musste sich von ihm fernhalten. Oder konnte vielleicht Glenn Haug hier gewesen sein? Hatte er es geschafft, sie aufzuspüren? Aus Rache. Um sie zu erschrecken und von den Ermittlungen abzuhalten. Aber wie war er hereingekommen?

Sie öffnete den Küchenschrank. Es roch nach Kräutern, Zucker und Zimt. Kam das verdammte Viehzeug deswegen hierher? Sie warf alles zusammen in eine Tüte und versah sie mit einem festen Knoten. Dann stellte sie sie auf die Anrichte. Der Zettel, mit dem Annie gekommen war, lag immer noch auf dem Esstisch. Sie hatte ihn nicht mehr angesehen. Annie und sie waren keine Freundinnen. Es gab Diagnosen für notorische Lügen. Die durften nicht mit Phantasie verwechselt werden. Notorische Lügner wollten sich interessant machen. Annie wollte eine Freundin haben. Annie hatte sie als Freundin bezeichnet. Sie selbst machte sich aus niemandem etwas. Doch Annie – aus wem machte sie sich etwas? Marian musste sich jetzt konzentrieren. Eins nach dem anderen. Sie zog ihre Joggingschuhe an. Gustav Joner war auf grausamste Art gefoltert worden. Marian bekam die Bilder vom Tatort nicht aus dem Kopf.

Sie müsste Kontakt zu diesem Hypnotiseur aufnehmen, Shai Timo, ihn fragen, was er dachte, ob er versuchen könnte, mit Elly zu reden. Das Ganze war so widersprüchlich, natürlich konnte sie weder Tønnesen noch Cato davon erzählen. Was hatte Elly noch mal über ihren Vater gesagt? *Papa war als Sohn ein Albtraum. Er ist als Sohn ein Albtraum.* Hatte Elly als Kind wirklich keinen Kontakt zu Glenn Haug? Und dann, zapp, tauchte er sozusagen genau an dem Tag auf, als Thona verschwand. So gesehen war das ja eine Art Beweis. Irgendetwas stimmte nicht. Aber wie genau? Es war nicht leicht, den Überblick zu behalten. Das hatte sie auch bei Annie gedacht, das mit dem Wagen, der am Tag von Thonas Verschwinden am Haupteingang stand, aber sie konnte es nicht genau fassen. Ein Hypnotiseur könnte sicher auch ihr nicht schaden.

*

Marian parkte auf dem Bürgersteig vor dem Friedhof Nordre gravlund und blieb im Wagen sitzen. Auf den Gräbern war jetzt Heidekraut gepflanzt, das war hübsch und leuchtete lila.

Sie wählte Shai Timos Nummer, er war sofort am Apparat. Er sprach ein gebrochenes Dänisch mit einem deutlichen chinesischen Akzent. Marian erklärte, worum es ging, und er sagte, er könne helfen. Er wirkte etwas übereifrig, bestimmt bekam er solche Anfragen nicht häufig. Sie sagte, sie wolle wieder anrufen, wenn es aktuell würde. Elly würde nicht vor Weihnachten wieder nach Oslo kommen. Marian hätte sie vielleicht gleich anrufen sollen, brachte es aber nicht über sich. Hinterher kam sie sich etwas blöd vor, weil sie überhaupt Kontakt mit dem Chinesen aufgenommen hatte.

Plötzlich entdeckte sie Oda, Myrtels Helferin, in einer weiten Daunenjacke. Sie watschelte auf der anderen Straßenseite an dem hohen Zaun entlang und entfernte sich in Richtung des Kreisverkehrs. Elly hatte erzählt, sie arbeite in einer Druckerei.

Als sie einen Blick auf das Gittertor warf, sah sie es: Myrtel Haug stand in einem hellblauen Morgenrock und Gummistiefeln im Garten. Mit ruckhaften, harten Bewegungen zog sie der

Vogelscheuche die Sachen aus. Das Skelett aus Zweigen und Eisenrohren ließ Marian erschaudern. Der Rhythmus und die Autorität, mit denen der Kleidungswechsel vollzogen wurde, wirkten so, als handele es sich nicht einfach darum, einer Vogelscheuche andere Sachen anzuziehen, sondern noch um etwas anderes. Marian konnte sehen, dass Myrtel mit der Vogelscheuche sprach. Dann ging sie.

Im selben Moment rief Tønnesen an.

»Myrtels Schwester wohnt in einem Pflegeheim in Rælingen«, setzte er an. »Sie sagt, sie wisse nichts über die Geschichte. Sie sitzt im Rollstuhl und ist Glenn Haug überhaupt nur zweimal begegnet. Er hat versucht, ihr Geld und Wertsachen abzuluchsen. Angeblich soll er alles mitgenommen haben, was sie an geerbtem Schmuck hatte.«

»Myrtel und Elly wohnten nach Thonas Verschwinden doch ein paar Tage bei ihr. Was hältst du davon, mal ihr Haus zu überprüfen? Wo sie früher gelebt hat.«

»Der Gedanke ist mir auch schon gekommen, Marian. Aber wir lassen es langsam angehen.«

*

Als sie nach Hause kam, kletterte Marian die Stahlleiter hinauf und öffnete die Nachttischschublade. Blickte auf den Krimskrams darin. Glenn Haug war Kleptomane, jedenfalls dann, wenn er auf Dinge stieß, die er verkaufen konnte. Sie schob eine kleine Schachtel zur Seite und sah einen Stapel Umschläge, der von einem Gummiband zusammengehalten wurde. Eine alte, mit Perlen verzierte Puderdose lag ganz hinten. Sie knallte die Schublade wieder zu, ging neben dem Schrank in die Knie und zog die Tür auf. Der Silberschmuck, der einzige, den sie besaß, lag in einer Schachtel. Sie machte etwas Ordnung in einem der Kleiderhaufen und berührte die Rückwand. Sie war unversehrt. Doch als sie leicht darauf drückte, merkte sie, dass die Wand lose war. Sie konnte entfernt werden. Einfach herausgehoben werden. Alles wurde still, in ihrem Kopf hörte sie einen Pfeifton, der immer lauter wurde.

Plötzlich beschlich sie ein Gefühl, etwas, woran sie sich erinnern müsste. Welche Feinde hatte sie? Da war irgendwas mit dem Duft eines maskulinen Deodorants, oder roch es nach etwas anderem? Ein paar Minuten blieb sie reglos auf den Knien liegen, dann stand sie auf und kletterte wieder ins Wohnzimmer hinunter. Sie musste in den Kriechboden und die Luke von dort aus festschrauben.

Sie holte die Bohrmaschine und eine Packung Schrauben aus dem Keller und schloss die Tür zum Kriechboden auf. Hatte der Künstler eine ähnliche Luke bei sich? Sie kroch zu der Wand hinüber, die seine Wohnung abschloss, und tastete den Bereich unterhalb des Schrägdachs ab. Wenn es dort eine Luke gab, müsste die als Erhebung zu spüren sein. Sie entdeckte etwas, das eine entsprechende Luke sein musste. Sie konnte die Plattenkante oben am Rand mit den Fingern packen und riss vorsichtig daran. Die Platte löste sich. Marian konnte durch die schmale Öffnung hindurchsehen. Leise entfernte sie die ganze Platte. Eigenartig, dass auch die lose war.

Wozu hatten diese Luken wohl ursprünglich gedient? Waren das Notausgänge für den Fall, dass es brannte? Sie schaute hinein. Da gab es eine Kante, ein Gesims. Der Künstler hatte ja kein Turmzimmer. Es ging ungefähr drei Meter hinunter. Der Raum, in den sie hineinblickte, war anders als ihrer. Es war sein Atelier, mit Skulpturen von Köpfen auf dem Tisch und in Regalen. Roter Ton lag in einem mit Wasser gefüllten Bottich. An der Oberfläche war das Wasser rotbraun und dickflüssig. Vor den hohen Fenstern und der Tür zur Veranda hingen dünne weiße Vorhänge.

Plötzlich hörte sie das helle Lachen einer Frau. Es kam aus einem anderen Raum, vermutlich dem Schlafzimmer. Für einen Augenblick wurde ihr schwarz vor Augen. Sie zitterte, verschloss die Luke und kroch über den Fußboden. Das Weinen steckte in ihrem Hals. Ihre Augen waren voller Wasser. Na, toll. Ihr Atem ging in einen anderen Rhythmus über, da war eine Frau im Schlafzimmer.

Schnell schraubte sie ihre eigene Luke zu und registrierte, dass hier oben keine Ameisen waren. Es war wohl zu kalt. Eine düstere Stimmung überkam sie, resigniert und kalt. Entschlossen fuhr sie sich mit der Hand über den Mund, wie ein Mann. Hier oben war alles verstaubt und schmutzig. Spinnweben, die sich sachte im Luftzug rührten.

Sie konnte den Zustand, in den sie das Frauenlachen versetzt hatte, nicht ertragen, das Gefühl von Verlorenheit, dass alles zerstört war; jetzt war nichts mehr übrig. Sie war erschöpft.

Unten in der Wohnung setzte Marian sich für einen Augenblick auf das Sofa. Sie müsste hier bald mal etwas putzen, unter dem Esstisch entdeckte sie dicke Staubflocken. Mit der Bohrmaschine lief sie in den Keller hinunter. Dann verließ sie das Haus, um mit Birka Gassi zu gehen.

Auf dem Boden an der Grundmauer sah sie kleine Erdhaufen um ein paar Löcher. Gab es hier Wühlmäuse?

Sie entdeckte einen Rechen, schob die Schicht klitschiger Blätter an der Grundmauer weg und stieß auf weitere Löcher in der Erde. Sie trat einen Schritt zurück und schaute an der Fassade hinauf. Die Vorhänge im Atelier des Künstlers waren jetzt zugezogen. Die alte Frau im Erdgeschoss blickte sie aus dem Küchenfenster heraus an, halbwegs verborgen hinter den geriffelten Glasplatten, die vor Einblick schützen sollten. Ihre Haare sahen völlig wild aus, grau und zerzaust.

Marian ging hinein und klingelte an ihrer Tür. Thyra Vinding öffnete unmittelbar, stand da in einem verschmutzten Kleid mit einer viel zu großen weißen Schürze.

»Haben Sie Ameisen in Ihrer Wohnung?« Marian hielt immer noch den Rechen in der Hand.

»Nein«, sagte sie. »Ich habe keine.«

»Sind Sie sicher?«

»Ich habe keine Kinder«, sagte sie. Dann schloss sie die Tür.
So war das also. Sie war dement. Verdammter Mist!
Demenzkranke in einem Holzhaus waren lebensgefährlich.

45

Es ist Nacht. Fünf nach drei. Vor dem Drachenhaus liegt der Garten still und dunkel. Er achtet darauf, dass die Tür nicht zuknallt, drückt sie vorsichtig hinter sich zu. Ein schlafendes Haus strahlt etwas Einsames aus, etwas Ewiges, wie das Wasser im Meer. Leise steigt er die Treppen hinauf. Der intensive Geruch nach Holz kitzelt in der Nase. Er kennt den Ort in- und auswendig.

Um diese Uhrzeit sind die meisten in der vierten oder fünften Schlafphase. Die Muskeln sind gelähmt. Der Atem ist ruhig, das Gehirn abgekoppelt. Er weiß es genau.

Er schließt ihre Tür auf, bleibt eine Weile im Flur stehen und horcht, bevor er die Tür wieder schließt. In dem großen Spiegel sieht er sich selbst, denn die Badezimmertür steht offen, und drinnen ist das Licht eingeschaltet. Das Licht bildet einen Strahl, der von der Tür ausgeht und direkt auf den Spiegel fällt. Wie eine Säule. Es ist so still, dass er den Rhythmus seines eigenen Herzschlags spürt.

Sie schläft auf der Seite, in Embryo-Stellung, die Wange mit der Narbe ist tief im Kissen vergraben. Der Boxer hebt den Kopf und sieht ihn an, aber der Blick ist ausweichend. Nicht gerade ein Wachhund. Er starrt den Hund an.

*

Durch den Schlaf hindurch nimmt sie eine Unruhe wahr. Sie hat das Gefühl, aus dem Nichts zu fallen, aber sie kann sich nicht bewegen. Sie spürt einen Atemzug über dem Ohr, ein warmer kleiner Wind, doch dann gleitet sie zurück in die freundliche Dunkelheit und bleibt dort.

Er tritt einen Schritt zurück und richtet sich auf. Ihr Atem stinkt nach Alkohol, auf dem Nachttisch steht eine halbvolle Flasche mit irgendwas. Er ist uralt, dieser Hund mit dem rauen Fell. Jetzt dreht er sich weg und legt den Kopf zurück auf die Pfoten. Er hat das Messer in der Hand, natürlich, falls sie wach werden sollte. Aber er steht eine Weile da. Und sie schläft. Schlafende Menschen sind sich ihrer selbst nicht bewusst. Ihre Schulter und ihr Hals leuchten ihm hell entgegen. Die dünne Haut. Er hebt das Messer, hält es ein paar Millimeter von ihr entfernt. Wenn sie sich jetzt rührt, wird sie das metallene Messerblatt tangieren. Und dann hat er keine andere Wahl, als zu schneiden.

Er hört das Geräusch eines Autos unten auf der Straße und tritt unwillkürlich einen Schritt vom Bett zurück. Er freut sich auf den Augenblick, wenn sie sich Auge in Auge gegenüberstehen, aber er spürt diesen Drang zu warten, ihre Verfolgung auszukosten. Nur noch ein bisschen. Sie hat Angst vor Feuer. Obwohl er mit seinen Dämonen lebt, hat er genau dieses Gefühl zuvor noch nie verspürt. Niemand kann einem Menschen ansehen, wer er ist. Er weiß alles über die Arten menschlicher Flucht. Alle Dinge handeln von diesem kranken Gefühl, am Rande des Bewusstseins, eine murrende Angst, die im Tod endet.

Die Schranktür steht offen, wie er jetzt bemerkt, daher macht er sie leise wieder zu. Dann kriecht er rückwärts die Stahlleiter hinunter, entdeckt einen Stapel Papiere auf dem Esstisch, stopft alles zusammen in den großen schwarzen Ofen. Er macht Feuer und lässt die Ofentür offen stehen.

*

Marian erwachte von dem Gefühl, dass irgendetwas nicht stimmte. Ihre Augen fühlten sich an wie beißende Schlitze, es roch nach etwas Verbranntem. Rauch? Sie setzte sich auf, stützte sich verwirrt auf die Ellbogen und blickte umher. Dann sprang sie aus dem Bett und warf sich den Morgenmantel über. Es war halb sieben. Die Schranktür war aufgeglitten, aber wie sie feststellte, war die Rückwand intakt. Das Loch war immer noch mit dem schwarzen Klebeband bedeckt. Sie wusste nur allzu gut, dass die Gefühle Pingpong mit ihr spielten. Und sie hatte viel zu viel getrunken. Wieder einmal.

Als sie hinunterkam, war es ungewöhnlich warm und gleichzeitig kalt, als hätte gerade jemand eingeheizt. Die Ofentür stand weit offen. Sie fasste den runden Ofen an, er war warm. Das Fenster an der Anrichte war angelehnt. Sie hatte doch nicht das Fenster geöffnet? Marian schloss es. Sie hatte kein Feuer gemacht, bevor sie gestern schlafen gegangen war. Oder etwa doch?

Es gab keine Anzeichen dafür, dass jemand eingebrochen hatte. Die Tür war verschlossen. Es war niemand hier gewesen.

In ihrer Kehle stieg Panik auf, und als sie den Küchenschrank öffnete, um eine Tasse herauszunehmen, bemerkte sie es sofort; etwas war falsch. Die Gläser standen normalerweise auf der rechten Seite. Die Tassen links. Jetzt standen die Tassen rechts. Sie knallte die Schranktür zu, drehte sich um und lehnte sich an die Anrichte. Eiseskälte kroch ihr die Wirbelsäule hoch. Jetzt sah sie, dass der Stapel mit Papieren verschwunden war. Der auf dem Esstisch gelegen hatte. Auch Annies Zettel. Hatte sie die Papiere verbrannt? Hatte sie Annies Zettel verbrannt? Sie zog die Ofentür noch weiter auf und blickte auf die Asche. Diese Kombination aus Pillen und Gin ... Sie grämte sich über Annies verschwundenen Zettel. Und über die Dokumente. Obwohl das bloß Kopien waren. Jetzt musste sie sich eingestehen, dass etwas mit ihrem Kopf nicht stimmte, die Nerven waren in Ordnung. Sie zog sich schnell an und nahm die Autoschlüssel. Auf dem kleinen Tischchen unter dem Spiegel lag die Aluminiumkugel. Sie scheuchte den Hund hinaus, legte die Kugel in den Türrahmen und schloss die Tür.

Obwohl sie an seine Tür hämmerte, machte der Künstler nicht auf. Sie hatte beschlossen, die Kontrolle aufzugeben und sich von ihm umarmen zu lassen. Aber anscheinend war er nicht da.

Draußen war es wärmer, als sie vermutet hatte. Ein Mann überquerte etwas weiter entfernt die Straße, in der Nähe der Stelle, wo sie geparkt hatte. Er trat mit schnellen Schritten in eine Einfahrt und verschwand. Der Bürgersteig war mit Dreck und trockenem Laub übersät. Sie lief einfach weiter. Bis zum Solli plass, wo sie das ConSenzo betrat und sich einen einsamen Platz in der hintersten Ecke suchte, etwas zu essen und ein Glas Weißwein bestellte. Sie müsste sich eine Alarmanlage anschaffen. Sie dachte an den Hypnotiseur und an den Schmetterling, von dem Elly erzählt hatte. Und an die Waffe.

46

Die Mutter hielt Leo an der Hand und lief die Treppe zur ersten Etage hinauf, zur Abteilung des Regionalen Kompetenzzentrums für Kinder und Jugendliche. Die Wände des abgenutzten Krankenhausgangs waren vergilbt. Es war Donnerstag, der zweiundzwanzigste September. Sie hatten wieder einen Termin bei Doktor Brodahl, sie und Leo. Er trug einen langärmeligen weißen Wollpullover, eine blaue Jacke, Jeans und etwas zu große Joggingschuhe. Ihr Junge. Er hatte zwei Ahornblätter aufgehoben, die auf dem asphaltierten Parkplatz lagen. Aus kurzer Distanz konnte man ein deutliches Muster aus Rippen erkennen. Jetzt gerade betrachtete er es eingehend. Sie spürte Eiseskälte in ihrem Inneren. Sie war hier schon einmal gewesen, allerdings eine Etage tiefer, in der Tagesklinik, am Tag, nachdem ihr Mann herausgefunden hatte, was sein Vater mit Leo getan hatte. Sie hatte einen Zusammenbruch erlitten und war hierher gebracht worden. Die Angestellten hatten ihr empfohlen, mit Doktor Brodahl zu reden, den Sohn mitzunehmen und sich von dem Arzt helfen zu lassen. Jetzt waren sie hier zum dritten Mal und warteten im Gang.

Durch das Fenster sah sie die Spitzen der Ahornbäume im Garten hinter dem Krankenhaus. Die Baumkronen bildeten oberhalb der Fensterbank ein hübsches buntes Muster vor dem grauen Himmel. Die Blätter waren rötlich, orange und knallgrün, reduziert, dünn.

Sie spürte, wie sich die Sehnen in ihrem Hals anspannten. Als ob die Gewissheit von innen auf das Gehirn drückte; Kinder, die sexuellen Übergriffen durch Erwachsene ausgesetzt waren, konnten oft selbst übergriffiges Verhalten entwickeln.

Ihr Leben war wie ein Kartenhaus zusammengefallen. Axel hatte seinen Vater zusammen mit Leo entdeckt, aber der Schwiegervater stritt alles ab, und Beweise gab es nicht. Jetzt sollte der Arzt mit Spezialkompetenz für missbrauchte Kinder versuchen zu helfen. Axel konnte das nicht ertragen, meinte nur, dass alle zusammen versuchen müssten weiterzukommen, dass Ruhe und Frieden für Leo das Beste seien. Sie aber wollte auf die Spezialisten hören. Sie hatten auch die Schule miteinbezogen, bereuten es aber. Leo wurde stigmatisiert. Alles wurde nur schlimmer.

Dan Brodahl hatte graumeliertes Haar, das ihm tief in den Nacken fiel, und er war auf etwas feminine Art korpulent.

Er wirkte erschöpft, sie sah es gleich, aber er war freundlich und hieß sie willkommen. Sie hielt ihn für eine Art Gott, allein sein Anblick beruhigte sie. Sein Sprechzimmer war weiß und nüchtern, abgesehen von ein paar Kinderzeichnungen an der Wand und einem Kittel, der hinter der Tür hing. In einer Plastikdose lagen Schreibzeug und ein scharfer Brieföffner. Sie nahm Leo auf ihren Schoß, drückte für eine Sekunde ihre Lippen auf sein Haar. Ihr Kleiner roch nach Mandeln.

Dan Brodahl schaltete ein kleines Diktiergerät ein. *Der Fall Leo Schavenius*, sagte er, und sie dachte an den Schwiegervater, an den pensionierten Richter am Obersten Gericht. Das Bild des Schwiegervaters wuchs zu einem Troll heran, eine russische, vasenförmige männliche Babuschka-Puppe. Jedes Mal, wenn sie in der Mitte entzweigeteilt wurde, fand man einen neuen, kleineren Mann darin. Sie hörten niemals auf, diese Männer. Wie klein man doch werden konnte, wenn man so groß und fett war.

»Bei Kindern weiß man nie«, begann sie. »Leo hat jetzt Angst vor allen Männern.« Sie sah Doktor Brodahl an. Die Augen des Arztes waren rot unterlaufen. Vermutlich hatte er neue Kontaktlinsen. In einem Raum mit trockener Luft konnten Linsen die Netzhaut schnell reizen. Sie war Optikerin und bemerkte daher, was Augen betraf, das meiste. »Warum sind eigentlich alle Sprechzimmer weiß?«, fragte sie.

»Finden Sie das Weiß unangenehm?« Dan Brodahl blickte sie mit seinen roten Augen an.

»Ja«, sagte sie. »Es ist unangenehm.«

»Und welche Farbe sollte das Zimmer Ihrer Ansicht nach haben?«

»Ich weiß nicht. Gelb vielleicht?«

Sie vermisste ihre Schwiegermutter; nichts Gefährliches konnte geschehen, wenn Leo mit ihr zusammen war. Aber dann war es trotzdem passiert. Ein paarmal war ihr der Gedanke gekommen, dass sie entkommen könnten, Leo aus der Schule nehmen und nach Amerika fliehen, an einen Ort, der Norwegen ähnelte. Aber dort gab es keine Fichten. Maple hieß der Ahorn dort, diese großen, mächtigen Bäume. So ein Baum konnte ein paar Kilo Zucker im Jahr produzieren. Sie brauchten nicht viel, eine Küche, ein Wohnzimmer, ein Schlafzimmer, ein paar neue Freunde, neue Luft und etwas Zucker.

»Oder grün«, sagte Leo und drückte die Ahornblätter in der Hand zusammen.

»Vor ein paar Tagen hat Leo einen Penner gesehen und konnte die ganze Nacht nicht schlafen«, fuhr sie fort. »Er hat jetzt Angst vor allen Männern.«

47

Hallgrim Schavenius musterte die Frau auf der Treppe. Auf dem Kopf trug sie eine Kombination aus Filzhut und Tuch, sie schaute nervös umher und wirkte etwas unpässlich. Für einen Augenblick dachte Hallgrim, dass er vielleicht die Tür schließen sollte. Aber nach allem, was geschehen war, fühlte er sich geschwächt und ließ es bleiben. Er mochte ihre Erscheinung nicht, in dem abgenutzten Mantel und den Schnürstiefeln, doch als sie ihn mit verkniffenem Gesichtsausdruck anstarrte und sagte, sie sei Bevollmächtigte des Sittendezernats und man sei, was seine Person betraf, zu einem positiven Ergebnis gekommen, verspürte er große Erleichterung.

»Das ist gut. Dann kommen Sie doch herein«, sagte er und zog die Tür weiter auf.

Die Behörden hatten also mit ihrer offiziellen Arbeit begonnen, glücklicherweise bevor die Presse irgendetwas in Erfahrung gebracht hatte. Die Frau trug eine Tasche bei sich, die sie vor dem Badezimmer abstellte. Ihre Kopfbedeckung behielt sie auf. Es passte ausgezeichnet, dass Sonja gerade ihren idiotischen Freundinnenclub besuchte. Trotz allem verstand sie nicht, wie es ihm ging, dass er ein einsamer Mensch war. Vorhin war er oben gewesen und hatte die lange Reihe ihrer Kleider betrachtet, im Schrank. Sie war so verwöhnt. Aber immerhin hatte sie es nicht gewagt, sich illoyal zu verhalten.

Er wollte die Frau nicht im Wohnzimmer haben. »Der Oktober steht vor der Tür«, entschuldigte er sich, »und das Haus ist kalt. Kommen Sie mit in die Küche. Möchten Sie nicht ablegen?«

»Ich behalte den Mantel an, ich bleibe nicht lange«, entgegnete sie. »Wann kommt Ihre Frau nach Hause?«

»In einer Stunde«, sagte er.

Die an der Garage neben dem Tor angebrachten Überwachungskameras waren Attrappen. Das war schon lange klar. Wie sollten sie es bloß schaffen, diese Bestie von einem alten Mann hinaus und in den Lieferwagen zu verfrachten? Es musste gehen, er war jetzt allein zu Hause.

»Es sieht wohl so aus, dass Ihr Fall zu den Akten gelegt wird«, wiederholte sie.

»Verständlich. Ich habe ja nichts Schlimmes getan.«

Alle Kopien der Briefe, die er seinem Sohn und seiner Schwiegertochter geschickt hatte, lagen alphabetisch geordnet auf dem Schreibtisch im Wohnzimmer. Nicht einen einzigen hatten sie beantwortet. »Möchten Sie sich einen Augenblick setzen?«

Sie nahm am Küchentisch Platz. Unter dem Mantel hatte sie die Spraydose, im Bund des Rocks, den sie zu diesem Anlass trug. Der Schweiß lief ihr vom Nacken an dem Rücken herunter. Sie vernahm die Stille in dem großen Haus, sah Schavenius' Enkelkind vor sich. Die Kücheneinrichtung war aus schwerem Holz. Vermutlich teuer, aber geschmacklos. Sie warf einen Blick durch das Fenster, in den parkähnlichen Garten mit den alten majestätischen Bäumen. Die altehrwürdige Wohngegend bestand aus großen Häusern in großen Gärten. Der Lieferwagen stand draußen auf der Straße.

Hallgrim Schavenius starrte die Frau an, als sie sagte, sein Enkel sei nicht glaubwürdig, sie hätten ihn auch bei anderen Dingen der Lüge überführt. Ihr Blick war etwas unstet.

»Welche Dinge denn?«, fragte er. »Können Sie mir ein Beispiel nennen?«

»Er hat gesagt, er habe einen Hund«, log sie. Es war wichtig, das Passende zu sagen. Alle Kinder wünschten sich einen Hund, so etwas musste man sich gar nicht erst groß ausdenken. Er durchschaute den Bluff nicht, sondern ging ihr direkt auf den Leim. Er fragte, wie sie noch mal heiße, und sie sagte Inger Andersen. Ein nichtssagender Name. Er würde ohnehin sterben und keine Gelegenheit bekommen, mit jemandem zu reden.

Das Gespräch verstummte. Sie musste jetzt langsam loslegen. Doch er setzte seine feierliche Erklärung fort. »Ich bin ein altmodischer Herr, der Gesetz und Ordnung mag.« Er sagte es beinahe scherzhaft, aber nichts an dieser Situation war lustig. Seine kräftigen Kiefer zitterten. »Weder meine Frau noch ich hatten Kontakt zu unserem Sohn und unserer Schwiegertochter, seit sie diese schrecklichen Lügen in Umlauf gebracht haben. Meine Arbeit als Richter hat mich allerdings Demut gelehrt«, fuhr Hallgrim Schavenius fort, »ich habe so einige Banditen verurteilt. Zweimal bin aufgrund meines Berufs bedroht und verfolgt worden. Ich kenne das innerste Wesen der Verbrecher. Benehmen ist offenbar etwas, das nicht mehr zählt. Die Anwälte von heute kennen keinen Stolz. Sie kennen keine Scham und verteidigen wen auch immer, Terroristen und anderes Pack. Ich kann es nicht fassen.«

Er legte seine fette Hand auf den Tisch. Sie sah, dass seine Handflächen schwitzen. Der Schweiß übertrug sich auf die Tischplatte.

Seine schweren Augen leuchteten blau unter den buschigen Brauen.

»Entschuldigung«, sagte sie und sah zerstreut auf ihre Uhr. »Dürfte ich mal die Toilette benutzen?«

Im Bad zog sie den Rock aus, nahm die Kopfbedeckung ab und stopfte alles zusammen in die Tasche. Eine Verbandrolle kullerte heraus. Dann zog sie sich andere Kleidung an, damit sie niemand, der sie hatte hineingehen sehen, wiedererkennen könnte. Sie richtete den Blick auf das Glasregal mit Flakons und Parfümflaschen, eine davon hatte eine kleine Ballonpumpe, und an einem Haken hing ein japanischer Kimono. Sie nahm ihr Telefon und schickte eine SMS an den Wagen vor der Tür. *Komm in genau zwei Minuten rein.* Dann ging sie hinaus, ließ die Tasche auf den Boden fallen, öffnete die Haustür einen Spalt und hielt die Spraydose hinter dem Rücken bereit.

Als sie zurück in die Küche kam, standen zwei Gläser Wasser auf dem Tisch.

Der Richter a. D. am Obersten Gericht blickte sie verwundert an. Sein Gesichtsausdruck nahm einen primitiven Zug an. »Weswegen sind Sie *eigentlich* hier?«, fragte er. »Ich habe plötzlich das Gefühl, dass Sie mich verachten. Sie sind nicht die, für die Sie sich ausgeben.«

*

Obwohl sie sich ausgeruht fühlte, arbeitete Marian wieder von zu Hause aus. Es war ein ungewohntes Gefühl, sie hatte keine Schmerzen. Vielleicht sollte sie mehr schlafen? Ausruhen und auf den Körper hören. Es ruhig angehen lassen.

Sie ging hinunter, nahm sich ein paar Holzscheite aus dem Stapel an der Hauswand und machte Feuer im Ofen. Dann holte sie Brot und Aufschnitt hervor. Machte sich zwei Butterbrote und aß im Stehen. Sie hatte einen Tipp wegen der Ameisen bekommen, Mehl vermischt mit Puderzucker. Ameisen starben, wenn sie Mehl zu sich nahmen. Sie hinterließ ein paar kleine Häufchen hier und da auf dem Fußboden. Fun-Light-Saft sollte auch helfen, wie sie irgendwo gelesen hatte. Sie sollte das kaufen. Die Süßstoffe waren reines Gift für Ameisen. Das sagte ja so einiges darüber aus, wie ungesund diese künstlichen Zusatzstoffe waren, auch für Menschen.

Fast sofort kam eine angekrochen, aber Birka war schneller. In wenigen Sekunden hatte sie den Mehlhaufen aufgeleckt. Marian zertrat die Ameise, hob sie mit einem Papierstückchen auf und spülte sie den Abfluss hinunter. Allein der Gedanke, dass sie in der Staubsaugertüte vielleicht weiter herumkrabbelten, verursachte ihr Übelkeit. Am Morgen hatte sie einige weggesaugt. Hatte versucht sie zu zählen; es waren nicht Hunderte, wie sie sich eingebildet hatte, sondern etwa fünfzehn.

Die Königin konnte bis zu 39 Tage leben und 4500 Eier legen. Sie fraßen alles, hatten aber einen besonderen Hang zu Süßigkeiten und proteinreicher Nahrung. Die Pharaoameisen konnten Krankheiten mit sich herumschleppen. Sie gaben einander Signale, lotsten die Truppe dorthin, wo etwas Essbares zu finden war.

Jetzt waren ihr auch noch die Staubsaugertüten ausgegangen. Konnte dieses verflixte Ungeziefer die Gefahr womöglich telepathisch wahrnehmen? Falls ja, dann wussten sie jetzt, dass die Bahn frei war.

Tønnesen rief an. »Ich bin auf dem Weg zu dir runter. Bist du im Büro?« Sein deutlicher Arendal-Akzent klang wie ein Singsang durch das Handy.

»Ich arbeite heute auch von zu Hause aus. Ich brauche Ruhe und muss mir die Dokumente sorgfältig durchlesen. Die Lösung liegt womöglich in den Details. Aber damit kennst du dich ja aus. Lass uns jetzt Wochenende machen. Kannst du nicht am Montag runterkommen?« Sie hätte ihm sagen sollen, dass sie sich verfolgt fühlte. Vielleicht könnte er ihr ja helfen. Ohne dass Cato davon erfuhr. Mit Tønnesen zusammenzuarbeiten war völlig okay, eigentlich sehr gut. Er erinnerte sie daran, warum sie überhaupt Polizistin geworden war.

»Aftenposten hat sich gemeldet, die wollen ein Update. Die haben bestimmt auch Annie Ormberg Johansen angerufen. Kannst du mal mit denen reden?«

»Die sollen jetzt nicht mit Annie reden. Das ist viel zu viel für sie. Hast du gesagt, dass die sie anrufen können?«

»Nein. Aber es ist doch gut, wenn sie über die Sache schreiben. Je mehr in der Zeitung steht, desto mehr Tipps bekommen wir. Wir werden diesen Fall lösen, Marian. Du und ich.«

»*Ich* halte mich raus aus den Medien. Das hab ich klar und

deutlich gesagt. Sonst kommt wieder dieser ganze Mist mit meiner Gesichtsverletzung.«

»Okay, dann übernehme ich das. Hab ich ja versprochen. Aber viel spannende Neuigkeiten können wir den sowieso nicht bieten.«

Vier Stunden später, als es dunkel geworden war, hörte sie ein plumpsendes Geräusch von oben. Als sei ein Vogel in den Turm geflogen. Aber Vögel flogen bei Dunkelheit nicht in Fenster hinein. Die Bäume spiegelten sich nur tagsüber in den Scheiben.

War das Geräusch vom Kriechboden gekommen, hinter dem Schrank? Vorsichtig kletterte sie die Stahlleiter hinauf, kniete sich vor den Schrank, öffnete und horchte. Nur Stille. Nichts als Stille. Zwei Stunden später zog sie sich aus und ging ins Bett. Sie beschloss zu schlafen. Und dann schlief sie.

48

Die Augen waren tief in die Höhlen eingesunken, das Bulldoggengesicht war lila. Er lag auf dem grünen Teppich, der von burgunderrotem Blut ganz feucht war. Eine winzige Bewegung oberhalb der Lippen verriet, dass er nicht tot war. Noch nicht. Einige waren zäh, einige klammerten sich ans Leben, ungeachtet dessen, was man ihnen antat; der Oberste Richter a. D. war so einer. Die nackte Gestalt erinnerte wirklich an einen Wal. Die viel zu dünnen Beine waren blutverschmiert und gespreizt, der weiße Bauch ähnelte dem eines Meeressäugers. Sein Rektum war aufgerissen. Er lag da mit gefesselten Händen. Sie richtete den Blick auf seine Füße, die Zehennägel waren braun und eingewachsen. Die ganze Erscheinung war widerlich, nichts anderes; seine Schreie waren so durchdringend gewesen, dass der Bruder die Musik auf volle Lautstärke hatte drehen müssen. Dieser Mann hatte ein unschuldiges Kind besudelt. Allein hier zu stehen und auf ihn hinabzusehen war eine Genugtuung. Der hässliche Gedanke hatte allerdings mit dem Sonntagsgefühl in der Kindheit zu tun, mit den bis weit in den Tag hinein geschlossenen Vorhängen. Alle drei Kinder hätten die Sonntagsschule besuchen sollen, schafften es aber nie dorthin, weil die Sonntagsschule genau um elf Uhr begann. Und sie mussten fahren. Und die Mutter hatte keinen Führerschein. Und der Vater schlief.

Nach der Folter hatten sie ein Kissen auf sein Gesicht gedrückt. Eine Weile hatte er dagegen angekämpft, aber schließlich waren seine Schreie im Kissen erstickt. Ein Zittern hatte den weißen Körper durchzuckt, dann waren seine Fußsohlen zur Seite gekippt, und er war ganz still liegen geblieben. Diesen Augenblick würden sie natürlich niemals vergessen. Aber er war trotzdem nicht tot. Er lag auf dem grünen Teppich und lebte. In der Offenbarung, Kapitel 2, Vers 13 stand: *Und du hältst meinen Namen fest und hast den Glauben an mich nicht verleugnet, auch in den Tagen des Antipas, meines treuen Zeugen, der bei euch, wo der Satan wohnt, ermordet worden ist.*

Wenn sie nicht so ängstlich gewesen wäre, hätte sie aus diesem Steinhaus türmen können, weg von dem Bösen, das darüber schwebte. Die Zeit würde kommen. Bald.

Die Mutter rief von unten. Auch sie hatte schmerzende und entzündete äußere Verletzungen, die ihr aber nicht absichtlich zugefügt worden waren. Dafür hatten Alter und das Leben selbst gesorgt. Zu ihren inneren Verletzungen hatte sie nie Stellung bezogen; sie lebte völlig sorglos, in einem Bett mit Ausblick auf die Werkstatt. Als der Wagen mit Andreas gekommen war, hatte sie sich gefreut. Sie vermisse Kinder im Haus, hatte sie gesagt. Wie in den alten Tagen, als alles so schön war.

Andreas war der Erste, den sie geholt hatten, er wollte immer *der Erste* sein. Lange hatten sie ihn bei sich behalten. Am Ende waren die Gedanken an seine Untaten fast ausgelöscht. Sie hatte angefangen, ihn zu mögen, ein gefährliches Gefühl. Ein feminines Gefühl. Das sie nicht laut aussprechen konnte. Am besten war es, sie alle schnell wieder loszuwerden, darüber hatten sie sich geeinigt. Wäre sie nicht so ängstlich gewesen, hätte sie bei allem niemals mitgemacht.

*

Annie warf die Ausgabe von Aftenposten auf den Küchentisch. Auf der ganzen Titelseite vom Montag prangte die Überschrift *OBERSTER RICHTER HALLGRIM SCHAVENIUS ENTFÜHRT!* Ihr Magen zog sich zu einem Knoten zusammen. Ein Nachbar hatte gesehen, wie er vor vier Tagen von jemandem in Motorraddress zu einem dunklen Wagen geführt worden war. Er habe etwas mitgenommen gewirkt. Annie rannte auf die Treppe hinaus. Die Morgensonne tauchte den Nachbarblock von der Mitte und weiter nach oben in einen Goldton. Sie ging wieder hinein. Wählte Marian Dahles Nummer, aber deren Handy war ausgeschaltet. Sie hatte das Gefühl, sich bald aufzulösen. Und dass Marian Dahle log. Sie wusste nicht wieso, doch da war irgendwas, das nicht stimmte.

Dann entdeckte sie den Artikel über Thona, ganz unten auf der Seite: *Kein Fortschritt im Fall Thona.* Sie hatten ein anderes Bild von ihr verwendet, eines, auf dem sie der Kamera halbwegs den Rücken zukehrte. Annie wusste noch, wann das Bild aufgenommen worden war, als sei es gestern gewesen. Sie waren in einer Ferienhütte, und Thona saß draußen im Schnee. Trockene Halme ragten aus der Schneedecke hervor. Ihre Tochter drehte den Kopf nach hinten und schaute in die Kameralinse. Mit einem spitzbübischen Blick. Dann klickte es in dem Apparat, und die Aufnahme war für ewige Zeiten gebannt. Nachdem das Bild geschossen war, hatte sie sich unmöglich aufgeführt, weil sie nicht Ski fahren wollte. Thona war den ganzen Tag schlechter Laune gewesen. Annie las den Artikel: *Eine Polizeiquelle äußert, dieser Fall sei besonders schwierig, weil keine Leiche gefunden wurde, betont aber, dass die Polizei nicht unbedingt davon abhängig sei, diese zu finden. Wir hoffen und glauben, dass die Öffentlichkeit wachsam ist, dass jemand sich noch erinnern kann, etwas gesehen zu haben, ein Auto, eine Person, die sich ungewöhnlich benommen hat. Die Eltern des vermissten Mädchens sind absolut sicher, dass sie entführt wurde. Der Vater lebt übrigens im Ausland.*

*

Da der Hund heute zu Hause bleiben musste, ließ Marian Birka im Garten Gassi gehen. Als sie zur Wohnung des Künstlers hochsah, wünschte sie sich, dass er auf die Veranda herauskäme. Aber die Vorhänge waren weiterhin zugezogen.

Die alte Frau war ebenfalls nicht zu sehen. Ob sie sich vielleicht hinter einer ihrer Pflanzen versteckte? Im Sommer spiegelten sich Bäume und Blätter in den Fenstern. In diesem Sommer waren hier Schwalben gewesen. Marian hatte gar nicht gewusst, dass es mitten in Oslo Schwalben gab. Sie hatten in den Nestern unter dem Dachfirst gezwitschert und sich dann in weiten Bögen zum Hof hinunterfallen lassen. Waren in kleinen Gruppen hierhin und dorthin gesegelt, bevor sie sich wieder in die Höhe erhoben hatten. Aber jetzt waren sie fort. Im nächsten Sommer würde sie mit einem Kaffee nach unten gehen und sich auf die Bank setzen. Den Ort ein wenig genießen.

Sie zog ihr Handy hervor und rief die Online-Ausgabe von VG auf. Hallgrim Schavenius, ehemals Richter am Obersten Gerichtshof, wurde vermisst. Mehrere Hinweise waren eingegangen. Ein Nachbar hatte gesehen, dass er zu einem dunklen Wagen geführt worden war. Er habe etwas mitgenommen gewirkt. Ein paar Sekunden vergingen, bevor sich die Angst wie eine Klaue um ihr Herz krallte. Der Schock war so stark, dass sie kaum atmen konnte. Annies Zettel mit den vier Namen: Glenn Haug, Andreas Lindeberg, Gustav Joner, die letzten beiden inzwischen tot. Und jetzt also Schavenius. Worum zum Teufel ging es hier? War Annie irgendwie involviert, und wenn ja, wieso? Drehte es sich hier um ein Netzwerk von Männern, die Kinder missbrauchten? Eines war allerdings klar: Marian hatte wichtige Informationen zurückgehalten. Sie hätte den Zettel Cato geben müssen. Nun hatte sie womöglich den Tod eines Mannes verursacht. Denn es lag auf der Hand, dass er gefoltert und ermordet aufgefunden werden würde, dieser Oberste Richter a. D. Aber jetzt war dieser handgeschriebene Zettel verbrannt. Wenn sie Cato jetzt von dem Zettel erzählte, würde sie ihre Zulassung und den Cold-Case-Job verlieren. Und Farhi Salman – allein der Gedanke an ihn ließ sie schaudern.

Sie ging in ihre Wohnung und las den Artikel weiter. Schavenius habe etwas mitgenommen gewirkt, hatte der Nachbar ausgesagt. Jedenfalls habe er zwei Typen in Leder beobachtet. Und der Wagen sei weggefahren. Die Frau des Richters konnte VG berichten, dass auch sie in der Zeit vor der Entführung ihres Mannes zwei Männer auf Motorrädern vor dem Tor beobachtet habe. Die Motorradfahrer hätten Integralhelme und Lederkluft getragen, die Motorräder seien dunkel gewesen, zum Fabrikat konnte sie nichts sagen. Sie seien mehrmals langsam die Straße hinauf- und hinuntergefahren; das war kurz bevor Schavenius entführt wurde. Eines Nachts hätten sie auch in der Einfahrt gestanden. Die Polizei lege großen Wert auf diese Information und werde nun die Fahndung einleiten, schloss der Artikel.

Marian loggte sich ins Polizeiarchiv ein und suchte erneut nach Schavenius. Aber es war nichts zu finden. Sie hätte diesen Job niemals annehmen dürfen. Es war noch zu früh. Die Angst rollte wie eine schwarze Woge immer näher; sie musste sich von allen Menschen fernhalten, ehe sie sich selbst immer mehr verlor. Und alles wurde gefährlich! Im Sommer hatte sie sich wegen der Narbe nicht in der Sonne aufhalten können. Sie litt an Vitamin-D-Mangel. Das konnte sich auf die Psyche auswirken. Sie hatte sich *zu weit vorgewagt*. Wieder einmal. All diese verfluchten Männer. Gerade jetzt brauchte sie einen Mann; Tønnesen, Cato oder den Künstler. Konnte einer von denen ihr nicht *helfen*?

Sie trat in den Flur und sah sich wieder in dem alten Spiegel. Stand da im Halbdunkel. Zog den Pullover hoch und betrachtete ihre kleinen Brüste. Die Brustwarzen waren weich und braun.

Mit festem Griff zog sie den Pullover wieder herunter. Myrtel Haug und Annie Ormberg Johansen. Wer waren die eigentlich? Der Zettel, den Annie ihr gebracht hatte, *war* echt. Vielleicht war Annie ja gar nicht verlogen? Sie wählte ihre Nummer, aber Annie ging nicht ran. Kurz danach rief Annie sie zurück.

Ihre Stimme war dünn. »Das ist ja völlig irrsinnig, das mit Schavenius.«

»Ja«, sagte Marian und lief im Wohnzimmer hin und her. »Sie dürfen kein Wort über den Zettel verlieren.«

»Aber ihr habt ihn doch wohl gewarnt?«

»Es gibt Dinge, die ich Ihnen nicht erzählen kann«, log Marian.

»Das macht mich total fertig. In Aftenposten steht auch was über Thona. Ich kann diese Zeitungsartikel nicht ertragen. Keiner versteht, wie sehr ich mich ängstige.«

»Ich verstehe es«, sagte Marian abwesend und nahm die Autoschlüssel vom Tisch.

»Natürlich verstehen Sie es«, erwiderte Annie.

Marian ignorierte die bittere Ironie in der Stimme der anderen.

»Fanny hat gefragt, ob ich mit nach Spanien komme. Dan ist auch sehr fürsorglich. Und Margrethe ist lieb. Aber manchmal ist mir das Mitgefühl zu viel. In gewisser Weise ist Empathie die schlimmste Form von Egoismus. Was glauben Sie, Marian, wann ist das vorbei?«

»Ich weiß nicht. Wir tun, was wir können, aber es kann dauern. Ich glaube, Sie sollten versuchen, sich etwas zu entspannen.«

»Dann zeigen Sie mir, wie ich mich entspannen soll. Bitte kommen Sie her und zeigen Sie es mir! Ich brauche Ihre Art von Empathie«, schrie Annie in den Hörer. »Ich bin völlig Ihrer Ansicht, was Psychologen angeht. Therapie hilft nicht, sondern kann die Dinge nur noch viel schlimmer machen.«

»Wir bekommen bald Antworten aus Australien.«

»Welche Antworten?« Annies Stimme klang jetzt tief, fast wie ein Knurren. Marian spürte Übelkeit in ihrer Kehle aufsteigen.

»Sie müssen kommen.« Annies Stimme brach abermals.

Marian bekam es mit der Angst zu tun. »Ich komme«, sagte sie und schlüpfte in ihre Jacke. Birka sah sie an. »Du bleibst hier«, sagte Marian und ging zur Tür.

49

Es war die Nacht auf den ersten Oktober. Der Wagen rollte wieder langsam über den Kiesweg und dann auf die Straße in Richtung Varåa. Er war schließlich gestorben, der Richter am Obersten Gericht. Jetzt lag er ganz reglos hinten im Wagen. Der Bruder saß am Steuer. Hohe verwelkte Halme, die in weiten Bögen entlang des Straßengrabens wuchsen, wurden von den Straßenlaternen beleuchtet. Ein paar Ackerfurchen waren als braunschwarze Linie erkennbar und verschwanden nach ein paar Metern in der Dunkelheit. Keine Sterne am Himmel. Erinnerungsbilder traten im Gehirn hervor, seltsame, schmerzhafte Dinge. Sie redeten nicht, die Musik sprach für sich. Die Gedanken an die Kindheit riefen immer noch den Ölgeruch vom Arbeitsoverall des Vaters ins Bewusstsein. Seine großen Hände hatten zärtlich über die Autos gestrichen. Er liebte Autos. Und die Art, wie er sein glattes Haar nach hinten schob, als sei er ein Rock-Star.

Das Hochhaus mit dem Gerüst lag gleich neben dem alten MC-Lokal in Dælenenga, ein paar hundert Meter von dem Parkplatz entfernt, wo sie Joner abgeladen hatten. Sie kannten die Gegend gut, hatten einige Touren hierher gemacht. Der Bruder sagte, die Polizei könnte niemals auf den Gedanken kommen, dass sie in derselben Gegend noch eine Leiche abladen würden. So musste man denken, er war genial.

Tagsüber wimmelte es in den verschiedenen Etagen des Neubaus nur so von Handwerkern: Vorarbeiter, Männer mit Helmen und ein paar Frauen. Das Problem bestand darin, in der Nacht dort hineinzukommen. Das Gelände war von einem hohen Maschendrahtzaun umgeben, mit einem verschlossenen Tor, damit Polen, Litauer, Esten und anderes Pack nicht hineinkommen und Material stehlen könnten. Doch in den letzten Tagen war das Tor bloß angelehnt gewesen. Genauso wie jetzt. Überwachungskameras gab es nicht. Das hatten sie natürlich überprüft. Der Bruder fuhr rückwärts hinter den Bau. Schavenius hatte keinen Puls. Sie zogen den schweren Körper heraus, es dauerte eine Weile, die Leiche in eine Senke zwischen zwei Grundmauern hinunterzurollen. In seinem Hals ertönte ein glucksendes Geräusch. Das passierte wohl so bei toten Menschen? Sie deckten ihn mit Steinen zu. Die Arbeiter würden die Senke am Montag mit Zement auffüllen, bis dahin waren es noch zwei Tage. Am Wochenende kam niemand hierher. Der Oberste Richter war verschwunden, für immer und ewig. Die Erde würde sich unverändert weiterdrehen.

»Dann fahren wir jetzt nach Hause«, sagte der Bruder.

*

Marian saß in ihrem Büro. Sie war schrecklich müde. Hatte, in eine Decke gewickelt, die ganze Nacht auf dem Sofa gelegen. Die Tage flossen ineinander, wurden zu Brei. Auf dem Kalender stand Oktober. Sie hatte darauf bestanden, dass Annie nichts über den Zettel erzählte, das sei wichtig. Hatte hinzugefügt, die Polizei habe alles unter Kontrolle. Und Annie glaubte ihr.

Sie legte die Hände auf die Tischplatte und stützte sich mit der Stirn auf ihnen ab. Der Gedanke an Annies Zettel war irrsinnig. Er existierte nicht mehr. Und dass Farhi Salman hinter ihr hergewesen war, als sie damals von der Spezialeinheit unter die Lupe genommen wurde, nachdem sie das Haus von dem Kollegen geerbt hatte, das bekam sie auch nicht aus dem Kopf. Einmal hatte sie einen anderen Fall untersucht: eine vermisste Frau, aber anders als im Thona-Fall hatte die Frau ein blutverschmiertes Kleid hinterlassen. Marian hatte das Kleid mit nach Hause genommen. Es war streng verboten, physische Beweismittel aus dem Polizeigebäude zu entfernen. Von allen verrückten Sachen, die sie je getan hatte, war das vielleicht die verrückteste gewesen, das Kleid mit nach Hause zu nehmen und das von einer toten Person stammende Beweismaterial anzuziehen. Sie hatte sich in dem Spiegel angestarrt, während sie das rote Kleid über den Kopf zog. Es roch nach nichts und hatte einen doppelten Saum um das Bruststück. An einer Seite war es aufgerissen gewesen, bis hoch zur Taille. Reste des braunen, getrockneten Blutes waren zerbröckelt und auf ihre nackten Füße heruntergerieselt. Sie hatte keinerlei Scham empfunden, nur eine tiefe, intensive Trauer. Und Ruhe. Denn in diesem Augenblick war sie eins mit der Frau, mit ihr, die vermisst wurde. Und als sie den Fall einige Wochen später löste, war es, als wäre dieser Augenblick, in dem sie in dem Kleid dagestanden hatte, jenseits von Zeit und Definition gewesen und hätte ihr Bewusstsein geschärft; so löste sie den Fall. Und damals hatte sie gedacht, was sie auch heute dachte: Wenn die Dinge so einfach sind, dass die Polizei sie nicht erkennt, dann ist man genial.

Einen Augenblick schlief sie ein und träumte sofort von dem Feuer. Sie hörte die pfeifende Ofentür, das Geräusch verdichtete sich in ihrem Kopf zu einem dunklen Lied. Durch das Glas hörte sie die gedämpften Geräusche der Hitze, die daraufhin in einem orangefarbenen Gebrüll explodierte. Der Zettel wurde von den Flammen verschlungen, rollte sich an den Rändern zusammen, bevor die Schrift völlig verschwand. Genau wie sie; nur noch Asche und Knochenreste waren übrig.

Jäh erwachte sie, schlug mit den Händen um sich, um die Flammen zu verscheuchen, ihr Atem ging schnell.

Als Marian aufblickte, stand Tønnesen in der Tür und sah sie besorgt an.

»Alles in Ordnung?«

»Natürlich«, sagte sie. »Ich habe geschlafen, ich bin so müde. Komm rein.«

»Was hast du denn geträumt?«

»Flammen. Du weißt ja …« Sie machte eine hilflose Handbewegung, und er setzte sich.

»Ich habe eben das Ergebnis der DNA-Proben per Mail von der Kripo bekommen«, sagte er.

»Schon? Ich dachte, das würde dauern.«

Er fuhr sich mit der Hand übers Kinn. »Die haben die Proben aus Australien trotzdem schnell analysiert, zwischen anderen Sachen. Ich habe die Mail ausgedruckt.« Er schob ihr den Bogen zu.

Sie guckte darauf.

»Natürlich ist keines der Mädchen Thona«, sagte Tønnesen.

»Natürlich nicht«, sagte sie.

»Und John Johansen ist Thonas Vater«, fügte er hinzu.

»Natürlich«, sagte sie.

*

Im Laufe des Abends, während Marian zu Hause im Wohnzimmer saß, kam es in den Nachrichten zum großen Knall: Der ehemalige Richter am Obersten Gericht war auf einer Baustelle gefunden worden, mit den gleichen, vermutlich von Folter herrührenden Verletzungen, die auch Gustav Joner gehabt hatte. Aber Schavenius war nicht tot. Ein paar Kinder hatten ein Geräusch aus einer abseits liegenden Grube gehört und den schwer verletzten Richter gefunden. Er lag unter einem Haufen Steine; sie hatten zunächst gedacht, es sei eine Katze oder ein anderes Tier. Sie hatten auf der Straße ein Taxi angehalten, der Taxifahrer war mitgegangen und hatte die Steine entfernt, unter denen Schavenius lag. Dann hatten sie die Polizei verständigt. Die Medien liefen nahezu Amok angesichts der grotesken Details und spekulierten über die Ähnlichkeiten zwischen den Fällen Joner und Schavenius. Es sei sehr auffällig, dass in so kurzen Abstand zwei Männer verschwunden waren, die beide die gleichen Verletzungen davongetragen hatten.

Marians Herz schlug so schnell, als ob sie gerannt wäre. Wie manisch lief sie im Zimmer umher. Die Gewissheit brannte wie Feuer in ihr. Sie hätte dem Ganzen zuvorkommen können, wenn sie Cato über Annies Zettel informiert hätte. Sie rief ihn an, er ging an den Apparat. Sie wusste nicht, was sie sagen sollte, hörte die Stimmen der anderen Kollegen, sie mussten im selben Raum sein. Cato sagte, er könne jetzt nicht mit ihr reden, fügte aber hinzu, dass sie einen Zusammenhang sähen, dass sie glaubten, Gustav Joner sei von derselben Person getötet worden, denn der Modus war derselbe. Schavenius sei ebenfalls auf grausamste Art gefoltert worden. Man habe ihn ins Krankenhaus Ullevål gebracht. Cato sollte jetzt vor dem Polizeigebäude interviewt werden.

50

Er stand etwas weiter oben in der Straße und sah sie hinter den Fenstern im Drachenhaus. Auch im Turm war Licht. Sie war hin und her gelaufen und hatte dabei telefoniert. Jetzt tat sie es nicht mehr. Der Himmel war schwarz und von Sternen zusammengenäht. Er schaute hinauf zu ihren Fenstern. Jetzt trat sie an das rechte, an der Anrichte, und sah in die Dunkelheit hinaus. Es war deutlich zu erkennen, dass sie unruhig war. Sie ähnelte einer Puppe, hatte etwas Steifes und Unnatürliches an sich. In den blattlosen Baumkronen rauschte es schwach. Er hatte genügend Zeit oder vielleicht auch nicht. Nein, er hatte nicht genügend Zeit. Er war ihr in den letzten Tagen gefolgt, war sogar im Eingangsbereich des Polizeigebäudes gewesen, hatte sich dann aber umgedreht und war wieder gegangen, hatte nicht gewagt zu fragen, wo sie saß. Er nahm sein Handy aus der Tasche, warf einen Blick darauf und steckte es wieder ein. Ein paar herbstliche Blätter klebten auf dem Gehsteig. Er musste etwas Unerwartetes tun. Er folgte einem Plan, der eigentlich keiner war. Marian Dahle musste sterben. Am liebsten wäre er bloß weggelaufen, weit weg. Er stellte den Fuß auf die glitschigen Blätter und versuchte, sie mit der Schuhspitze wegzukratzen, dann fischte er den Schlüssel aus der Hosentasche. Die alte Frau hatte ihm den Schlüssel gegeben. Das Metall glänzte im Schein der Straßenbeleuchtung.

*

Eine Katastrophe war eingetreten. Schavenius war nicht tot. Ein paar Kinder hatten unerlaubt auf einer Baustelle gespielt und Geräusche gehört, sie hatten gedacht, es sei eine Katze. Dann hatten sie ihn gefunden, lebend. Jetzt waren überall Bilder von diesen verdammten Kindern, in allen TV-Kanälen und Online-Zeitungen. Schavenius habe kaum einen Puls gehabt, als der Notarztwagen eintraf, stand da. Aber er war groß und fett, sein Körper gab wohl nicht so schnell auf. Der graue Wal wurde nun ins Ullevål Krankenhaus verfrachtet. Wenn Schavenius aus dem Koma erwachte, würde alles vorbei sein. Er würde von den Folterwerkzeugen erzählen und von ihnen. Er würde das Steinhaus beschreiben können, das nicht allzu weit vor der Stadt lag, in Richtung Gardermoen. Soviel hatte er bestimmt mitbekommen, obwohl er achtundsiebzig und geschwächt war. Aber er hatte am Obersten Gericht gearbeitet. War daran gewöhnt, sich an Details zu erinnern. Oslo war eine kleine Stadt mit großen Waldgebieten in der Nähe. Er hatte ihre Gesichter gesehen. War im Haus gewesen. Hatte die Werkstatt gesehen. Die Mutter im Glaskasten. Wenn er erwachte, wie lange würde es dann wohl dauern, bis die Polizei das Haus im Stormørkvei ausfindig machte? Und das Zimmer mit dem Thron!

*

Marian legte die Stirn an das Fenster, ließ sie an der Glasscheibe ruhen. Die Scheibe roch nach Glas. Eine Zeitlang starrte sie in die Dunkelheit, in das Nichts. Alles zog sich jetzt zu. Wie konnte jemand nur so extrem grausame Handlungen begehen?

Sie ging zum Tisch und stellte den iPad aufs Stativ. Krieg handelte von Feinden, von Schmerzen und von Mord. Sie googelte Feinde: Wurde ein Mord als gerechtfertigt betrachtet, gab es keine Aktivität in dem Teil des Gehirns, der mit Schuldgefühlen verbunden war. Sie setzte sich, googelte Schuld und fand sofort, was sie suchte. Tønnesen war dafür wohl der Experte. Forscher an einer Universität in Melbourne hatten Versuchspersonen das Computerspiel Counter Strike ansehen lassen. Das Spiel war so aufgebaut, dass man sich vorstellen konnte, ein Mörder zu sein, der Feinde oder Zivilisten erschoss. Die Forscher maßen die Hirnaktivitäten der Probanden mithilfe eines MRT-Scanners. Töteten die Spieler Zivilisten, stieg die Aktivität im vorderen Teil des Gehirns, im so genannten orbifrontalen Cortex, wo Gefühle, Belohnungen und moralische Entscheidungen kontrolliert werden. Die Personen fühlten Schuld, sogenannte ungerechtfertigte Schuldgefühle. Töteten sie hingegen Feinde, zeigte die Untersuchung, dass der Teil des Gehirns, der mit der Ausübung von Gewalt gegen andere assoziiert wird, nicht aktiv war, das Töten wurde als gerechtfertigt erlebt. Marian beendete die Suche. Diejenigen, die diese Männer gefoltert und getötet hatten, betrachteten sie als ihre Feinde oder als Müll. Es reizte sie, dieses Thema mit Tønnesen zu erörtern, aber das konnte sie nicht tun. Sie hatte mit der Ermittlung ja nichts zu schaffen. Die Folter, der Joner und Schavenius ausgesetzt waren, hatte mit Strafe zu tun. Vier Männer standen auf dieser Liste; Glenn Haug war immer noch frei. Oder etwa nicht? Konnten ihn die Folterer geschnappt haben? Konnte sie ihn deswegen nicht aufspüren? Andreas Lindeberg wurde immer noch vermisst, Joner war ermordet worden, und Schavenius lag mit lebensgefährlichen Verletzungen im Krankenhaus.

51

Das Krankenhaus Ullevål bestand nicht nur aus dem auffälligen Hauptgebäude aus rotem Ziegelstein und mit dem klassischen Glockenturm, sondern aus einer Vielzahl von Gebäuden. Angesichts der Verletzungen, die der Oberste Richter davongetragen hatte, lag er vermutlich in der chirurgischen Intensivstation, die sich in der zweiten Etage befand, über der Notaufnahme. Vor dem Eingang standen Patienten und rauchten. Einer hatte den Arm in einer Schlinge. Das Nikotin brannte in ihren Nasenlöchern. Drinnen wurde die kalte und rauchige Luft von klinischer Wärme abgelöst. Sie bewegte sich wie ein Roboter. Es war acht Uhr morgens. Im Internet hatte gestanden, dass Schavenius immer noch im Koma lag.

Im Eingangsbereich gab es einen verschließbaren Wickelraum. Dahin ging sie. Es gab da drinnen ein Mikrowellengerät und Sitzgelegenheiten. Alles war passend für Kinder gemacht. Sie rollte ihren Mantel zusammen und versteckte ihn hinter einem Windelcontainer. Die Neonröhre an der Decke ging ein paarmal aus und an. Von zu Hause hatte sie einen weißen Kittel mitgebracht. Der war so weit, dass sie die Spraydose im Hosenbund tragen konnte, ohne dass jemand sie sehen würde. Sie zog sich eine blaue Haube über den Kopf, so eine, die aussah wie eine Operationshaube; all das tat sie für sie alle. Der Plan war, sich jemandem anzuschließen, der mit dem Personalaufzug hochfuhr. Alle Besucher, die den normalen Aufzug nahmen, wurden angehalten, ehe sie zu ihren Angehörigen gehen konnten. Sie war hier schon einmal gewesen, vor zwei Jahren, als die Mutter sehr krank war. Routinierte Boxer verloren während eines Kampfes mehrmals das Bewusstsein. Genauso fühlte sie sich jetzt. Sie war in einer Grenzregion, in der alles möglich war. Ohne Furcht in einer Zirkusmanege. Sie dachte an den Begriff Omnipotenz, Wahnsinn, die maskuline Bosheit und das Gefühl der Genugtuung. Sie brauchte nur mit dem Aufzug hochzufahren und Schavenius zu suchen, aber sie benötigte eine echte ID-Karte, die sie durch den Scanner ziehen könnte. Die Karte um ihren Hals war lediglich Staffage. Die hatte sie in einem Kasten neben dem Kopierpapier gefunden. Da lag so viel Zeug drin, Farbpatronen, alte Schreiber und Pinzetten.

Nach einigen vergeblichen Fahrten rauf und runter mit dem Personalaufzug kamen schließlich zwei schwatzende Krankenpfleger, die in die richtige Etage wollten. Der eine zog seine Karte durch den Scanner und drückte auf 3. Sie spürte den Schwung des Aufzugs, die verdichtete Luft. Das grelle Licht ließ die Gesichter der Krankenpfleger ungesund aussehen. Auch das Wayne-Barton-Messer steckte unter dem Kittel, im Hosenbund. Die Aufzugtüren öffneten sich. Ein klinischer Geruch nach Alkohol und Kernseife schlug ihr entgegen. Sie musste wie ein Dompteur in der Manege auftreten, furchtlos und von allen gesehen. Direkt ins Licht treten und dann wieder raus. Sie hoffte, dass Schavenius immer noch im Koma lag.

Die Intensivstation lag am Ende des Gangs. Weiße Tracht, eine selbstgemachte ID-Karte um den Hals, praktische Arbeitsschuhe mit weichen Sohlen. Sie sah den Engeln hier zum Verwechseln ähnlich. Ein Strom eiskalter Gedanken. Die beiden Pfleger quatschten die ganze Zeit und bekamen gar nicht mit, dass sie gleich hinter ihnen herging. Gut, dass sie jetzt das Handy dabei hatte, ein Quasigespräch als Ablenkungsmanöver. In derselben Sekunde fiel ihr ein, dass das Handy hierher zurückverfolgt werden könnte, aber es war auf den Namen ihrer Mutter registriert, niemand würde eine alte Frau in irgendeiner Form verdächtigen. Und ohnehin würde sie niemand damit in Verbindung bringen. Das Stationszimmer wurde von viereckigen Glasplatten erleuchtet. Die Krankenpflegerinnen hinter der Scheibe standen auf und tauschten die Plätze. Auf einem großen Monitor waren Bilder aus verschiedenen Zimmern zu sehen. Die Digitalziffern am oberen Rand gaben die dahinfließende Zeit an. Die Patienten auf den Bildern lagen ganz ruhig. Nur die sanften Bewegungen des einen oder anderen Pflegers durchbrachen die Stille. Die Krankenschwester am Tisch vorn blickte überhaupt nicht vom Kreuzworträtsel in ihrem Wochenblatt auf.

An den Türen standen natürlich keine Informationen über die Patienten. In einem Zimmer, das mit großen Glasflächen vom Gang abgetrennt war, lagen eine alte Frau und ein alter Mann. Sie war froh, dass sie keine Kinder hatte. Kleine Kinder wurden früher oder später zu alten, einsamen Menschen. Im selben Moment wurde ihr klar, dass die Polizei hier irgendwo sein musste. Sie hielten an der Tür des Opfers Wache. Ihr Herz schlug schneller. Das Licht vor dem Badezimmer war ausgeschaltet. Vielleicht eine schlaue Idee, da kurz hineinzugehen. Sich etwas zu beruhigen und die Einmalhandschuhe überzustreifen.

Ein Metallgestell auf Rädern, bis zum Rand mit Bettwäsche und Handtüchern beladen, stand an einer Wand. Sie griff danach und schob es zur Tarnung vor sich her. Es klapperte metallisch. Das Geräusch wurde zu einem Schmerz in den Ohren. Ein Krankenträger nickte ihr zu, während er ein leeres Bett vorbeischob. Der Korridor verlief im Viereck einmal durch das ganze Gebäude. Sie blieb stehen und öffnete wahllos eine Tür.

Zwei Frauen lagen in dem Zimmer. Wo der Gang in einem Neunzig-Grad-Winkel nach links abbog, verminderte sie das Tempo und spähte um die Ecke, da saß ein Polizist auf einem Stuhl vor einer Tür. Er war natürlich nicht uniformiert, hatte aber Stöpsel im Ohr und trug einen grauen Kapuzenpullover, Jeans und weiße Joggingschuhe. Schavenius war gefunden.

Der Polizist las Nachrichten auf seinem Handy. Als er das Geklapper hörte, blickte er eine kurze Sekunde lang schräg zu ihr auf, dann sah er wieder auf sein Telefon. Als sie genau neben ihm war, zog sie die Spraydose und sprühte ihm mitten ins Gesicht. Es ging so schnell, dass er gar nicht reagieren konnte. Er versuchte aufzustehen, sank aber seitlich auf den Fußboden. Sie stopfte sich die Spraydose wieder in den Hosenbund, beugte sich hinunter und packte den Mann fest unter den Armen, wie sie es gelernt hatte, schleppte ihn zu einer Tür, auf der »Abstellraum« stand, und bugsierte ihn hinein. Dann schob sie mit dem Fuß sein Handy hinterher, richtete sich auf und schaute in den Korridor.

Sie öffnete die Tür neben dem leeren Stuhl und sah hinein. Erkannte das Gesicht sofort, es war der Wal, der da drinnen lag, allein. Das Deckenlicht war heruntergedimmt. Ein süßlicher, warmer Geruch schlug ihr entgegen. Die Überwachungskamera war auf das Bett gerichtet, sie stellte sich abseits des Kamerawinkels hin. Ein Tropf mit Flüssigkeit und Blutplasma stand dicht an seinem Bett. Auf einem blauen Bildschirm zeichneten sich regelmäßige gelbe und weiße Kurven ab.

Sein Gesicht war aufgedunsen und mit dunklen geschwollenen Wunden übersät, eine davon zog sich vom Wangenknochen bis hinunter zum Mundwinkel. Er hatte die Augen geöffnet, den Mund geschlossen, die Arme waren eingegipst. In einem seiner Ohren war getrocknetes Blut. Er lag unter einer Decke, die aber halbwegs auf dem Bettgitter ruhte, so dass sie seinen blaulila Unterleib und Teile seines Schenkels sehen konnte.

Es musste jetzt schnell gehen. Ein kaltes Schaudern durchfuhr sie. Das durfte sich nicht in die Hände fortsetzen. Sie warf einen schnellen Blick auf die geschlossene Tür, dann zog sie das Messer heraus, legte es sich in die Handfläche, zog die Plastikhaube etwas weiter herunter, neigte den Kopf, um ihr Gesicht zu verbergen, und trat an das Bett.

Innerhalb weniger Sekunden hatte sie das Messerblatt dreimal in seinen Hals gerammt. Das Blut spritzte heraus, und ein piepsender Alarm wurde ausgelöst. Der Apparat mit den leuchtenden Kurven wurde schwarz, nur ein einzelner grüner Strich zog sich quer über den Bildschirm.

Sie eilte aus dem Zimmer. Der Kittel war von Blutspritzern bedeckt. Sie stopfte das Messer in den Hosenbund. Als sie mit schnellen Schritten an dem Abstellraum vorbeilief, wurde die Tür geöffnet, und der Polizist kam zum Vorschein. Er schien gerade wieder zu sich zu kommen. Sie öffnete eine Tür, an der ein grünes Notausgang-Schild prangte, und war im Laufe weniger Sekunden in einem Treppenhaus. Als die Tür zuschlug, hörte sie lebhafte Schritte auf dem Linoleumboden in der Abteilung oben.

Jemand rief etwa, dann ging ein weiterer Alarm los. Da war sie schon eine Treppe tiefer. Sie pellte sich aus dem Kittel und nahm die Haube ab. Zog den dunklen Pullover, den sie darunter trug, über den Hosenbund. Dann trat sie ein Stockwerk tiefer durch eine Tür und hielt sich links. Etwas weiter vorn bog der Gang nach rechts ab. Sie streifte mit der Schulter an der Wand entlang, presste das Bündel aus Kittel, Handschuhen und Haube an den Bauch und schlug ein angemessen langsames Tempo ein, als sei sie ein ganz gewöhnlicher Mensch. Sie wusste nicht, in welcher Abteilung sie sich befand. Alles verschwamm vor ihren Augen. Aus einem Technikraum hörte sie Lärm von der Belüftungsanlage, registrierte die Sprinkleranlage an der Decke, lange Rohre mit Knöpfen, die hierhin und dorthin führten. Alle Türen, die sie probierte, waren abgeschlossen.

Schließlich kam sie in eine Art Vorzimmer eines Operationssaals, oder vielleicht war es auch ein Hinterzimmer. Ein paar leere Betten standen darin. Zwei Glastüren führten weiter hinein. Dahinter sah sie eine Krankenschwester in Weiß, die ihr entgegenkam. Sie drehte sich auf dem Absatz um, zog wieder das Handy heraus und tat so, als spräche sie hinein. Das Gespräch erweckte den Anschein von Normalität und funktionierte so lange, bis die Krankenschwester zu ihr kam und sagte, das Handyverbot müsse wegen der Apparate, die empfindlich auf die Strahlung reagierten, weiterhin beachtet werden.

»Tut mir leid, ich war gerade bei meiner Mutter«, sagte sie und blieb einen Augenblick unsicher stehen. »Wo ist denn der Ausgang?«

»Da drüben.« Die Frau zeigte auf eine Tür. Sie ging darauf zu und hindurch. Wieder war sie in eine andere Ausgabe ihrer selbst verwandelt: das kleine Mädchen, das tat, was ihr befohlen wurde. Als sie klein war, hatten die Brüder im Wald Eichhörnchen angelockt, Nüsse und Kekse ausgelegt und sie in einem Netz gefangen. Dann hatten sie die Tiere getötet. Die kleinen Nager seien durch und durch mit Bosheit vergiftet, bekam sie zu hören. Jetzt wurde sie gezwungen, das gleiche Spiel zu spielen, wieder einmal.

Unten im Foyer lief sie schnell zurück in den Wickelraum und holte ihren Mantel. Zog ihn an und stopfte sich das Bündel mit dem Kittel unter den Arm. Dann ging sie ruhig auf den Ausgang zu.

Überall waren Menschen, die kamen und gingen. Sie lief die wenigen Stufen hinunter und über den Vorplatz. Dann bog sie in die Straße ab. Der Hubschrauber der Luftambulanz landete gerade auf dem Dach des Gebäudes hinter ihr. Das Motorengeräusch war ein gleichmäßiges Rauschen, aber die Rotorblätter schlugen laut, als hackten sie die Luft in Stücke.

52

OPFER IM ULLEVÅL KRANKENHAUS ERSTOCHEN, stand in den Online-Zeitungen. Marian saß im Büro und hatte den Eindruck, dass sich alles um sie herum zusammenzog. Hallgrim Schavenius war ermordet worden. Es wurden Bilder des alten Mannes mit dem Bulldoggengesicht gezeigt, in seiner Richterrobe. Es gab auch Fotos der Krankenhausgebäude in Ullevål sowie von verschiedenen Ärzten. *Unheimlich und schrecklich,* äußerte sich einer gegenüber der Zeitung. *Der Polizist im Einsatz wurde mit Gas attackiert.*

Marian überkam das Gefühl, als ob die Decke gleich über ihr einstürzen würde. Sie hatte eine Flasche Fun Light mit Himbeergeschmack gekauft, deren Inhalt sie in kleinen Portionen zu Hause auf dem Fußboden verteilen wollte, für die Ameisen. Die Flasche stand auf dem Schreibtisch und leuchtete ihr wie ein Leuchtturm entgegen. Sie hatte eine schlimme Nacht hinter sich, hatte sich eingebildet, dass dort jemand in ihrer Wohnung herumschlich. Sie hatte geschlafen, aber nur leicht, dann etwas gehört, wie fließendes Wasser. Geräusche, die sie nicht zu identifizieren vermochte. Und jetzt das!

Sie ging zum Aufzug und fuhr hoch in den Gewaltabschnitt. In der Abteilung wimmelte es von Leuten. Ermittler eilten zwischen den Büros hin und her. Cato war in seinem Büro, er stand am Fenster und telefonierte. Sein Gesichtsausdruck war düster, als er sich leicht gereizt zu ihr umwandte.

»Ich muss dir was sagen«, sagte sie. »Es eilt.«

Offenbar sah er ihr den Ernst ihrer Situation an, denn er beendete das Telefonat und sagte, er werde zurückrufen. »Was gibt's denn?«

Sie holte Luft. »Das mit Schavenius … Annie Ormberg Johansen, Thonas Mutter, hat mir einen Zettel mit vier Männernamen gegeben. Schavenius war der letzte. Und …«

Er unterbrach sie. »Ich verstehe ja, dass du dabei sein möchtest, Marian, aber ich hab jetzt keine Zeit dafür.«

Hitze stieg ihr ins Gesicht. »Aber Cato. Ich kann Glenn Haug nicht finden, den ersten auf der Liste, und dann kamen Andreas Lindeberg und Gustav Joner. Annie gab mir den Zettel, bevor Schavenius ... Sie hat ihn im Stationszimmer in Lovisenberg gefunden. Ich glaube, Glenn Haug ist tot.«

Cato Isaksen wirkte bekümmert. Sein Telefon klingelte wieder, und er sagte: »Du darfst dich da nicht zu sehr mit beschäftigen. Mach die Sache nicht noch komplizierter. Der Fall Thona und Glenn Haug haben nichts miteinander zu tun. Ich muss jetzt den Anruf annehmen. Wir reden später.« Er drehte sich um.

Marian verließ sein Büro und ging zum Aufzug. Ihr Herz hämmerte derart, dass ihr fast übel wurde. Sie hatte ihm von dem Zettel erzählt, begriff aber selbst, wie total unwahrscheinlich sich das anhören musste. Es war zu spät. Den Zettel gab es nicht mehr. Jetzt spürte sie nur noch Grenzen sprengende Leere.

Als sie wieder zu ihrem Kellerbüro kam, rief Annie an. Sie bat darum, die Ermittlungen über ihre Tochter abzubrechen. Marian zog die Tür auf und spürte die Angst wie einen körperlichen Schmerz in der Kehle. Annie wollte das natürlich, weil Schavenius umgebracht worden war.

»Das Ganze ist total schrecklich, Marian. Wieso konntet ihr das nicht verhindern? Im Internet stand, vor der Zimmertür hätte eine Wache gestanden.«

Marian drehte sich zur Tür. Die ganzen Leute, die ständig zur Garderobe rannten oder dort herkamen, nervten sie. »Ich habe doch schon gesagt, dass es Dinge gibt, die ich Ihnen nicht erzählen kann«, erwiderte sie. »Sie dürfen sich wegen dieses Zettels jetzt nicht verantwortlich fühlen, Annie. Die Polizei hat das sehr ernst genommen, aber die Ermittlungen können so was auch nicht immer verhindern. Und es ist nicht Ihre Schuld.«

Beide schwiegen einen Moment.

»Aber, Marian, müssen die Ermittler denn nicht mit mir reden? Wieso hat mich niemand zu dem Zettel befragt?«

»Sie müssen das jetzt wirklich auf sich beruhen lassen, Annie. Sie wissen doch gar nicht, welche Maßnahmen ergriffen wurden. Die Sache wurde verfolgt.«

»Auf welche Weise?«

Marian hob die Stimme. »Sie müssen jetzt aufhören, Annie. Sie dürfen das nicht gefährden. Wir sind jemandem auf der Spur. Mehr darf ich nicht sagen. Sie müssen den Mund halten. Reden Sie nicht mit der Presse oder sonst jemandem darüber.« Sie richtete sich auf. »Haben Sie das verstanden?«

»Ja, gut. Aber ich kann bald nicht mehr.«

»Ich informiere Sie, sobald ich etwas weiß. Wir arbeiten jetzt weiter an der Geschichte mit Thona. Sie müssen sich beruhigen. Ich verstehe ja, dass es Ihnen zu viel wird, aber versuchen Sie, sich zusammenzureißen.«

Danach fiel Marian auf ihrem Bürostuhl in sich zusammen, der Rest des Tages verging mit manischer Lektüre der Dokumente im Thona-Fall, nur unterbrochen von ein paar kurzen Aufenthalten in der Kantine. Die Regel stimmte: Arbeit war die beste Medizin gegen Angst. Das Essen nahm sie mit in den Keller und verzehrte es dort. Als sie nach Hause fuhr, um mit Birka Gassi zu gehen, wurde ihr erst wirklich klar, was geschehen war. Das Gefühl ähnelte etwas *anderem*. Einmal hatte sie einem Psychiater ihren eigenen Patientenbericht geklaut. Wäre dieser Bericht digitalisiert und zugänglich gewesen, hätte sie niemals die Polizeihochschule besuchen können. Der Psychiater hatte festgestellt, dass es bei ihr in bestimmten Situationen zu einer Überproduktion der Stresshormone Adrenalin und Kortisol kam und dass dies zu einem Ungleichgewicht im Immun- und Nervensystem führte, was sich wiederum in akuten Impulshandlungen äußern konnte.

Sie nahm die Flasche Fun Light vom Beifahrersitz und stieg

aus dem Auto. Nach einer schnellen Hundetour durch den Garten las sie im Internet, dass Schavenius zwecks Obduktion vom Krankenhaus Ullevål zum Rikshospital gebracht worden sei. Sie gab Futter in eine Schale für Birka, die sich sofort darauf stürzte. Sie musste aus dieser Geschichte herauskommen. Aber wie? Indem man sich *hinein*bewegte, dachte sie im nächsten Augenblick. Sie würde zum Rikshospital fahren. Sie nahm die Jacke vom Stuhlrücken und warf sie sich über. Auf dem Handy tickerte eine SMS ein, von Karsten Tønnesen: *Ich glaube, ich bin kurz davor, etwas herauszufinden*, stand da.

Birka sah sie traurig an. »Na, dann komm mit«, sagte sie und holte die Leine. Dann schloss sie die Tür.

*

Im Obduktionssaal mit dem weißen Licht herrschte ein süßlich fauler Geruch nach Tod. Der Raum befand sich im Keller, deshalb gab es nur schmale Fenster unterhalb der Decke. Draußen war es jetzt fast dunkel. Die Fliesen an den Wänden waren blankgescheuert. Marian trug einen Kittel, eine Haube und hatte Plastikpuschen über die Schuhe gezogen. Das Handy hatte sie ausgeschaltet und in der Jacke in der Garderobe gelassen. Sie betrachtete die Leiche, die auf dem Stahltisch auf der Seite lag. Die Deckenlampen warfen ihr Licht gleich Scheinwerfern auf den großen bleichen Mann, der wie ein geschlachtetes Vieh vor ihr lag. Wie bei toten Menschen üblich hatte die Haut etwas Talgartiges angenommen. Sein Wanst fiel schlaff herunter, die offenen Wunden am Hals grinsten sie an. Das fette Gesicht wies Leichenflecken auf, schwach lila und braungelb. Er konnte natürlich auch geschlagen worden sein. Auf der Innenseite der dünnen Schenkel waren Streifen getrockneten Bluts zu sehen.

Professor Wangen und ein Assistent nahmen die Obduktion vor. Er war der netteste der Rechtsmediziner, ein grauhaariger sportlicher Typ in den Fünfzigern. Er kam immer gleich zur Sache und kommentierte weder Marians lange Abwesenheit noch ihre Gesichtsverletzungen. Das war sehr befreiend. Der Rechtsmediziner sagte: »Die Enzyme haben den Prozess in Gang gesetzt. Die Autolyse beginnt ja im Gehirn. Sorry, das ist jetzt Fachchinesisch. Das interessiert Sie ja nicht. Cato Isaksen und zwei aus seinem Team haben sich angemeldet, die kommen in einigen Stunden, aber ich gebe Ihnen gern jetzt schon ein paar Informationen.« Er hinterfragte nicht, wieso Marian überhaupt da war. Vor dem Unglück war sie häufig hier unten gewesen. War immer dicht an ihren Opfern dran geblieben, in allen Fällen, in denen sie ermittelte. Im Kopf hatte sie sie als *ihre* Opfer abgespeichert, es hatte etwas mit Anstand zu tun.

»Vor einigen Tagen hatte ich hier ja noch einen anderen Herrn, mit den gleichen Verletzungen.«

»Gustav Joner«, sagte Marian und blickte in das lilafarbene Gesicht des Opfers; die Totenstarre setzte im Gesicht ein, das wusste sie. Der Rechtsmediziner sprach von einem möglichen homosexuellen Milieu. Marian dachte an Andreas Lindeberg, er war ja am Abend vor seinem Verschwinden in der Schwulenbar London Pub gewesen. Sie seien da aus Jux hingegangen, hatten seine Freunde der Presse erzählt.

Der Rechtsmediziner zog seine Handschuhe zurecht. »Ich werde die Wunden jetzt säubern und definieren.« Er sah sie an. »Ist Ihnen nicht gut?«

»Doch, aber das Licht hier drinnen ist so grell. Ich habe nichts gegessen. Worüber ich eigentlich froh bin.«

»Verstehe. Es gibt so viel Krankes auf der Welt«, fuhr der Rechtsmediziner fort. Er schüttelte den Kopf. Sie versuchte sich an einem Lächeln. Einen Augenblick blickten sie einander an, ehe Wangen anfing, die Verletzungen am Enddarm zu beschreiben. Sie waren dem Opfer mit einem langen und scharfen Gegenstand zugeführt worden, welcher die Eingeweide getroffen und teilweise zerrissen hatten. »Man kann sich das ja kaum vorstellen.«

»Aber er hat die Folter überlebt?«

»Erstaunlicherweise ja, angesichts seines hohen Alters. Ein zäher Typ, anscheinend.«

Und dann war er trotz Bewachung getötet worden, dachte Marian. In den Krankenhausfluren gab es keine Kameras. Der Polizist, der draußen vor dem Zimmer aufgepasst hatte, konnte sich an nichts erinnern.

In der Garderobe nahm Marian die Papierhaube ab und zog sich wieder ihre eigenen Sachen an. Sie lief schnell die Treppe hinunter, ging durch den Korridor auf den Empfangsbereich zu und verließ das Krankenhaus durch den Haupteingang. Das Parkhaus lag auf der anderen Seite des Vorplatzes. Sie lief die Treppe hinauf, nahm fünf Stufen auf einmal, ging zum Wagen und schloss auf. Birka erhob sich von der Rückbank. »Platz«, sagte sie und musterte den Hund im Rückspiegel. Dann fuhr sie schnell aus dem Parkhaus. Hunderte von Krankenhausfenstern leuchteten ihr entgegen, als sie in der Dunkelheit in Richtung Innenstadt abbog.

Joner und Schavenius hatten die gleichen Verletzungen an Bauch und Enddarm. Es gab keinen Zweifel, dass es sich um denselben Modus handelte, denselben Täter. Schavenius hatte außerdem Kopfverletzungen, und seine Kehle war durchschnitten worden. Das war im Krankenhaus passiert. Jemand hatte sogar die Vermutung geäußert, dass die beiden Fälle mit dem Verschwinden von Andreas Lindeberg zusammenhingen, was ja mit den Namen auf dem Zettel auch übereinstimmte. Aber was zum Teufel hatten diese Fälle mit der Cold-Case-Geschichte zu tun? Mit Thona? Und warum rief Annie jetzt an und bat darum, die Ermittlungen einzustellen? Lag es am Schock über den letzten Mord, oder war Annie irgendwie in die Sache involviert? Wie sollte Marian damit umgehen? Alles musste irgendwie mit der Tagesklinik zusammenhängen. Ihre Bauchmuskeln spannten sich. Der Geruch von Formalin hing in der Luft. Sie musste sich auf die Straße konzentrieren.

53

In der Sophus Lies gate war es dunkel. Eine der Straßenlaternen war ausgefallen. Kein freier Parkplatz in Sichtweite. Die Scheibenwischer bewegten sich, es regnete leicht, feine Tropfen; trotz allem war der Mond hinter einer schmalen dunkelgrauen Wolke zu erkennen.

Sie schaute zum Haus, sah die Drachenverzierungen und den Turm über den nackten Ästen der großen Eichen. Es sah mächtig aus, dieses Haus mit den Seitenachsen und dem Turm und den verzierten Trägern. Sie hatte Glück, ein Wagen fuhr gerade weg, und sie schnappte sich den Parkplatz. Das Einparken ging perfekt.

Als sie aus dem Wagen steigen wollte, schaltete sie das Handy ein.

Mit dem Verstummen des Einschaltsignals klingelte das Handy. Cato. Sie holte tief Luft und ging ran. »Hallo.«

»Bist du wach, Marian?«

»Natürlich bin ich wach, sonst wäre ich wohl kaum ans Handy gegangen. Es ist ja gerade mal zehn.«

Sie stieg aus dem Auto, der Regen kam jetzt aus allen Richtungen.

»Wieso hast du nicht auf meine Nachrichten reagiert? Was treibst du eigentlich?«

»Wovon redest du?« Sie öffnete die Heckklappe, damit Birka herausspringen konnte. Der Wind fegte seitwärts durch die Straße.

»Du weißt sehr wohl, wovon ich rede, Marian. Du hast im Obduktionssaal nichts zu suchen.«

Sie knallte die Heckklappe zu, spürte die Kälte an ihrem Rücken hinaufkriechen, hob die Hand und wischte sich ein paar Regentropfen aus dem Gesicht. Sie schauderte bei der Erinnerung an den fetten alten Mann auf dem Obduktionstisch. Der offene Mund, die blauen Lippen. Die Spur des Entsetzens in dem steifen Gesicht mit den Hängebacken.

»Was machst du eigentlich?« Catos Stimme klang scharf.

Ihr Herz hämmerte so sehr, dass die Pulsader im Hals schmerzte. »Weißt du was, Cato? Du solltest mir einfach vertrauen. Du wolltest das mit Annie ja nicht hören.«

»Was denn?«

Birka schnüffelte an irgendetwas im Rinnstein hinter den abgestellten Autos.

»Das mit dem Zettel.«

»Du unterschreibst deine eigene Kündigung, wenn du so weitermachst.« Seine Stimme klang jetzt noch düsterer, als könnte er sie durch das Telefon sehen. Schnell analysierte sie die Art, wie er atmete. Ein unangenehmes kaltes Gefühl breitete sich auf ihrer Kopfhaut aus.

»Du bringst mich dazu, mich wie eine Bitch zu fühlen, Cato.«

Das Wort brachte Assoziationen hervor, an grell geschminkte Prostituiertenaugen und High Heels, ein Leichtgewicht. Sie war *so eines*. Jetzt weinte sie, leise, damit er es nicht hören könnte. In Catos Abteilung hatte sie rund um die Uhr gearbeitet. Nicht verwunderlich, dass einige aufgehört hatten. Aber sie hatte es ertragen.

Cato seufzte. »Marian? Bist du noch dran?«

Sie schluckte und räusperte sich. »Ich bin hier. Arbeiten du und Farhi Salman gegen mich?«

»Gegen dich? Was meinst du damit? Wir arbeiten doch für dich. Salman hat extra darum gebeten, dich auf die Sache mit Thona anzusetzen.«

»Wieso denn?« Sie überquerte die Straße und trat mit Birka im Schlepptau langsam auf das Tor zu.

»Weil du die Beste bist.«

Sie schluchzte. »Ich fühle mich nicht ganz wohl, Cato. Um ehrlich zu sein, weiß ich nicht, ob …«

»Okay, ich höre, dass du erschöpft bist. Hör zu! Die Morde haben denselben modus operandi. Die Opfer sind Männer, die kleine Jungen missbraucht haben. Wir haben überprüft, ob einer der Jungen irgendwo in Behandlung war. Ob's da einen gemeinsamen Berührungspunkt gibt. Wir haben allerdings noch nichts gefunden. Nur Schavenius' Enkel ist behandelt worden, in Lovisenberg, die anderen nicht.«

»In Lovisenberg?«, sagte sie. »Wo Annie arbeitet?«

»Nein, nicht in der Abteilung. Ich muss dir vertrauen können, Marian. Du musst dich auf den Cold Case konzentrieren. Sei stolz, dass du an dem arbeitest.«

»Das bin ich.«

Er fuhr fort: »Ich erzähl dir noch was. Wir gehen damit vorläufig nicht an die Öffentlichkeit, aber auf der Aufzeichnung von der Überwachungskamera, von Andreas Lindeberg im Kiwi-Supermarkt, kann man draußen einen Mann auf einem Motorrad sehen. Er trägt eine Lederkombi und einen weißen Integralhelm, genau wie Schavenius' Witwe den Mann vor ihrem Haus beschrieben hat. Man sieht auch einen dunklen Wagen, aber kein Kennzeichen. Die Aufnahme wurde gegen zehn Uhr abends gemacht, am letzten Tag im August. Einer von Lindebergs Freunden hat ihn am Abend vor seinem Verschwinden um halb elf angerufen. Seine Freunde sagen, er sei normalerweise zu jeder Zeit ans Telefon gegangen. Wir konnten das Handy ja in dem Keller orten, in dem Haus, wo er wohnt. Wir glauben, dass die Männer, die bei Schavenius gesehen wurden, ihn geschnappt haben.«

Ein Auto fuhr langsam vorbei. »Warum erzählst du mir das, Cato?«

»Weil du so verdammt neugierig bist.« Er war jetzt freundlich. »Und weil … Tut mir leid, dass ich so gestresst bin. Kannst du dir nicht etwas freinehmen? Geh doch morgen mal shoppen.«

»Du Arsch«, sagte sie mit einem Lachen. »Du weißt, dass ich so was hasse.«

Sie konnte hören, dass er lächelte. »Dann schlaf mal gut«, sagte er und beendete das Gespräch.

Fast im selben Moment klingelte ihr Handy abermals. Wer war das denn jetzt? Sie sagte hallo, aber niemand antwortete. Zunächst. Birka hockte sich hin, um zu pinkeln.

Marian nahm das Handy herunter und schaute auf das Display. Jemand mit einer unregistrierten Nummer. »Hallo«, sagte sie noch einmal. Ihre Jacke war an den Schultern klitschnass. »Wer ist denn da?«

Plötzlich flüsterte eine heisere Stimme: »Halt dich aus der Thona-Sache raus. Das ist gefährlich.«

»Was? Wer spricht da? Was soll dieser Blödsinn?«

»Ich weiß, wo du wohnst«, flüsterte die Stimme. Dann wurde die Verbindung unterbrochen.

54

Marian steckte das Handy in die Jackentasche und lief am Lattenzaun entlang langsam auf das Tor zu. Ihr Herz pochte in einem unsteten Rhythmus. Was passierte ihr hier gerade? Sie warf kurze schnelle Blicke nach hinten, verstärkte den Griff um die Fun-Light-Flasche, als wäre die eine Waffe, und schaute zwischen den beinahe kahlen Bäumen und der Fliederhecke auf das Haus. Die Holzfassade wurde von der Außenbeleuchtung schwach erhellt, hier und da müsste einmal neu gestrichen werden. Für einen Augenblick wurde ihr schwarz vor Augen, und sie spürte, wie sich die Muskeln um ihren Schädel anspannten.

Sie öffnete das Tor. Sollte sie jemandem Bescheid geben? Die Notrufnummer wählen? Birka lief steif und breitbeinig vor ihr her. Ein kleiner Windstoß hüllte sie in einen Regenschleier ein.

Die wenigen Blätter an den Bäumen wurden vom Wind herumgezerrt. Birka beschnüffelte irgendetwas drüben beim Eisentisch. *Ich weiß, wo du wohnst.* Sie durfte sich von der Angst nicht überwältigen lassen. Sie dachte an *Eine verhängnisvolle Affäre* und *Basic Instinct*, Filme mit weiblichen Psychopathen. Aber die Worte waren nicht von einer Frauenstimme ins Telefon geflüstert worden. Wieso dachte sie dennoch an Frauen?

Als Annie an jenem Nachmittag mit dem Zettel gekommen war, hatte jemand hinter der Reihe der abgestellten Autos gestanden. Sie hatte es vom Fenster aus gesehen: eine Bewegung, etwas, das sie an einen schwarzen Flügel erinnerte, aber es war ein Mann in einem Mantel. Es *gab* also jemanden, der sie überwachte.

Unten im Garten blieb sie stehen und sah zu den Fenstern ihrer Wohnung hinauf. Sie waren dunkel. Auch bei dem Künstler war das Licht ausgeschaltet. Bei der alten Frau im Erdgeschoss gab es nur schwaches Glimmen hinter den Spitzengardinen. Marian hatte Angst. Und hasste das Gefühl. Sie schaute an der Fassade empor; das Haus hatte Ähnlichkeit mit einer Stabkirche.

Vielleicht stand er im Treppenhaus und wartete. Es würde schnell gehen, sie würde sich nicht verteidigen können, und die alte Frau könnte ihr auch nicht helfen. Sie könnte sich im Garten verstecken und eine Weile abwarten, ehe sie hineinging. Für einen Moment überkam sie ein anderes Gefühl, dunkel und verlockend, eine Anspannung, die im Körper saß. Wer war das eigentlich? Wer wartete auf sie? Eine Sekunde lang sah sie sich selbst nackt. Und sie hatte sich selbst ausgezogen.

*

Sie stand jetzt direkt vor der Außentür. Hier oben roch es nach Fäulnis und Schimmel. Er lag auf dem Kriechboden und hörte sie weit dort unten. Die alte Dachrinne hing an der Außenseite und versperrte die Sicht durch den Schlitz. Da lief jetzt Wasser durch die Rinne. Er lag ganz vorn, wo Schrägdach und Fußboden zusammentrafen. Durch den Spalt am Dachfirst hatte er die quietschenden Angeln gehört, als sie das Tor öffnete, dann das Knirschen, während sie unten über den Kiesweg schritt. Er hatte sich in ihr wiedererkannt, in der Art, in der sie sich umdrehte und etwas anstarrte, wenn sie nichtsahnend eine Straße entlanglief. Wenn sie abends in ihrem Bett saß. Im Turm. Und dabei glaubte, in Sicherheit zu sein. Wenn sie schlief und nicht wusste, dass er da war. So etwas hatte er zuvor noch nie getan, jemanden auf diese Weise zu verfolgen. Der Anruf war zum richtigen Zeitpunkt erfolgt. Er nahm das Handy in Hand. Das Schlüsselbund mit den beiden Schlüsseln drückte in der Hosentasche. Er lag auf einem Jutesack und leuchtete mit dem Handy auf die Innenseite des Dachs, sah die Maserung in den groben Holzbalken. Es war eiskalt. Fast noch kälter als draußen.

*

Die Glasscheiben in der alten Haustür klirrten leicht, als Marian sie aufdrückte. In ihren Augen brannten Tränen. Im Treppenhaus roch es nach Essen. Ein ekliger Geruch nach gekochtem Fisch oder etwas in der Art. Falls jetzt jemand auf sie wartete, war es vielleicht nicht so schlau, völlig von der Umwelt abgetrennt zu sein. Sie hielt ihr Handy bereit. Gab die Notrufnummer 02800 ein, war vorbereitet. Für alle Fälle.

Ein alter, abgenutzter Kinderwagen stand unter den drei Briefkästen. Es war ein Sportwagen aus den sechziger Jahren. Ihr fiel ein, dass der Künstler seine Skulpturen darin transportiert hatte. Ein Haufen Reklameblätter lag in dem Wagen. Die alte Frau musste irgendwem die Tür geöffnet haben, denn der Zeitungsbote warf Zeitungen und Werbung normalerweise auf die Steintreppe draußen.

*

Jetzt war sie im Treppenhaus. Er hörte die weiche Stimme der Polizeischlampe, als sie ihren Hund rief. Er drehte sich etwas, um eine bequemere Stellung zu finden. Es schmerzte an den Hüften. Das war das Schlüsselbund. An einer Stelle hatten Schwalben ein Nest gebaut. Es war leer. Winterschwalben gab es nicht. Er genoss es, den Schrecken in ihrer Stimme zu hören. Er rief sie abermals an, hörte das Klingeln unten im Treppenhaus, aber sie ging nicht ran.

*

Birka schoss vor ihr die Treppe hinauf. In der kobaltblauen Vase auf dem Treppenabsatz standen Blumen; halb verwelkte lange, braune Stängel aus dem Garten. Marian spürte das Blut im Hals anschwellen. Er hatte wieder angerufen. Sie brauchte Hilfe! Sie klingelte an der Tür des Künstlers. Dachte, Schritte hinter der Tür zu hören, aber niemand öffnete. Sie legte ein Ohr an die Tür, glaubte, ihn dort drinnen atmen zu hören. Sie hielt den Atem an, vielleicht waren das gar keine Schritte, die sie gehört hatte, sondern ihr eigener Herzschlag?

Plötzlich öffnete sich die Tür mit einem Ruck, und eine Frau stand vor ihr. Sie war hübsch und kräftig, hatte sich ein großes grünes Handtuch um den Leib geschlungen. Sie sah aus wie ein Foto in einem Wochenblatt. »Ich weiß, wer Sie sind«, sagte sie und sah Marian an. »Sie sind die Nachbarin, nicht wahr? Wir sind gerade etwas beschäftigt. Ich stehe ihm Modell.«

*

Er setzte sich auf und schob eine Rolle mit Isolierband zur Seite. Dann wählte er wieder ihre Nummer. Es klingelte und klingelte. Er konnte es bis hier oben hören. Aber sie antwortete nicht. Die Polizei konnte die Basisstationen überprüfen und herausfinden, wer im Haus der Polizistin einen Anruf getätigt hatte. Deswegen benutzte er ein gestohlenes Handy. Er war nicht so dumm und ließ sich aufspüren. Sie würde sterben, diese Polizistin, die ein wenig zu viel herumschnüffelte und eigentlich zu krank zum Arbeiten war. Aber fit genug zum Sterben.

*

Im Flur überkam sie wieder dasselbe Gefühl. Das jemand hier gewesen war. Sie hatte vergessen, die Silberpapierkugel in den Türspalt zu legen, nahm aber einen fremden Geruch wahr. Es war kein Rasierwasser oder so etwas, eher im Gegenteil, es roch übel. Sie schaute ins Wohnzimmer. Das Licht war ausgeschaltet, kein Feuer im Ofen. Die Wohnung war eiskalt. Unschlüssig setzte sie sich ein paarmal hin und stand wieder auf, dann drehte sie den Verschluss der Fun-Light-Flasche ab und verteilte kleine Pfützen an der Leiste über der Anrichte, stellte die Flasche weg, ging hinaus und streifte ihre feuchten Uggs ab. Die Pfützen auf der Anrichte sahen aus wie Blut. Sie hängte die Jacke an den Haken und dachte daran, was Cato gesagt hatte, ob sie nicht eine Weile freinehmen wolle. Vielleicht sollte sie das ja, aber jetzt fühlte es sich an, als ob ihr Zuhause zum gefährlichsten Ort geworden war. Und dann dieses kranke Gefühl, das sie überkam; wenn eine misshandelte Frau bedroht wurde, konnte das in den Wunsch nach einem körperlich aggressiven Partner umschlagen.

Sie wurde bedroht. Und der Künstler hatte nackte Frauen bei sich. Sie könnte ihm Modell stehen. Er könnte sie ausziehen. Aber natürlich erwartete er wohl, dass sie sich selbst ausziehen konnte. Der Mann, der sie am Telefon bedroht hatte – war das womöglich bloß ein schlechter Scherz? War es der Künstler? Hatte er über sie gelacht, zusammen mit der Frau im Handtuch? Saßen die jetzt da drinnen und lachten über sie?

Sie überprüfte das Turmzimmer. Alles war in Ordnung. Sie legte Holz in den Ofen und machte Feuer, schaltete die Clas-Ohlson-Kerze ein und zog den Wollpullover auf ihre Oberschenkel herunter. Dann holte sie sich ein Glas Wasser, das sofort umkippte, als sie es auf den Tisch stellte. Vermaledeites Wasser. Sie zitterte, holte einen Lappen und wischte auf. Der Künstler brauchte ja Modelle, wenn er seine Skulpturen schuf.

Plötzlich überkam sie ein starkes Gefühl von Verlust. Natürlich würde er sie nicht als Modell haben wollen. Der Vater hatte ihr einen Kinobesuch versprochen. Sie war acht. Sie freute sich drei Tage darauf, aber dann sagte die Mutter nein. Ihr Leben war einfach kein Leben, kein Abenteuer in einem Roman. Es war Leere und Einsamkeit. Die Intensität, die sie bei dem Gedanken spürte, erschreckte sie. Sie setzte sich, der Hund kam zu ihr. Sie beugte sich hinunter und küsste das Tier auf die Stirn. Dann ging sie zum Fenster.

Draußen auf der Straße lief ein Mann mit einem Kind auf den Schultern vorbei. So spät? Ihr Kopf tat weh. Die Stimme im Telefon, die war grauenhaft gewesen, voller Hass, mit einem rau tönenden Klang. Bei der Arbeit hatte sie schon viele Stimmproben gehört. Wenn sie Telefone abgehört oder eine Vernehmung abgespielt hatten. Drückte man die Hand auf den Adamsapfel, konnte die Stimme unkenntlich werden. Einmal hatte sie eine Stimme wiedererkannt, obwohl der Mann eine Kehlkopfentzündung hatte; so etwas wurde von einem strapazierten Hals oder übertriebenem Einsatz der Stimme verursacht. Durch Stress konnte außerdem Magensäure in den Hals hochgedrückt werden. Die Stimme hatte metallisch und falsch geklungen, künstlich.

Marian holte eine Vicodin, sie hatte anrufen und das Rezept erneuern lassen müssen. Nahm die Ginflasche hervor, sie hatte vor einigen Tagen drei davon gekauft; der Schnaps bewirkte Symptome wie bei einer Magenschleimhautentzündung, sie musste versuchen, sich bei allem etwas einzuschränken. Die Frau bei dem Künstler … es war ziemlich lange her, dass sie einen Mann gehabt hatte, und beim letzten Mal war es so ungeschickt und verkrampft gewesen. Irgendwie war sie nicht richtig bei der Sache, hatte versucht, die Decke über ihre kleinen Brüste zu ziehen. Jetzt würde es noch schlimmer sein, mit der Narbe, die sich vom Gesicht nach unten zog. Sie würde allein bleiben, es gab keine Alternative, aber jetzt verstand sie Annies Angst; was sie darüber gesagt hatte, allein in dem Reihenhaus zu sein, nach Thonas Verschwinden. Die Einbildung, dass da irgendein Mann im Garten stand und zu ihr hereinschaute. Marian spürt, dass sich irgendwo hinter den Rippen etwas verspannte. Sie war froh, nicht im Erdgeschoss zu wohnen.

55

Erst nach Mitternacht hatte sie sich einigermaßen beruhigt und gemerkt, dass sie hungrig war. Sie verrührte ein paar Eier in einer Plastikschüssel und füllte die Masse in eine heiße Bratpfanne. Das Omelett war nach zwei Minuten fertig. Sie gab es auf einen Teller und ging zum Tisch. Dort hockten bereits ein paar Ameisen neben den Pfützen mit der tödlichen Flüssigkeit.

Schavenius war tot. Joner auch. Was konnte Annie mit ihnen zu tun haben? Annie hatte gesagt, sie könne bald nicht mehr, alles würde zu viel. Falls etwas mit Annie geschah, war es ihre Schuld. War Annie eine kaltblütige Mörderin?

Plötzlich hörte sie Stimmen im Treppenhaus, zwei Männer, die laut miteinander sprachen. Die eine Stimme gehörte zu dem Künstler. Sie trat an die Tür. Jemand lachte leise. Sie brauchte einen Spion in der Tür. Und eine Alarmanlage. Birka erhob sich unter großen Anstrengungen, brachte die Beine in die richtige Position, kam ihr nach und schnupperte in die Luft. Marian schob den Hund mit dem Knie hinter sich. Die Tür des Nachbarn schloss sich, und draußen wurde es still. Sie holte den Besen aus dem Badezimmer und klemmte ihn unter den Türgriff der Wohnungstür. Falls jemand die Drahtglasscheiben in den schmalen Rahmen der Tür einschlug, würde sie es hören.

Sie kroch zwischen die kühlen Bettlaken und dachte daran, was Elly über Thona gesagt hatte; dass sie eher einem Insekt als einem Schmetterling geähnelt habe. Diese Beschreibung war im Grunde genommen ziemlich ekelhaft. Es war jetzt schon eine Weile her, dass sie mit Elly gesprochen hatte. Sie würde sie morgen anrufen.

Sie schlief ein, wurde aber kurz danach von einem Geräusch geweckt. Es hatte aufgehört zu regnen. Der Kühlschrank brummte vor sich hin, draußen auf der Straße fuhr ein Wagen vorbei. Irgendwo im Gebälk knackte es leise, wie meistens, wenn es draußen kalt und drinnen warm war. So wie jetzt. Aber es war ein anderes Geräusch. Sie starrte auf das Muster des Bettbezugs. Die Digitaluhr auf dem Nachttisch zeigte 01:11:09. Unter dem Dachvorsprung hatten die Schwalben Nester gebaut. Doch die waren jetzt leer, es konnten also keine Vogelgeräusche sein. Und es war Nacht. In der Nacht gab es keine Vögel.

Plötzlich sah sie, dass Birka verschwunden war. Marian stand auf. Ging in die Knie und öffnete die Schranktür. Die Rückplatte war unversehrt, das runde Loch immer noch zugeklebt. Waren hier Schädlinge auf dem Kriechboden? Ratten? Das könnte es sein. Die Löcher an der Grundmauer um das Haus, das konnten Ratten sein.

Birka war nicht unter dem Bett. Hier oben gab es kein anderes Versteck. Marian kletterte die Leiter hinab. Wo war Birka? Das Fenster an der Anrichte wurde von einem schwachen Licht erhellt, das mit einem unregelmäßigen Flackern mal heller und mal dunkler wurde. War das wohl das Nordlicht? Das konnte um diese Jahreszeit auftreten, auch in der Stadt, weiße und grüne Streifen in schönen Formationen am Himmel.

Sie schaute aus dem Fenster. Da war ein Feuer, ein mittelgroßes Feuer in der Dunkelheit, mit spitzen Flammen auf dem Kies unten. Direkt vor dem Küchenfenster der alten Frau. Marian schluckte. Bildete sie sich das Ganze nur ein? Sie blickte abermals hinaus. Die Flammen waren jetzt größer geworden. Und dann kam Birka aus dem Flur hereingeschossen. Wie war der Hund die Leiter hinuntergekommen? War Birka hinuntergefallen? Schnell untersuchte sie den Körper des Hundes. Alles war in Ordnung.

Sie zog ihre Jacke über das Nachthemd und schob die Füße in die Joggingschuhe. Dann riss sie den Besen unter dem Türgriff weg und warf ihn beiseite. Mit einem scharfen Knall landete er auf dem Fußboden. Sie rannte die Treppen hinunter und klemmte den Kinderwagen zwischen Haustür und Rahmen, so dass sie wieder hineinkommen könnte. Niemand war zu sehen. Drüben am Eisentisch allerdings lag der Bereich mit den Bäumen und Büschen im Dunkeln. Hinter der Hausecke stand ein Eimer mit Regenwasser. Plötzlich sah sie, dass jemand Holz aus dem Stapel an der Wand genommen hatte. Die Schutzfolie, die den Stapel für gewöhnlich bedeckte, lag zusammengeknüllt auf dem Boden. Sie hob sie auf, und das stinkende Wasser, das sich darin gesammelt hatte, ergoss sich über ihre Füße.

Sie schüttete das Wasser aus dem Eimer auf das Feuer und sah sich schnell um. Es zischte, dann stieg schwarzer Rauch auf, der nach Ruß stank. Das Holz war mit den Werbebroschüren entzündet worden, die sie vorhin gesehen hatte.

Ihre nackten Beine fühlten sich eiskalt an. Sollte sie die Feuerwehr rufen? Sagen, dass vielleicht ein Pyromane in der Gegend herumlief? Immerhin handelte es sich um ein unter Schutz stehendes Holzhaus. Aber irgendetwas hielt sie zurück.

Sie entdeckte einen Rechen und kehrte alles zusammen. Laut Brandschutzbestimmungen durften solche Papierhaufen gar nicht im Treppenhaus liegen. Das reinste Weihnachtsgeschenk für jeden Pyromanen. Aber das hier war kein Pyromane. Hätte jemand das Haus anzünden wollen, hätte er es getan und nicht bloß ein kleines Feuer gemacht. *Er* wollte sie quälen, sie auslaugen, sie warnen, dass etwas Schreckliches geschehen würde. Natürlich war es derselbe Mann, der sie angerufen hatte. Und sie wusste ja, wer er war: Glenn Haug. Doch andererseits, vielleicht war er ja tot? Sie spähte in den dunklen Garten. Vielleicht war das etwas anderes. Der Künstler? Farhi Salman oder Annie? Sie hob die Hand zum Mund und erbrach sich. Irgendetwas Krankes lag in all den Geschehnissen verborgen. Und sie konnte nicht herausfinden, was das war? Es war, wie in einer Landschaft aus Schlamm zu stecken, in einem schwarzen Wald, ganz allein. Sie würde jetzt Ernst machen und sich eine Waffe aushändigen lassen. Sie musste sich verteidigen können.

56

Am nächsten Morgen regnete es leicht. Sie hatte zwei Stunden geschlafen, auf dem Sofa, mit häufigen Ausflügen zum Fenster und wieder zurück. Sie gab etwas Futter in den Hundetrog, Birka stürzte sich darauf und schlang alles in sich hinein, wie Hunde es eben tun. Sie schaute wieder aus dem Fenster und auf den dunklen Fleck mit den schwarzen Resten des Feuers. Beinahe hätte sie gewünscht, dass alles nicht wahr war, dass sie bloß fantasiert hatte. Die großen Bäume hatten jetzt fast keine Blätter mehr. Die Mietshäuser in der Straße waren näher gerückt.

Schnell zog sie sich an. Saubere Jeans, ein seidenes Unterhemd, das nicht kratzte, und darüber einen langen grauen Pullover.

»Komm Birka, wir gehen raus.« Sie schlüpfte in ihre Lederjacke.

Unten schabte sie mit dem Fuß in dem Ruß herum, wo das Feuer gewesen war. Warf einen Blick auf die niedrigen Mauern, die den gefrorenen Rasen in drei schmale Ebenen einteilten. Das Gras war senfgelb. Zwischen den Steinen klebten kleine Flecken aus dunkelgrünem dichten Moos. Draußen vor dem Zaun hörte sie das Rauschen des Verkehrs und ein heulendes Kind. Plötzlich nahm sie eine Bewegung wahr, hinter dem Baum neben dem Steintisch. Es war ein großer blattloser Zweig, der im Wind schwang.

Sie drückte auf die runde Messingklingel. Die alte Frau öffnete unmittelbar, als hätte sie bereitgestanden und gewartet.

Marian sah sie an. »Haben Sie hier einen fremden Mann herumlaufen sehen?«

»Nein, keinen fremden Mann.« Sie hatte sich ein Geschirrtuch über die Schulter geworfen und trug ein verschmutztes hellrotes Kleid mit einer Strickjacke darüber.

»Irgendwer schleicht hier herum. Sie dürfen niemandem die Haustür öffnen. Hätten Sie was dagegen, wenn ich Ihr Holz in den Keller bringe? Irgendwer hat was davon genommen und ein Feuer draußen auf dem Kies angefacht.«

»Was Sie nicht sagen«, piepte die Alte und zog die Tür weiter auf. »Das ist ja entsetzlich.« Sie richtete sich auf. »Aber kann das nicht der Künstler für Sie machen? Das Holz reinbringen. Er ist doch ein Mann.«

»Ich mache das selbst«, erwiderte Marian und lief hinaus und um die Hausecke.

*

Marian saß im Büro und dachte an die Tagesklinik, aus der Nutzerperspektive. Die Patienten. Sie dachte an den Begriff *Nutzer* und stellte sich dabei eine nicht mehr ganz junge Frau vor, die sich über lange Jahre hinweg verausgabt hatte. Oder einen jungen Mann, der jahrelang mit Drogen und familiären Problemen gekämpft hatte. Eine Kollegin hatte einmal zu ihr gesagt, dass sie aufgrund ihrer schwierigen Jugend wohl ein reifer und kluger Mensch geworden sei. Sie war es nicht. Vielleicht hatte ein Patient diesen Zettel geschrieben. Sie musste Annie überreden, noch einmal die Namen mit dem Patientenregister abzugleichen. Vielleicht könnten sie sich gemeinsam hinsetzen und die Namen durchgehen? Da konnte doch etwas sein? Falls sie etwas fänden, würde sie Cato davon in Kenntnis setzen, alles von Anfang an erzählen: dass Annie im Stationszimmer einen Zettel mit vier Namen gefunden hatte, dass sie auf die Namen Glenn Haug und Andreas Lindeberg reagiert hatte. Die beiden letzten Namen kannte Annie zu diesem Zeitpunkt nicht, jedenfalls nicht, bevor in den Medien berichtet wurde, dass Nummer drei auf der Liste, Gustav Joner, ermordet worden war. Und jetzt hatte Marian es also geschafft, den Zettel in den Ofen zu werfen.

Sie rechnete aus, dass sie jetzt seit vier Wochen an dem Thona-Fall arbeitete. Sie waren nicht einen Schritt weiter gekommen. Sie hatte Tønnesen angerufen und gefragt, was er mit dieser SMS gemeint habe, dass er vermutlich kurz davor stehe, etwas herauszufinden. Er sagte, sie würde es bald erfahren. Sie hatte auch Elly Haug angerufen, aber die ging nicht ran. Der Mann mit der rauen Stimme hatte nicht wieder angerufen, und letzte Nacht hatte niemand ein Feuer entfacht. Fast war es so, als ob das Ausbleiben weiterer Geschehnisse sie nervös machte.

Auf dem Heimweg fuhr sie hinaus zu Annie. Sie musste versuchen, sie zu beruhigen.

*

An der Tür des Reihenhauses begegnete Marian Fanny, die gerade herauskam. Fanny sah wütend aus. Da war irgendwas mit ihrer ganzen Ausstrahlung, der scharfe Blick, der allzu durchtrainierte Körper und die weißen Stachelhaare. »Hallo und Tschüss«, sagte sie.

»Wiedersehen«, sagte Marian und dachte plötzlich an High Heels und geschminkte Prostituiertenaugen.

»Kommen Sie rein«, sagte Annie. Sie hatte sich ihre Haare wieder zu einem Knoten zusammengebunden. Die Frisur stand ihr. Sie ließ ihr Gesicht weich erscheinen.

Marian merkte es gleich, als sie zur Tür hereinkam. Annie roch nach Schnaps.

»Annie, ich mache mir Sorgen um Sie. Was war denn mit Fanny los?«

»Sie ist eben so.«

Marian registrierte, dass Annies Lippen weich und feucht aussahen. Es wirkte beinahe erotisch, wie sie dort stand, ihre Brüste waren durch den großen weißen Pullover erkennbar. »Ich habe Kohl mit Hammel gekocht«, sagte sie. »Kommen Sie mit in die Küche. Setzen Sie sich. Ich habe mich auf das Essen mit Fanny gefreut, aber sie isst ja kein Fleisch. Wein wollte sie auch nicht. Sie wollte nach Hause joggen. Sie übt Selbstverteidigung und ist ein totaler Freak. Übrigens sorry wegen des Telefonats.«

»Ich verstehe gut, dass Sie sich eine Einstellung der Ermittlung wünschen.« Marian schluckte. »Das alles ist sehr belastend für Sie. Aber ich wollte Sie eigentlich bitten, noch einmal nachzusehen, ob diese Männer irgendwann bei Ihnen in der Tagesklinik behandelt wurden.«

»Die sind nicht im System. Ich habe das genau überprüft.«

Beide Frauen lächelten einander kurz an. »Wollen Sie was essen?«, fuhr Annie fort.

»Ich nehme gern einen Bissen«, sagte Marian und blickte auf den fertig gedeckten Tisch.

Sie unterhielten sich während des Essens. Annie trank Wasser. Marian ebenso.

»Können Sie mir mal verraten, was die Polizei über diese vier Männer auf dem Zettel denkt? Die haben doch nichts mit Lovisenberg zu tun? Ich kann die vier Namen genau vor mir sehen.«

»Was denken Sie selbst, Annie?«

Müde strich sie sich über die Stirn. »O je, ich hab ein bisschen zu viel getrunken. Ich denke, dass ich überhaupt nichts verstehe. Das Ganze ist wie ein Albtraum. Ich glaube nicht, dass ich eine gute Mutter war.«

Marian schluckte. »Es muss doch ein Patient gewesen sein, der den Zettel geschrieben hat?«

»Aber der lag doch im Stationszimmer, in einer Bibel. Ich habe überall herumgefragt, niemand hat ihn gesehen. Wollen

Sie, dass ich noch mal in das Patientenregister schaue? Aber nach wem soll ich da suchen? Die Leute bleiben ja nicht lange bei uns, maximal ein paar Tage, dann werden sie nach Hause geschickt oder an einen anderen Ort im System.«

»Ich weiß nicht«, seufzte Marian. »Ich arbeite mit Thona und ihrem Schicksal.«

»Ich weiß, dass sie tot ist.« Annie seufzte. »Das Einzige, was mich tröstet, ist, dass sich tote Menschen nicht zurücksehnen.«

Marian sah sie an. »War John gar nicht so schlimm, wie Sie gesagt haben? Sie arbeiten ja in der Tagesklinik, aber vielleicht sollten Sie jetzt selbst Hilfe bekommen?«

»Was hielt denn Tønnesen von ihm? Cathryn hat's ja mit John ausgehalten.«

»Er meinte, John wirkt okay.«

»Vielleicht stimmte ja irgendwas nicht mit mir. Ich hatte immer die Hoffnung, dass eine von Johns neuen Töchtern Thona ist. Ziemlich kindisch, idiotisch, ein Traum.«

Marian hatte nicht erwähnt, dass John Johansen gesagt hatte, er glaube nicht, Thonas Vater zu sein. Denn er war es ja. Sie dachte daran, was Elly über Thona gesagt hatte. Das mit dem Insekt und dass sie nicht nett war. Annie hatte gesagt, ihre Tochter habe nicht viele Freundinnen gehabt. Aber das hatte man vielleicht auch nicht, wenn man nur sechs Jahre alt war? »Ich würde gern mit jemandem reden, der in Thonas Kindergarten gearbeitet hat«, sagte Marian. Und mit anderen, die sie gekannt haben?

57

Birgit Thomas wohnte in Ullevål Hageby, im Erdgeschoß einer dieser vertikal voneinander abgesetzten Steinhäuser. Thonas ehemalige Vorschullehrerin war kräftig gebaut und hatte graues lockiges Haar. Die lila Tunika, die sie trug, hatte irgendwie etwas politisch Korrektes an sich. Vermutlich ging sie regelmäßig ins Theater und las seriöse Bücher. Sie wirkte beinahe kokett, als sie vor Marian in die Küche hineinging. Der Boden unter ihren Füßen war eiskalt. In der Nacht hatte es Frost gegeben. Es war der dritte Oktober. Richtiger Herbst; diese Häuser waren dafür bekannt, im Sommer unerträglich heiß zu sein, wie in einer Felswüste, jetzt aber hatte sich der Lauf der Sonne umgekehrt, es ging auf die Dunkelheit zu.

Die Küche war vollgestopft mit Möbeln, Regalen und Ziergegenständen und an die Wand gehefteten Kinderzeichnungen.

Marian setzte sich an den Holztisch.

Birgit Thomas beendete die Reinigung einer grünen Vase mit einer Flaschenbürste. »Welche Stellung haben Sie eigentlich, bei der Polizei?«

»Ich bin Kommissarin«, sagte Marian.

»Es ist gut, dass Frauen Karriere machen und weiterkommen. Dass sie sich überall am Arbeitsplatz durchsetzen.«

Marian schluckte. Der stärkste Teil war der, der am wenigsten verlangte. Das hatte sie irgendwo gelesen. Nur vier von den zwölf Polizeipräsidenten in Norwegen waren Frauen. Im Zusammenhang mit der Reform der Lokalpolizei hatte das Polizeidirektorat geäußert, das Ziel sei vierzig Prozent Frauen in Führungspositionen. Sie wollte nicht weiter im Keller hocken und sich mit Kleinkram beschäftigen. Aber eine leitende Stellung? Nein. Ausgerechnet sie, die es nicht mal schaffte, sich selbst zu steuern.

Birgit Thomas stellte eine große weiße Porzellantasse, die englisch aussah, vor Marian und gab Tee aus einer Thermoskanne hinein, wollte aber selbst nichts.

Sie sprachen ein wenig ganz allgemein darüber, wie schrecklich diese ganze Thona-Geschichte war, dann fragte Marian: »Wie war Thona eigentlich?« Sie dachte daran, was Elly Haug gesagt hatte; dass Thona Insekten die Flügel ausgerissen hatte.

Birgit Thomas zögerte etwas. Dann setzte sie sich. »Thona war ein ganz gewöhnliches Kind. Süß, wütend, sanft und sauer. Sie wissen schon ...« Sie legte ihre saubergescheuerten Hände vor sich auf den Tisch, erwiderte Marians Blick für ein paar Sekunden und fuhr fort: »Kinder sind kleine Menschen, die haben nicht nur Arme, Beine, Nieren und ein Herz; sie haben auch einen Intellekt, eine Psyche, Intuition, Rücksichtnahme, Geschicklichkeit und eine Portion Bosheit. Machen wir uns nichts vor. Man ist niemals sicher. Keiner ist sicher.«

Marian nahm einen Schluck Tee. Er war aromatisiert und schmeckte nach Vanille.

»Seltsam, dass Sie das sagen. Denken Sie an etwas Besonderes? Wie war das mit Thona?«

Birgit Thomas beugte sich hinunter und spähte unter den halblangen Gardinen hindurch. Marian sah ein paar Jugendliche, die draußen auf der Straße vorbeigingen, auf dem Weg von der Schule nach Hause.

Die Grundschullehrerin drehte sich zu Marian um. »Das war nur so eine allgemeine Betrachtung. Kinder wissen nicht immer, wie sie Tiere behandeln sollen. Sie dürfen so was nicht zu ernst nehmen. Haben Sie eine neue Spur?«

»Leider nicht. Arbeiten Sie immer noch mit Kindern?«

»Ja, aber beim Jugendamt. Ich versuche, die zu retten, die gerettet werden können. Vor Müttern, Vätern, untauglichen Erziehungsberechtigten.«

»Um sie tauglichen Menschen anzuvertrauen?« Marian schluckte.

»Ja.«

»Woher wissen Sie, dass Menschen dazu taugen?« Sie dachte an ihren eigenen Adoptiveltern.

»Wir beobachten. Kommen zu Besuch, kümmern uns. Verstehen Sie? Aber natürlich erreichen wir nicht alle«, fügte sie hinzu.

»War Annie eine gute Mutter?«

»Das würde ich sagen. Sie war vielleicht ein bisschen chaotisch, aber sie war auch mit allem allein, das darf man nicht vergessen. Frauen sind nicht immer die besten Erziehungsberechtigten. Kinder brauchen auch einen Vater.«

Danach blieb Marian zwei Minuten im Wagen sitzen, ehe sie den Zündschlüssel umdrehte und wegfuhr. Wieso dachte sie jetzt wieder an Naomi Campbell, Mutter Teresa, Sylvia Plath und *Basic Instinct*? Irgendetwas rumorte in ihrem Unterbewusstsein. *Frauen sind … nicht immer … die besten …*

Sie schloss einen Moment lang die Augen, fuhr dann über den Damplass und weiter. *Kinder haben auch einen Intellekt, eine Psyche, Intuition, Rücksichtnahme, Geschicklichkeit und eine Portion Bosheit. Machen wir uns nichts vor.* Eine Zehntelsekunde lang spürte sie, dass es ihr davor grauste, nach Hause zu kommen.

Sie hatte auch Kontakt zu zwei Personen aufgenommen, mit denen Thona zusammen in den Kindergarten gegangen war. Die waren jetzt Anfang zwanzig. Hatten das Gleiche gesagt. Thona sei ruhig und in Ordnung gewesen. Ganz gewöhnlich. Als sie am Krankenhaus Ullevål vorbeifuhr, kam ihr ein Gedanke: Natürlich konnte – sehr wahrscheinlich sogar – eine rachgierige Frau in die Thona-Geschichte verwickelt sein.

58

Marian hielt unterwegs an einer Tankstelle, kaufte zwei Hamburger, eine Packung Kekse und eine Flasche Pepsi Max. Für gesundes Essen war jetzt keine Zeit. Elly hatte endlich eine SMS geschickt, sie sei jetzt bereit, der polizeilichen Empfehlung bezüglich der Hypnose zu folgen. Es war nicht exakt ein Rat der Polizei gewesen. Marian schrieb zurück, das sei toll, und fragte, wann sie nach Hause komme? Elly erwiderte, sie wisse es noch nicht genau.

Shai Timo hatte etwas im Internet geschrieben, über den unbezwingbaren Geist, darüber, niemals aufzugeben. Daran dachte Marian jetzt. Sie hatte den Gedanken an die rachgierige Frau beiseite geschoben, ihr Kopf platzte fast. Es war nicht gut zu arbeiten, wenn man nicht ganz in Form war; alles wurde zu viel. Und im Polizeiberuf gab es für so etwas keinen Platz. Tønnesen hatte sie seit zwei Tagen nicht gesehen. Sie fragte sich, was er wohl gerade trieb.

Sie aß im Wagen, fuhr zu Hause vorbei und holte Birka, ehe sie zum Polizeigebäude fuhr und sich für die Asservatenkammer einschrieb. Es war schon nach fünf, als sie die große Tür öffnete und das Licht einschaltete, das grellweiß flackerte, ehe es sich stabilisierte. Sie fing an, in den riesigen Regalen nach dem Asservatenbeutel mit dem Ball zu suchen.

Sie fand ihn nicht, war aber plötzlich wie vom Teufel besessen. Genauso gut konnte sie auch die ganze Nacht durchmachen. Was sollte sie zu Hause schon tun?

Gegen Mitternacht legte sie eine kleine Pause ein und ging mit Birka im Hundehof Gassi. Auch andere arbeiteten noch, im vierten Stock waren alle Fenster hell erleuchtet. Cato war bestimmt auch noch da.

Manchmal bewegten sich die Dinge doch in die richtige Richtung, denn als die Uhr 3:17 zeigte, saß sie plötzlich mit dem Asservatenbeutel auf dem Schoß da, ein verdreckter Plastikbeutel. Und darin der blaue Ball. Marian streifte Wegwerfhandschuhe über und fischte den Ball heraus. Zwei kleine Zettel klebten daran. Beschrieben mit Thona-A und Elly-B. Die Fingerabdrücke waren mit einem weißen Stoff sichtbar gemacht worden, aber das Interessante war der dunkle verschwommene Fleck auf der anderen Seite des Balls. Den sie auf dem Foto gesehen hatte. Das war der Bereich, der mithilfe des neuen Systems überprüft werden musste. *Low Copy Number.*

Marian ging zurück in ihr Büro und schrieb Farhi Salman eine Mail, dass sie den Ball zwecks neuer Untersuchung bei der Technischen Abteilung in Bryn abliefern werde, gleich um acht, wenn sie aufmachten. Das war die erste Information, die er in diesem Fall von ihr bekam. Denn jetzt hatte sie etwas zu berichten. Das Ganze war eine Art Psychohygiene, obwohl ihr im selben Moment der Gedanke kam, dass Salman vielleicht nicht der war, für den er sich ausgab, und womöglich ohnehin noch weiter hinter ihr her schnüffelte.

Zu Hause schlief sie drei Stunden auf dem Sofa, bevor sie mit ihrem Fund zur Technik nach Bryn fuhr. Aber erst rief sie Tønnesen an. Seine Stimme klang etwas seltsam, doch er sagte, es sei eine große Hilfe, dass der Ball endlich aufgetaucht sei. Vom Auto aus rief sie Cato an, er war natürlich beschäftigt, lobte sie aber, als sie von dem Ball berichtete. Dann ließ sie durchblicken, dass sie eine Waffe brauchte.

»Eine Waffe, wozu?«, fragte er mit einem Lachen. »Wen willst du töten?«

»Ich werde verfolgt, Cato, von einem Verrückten. Kein Scherz.«

»Marian, nimm dir ein paar Tage frei, ja?« Sie hörte ihn durch Telefon lächeln, als er das sagte. »Hast du nicht seinerzeit gesagt, du seist Expertin darin, dich auf Verrückte einzustimmen?«

»Im Augenblick fühle ich, dass sich ein Verrückter auf mich einstimmt, Cato. Das ist ein sehr reales Gefühl. Er hat … ein Feuer angezündet … er hat … Ich habe eben noch mal bei der Arbeitsagentur angerufen und gefragt, ob die Glenn Haug unter Kontrolle haben. Er ist da gerade mit irgendeiner Meldekarte gewesen, das heißt, er lebt also.«

»Natürlich lebt er, Marian«, sagte Cato und schwieg einen Augenblick. »Du musst nicht immer so übertreiben.«

Sie dachte daran, wie sie Cato angeschrien hatte, dass sie Täter nicht als Feinde definierte. Und jetzt warf er ihr also vor, dass sie immer übertrieb.

»Ich habe übrigens keine so guten Neuigkeiten für dich. Wann bist du im Haus?«

»Was denn? In zwei Minuten.«

»Wir brauchen Tønnesens Expertenrat im Hinblick auf den Fall mit den gefolterten Männern«, sagte Cato. »Du kannst gerne bei mir vorbeischauen.«

»Inwiefern Expertenrat?« In ihr begann es zu brodeln. Sie bog in die Tiefgaragenanlage ein. Die konnten Tønnesen jetzt doch nicht einfach zurückbeordern.

»Er weiß alles über Zwangsfantasien bei klassischen Serienmördern, über Bosheit und Gewalttendenzen. Sorry, Marian.« Er klang plötzlich erschöpft. »Du kriegst Tønnesen zurück. Nach einiger Zeit.«

Sie ließ den Wagen an. »Dieser Zettel, der gefunden wurde, der ist ganz real, Cato, mit den Namen der Männer. Der wurde in der Tagesklinik gefunden.«

»Von wem?« Sie konnte hören, dass er ihr nicht glaubte.

»Von Annie Ormberg Johansen.«

»Dann bring ihn her.«

»Es gibt ihn nicht mehr«, sagte sie und fuhr los.

*

Als sie die Haustür öffnete, war sie so erschöpft, dass ihr schwindelig wurde. Obwohl sie vor kurzem noch alles getan hätte, um Tønnesen loszuwerden, war sie jetzt derart entrüstet, dass sie fast explodiert wäre. Verdammter Scheißkerl! Cato hatte die Herrschertechnik angewandt wie schon einige Male zuvor. Jetzt hatte er ihr Tønnesen weggenommen, brauchte ihn für die Ermittlung, ja klar, aber sie brauchte er nicht.

Ihre Autorität war geschwächt. Sie würde sich auf eigene Faust eine Waffe aushändigen lassen.

Sie warf einen kurzen Blick auf die Uhr. Zehn vor fünf. Jetzt war sie seit über vierundzwanzig Stunden wach, musste jetzt hoch und schlafen.

Die alte Frau im Erdgeschoss öffnete die Tür einen Spalt weit und sagte mit ihrer brüchigen Stimme: »Sie haben ja gesagt, dass ich keine Fremden reinlassen dürfte, aber das habe ich auch nicht gemacht, also … Haben Sie Ihren Bruder getroffen?«

»Meinen Bruder?« Marian starrte sie an. »Ich habe keinen Bruder.«

»Er hat hier vor ein paar Wochen geklingelt. Er sagte, er käme von weit her, vom anderen Ende der Welt. Und Sie waren ja nicht zu Hause.«

Marian riss die Augen auf. »Vom anderen Ende der Welt? John Johansen also, oder …«, entfuhr es ihr.

»Er hat nicht gesagt, wie er heißt. Er sah müde und erschöpft aus. Aber er wollte nicht reinkommen und Kaffee trinken. Ich hab ihm den Extraschlüssel für Ihre Wohnung gegeben.«

59

»Welchen Scheiß-Extraschlüssel?«

Sie hörte Birka hinter sich kläffen.

Die alte Frau zwang sich zu einem Lächeln. »Den hab ich vom ehemaligen Eigentümer der Turmwohnung bekommen. Ich habe öfter seine Katze gefüttert. Möchten *Sie* nicht vielleicht auf einen Kaffee hereinkommen?«

»Sind Sie etwa total verrückt, Sie blöde alte Schachtel? Haben Sie meinen Schlüssel einem Irren gegeben? Wie lange ist das her?«

»Das ist jetzt ein paar Wochen …«

»Ein paar Wochen! Da waren Fremde in meiner Wohnung. Außerdem ist er Pyromane, verfluchter Mist. Wie sah er aus?«

Die alte Frau neigte den Kopf und sah zu Marian auf. »Er war etwas seltsam. Mehr weiß ich nicht.«

»Er hat hier draußen vor der Tür ein Feuer gemacht. Jetzt muss ich das Schloss wechseln. Und Sie halten sich aus meinen Angelegenheiten raus, ab sofort. Verstanden?«

Der Schreck stand der alten Frau ins Gesicht geschrieben.

Marian nahm Birka an die Leine und zog den Hund mit sich die Treppen hinauf. Er hatte also einen Schlüssel. War ganz nach Belieben ein und aus gegangen. Er sah seltsam aus, hatte sie gesagt. Es musste Glenn Haug sein. Er war anscheinend nicht tot, nein. Wenn sie zurückdachte – gab es da sonst jemanden, der sie hasste, jemand aus einem alten Fall? Jemand, der unschuldig verurteilt worden war? Jemand, der sich für irgendwas rächen musste?

Obwohl ihr das Haus jetzt wie der gefährlichste Ort auf der Welt vorkam, wurde sie vor lauter Müdigkeit fast ohnmächtig. Sie musste schlafen, alles um sie herum schwankte. Sie aß ein paar Butterbrote und trank ein großes Glas Orangensaft, klemmte den Besen wieder unter den Türgriff und rief einen Schlüsseldienst an. Sie würden am nächsten Tag kommen und das Schloss austauschen. Eine Alarmanlage hatte sie auch bestellt. Die sollte in zwei Tagen kommen. Sie hatte gesagt, dass sie nicht so lange warten könne, es gehe um Leben und Tod, aber sie hatten ihr anscheinend nicht geglaubt und betont, dass sie es nicht früher schaffen würden. Dann gab sie Birka etwas zu essen und kollabierte fast in derselben Sekunde, in der sie sich auf das Sofa legte.

Sie schlief bis fünf Uhr nachmittags. Um acht löschte sie das Licht und zog einen Esszimmerstuhl ans Küchenfenster. Schaute in den Garten hinunter. Die Jacke, die am Zaun gehangen hatte, war nicht mehr da. Das Motorrad des Künstlers hatte sie eine Weile nicht gesehen, wahrscheinlich war es im Winter an einem anderen Ort untergestellt. Marian lehnte die Stirn an die Glasscheibe, legte die Ellbogen auf das Fensterbrett und wartete. Als es ganz dunkel geworden war – die Uhr zeigte 22:15 –, trat ein Mann durch die Toreinfahrt. Er trug einen langen Mantel und hatte sich eine dunkelblaue Mütze tief ins Gesicht gezogen. Die Hälfte seine Gesichts war verschattet, wie sie im Licht der Straßenlaterne sah. Sie wich vom Fenster zurück. Morgen würde sie sich eine Waffe besorgen. Es war derselbe Mann, den sie schon zuvor gesehen hatte, im Garten und hinter den abgestellten Autos. Ihr Herz schlug düster. Als sie erneut hinaussah, war er verschwunden. Was sollte sie jetzt machen? War das nicht derselbe Mantel, den sie vor einiger Zeit an der Vogelscheuche in der Kleingartenanlage gesehen hatte? Es *war* Glenn Haug. Sie riss das Fenster auf, beugte sich hinaus und rief so laut sie konnte: »Ich weiß, wer du bist!«

*

Toralf Henningsen arbeitete seit einundzwanzig Jahren in der Materialausgabe im Keller des Polizeipräsidiums. Er hinkte, ein Bein war wesentlich kürzer als das andere, und er trug einen altmodischen grauen Staubkittel. Er und sein Kollege hatten jahrelang zusammen im Fußballtoto gewettet, der Kollege war einst sogar Spieler bei Brann gewesen. Gerade hockten sie zusammen und füllten einen Coupon aus, der in der Mittagspause abgegeben werden sollte. Umso gereizter reagierte er, als jemand auf die Metallklingel schlug. Es war die kleine Dunkelhaarige mit der Narbe. Er griff nach dem Anforderungsformular, das sie auf den Tresen legte, und warf einen kurzen Blick darauf. »Marian Dahle, HK P 30, ok.« Er sah auf ihre ID-Karte, ging in die Waffenkammer und suchte eine Dienstpistole, eine Taschenlampe, eine Schachtel mit 9 mm-Patronen und ein Holster heraus. Er legte alles in einen kleinen schwarzen Koffer, den er auf den Tresen stellte. »Wollen Sie jetzt am Schießstand üben? Augenblick, ich sehe mal auf der Liste nach, ob Sie eine IP-4-Genehmigung haben. Anforderungen sind eigentlich etwas out.«

»Ich war eine Weile krank gemeldet«, sagte sie schnell. Ihr Blick war fest. »Schauen Sie mal auf die Personalliste vom vergangenen Jahr. Mein Chef ist Cato Isaksen. Er sagte, er hätte keine Zeit gehabt, meinen Eintrag zu aktualisieren. Er arbeitet an dem Joner-und-Schavenius-Fall.«

»Das ist wirklich eine verfluchte Geschichte.«

Hennigsen drehte sich um und warf einen Blick auf seinen Kollegen, der den Tippschein ausfüllte. »Zwei Kreuze bei Vålerenga, ja?«

Dann sah er sie an. »Sie sitzen unten, in der Etage über uns, wie ich gesehen habe?«

»Um meine Ruhe zu haben«, erwiderte sie.

»Hier unten ist jetzt ständig Betrieb, seit der Justizminister die allgemeine Bewaffnung verordnet hat. Sie müssen hier unterschreiben. Sie haben wohl auch schon so einiges durchgemacht, wie? Diese Narbe ...« Er deutete mit dem Kopf auf die Verletzung in ihrem Gesicht. »Verdammt heiß hier«, sagte sie, bedankte sich und nahm den Koffer. Dann lächelte sie ihn an und ging.

Marian ging in ihr Büro und versteckte den Koffer hinter der Tür. Edith Södergran hatte einmal gesagt, was sie jetzt dachte. In einem Gedicht. *Meine Freunde haben ein falsches Bild von mir. Ich bin nicht zahm.* Das Formular war die Kopie einer Materialanforderung aus dem letzten Jahr. Sie hatte sich viel Mühe damit gegeben, Henningsen hatte nicht bemerkt, dass sie am Datum herumgewerkelt hatte. Cato hatte das Formular unterschrieben, ursprünglich stand da ein Datum aus dem letzten Jahr, das sie etwas überarbeitet hatte. Wofür hatte sie schließlich einen Kopierer? Man konnte nämlich nie wissen, wann man einen brauchte. Tag und Monat hatten übereingestimmt, 5. Oktober. Es war jetzt also genau ein Jahr her, dass sie sich eine andere Waffe hatte aushändigen lassen. Eine Waffe, die sie allerdings nicht vor den Ereignissen in dem Krematorium hatte bewahren können.

Gegen zwölf fuhr sie wieder nach Hause und war rechtzeitig vor dem Mann vom Schlüsseldienst da. Sie entdeckte drei Ameisen, die an der Kante der Anrichte entlangspazierten. Zwei drüben beim Ofen. Und vier am Fenster.

Mit zitternden Händen stellte sie den Koffer auf den Esstisch und öffnete ihn. Sie hatte eine Waffe requiriert. Ohne Genehmigung. Sie nahm die handliche Pistole heraus, füllte ein Magazin mit Patronen und setzte es ein. Dann lud sie die Waffe durch. Jetzt konnte sie sich verteidigen. Ohne Vorwarnung wurde ihr plötzlich übel, ein drückendes Gefühl im Hals. Sie schaffte es gerade noch ins Badezimmer. Ihre Knie knallten auf den Boden, als sie sich vor die Kloschüssel hockte. Sie übergab sich, wieder und wieder, kalter Schweiß stand ihr auf der Stirn. Sie erkannte wieder den Schmerz, den schwache Menschen spürten. Dachte daran, was Thonas ehemalige Lehrerin gesagt hatte: Man ist eigentlich niemals sicher. Keiner ist sicher. Es war wie eine alte Geschichte, die vor langer Zeit begonnen, aber niemals geendet hatte. Jetzt tat ihr die Narbe derart weh, dass es sich anfühle, als ob die Haut aufriss. Sie nahm drei Tabletten und schluckte sie mit Wasser herunter. Die Ginflasche lag in der Waschmaschine. Vor wem wollte sie die eigentlich verstecken?

Der Monteur vom Schlüsseldienst kam. Der Austausch des Schlosses dauert nur eine halbe Stunde, und sie erhielt zwei neue Schlüssel. »So«, sagte der Monteur. »Jetzt haben Sie die Schotten dicht. Passen Sie bloß gut auf diese Schlüssel auf.«

Sie bedankte sich, ging auf direktem Weg ins Bad und nahm einen großen Schluck Schnaps. Einmal hatte sie eine Flasche in der Waschmaschine vergessen und dann Wäsche gewaschen. Die Flasche zerbrach, und in Badezimmer roch es ganz eigenartig. Sie konnte die Maschine nicht aufhalten, die Wäsche musste sie wegwerfen, überall hafteten Glassplitter. Sie stand ganz still und ließ alles zusammen auf sich einwirken; das Haus war so groß, und die Wände gaben keinen wirklichen Schutz. Wie wurde man eigentlich Hypnotiseur? Überließ man sich einem inneren Strom, der vom Nervensystem ausging und in den Weltraum hinausführte? Musste man ganz anders denken, allem Bekannten den Rücken zukehren, die Gedanken umwandeln und das Dunkle hervorbringen? Das, was zu stark war? Vielleicht musste man Denken und Wahrnehmung völlig verändern. Ob sie wohl andere Menschen beeinflussen könnte, wenn sie es nur genug wollte? Falls sie jemand jagte, würde sie ihn daran hindern können?

Sie zog sich aus und stellte sich unter die Dusche. Dann zog sie saubere Sachen an und trank eine Menge Wasser. Danach ging sie mit dem halbleeren Waffenkoffer in den Turm und ließ die Taschenlampe zusammen mit der Munitionsschachtel im Koffer liegen. Sie kniete sich hin und öffnete den Schrank. Horchte in den Kriechboden hinein, ehe sie den Koffer abstellte. Es gab Dinge in ihrer Kindheit, an die sich erinnern musste, etwas, das ihr verraten könnte, warum das alles passierte; vielleicht würde sie eines Tages eine glücklichere Version ihrer Jugend entdecken. Sie hatte ein paar vage, trostlose Erinnerungen an Dinge, die sie aus dem Küchenfenster gesehen hatte, in dem Block, in dem sie gewohnt hatten. Sie kniete auf einem Stuhl und sah dort unten Kinder, die in Freunde verwandelt wurden. Aber es waren die langen leeren Stunden, die sich in ihre Erinnerung eingebrannt hatten. Die Mutter redete nur mit ihr, wenn es nötig war. Und das geschah nicht oft. Sie sagte, sie hätten ihretwegen so große Ausgaben. Sie hörte die anderen Kinder draußen spielen. Wollte raus. Jetzt überkam sie wieder das Gefühl. Sie wollte, dass *er* kam. Der Verfolger. Denn sie spürte nicht nur Angst und Abstand, wenn sie an ihn dachte, sondern etwas anderes, Nähe. Da war einer, der sich wünschte, sie zu treffen. Und sie war bereit. Denn jetzt hatte sie ein neues Schloss – und die Waffe.

*

In der Nacht passierte natürlich nichts. Er kam nicht mehr herein, und sie hatte ihn bestimmt verschreckt, als sie ihm aus dem Fenster hinterher gerufen hatte.

Sie befestigte das Holster am Gürtel und schob die Waffe hinein. Dann suchte sie den größten Pullover, den sie hatte, und zog ihn über die Knie herunter. Setzte sich an den Küchentisch und schrieb eine Mail an Farhi Salman.

Abs.: Dahle@politiet.no
Empf.: farhi.salman@kripos.no

Hallo Farhi Salman,
wäre es möglich, in den Medien nach Glenn Haug zu fahnden? Ich kriege ihn nicht zu fassen und habe den starken Verdacht, dass er etwas mit dem Fall Thona zu tun haben kann. Es hat sich nichts Neues ergeben, aber ich muss ihn unbedingt finden. Falls gewünscht, können wir uns gerne treffen.
Marian Dahle

Sie aß etwas, eine leichte Mahlzeit aus Obst, Eiern und Gurken. Dann führte sie Birka aus, war ruhiger, da sie jetzt ein neues Schloss und die Waffe hatte. Tønnesen war sie auch losgeworden. Sie hätte froh sein sollen, war es aber nicht. Sie wartete auf die technische Analyse des öligen Flecks an dem Ball. Es würde etwas dauern, hatte die Technik gesagt. Sie wusste nicht, ob sie es noch viel länger aushielt.

Jetzt war es still. Sie hoffte, dass das so blieb. Sie fuhr zur Arbeit und war gegen fünf wieder zu Hause. Etwa um elf legte sie sich hin. Doch bevor sie das Licht ausschaltete, überprüfte sie die Mails auf dem Handy. Endlich war eine Antwort von Salman gekommen.

Abs.: farhi.salman@kripos.no
Empf.: Dahle@politiet.no

Hallo.
Wir können nicht nach einer Person fahnden lassen, nur weil Sie mit

ihr reden wollen. Schlage vor, dass wir abwarten, bis etwas Neues in der Sache auftaucht.
MfG, Farhi Salman

Eine kurze und abschlägige Antwort. Natürlich. Jetzt erkannte sie das Bild. Sie hatten sich zusammengerottet. Aber sie hatte auch keine neuen Erkenntnisse beisteuern können. Jetzt war sie allein.

60

Sie schaltete den Klingelton des iPhones aus und schlief mit der Waffe unter dem Kopfkissen nach einer Weile ein, wurde aber fast unmittelbar danach wieder wach und fühlte sich erstaunlich ausgeruht. Im Turm war es kühl. Es war still, nur das eine oder andere Geräusch eines Autos, das unten auf der Straße vorbeifuhr. Sie setzte sich halbwegs auf, stützte sich auf die Ellbogen. Ihr fiel wieder ein, dass sie jetzt ein neues Schloss hatte, doch irgendwo in der Stille hörte sie plötzlich etwas: ein kaum hörbares Geräusch. Birka schlief. Sie schlug die Decke zurück und schwang die Beine aus dem Bett. Trug eine Unterhose und ein T-Shirt. Nichts an den Füßen.

Es war ein feines Geräusch, wie fließendes Wasser. Im selben Moment wurde ihr klar, dass es sich genau darum handelte, fließendes Wasser. Sie riss die Augen auf. Jemand benutzte die Toilette. *Er* war in der Wohnung. Sie atmete ganz langsam, schob die Hand unter das Kopfkissen und zog die Waffe hervor. Wie war er hereingekommen? Das verdammte Schloss auszutauschen hatte überhaupt nichts genutzt. Sie öffnete die Schranktür und sah hinein. Die Rückplatte war verschwunden. Sie schaute direkt in den verschmutzen Kriechboden.

Marian schlug die Hand vor den Mund und hielt den Atem

an. Es war ein Gefühl, als ob ein klarer weißer Blitz durch ihr Gehirn flackerte. Sie schloss die Augen, lehnte für einen Augenblick die Stirn an die Wand, griff dann nach einer Hose und zog sie schnell über. So war er also hereingekommen, durch den Kleiderschrank, hatte einen Schraubenzieher benutzt und alle Schrauben gelöst, dann war er an ihr vorbeigekrochen, während sie schlief.

Der Schlüssel passte ja zur Haustür unten, natürlich, und am selben Schlüsselbund hatte er den Schlüssel für das Vorhängeschloss zum Dachboden. Das Schlüsselbund, das der Wohnungseigentümer mit der Katze der alten Frau gegeben hatte. Und jetzt war er unten auf der Toilette.

Er musste hier schon mehrmals gewesen sein, hatte einmal offenbar auch Birka nach unten ins Wohnzimmer getragen. Beileibe kein Wachhund, dieses Tier. Und sie hatte es gespürt, und alles stimmte.

Er musste den Waffenkoffer gesehen haben, als er daran vorbeigekrochen war, demnach wusste er, dass sie bewaffnet war. Sie nahm die Waffe, hörte seine schlurfenden Schritte, denn jetzt war er im Wohnzimmer. Ihr Handy lag da unten, auf dem Esstisch, sie war also von der Umwelt abgeschnitten, konnte niemanden benachrichtigen, nicht um Hilfe bitten.

Ihr Herz hämmerte. Birka sah sie an, dieser dumme Hund. Sie musste ihn überrumpeln, bekam aber plötzlich Angst. Vielleicht war auch er bewaffnet? Vielleicht war er vorbereitet. Natürlich war er vorbereitet.

Einem Impuls folgend kroch sie in den Schrank, zwängte sich durch die Öffnung und hinein in den Kriechboden. Die Rückplatte lag ein Stückchen hinter der Öffnung. Er musste sich ja gedacht haben, dass sie hier hinauskommen könnte? Wie war sein Plan? Die Rolle mit Isolierband lag jetzt woanders. Ihre Handflächen wurden vom Staub ganz grau. Auf den Knien kroch sie ratlos hinüber zu den Kartons des Künstlers. Der raue Holzboden riss ihr die Hände auf. Ein paar Sachen waren herausgezogen worden, Mörtel und Gips, Dinge, die er brauchte. Sie sah es in dem dünnen Lichtstreifen, der von den Straßenlaternen hereingeworfen wurde, durch den Schlitz am Dachfirst. Sie horchte, aber alles war still. Ein Holzsplitter bohrte sich in die Hand, in der sie die Waffe hielt. Er drang tief ins Fleisch ein, und die Wunde begann zu bluten.

Sie zog die Dachbodentür auf, lief die kleine schmale Bodentreppe hinunter, blieb einen Augenblick vor der Tür des Künstlers stehen, ehe sie laut anklopfte. Das Geräusch hallte durchs Treppenhaus, alle mussten es hören, auch er, der jetzt in ihrer Wohnung war. Ihre nackten Füße waren eiskalt, die Wunde an der Handfläche blutete jetzt stärker. Sie klopfte abermals an, fester, aber niemand öffnete. Marian glaubte Schritte zu hören, doch es gab nur eine dröhnende Stille.

Sie wollte gerade die Treppe hinunterrennen, musste raus auf die Straße und ein Auto anhalten, als sie das Geräusch eines Schlüssels hörte, der herumgedreht wurde. Es kam von ihrer Wohnungstür. Sie drehte sich um, hob die Waffe und ging leicht in die Knie. Dann wurde die Türklinke hinuntergedrückt.

Er kam raus, sah sie aber nicht sofort, da sie ein Stück weiter unten auf der Treppe stand. Einen Augenblick wurde ihr schwarz vor Augen, rote Punkte blitzten hinter den Augenlidern auf. Das Foto, das sie im Polizeiarchiv gesehen hatte, war vor vielen Jahren aufgenommen worden, aber das Gesicht des Mannes war nicht zu verkennen. Es war Glenn Haug. Mit einer blauen Mütze. Er trug jetzt keinen Mantel, sondern eine kurze Jacke, seine halbe Visage war von einer Tätowierung entstellt, ein Spinnennetz.

Sie nahm ihn mit zitternder Hand ins Visier und schrie so laut, dass es sich fast anfühlte, als ob ihre Stimmbänder rissen: »Nicht bewegen. Ich schieße!«

Er erschrak, als er sie entdeckte, ging in die Hocke, musterte sie mit eiskaltem Blick. Dies war kein Mann, der sich einschüchtern ließ. Plötzlich hatte er ein Messer in der Hand, richtete sich wieder auf, erwiderte ihren Blick, presste die Lippen aufeinander und kam mit erhobenem Messer auf sie zu.

Dieser Mann hatte schon viele Kämpfe ausgestanden.

Er stand über ihr, auf der obersten Stufe, mit verbissenem Gesichtsausdruck. Sie zielte auf sein Bein, spürte, dass ihr Arm zitterte, hielt die Waffe aber flach auf ihn gerichtet. »Nicht näher kommen«, rief sie, aber er setzte einen Fuß auf die nächste Stufe, und sie drückte ab. Das Mündungsfeuer blitzte auf, bevor ihn das Projektil ins Bein traf. Das Geräusch schmerzte in den Ohren. Er fiel, drehte sich einmal um die eigene Achse und rollte die Treppe hinunter. Sie sprang zur Seite, als er an ihr vorbeiglitt. Die eintretende Stille kitzelte in den Ohren, wie Kies, der von einer Ladefläche rutscht. Rote Flecken breiteten sich wie Tinte auf den Stufen aus, das Messer glitt hinunter, sie beugte sich vor, um es aufzuheben, aber es sauste mit einem metallischen Geräusch an ihr vorbei.

Der Künstler riss seine Tür auf. »Was ist denn hier los?«, schrie er. Er hatte sich in eine Decke gewickelt. Marian stand immer noch mit erhobener Waffe da. Glenn Haug lag zusammengesunken mitten auf der Treppe, griff aber plötzlich nach dem Messer und rappelte sich auf. Die Tür im Erdgeschoss ging auf, plötzlich stand die alte Frau da unten, barfuß, in einem viel zu großen Nachthemd.

»Polizeieinsatz!«, rief Marian ihr zu. »Gehen Sie zurück in Ihre Wohnung.«

*

Er spürte keinen Schmerz, nur warme Flüssigkeit, die unter seiner Hose am Bein herunterlief und seinen Schuh füllte. Er lief durch den schwarzen Garten und hinaus; die Blätter zitterten wie in einem Krampf. Sie sahen falsch aus, waren nur Fragmente anderer Bäume, die er aus seiner Kindheit kannte. Hinter ihm erklang ein zerrendes Geräusch, es war der Wind, der an der Schutzfolie über dem Holzstapel riss. Er hinkte, zog das eine Bein nach, jetzt tat es weh.

Er hätte sie vorhin umbringen sollen. Das Messer in sie hineinstoßen, während sie schlief, dann wäre alles gut. Aber der Hund. Er war wach geworden und hatte ihn angeschaut. Er war runter ins Wohnzimmer gegangen. Seine Mutter hatte gesagt: *Die Aufklärung steht kurz bevor. Diese Frau ist gefährlich, und sie wird es herausfinden.* Er würde nicht in den Knast gehen. Er war kein Mörder, das würde ihm niemals einfallen. Er zog das Tor auf und kam irgendwie raus auf die Straße.

*

Marian holte das Handy, das auf dem Tisch lag. Als sie wieder herauskam, stand der Künstler immer noch an derselben Stelle.

»Ich habe die Kollegen angerufen«, log sie. »Gehen Sie wieder rein. Die schnappen ihn bald, da unten ist ein Streifenwagen in der Nähe.«

»Aber er wurde getroffen«, sagte der Künstler und blickte auf das Loch, das die Kugel in ihrer Tür hinterlassen hatte.

»Das war bloß ein Streifschuss am Bein. Tun Sie jetzt, was ich sage!«, rief sie. »Gehen Sie wieder rein. Ich fahre runter zum Präsidium und liefere meinen Bericht ab. Wir melden uns wieder, wenn wir einen Zeugen brauchen.«

Er zog sich zurück. Marian wartete eine Minute ab, dann fing sie an.

Sie machte die Treppe sauber, benutzte zwei Eimer Wasser, Reinigungsmittel, Lappen und ein altes Handtuch, kletterte zum Dachboden hinauf und schraubte die Rückplatte mit einem Schraubenzieher fest, den sie aus dem Keller holte. Rannte durch die Wohnung, die Leiter hoch, zog die schwere Kommode vor und kippte sie vor der Schranktür nach hinten um. Dann löste sie mit dem Schraubenzieher das Projektil aus dem Holz und warf die leere Patronenhülse in den Müll. Nahm ihre ID-Karte, zog sich um, packte Hundefutter und die Ginflasche ein, holte das zusammenklappbare Reisebett aus dem

Keller und nahm Bettdecke und Kissen mit. Sie lud alles ins Auto. Die Mülltüte warf sie in den Mülleimer des Nachbarn, auf der anderen Straßenseite.

61

Um halb vier in der Nacht schloss sie die Tür zu ihrem Kellerbüro auf. Es war kalt und roch nach Putz. Sie schaltete das Licht ein. Die Lampenkuppeln gaben ein schmutzig-trauriges Licht ab. Sie lief wieder hoch und holte das Bettzeug aus dem Wagen. Wie war sie hierher gekommen? Sie war hierher gefahren. Fast manisch baute sie das Reisebett auf und stellte es hinter den Schreibtisch, dann verschloss sie die Tür und breitete die Hundedecke auf dem Boden aus. »Birka, Platz!« Glenn Haug war so schnell gewesen! Völlig irre! Wie schwer verletzt war er wohl? Der Künstler hatte vermutlich Hilfe geholt. In ihrer Wohnung tummelte sich jetzt bestimmt die Polizei. Sie holte ihr Handy hervor und suchte nach Netzabdeckung. Nichts. Sie schaltete den Wärmeofen ein, setzte sich aufs Bett und legte die Decke um sich. Der Splitter in der Handfläche schmerzte. Sie schraubte den Verschluss der Ginflasche ab und trank große Schlucke. Trank, bis ihr Hals wehtat und der Magen sich meldete.

Sie stand auf, setzte sich an den Schreibtisch und schaltete den Computer ein. Ihre Augen wurden vom hellen Licht des Bildschirms geblendet. Ihr Gesicht fühlte sich geschwollen an, und ihr war übel. Sie schälte sich aus der Jacke und warf sie auf den Boden. In den Nachrichten gab es nichts Neues. Gar nichts. Jetzt saß sie hier, im Kellerbüro des Polizeigebäudes. Sie hatte Hunger, aber nichts zu essen dabei. Birka lag mit dem Rücken auf ihrer Decke. Der Hund rührte sich nicht, und für einen Augenblick dachte sie, er sei tot. Aber er lebte. Sie stopfte die Waffe in die Schublade. Dann legte sie sich aufs Bett und starrte zur Kuppel an der Decke hinauf. Sie waren rachgierig, diese Ameisen. Jetzt kamen sie aus den Wänden gekrochen, massenhaft schwarze Punkte. Wer klopfte da an der Tür? Sie hob den Kopf, da war niemand. Es klopfte nicht. Plötzlich stand Salman vor ihr. Tønnesen auch, aber er war durchsichtig, als ob es ihn in der Wirklichkeit gar nicht gäbe. »Könnt ihr nicht einfach abhauen?«, rief sie, begriff aber für einen winzigen Moment, dass sie in einer grauen und braunen Stille lag. Weit weg. Von allem!

*

Jetzt saß sie hier wie ein Maulwurf in der Abteilung K1, im Keller unter der Erde, und wartete auf *sie*. Hielt die Hände um einen leeren Pappbecher. Die Tür war abgeschlossen. Sie hörte ihre eigene kleine Phantomstimme aus der Kindheit: *Ich wünsche mir eine Spielzeugpistole.* Sie hatte einen kurzen Ausflug in die Innenstadt gemacht, in einem Kiosk etwas zu essen und zu trinken gekauft. Hatte die Ginflasche in einen Mülleimer geworfen. Auf dem Rückweg war sie am Haupteingang einer früheren Kollegin begegnet; es war am besten, durch diesen Eingang zu gehen, die Kollegen benutzten andere Türen. Es war noch sehr früh am Morgen, aber dennoch war sie Randi begegnet, mit der sie mehrere Jahre zusammengearbeitet hatte. Die Ex-Kollegin fragte, ob irgendetwas nicht in Ordnung sei. »Ich hab dich ja lange nicht gesehen …« »Aber nein«, hatte Marian erwidert und war wieder nach unten gegangen. Jetzt wartete sie, auf Farhi Salman und Cato Isaksen oder irgendwelche fremde Beamte, aber niemand kam. Dann klingelte ihr Handy. Es war der Mann von der Alarmanlagenfirma. Wo sie sei? Er stehe vor dem Drachenhaus und klingele gerade bei ihr an, sagte er. »Aha«, erwiderte sie mit einem Fragezeichen in der Stimme.

Er sollte doch die Alarmanlage installieren, die sie bestellt hatte. Bei der es so eilig sei. Sie legte das Handy weg, ihre Hände zitterten. Jetzt war es neun, draußen konnte sie Henningsen Stimme hören. Er kam die Treppe herunter, um das Materiallager aufzuschließen. Er kam immer über die Treppe.

Eine halbe Stunde später klopfte es. Marian stand auf und öffnete halbwegs die Tür, so dass das zusammengeklappte Bett nicht zu sehen war. Es war Tønnesen. Birka ging ihm schwanzwedelnd entgegen.

Marian zog ihren Pullover ein Stück tiefer hinunter und stellte sich direkt vor Tønnesen.

»Ich wollte gerade nach Hause«, sagte sie.

»Jetzt? Um halb zehn?«

Er starrte sie an, dann lächelte sie. »Die Chancen für eine Aufklärung des Falls sind gleich null«, sagte sie. »Salman weigert sich, nach Haug fahnden zu lassen.«

»Ich fürchte, du hast recht, Marian. Ich stecke ja total in dieser Sache mit Joner und Schavenius. Geht's dir nicht gut? Was ist mit deiner Hand passiert?« Er zog einen Stuhl heran und setzte sich.

»Ich bin gefallen, alles okay, aber ich habe nur alles satt.«

Sie spürte Schweiß auf der Stirn und wusste, dass ihr Gesicht kreideweiß aussehen musste. »Ich habe doch diesen Ball gefunden. Die Qualität des Materials ist nach fünfzehn Jahren natürlich nicht mehr die beste, die Technik braucht daher eine Weile. Weniger wichtige Dinge landen hinten in der Schlange, das weißt du doch.«

»Aber ich habe bald Informationen über Myrtel Haug für dich.« Tønnesen stand auf.

»Über Myrtel Haug? Was denn?«

»In ein oder zwei Tagen«, sagte er. »Ich habe herumtelefoniert.«

»Aber, Tønne, du bist doch raus aus dem Fall.«

»Nenn mich ruhig Tønne, Marian. Ich helfe Cato und dem Gewaltabschnitt, aber du kriegst trotzdem Bescheid, sobald ich was Neues weiß.«

*

Im Aufzug zur Tiefgaragenanlage begegnete sie der Abteilungsleiterin. Das Licht in der Kabine war grell. Die Waffe, die Marian im Gürtel trug, wurde zu einem schweren Stein, der sich unter dem Pullover abzeichnete. Sie zog die Lederjacke enger um sich. Ingeborg Myklebust beugte sich hinunter und streichelte den Hund. Ihr Gesicht wirkte verschlossen. »Alles in Ordnung?«, fragte sie.

»Ihr habt ja Tønnesen zurückbeordert«, sagte Marian und hörte selbst das Krächzen in ihrer Stimme.

»Ja, aber das verstehen Sie doch wohl. Bei diesem ernsten Fall. Sie wirken nicht ganz fit, oder?«

»Ich bin total fit.«

Als Marian danach im Auto saß, zitterte sie, und ihr wurde schlecht. Myklebust wusste bestimmt von der Waffe. Alle zusammen führten ein Schauspiel auf, so arbeitete die Spezialeinheit eben, still und im Verborgenen. Ließen sie Fehler machen, planten, sie zu umzingeln und festzunehmen. Sie waren wie graue Schatten, unsichtbare Fußsoldaten im Namen der Gerechtigkeit. Beim letzten Mal hatten sie es nicht geschafft, sie zu kriegen. Aber jetzt würden sie es schaffen. Es war einfach zu viel; Marian hatte Informationen zurückgehalten, Beweismaterial zerstört, sich illegal eine Waffe besorgt und einen Mann ins Bein geschossen.

*

Der Mann von der Alarmanlagenfirma hatte natürlich nicht auf sie gewartet. Sie warf einen kurzen Blick auf das Kugelloch in der Tür und schloss dann auf. Das Loch müsste sie zuspachteln und übermalen. Die kleine Silberpapierkugel lag auf dem Tischchen unter dem Spiegel. Es war keineswegs verrückt gewesen, diese Falle zu stellen. Es war im Gegenteil ziemlich schlau, denn jemand *war* hier oben gewesen und hatte Sachen umgestellt. Hatte die Papiere und Annies Zettel im Ofen verbrannt, die Clas-Ohlsen-Kerze eingeschaltet und Tassen und Gläser im Schrank über der Anrichte vertauscht. Glenn Haug hatte Thyra

Vinding gesagt, er sei ihr Bruder. Und dann war er hier oben eingedrungen, sehr wahrscheinlich, um sie zu ermorden. Aber wieso hatte er es nicht getan? Und wozu hatte er die Sachen im Schrank umgestellt?

Marian nahm die Tüte mit Hundefutter aus dem Küchenschrank und gab Futter in die Hundeschale. Birka stürzte sich gleich auf das Fressen. Der Hund zog die Leine immer noch hinter sich her.

Marian holte eine neue Flasche aus dem Badezimmerschrank und nahm drei große Schlucke. Sie musste zurück ins Büro, hier konnte sie nicht schlafen. Der Schnaps brannte im Magen. Im Kühlschrank stand ein Joghurt. Das Haltbarkeitsdatum war überschritten, aber sie riss den Deckel ab und trank direkt aus dem Becher. Genau in dem Moment, als sich der Alkohol im Blutkreislauf ausbreitete, kam sie zur Ruhe. Sie trat an die Leiter und sah nach oben, stand einen Augenblick reglos da und horchte. Dann kletterte sie hinauf und überprüfte, ob die Kommode am selben Platz lag, wo sie sie umgestürzt hatte. Sie lag noch genauso da. Marian kniete sich hin, packte den Handgriff und riss die oberste Schublade nach oben heraus. Die Dinge darin purzelten wild durcheinander. Sie musste die Schublade festhalten, während sie die Sachen herausnahm und auf den Boden legte; unter alten Alben und einem Paar dicker Wollsocken lagen verschiedene Papiere. Und ihr Pass. Auch das kleine Silberherz, das ein Mörder ihr einmal geschenkt hatte, kurz bevor er verhaftet wurde. Sie hatte es angenommen. Ein Foto fiel heraus und landete auf dem Boden. Es zeigte sie und ihre Adoptivmutter. Das Bild erschreckte sie. Silvia Plath hatte über Frau Freundlichkeit geschrieben – die im Inneren ganz schwarz war. Die Mutter hatte getan, was sie tun konnte. Wie Annie es gesagt hatte: *Ich habe getan, was ich konnte, aber es war nicht genug.* Auf dem Bild stand eine kleine Marian in scherzhafter Habacht-Stellung, mit ihrer kleinen Hand in der Hand der Adoptivmutter. Es war Frühling. Sie standen vor dem Block in

Stovner, neben einem Baum, dessen Blätter gerade entsprungen waren. Das zuckende Licht wurde vom Asphalt zurückgeworfen. Die Adoptivmutter blickte auf sie hinunter. Gab es Wärme in ihrem Blick?

Sie kletterte wieder ins Wohnzimmer hinunter, setzte sich an den Esstisch und googelte noch einmal nach der Kleingartenanlage Geitmyra. Die lag im Stadtteil St. Hanshaugen. Von allen Gegenden Oslos war diese am dichtesten bevölkert. Das Grundstück war im Besitz der Osloer Kommune und wurde seit 1909 von der Schulbehörde betrieben. Ganze zwölf Schulen waren mit dem Ort verknüpft. Hauptsächlich Schulen in Sagene, St. Hanshaugen und dem Stadtteil Gamle Oslo. Das Gebiet stand ziemlich unter Druck. Diverse Bauunternehmen hätten die Parzelle gern in die Finger bekommen, das reinste Filetstück, und der Friedhof Nordre gravlund brauchte dringend eine Erweiterung. Die Menschen hörten nicht auf zu sterben, und der Friedhof war proppenvoll. Aber noch hielt der Garten stand.

Marian schloss das System und lud Google Maps herunter. Auf dem Bildschirm tauchte die Erdkugel auf. Sie gab die Adresse des Kleingartens ein und klickte auf Street View. Das Programm zoomte auf Europa, erst Deutschland und Dänemark, bevor es Norwegen und Oslo in den Fokus nahm und auf die Grünanlage mitten in der Stadt zielte. Zuerst war das Bild unscharf, dann aber zeigte sich der dreieckige Park mit seinen kreuz und quer verlaufenden Wegen. Es gab alte Bäume mit dunklen Stämmen, kleine Gebäude und einen Teich. Hier und da waren Gartenmöbel herausgestellt worden: eine rostige, türkisfarbene Eisenbank, ein knallrosa Holzstuhl und ein Tisch. Als sie näher heranzoomte, konnte sie auch Menschen erkennen.

62

Die Sonne hatte ihre Wärme eingebüßt und leuchtete weiß zwischen den kahlen Zweigen. Myrtel Haug ging zur Vogelscheuche und zog sie aus. Der aus Tüll gefertigte Kopf der Figur war intakt, ein Küchentuch diente als Kopfbedeckung. Arme und Beine waren aus Ästen und ein paar Stahlrohren zusammengesetzt, der dünne Leib bestand aus Stroh. Es dauerte nur wenige Minuten, bis die Krähen aus dem Nichts angeschossen kamen und sich auf der Vogelscheuche niederließen. Sie schnappten nach den Halmen und rissen das Stroh heraus. Myrtel scheuchte sie weg, sie flatterten hierhin und dorthin, waren aber bald wieder da. Jedes Jahr, bevor der Schnee kam, wurde der Garten winterfest gemacht. Die Gewächse wurden untergepflügt. Bis zum nächsten Jahr würden die braunen Lehmränder den Furchen eines umgepflügten Ackers ähneln. Der Frost würde alles mit einer Eisschicht überziehen, dünn und so glänzend, dass sich nachts die Sterne darin spiegelten.

Sie hörte das Tuckern des Traktors in der Ferne. Einige Bereiche würden allerdings nicht umgepflügt werden, unter anderem hinter der Vogelscheuche.

Myrtel blieb stehen und nahm den Garten in sich auf. Sie hatte den Mantel der Vogelscheuche über dem Arm liegen, die verschiedenen Gartenparzellen ähnelten einem Flickenteppich. All das Grüne war jetzt jedoch in einen farblosen Ton übergegangen, der sich einer Graufarbe annäherte. Die Hagebutten an der Hecke waren schwarz und verfault. Kornblumen, Brombeeren, Georginen und Brennnesseln, alle Pflanzen waren braun und eingesunken. Ein schwerer Odem von Verfall lag über dem Ort.

In der Ferne läuteten die Glocken der Sagene Kirche. Es gab einen Grund dafür, warum Myrtel keine Hunde im Garten duldete. Seit fünfzehn Jahren hielt sie diesen Punkt hinter der Vogelscheuche unter Beobachtung, dort wo das Kind begraben war. Der Körper des Mädchens war grau gewesen, mit lila Flecken, als sie sie in das Loch in der Erde hineingerollt hatten. Sie war nackt begraben worden, damit niemand sie anhand ihrer Kleidung erkennen könnte. Falls sie gefunden würde. Man fand sie nie.

Zweiter Teil

63

Margrethe Moe band ihre halblangen Zottelhaare zu einem Pferdeschwanz. Trotz Klimaanlage war die Luft in der Garderobe abgestanden. Es gab keine Fenster, nur die Reihe grauer, verschließbarer Spinde, einen für jeden der Angestellten. Hübsch war sie nicht gerade, aber ihr Äußeres wirkte frisch und gesund; klare Züge, wenngleich ein wenig farblos. Die grauen Augen hatten dunkle, dichte Wimpern, ihr Gesicht war rund. Die leichte Molligkeit stand ihr, das wusste sie.

Sobald das Racheprojekt des Bruders beendet wäre, würde wieder der Alltag einkehren. Ein Rolltisch mit Kaffeetassen schepperte draußen auf dem Gang vorbei. Sie legte die metallene Lesebrille in das Etui. Ihr war warm, sie schwitzte leicht, wickelte sich aber dennoch einen breiten Verband um den Oberkörper, damit die Brüste flach wurden und sie sich in die Lederkombi zwängen konnte. Ihre schwabbelnden Oberarme waren mit weißen Narben übersät. Es war jetzt eine ganze Weile her, dass sie sich in die Haut geschnitten hatte. Nun brauchte sie nicht mehr diesen Punkt zu finden, an dem der Schmerz sich auflöste; nicht, nachdem der Bruder sein Projekt ins Leben gerufen hatte.

Die Polizei hatte nichts herausgefunden. *Der zweite Mann*, das war sie. Die Welt wollte betrogen werden. Andreas Lindeberg hatte das Narrenspiel nie durchschaut und immer aufmerksam nach dem zweiten Mann Ausschau gehalten. Aber *sie* hatte ihn mit dem höllenscharfen Wayne-Barton-Messer im Torweg abgefangen und in den Keller gezwungen. Wie ein

Dompteur in einer Manege war sie aufgetreten, furchtlos und von allen zu sehen. Das war die Feuerprobe gewesen. Sie hatte sie bestanden. Der Selbstverteidigungskurs, den sie im Zusammenhang mit der Arbeit absolviert hatte, war pures Gold wert. *Seid bestimmt, wendet diese Griffe an, um euch aus schwierigen Situationen zu befreien, überrascht den Angreifer und unterschätzt niemals den psychischen Effekt.*

Danach hatte der Bruder Andreas aus dem Luftschutzraum geholt, während sie oben Schmiere stand. Er hatte eine Spielzeugpistole benutzt. Kannte alle Zaubertricks. Der Bruder hatte gesagt, sie habe bestanden. Und sie war stolz. Im Vorfeld hatten sie gründliche Untersuchungen angestellt. Hatten die Opfer beschattet und sich Zeit genommen.

Sie zog sich die Kombi über die Hüften, darunter trug sie Strumpfhose, Wollunterwäsche und Fleecejacke. Sie waren drei gewesen, doch der Älteste hatte sich mit zweiundzwanzig das Leben genommen, und kurz danach war der Vater in die Schmiergrube gestoßen worden und starb. Durch den Bruder.

Der Lederdress war ganz neutral, es gab kein *Innocent Dragons* auf dem Rücken, wie es die anderen im Motorradclub hatten. Dies würde die letzte Tour in diesem Jahr, denn es war Mitte Oktober. Es war ein besonders milder und trockener Herbst gewesen, heute allerdings schneite es leicht, und jetzt sollte das Motorrad bis zum nächsten Frühjahr in der Werkstatt untergestellt werden. Die Jungs kamen im Frühling gern zur Werkstatt im Stormørkvei, um die Motorräder auf Hochglanz zu polieren. Sie waren nicht gerade die Hells Angels, allerdings mit einem Club in den Niederlanden verbunden, aber auch der hielt sich von allem fern, was mit Kriminalität und Drogenhandel zu tun hatte. Daher auch der Name – Innocent Dragons.

Der Integralhelm lag ganz unten im Spind. Im Zusammenhang mit dem Fall Schavenius hatte die Polizei nach zwei Motorradfahrern gefahndet, was bedeutete, dass sie nicht länger zusammen unterwegs sein konnten. Sie waren nicht dumm, die *unschuldigen Drachen*. Jetzt kam sowieso der Winter, und sie würden nur noch den Wagen benutzen. Sie hatten auch die Kennzeichen ausgetauscht, zum wiederholten Mal. Wenn am Ende alles schiefging, konnte Isolation vielleicht die Rettung sein. Der sicherste Ort auf der Welt konnte trotz allem ein Gefängnis sein, daran dachte sie jetzt. Sie zog die Handschuhe über und spreizte die Finger. Andreas Lindeberg, Gustav Joner und Hallgrim Schavenius waren tot.

Schavenius hatte geglaubt, sie sei auf seiner Seite. Die Methode funktionierte; ein Opfer zu manipulieren war leicht. Aber dann hatte er überlebt. Sie war gezwungen, Schavenius im Ullevål Krankenhaus zu töten. Der Bruder hätte es selbst tun können, war aber zu feige.

Jemand war an der Tür. Sie zog den Riegel zurück. Es war Annie. Sie hatte einen Pappbecher mit Kaffee von Wayne's Coffee in der Hand. »Hallo, Margrethe«, sagte sie.

»Hallo«, erwiderte sie und blickte auf die Schneereste auf Annies Schultern.

»Willst du jetzt wirklich noch Motorrad fahren, so spät im Oktober? Das muss doch eiskalt sein.«

»Heute ist die letzte Tour«, sagte sie.

Annie nahm einen Schluck Kaffee aus dem Pappbecher und goss den Rest in das Waschbecken. Um den runden Abfluss herum bildeten sich braune Flecken.

64

Marian nahm die Tüte mit den Lebensmitteln, die sie an der Tankstelle gekauft hatte, und scheuchte Birka aus dem Wagen. Schnell blickte sie sich um. Auf der Straße war niemand zu sehen. Das Drachenhaus war unverändert. Sie hatte jetzt seit fast zwei Wochen im Büro gewohnt, ohne dass es jemandem aufgefallen war. Cato, Tønnesen und der gesamte Gewaltabschnitt arbeiteten wie besessen an den Fällen mit den Männern.

Birka war es nicht so gut ergangen, Marian war mit dem Hund viel zu wenig draußen gewesen. Jetzt atmete er schwerfällig. Es tat weh, die steifen Bewegungen mit anzusehen, als sie die Treppe hinaufstiegen. Marian verspürte eine Unruhe, denn falls Glenn Haug wieder hereinwollte, half es nichts, bloß das Schloss auszutauschen. Sie fühlte sich machtlos angesichts ihres Falls sowie der ausbleibenden Ergebnisse. Als sie hochblickte, stand der Künstler über ihr und beugte sich an der Treppe über das Geländer.

»Hey, Cowboy«, sagte er sarkastisch. »Marian, Sie leben. Wo waren Sie denn die ganze letzte Zeit?«

Es war das zweite Mal, dass er ihren Namen aussprach. Alles, was sich zugetragen hatte, war irgendwie peinlich und albern. Und gefährlich. Der Künstler hatte sich nicht bei der Polizei gemeldet. Anscheinend glaubte er ihr, dass die Situation unter Kontrolle war.

»Tut mir leid. Alles wurde etwas verrückt. Eine Drogensache. Ich konnte hier nicht sein, aber jetzt ist alles in Ordnung.«

Er hatte Ton an den Händen und Unterarmen. Ihre Waffe steckte im Gürtel unter dem Pullover. Sie musste sich eine glaubwürdige Geschichte ausdenken, die erklären konnte, wieso eine Patrone aus ihrem Bestand fehlte. Wenn es aktuell würde.

»In der Nacht neulich waren hier in der Nähe verdeckte Ermittler unterwegs«, log sie. »Ich habe ihn in eine Falle gelockt, und jetzt sitzt er hinter Gittern.«

Er lächelte. »Ich habe versucht, was im Internet zu finden.«

»Wir haben das bis auf weiteres runtergefahren. Es gibt noch mehrere Beteiligte.«

»Verstehe, aber Sie stehen für meine Sicherheit gerade? Kommen da vielleicht noch mehr von solchen Irren hierher?« Er setzte ein schiefes Grinsen auf.

»Nein, keine Sorge.« Marian nahm die Tragetasche in die andere Hand. »Ich traue mich gar nicht reinzugehen. Da wimmelt es bestimmt von Ameisen.«

»Geh zur Ameise, du Taugenichts. Sieh ihr Streben und gewinne Weisheit. Ich hab das gleiche Problem bei mir.« Er richtete sich auf. »G. T.?«, fragte er.

»G. T.? Wovon reden Sie?«

»Gin Tonic, dann können wir uns über die Ameisen unterhalten.« Sein Lächeln lag auf der Lauer.

Marian warf einen Blick auf Birka, die sich mit wedelndem Schwanz die letzten Stufen zu ihm hinaufkämpfte.

Sie schluckte. Wusste er von der Ginflasche in ihrem Badezimmerschrank?

»Schon gut. Ich sehe, dass Sie müde sind.«

Sie erklomm die letzte Stufe, strich sich die Haare hinter das Ohr. Schloss die Tür auf. Dann sagte sie: »Sind Sie eigentlich viel gereist? Ich habe ja eine Ihrer Skulpturen gesehen, so eine Art Mönch aus dem Osten. Sie beschäftigen sich doch mit dem Osten. Vielleicht sind diese Viecher in Ihrem Gepäck hierher geraten? Die müssen doch irgendwo herkommen.«

Er richtete sich auf. »Meinen Sie wirklich? Ich war Anfang August in Asien. Glauben Sie, ich habe vielleicht …?«

Marian betrachtete ihn mit müdem Ausdruck. Plötzlich war der Kopf des Hundes da, die feuchte Schnauze in ihrer Handfläche. »Ja, das muss wohl so sein.«

Er sah sie an. »Ach herrje. So was aber auch. Na, dann kümmre ich mich mal um die Tierchen. Denken Sie gar nicht mehr daran. Ich organisiere eine Firma, die die Schädlinge beseitigt.«

Sie schaute ihn an. So einfach also. Nach all diesen Wochen. Plötzlich standen ihr Tränen in den Augen.

»Na, dann gehen Sie mal rein«, sagte er.

»Danke«, erwiderte sie. Ihr Herz pochte. Sie dachte: Wenn er dafür bloß nichts anderes erwartet!

*

Margrethe Moe fuhr an der Oper vorbei und hielt im Tunnel den Lenker fest umklammert. Sie beugte sich vor, die Geräusche änderten sich, wurden durch die Felswände verstärkt.

Der Plan des Bruders war fast vollendet. Er handelte von Hass und der Bekämpfung von Feinden. Aber Glenn Haug hatten sie noch immer nicht geschnappt. Gemeinsam waren sie *alle Männer*, sie und der Bruder. Der Plan war entstanden, nachdem Cato Isaksen von der Polizei in die Abteilung gekommen war und Annie von der Wiederaufnahme des Falls erzählt hatte. Annie war davon überzeugt, dass Glenn Haug Thona missbraucht und getötet hatte.

Der Thron war schon längst fertig gewesen. Der Bruder hatte ihn gebaut, als eine Art Therapie. Männer, die Kinder missbrauchten, verdienten Schmerzen. Aber Glenn Haug war nicht genug. Er war ihre Idee. Der Bruder wollte am liebsten alle Männer zur Strecke bringen, die sich an kleinen Jungen vergangen hatten. Die Angestellten in der Abteilung mussten die Medikamente aus dem Depot holen, immer zu zweit. Aber der Bruder hatte eine Zulassung für das Ausstellen von Rezepten, und jetzt hatte sie die Leckereien für Haug in der Tasche: Xanor, Ritalin und Demerol. Sie würden die Spraydose mit dem Gas verwenden, sobald sich die Gelegenheit böte. Aber er war so scheu. Glitt ihnen durch die Finger. Am Bahnhof Oslo S war er hinunter auf ein Gleis geflüchtet, sobald er sie gesehen hatte, und war in letzter Sekunde in einen Zug gesprungen. Ans Telefon ging er auch nicht. Sogar als sie *als sie selbst*, ohne Lederkombi, im Hospiz anklopfte, hatte er ihr die Tür vor der Nase zugeknallt. Jetzt wollten sie es ein letztes Mal versuchen. Ihn in die Tiefgarage unter Oslo City locken.

Sie dachte an das Papasöhnchen aus dem vornehmen Osloer

Westen, an den Hausmeister und an den Obersten Richter a. D. Jetzt war der Gerechtigkeit Genüge getan. Aber sie hatte die Namensliste vor ein paar Wochen im Stationszimmer verloren. Die der Bruder im Zuge der Planung geschrieben hatte. Sie hatte mit der Tasche neben den Füßen im Dienstzimmer auf dem Sofa gesessen, dann war die Tasche umgekippt, und sie hatte nicht bemerkt, dass die Bibel mit dem Zettel herausgefallen war. Als sie es schließlich bemerkte, war sie umgehend zurück ins Dienstzimmer gegangen. Jemand hatte die Bibel oben auf die Bücher gelegt, die auf der Fensterbank lagen, doch zu ihrem Schrecken musste sie feststellen, dass der Zettel verschwunden war. Niemand hatte irgendetwas dazu gesagt, und folglich ging sie davon aus, dass jemand aus der Putztruppe den Zettel weggeworfen hatte.

An einigen Stellen auf der Straße war der Asphalt aufgerissen. Sie hielt den Lenker umklammert und hielt sich weit entfernt von dem Auto vor ihr. Dann gab es etwas mehr Gas und fuhr an der Ausfahrt nach Lillestrøm von der Autobahn ab. Der Schnee auf dem Visier verwandelte sich in fließendes Eis, die Sicht war nicht besonders gut.

Der Bruder war klein, sie selbst maß fast eins achtzig. Er war ein dünnes Kind gewesen, kaum mehr als Haut und Knochen, und wurde vom ersten Schultag an gemobbt. Sein Äußeres reizte die Mitschüler. Die Mutter nahm ihn in die Arme, wenn er weinte. Man kann Kinder nicht vor allem möglichen beschützen, sagte sie. Der Bruder las viel und konnte gut zeichnen.

Nach Weihnachten würden sie mit der Mutter zwecks Erholung einen langen Urlaub im Süden machen. In Spanien, wo sie früher oft gewesen waren. Dort hatten sie sich auch die Spraydosen mit dem Betäubungsgas beschafft. Man kam dort unten mit so vielen ins Gespräch, wenn man ein Motorrad lieh. Sie vermisste die spanische Landschaft: enge Gassen durch kleine, hellbraune Städte. Weite Felder und Olivenhaine und die riesige Sonne am Himmel. In ihrer Vorstellung spürte sie schon den warmen Wind im Gesicht.

Margrethe hatte den Sohn des Pastors von Varåa geheiratet, als sie noch sehr jung gewesen war, aber danach hatte der Bruder ihr Vorwürfe gemacht, als sei sie eine Verräterin, ein schlecht erzogenes Kind. Zwei Jahre später war sie geschieden und lebte wieder im Steinhaus. Da war der Vater schon einige Jahre tot, und sie musste sich um die Mutter kümmern. Sie musste auf Zehenspitzen herumlaufen und tun, was der Bruder sagte, doch ohne sich dabei etwas anmerken zu lassen, denn dann wurde er wütend.

65

Obwohl Samstag war, hatte Dan Brodahl gesagt, dass er sie in seinem Büro empfangen würde. Sie musste unbedingt mit ihm reden, ohne dass Leo dabei war. Es roch etwas unangenehm im Zimmer. Sie war größer als er, das war ihr bis jetzt noch gar nicht aufgefallen. Er bat sie, Platz zu nehmen. »Es ist ja ein ziemliches Drama, dass mein Schwiegervater ermordet wurde. Aber ich bin froh.« Ihre Stimme klang anders, klar und fest. Das hörte sie selbst. »Können Sie sich das vorstellen? Darf man sich eigentlich so fühlen?«

»Ich verstehe das«, sagte er. »Solche Gefühle sind durchaus erlaubt. Zu jeder Zeit.«

Sie schwieg eine Weile, betrachtete die Kinderzeichnungen an der Wand, einige waren neu, sowie das kleine Haus aus Knetmasse, das zusammen mit einer kleinen, rot angemalten Katze auf dem Schreibtisch des Arztes stand. Leo hatte es ihm geschenkt, er hatte sie in der Schule gebastelt, das Haus seiner Großmutter und die Katze.

»Die ganze Sache ist ja total irrsinnig«, sagte sie. »Und dann die Folter, die mein Schwiegervater erleiden musste, dazu wollte ich Sie was fragen. Die Polizei meint, das könnte etwas mit Leo zu tun haben? Dieser ermordete Hausmeister – er hat ja wohl auch einen kleinen Jungen missbraucht, in diesem Keller.«

»Es stand etwas in der Zeitung darüber.« Dan Brodahl wich ihrem Blick nicht aus.

Die Mutter schwieg. Dann sagte sie: »Die Polizei sagt, sie könnten uns nicht genauer informieren, noch nicht. Ich interpretiere das so, dass es etwas damit zu tun hat, was er mit Leo angestellt hat. Und das ist wirklich sehr schwer für uns. Hat sich die Polizei hier bei Ihnen gemeldet?«

»Ja. Die gehen solchen Fällen natürlich sehr genau nach. Sie haben Kontakt mit uns aufgenommen, aber niemand von den anderen Eltern lässt sich hier bei uns beraten. Wir sind ja mehrere, die hier arbeiten; bei mir ist allerdings niemand gewesen.«

»Würde mich gar nicht wundern, wenn er Mitglied in irgendeinem Club gewesen ist oder so was. Ich müsste eigentlich ein schlechtes Gewissen haben, weil ich es gut finde. Dass er tot ist, meine ich. Er hat bekommen, was er verdient hat. Und wahrscheinlich gibt es ein paar Dinge, mit denen ich mich auseinandersetzen muss.«

»Sie schulden ihm gar nichts.«

»Jedenfalls hat Leo seine Großmutter zurückbekommen. Und ich meine Schwiegermutter. Axel liebt seine Mutter. Sonja bedeutet uns allen sehr viel. Als es am schlimmsten war, wollte ich, dass wir in die USA auswandern, bloß weg hier. Aber jetzt ist Leo wieder sicher«, fuhr sie fort.

»Und das ist gut.«

Sie lächelte. »Wir sind da in Smestad durchs Haus gelaufen, haben uns alle Zimmer zurückerobert. Und Sonja meint, der Spuk sei zurück. Die Geister, die Besucher ankündigen. Und keine Feinde. Sie und ich ticken total ähnlich. Manchmal passiert es, dass wir beide gleichzeitig aufstehen, um die Rollläden runterzulassen. Sonja lässt auch die rote Katze ins Haus. Die soll da jetzt bleiben. Leo soll im Weihnachtsspiel in der Schule einen der Weisen spielen. Sie haben schon mit den Proben angefangen. Er freut sich so. Ein Weiser, tja, in mancher Hinsicht denke ich, dass er *zu weise* ist.«

*

Es war Montagmorgen, der 24. Oktober. Marian stellte einen Pappbecher mit Kaffee vor Elly Haug auf den Tisch und nahm einen Schluck von ihrem eigenen. Die Lampenkuppeln warfen ein sparsames Licht auf die schweren Mauern.

»Hier unten sitzen Sie, so ganz ohne Fenster?« Elly legte sich ihre dünne Steppjacke über die Knie.

»Mir gefällt es so. Vom Rest der Welt abgetrennt, keine Störungen. Oben in der Abteilung herrscht nur Chaos.«

Marian lächelte. Sie war eigentlich ganz hübsch, diese kleine Person. Ellys Gesicht trug Myrtels Züge. Sie hatte Sonnenpuder aufgelegt, aber nur so viel, dass es nicht unnatürlich aussah.

Hinter der Tür stand das Klappbett, getarnt unter einer Decke. Bettdecke und Kissen hatte sie wieder mit nach Hause genommen. Sie hatte einen ganzen Berg Ameisen wegsaugen müssen, weiter war nichts passiert. Sie hatte weder Cato noch den Künstler oder Glenn Haug gesehen. Tønnesen war auch nicht mit neuen Informationen gekommen, obwohl er es so großspurig angekündigt hatte.

»Ich will ganz ehrlich sein und Ihnen verraten, dass ich so eine Art Zusammenbruch hatte«, sagte Elly Haug. »Ich wusste daher auch gar nicht, wie ich mit Ihren Nachrichten umgehen sollte.« Sie rollte den Pappbecher zwischen ihren Händen.

»Das habe ich schon verstanden.«

»Die Semesterferien fangen ja nicht vor Dezember an, aber ich hatte so eine Unruhe in mir, ich musste einfach nach Hause. Sind wir noch Freunde, Marian?«

»Das sind wir«, entgegnete Marian und überprüfte, ob die

Schublade mit der Waffe auch gut verschlossen war. Die Nummer des Hypnotiseurs hatte sie im Handy gespeichert.

Im Laufe der letzten Tage hatte sie sich deutlich besser gefühlt. Das Loch in der Tür zu Hause war repariert, und der Schrank war auch intakt. Jetzt hatte sie auch das Schloss an der Dachbodentür ausgetauscht. Ihr Kopf kam langsam zur Ruhe. Aber Glenn Haug lief immer noch da draußen rum.

»Auch wenn der Fall nicht gelöst wird, Marian, können wir dann weiter Kontakt haben? Nachdem ich Sie kennengelernt habe, ist alles etwas leichter geworden. Ein komisches Gefühl.«

»Ja«, sagte Marian und musterte die andere. Elly war wohl schlau genug, um zu erkennen, dass das eine Strategie war.

»Sie haben mich erkennen lassen, dass es Dinge gibt, die ich verdrängt habe.« Sie sah zur Decke hinauf.

»Dissoziation, Elly. Verwässerung von Sinneseindrücken. Das Gehirn unterdrückt die Erinnerung, wenn man extreme Dinge erlebt. Damit man überleben kann.«

Elly nickte. »Damit kennen Sie sich wohl ein bisschen aus, oder?«

»Das tue ich. Wissen Sie noch, dass ich Sie wegen der Hypnose gefragt habe? Ich habe Kontakt zu einem Hypnotiseur aufgenommen. Er heißt Shai Timo und hat schon für die Polizei gearbeitet«, log sie und unterließ zu erwähnen, dass diese Methode nicht anerkannt war.

Elly schaute auf ihre schmalen Hände.

Marian nahm einen Schluck aus ihrem Becher. »Er ist bereit, wenn Sie möchten. Können Sie sich daran erinnern, dass Ihnen der Magen ausgepumpt wurde, weil Sie eine giftige Pflanze gegessen hatten?«

»Das war, kurz nachdem meine Mutter gestorben war.« Sie schaute auf, ließ den Blick für einen Moment auf dem Polizeikalender an der Wand ruhen. »Ich musste ins Krankenhaus.« Sie spürte, dass der Kreis sich immer enger um sie schloss. Es war nicht der Weg über den Rasen und das Spielen mit dem

Ball, woran sie sich erinnerte. Das Bild stimmte nicht. Es war etwas, das in dem kleinen Haus passiert war, bevor sie zur Schwester der Großmutter nach Rælingen gefahren waren.

»Damals als Thona verschwunden ist, wohnten wir ja in einem anderen Haus. Etwas weiter drinnen auf dem Gelände«, sagte sie.

66

Marian riss die Augen auf. »Wie bitte? In einem anderen Haus? Wieso haben Sie mir das nicht erzählt?« Sie stand auf.

»Ich dachte, Oma hätte es erwähnt. Da gibt's ja so viele Häuser in dem Garten. Bretterbuden, Schuppen und Gewächshaus, Taubenschlag, Scheune und Hühnerhaus.«

»Sie hat kein Wort darüber verloren.« Marian zerdrückte den Pappbecher zwischen den Händen. Irgendwo tief in ihrem Bewusstsein nahm etwas Gestalt an. »Wir fahren zum Kleingarten, jetzt sofort.«

»Aber die Polizei war damals doch da.« Elly erhob sich unsicher. Ihr Gesichtsausdruck veränderte sich. Einen Moment lang lag aufrichtige Verwunderung in ihrem Blick.

»So ein Mist. In den Dokumenten ist ja immer nur von *dem Haus* die Rede. Das hätten Sie mir sagen müssen«, gab Marian zurück.

»Aber jetzt kann man doch gar nicht mehr darin wohnen, das Haus ist total morsch. Seien Sie mir nicht böse. Ich wusste das nicht. Es zog durch die Ritzen. Die Schranktüren gingen von selbst auf, und es knackte in den Wänden. Ich hatte das Gefühl, dass das Haus zu mir spricht.«

»Ich wohne in einem alten Holzhaus«, erwiderte Marian. »Ich weiß alles über sprechende Häuser.«

*

Eine feine Schneeschicht lag auf den Furchen, die der Pflug hinterlassen hatte. Sie zogen sich quer über den mit Raureif bedeckten Rasenweg. Die Gewächse im Garten waren zu erfrorenen Figuren geworden. Marian und Elly gingen am Taubenschlag und am Gewächshaus vorbei. Elly blieb stehen und atmete tief ein. Dann zeigte sie in eine Richtung. »Da ist es.«

Das Häuschen lag neben dem Gewächshaus, ein schmales, halb verfaultes, graues Skelett aus Holz. Es war zweistöckig, so groß wie eine Gartenlaube und wirkte wie ein Spielhaus, das auch in Legoland hätte stehen können. Es war völlig von kahlen Büschen und jungen Bäumen eingerahmt, gleich davor verliefen die Streifen aus umgepflügter Erde und Lehm. Der kräftige, intensive Geruch drang zu den beiden Frauen herüber. Die Parzelle fiel zur Uelands gate hin ab.

Marian fröstelte. In *diesem Haus* oder eigentlich eher in dieser Hütte hatte Thona damals also an die Tür geklopft. Die Waffe lag im Handschuhfach. Marian musste in diesem Moment daran denken und hoffte, dass niemand in den Wagen einbrach. Aber das war natürlich Unsinn, denn der Wagen stand drüben an der Kirche. Außerdem war es mitten am Tag.

Elly fror. »Ich hätte das mit dem Haus nicht erwähnen sollen.«

Marian musterte sie. »Wollen Sie etwa nicht, dass der Fall aufgeklärt wird?«

»Doch, natürlich will ich das.«

Aber sie hatte nun einmal nur die eine Oma. Obwohl die Großmutter tat, was sie konnte, grauste Elly dennoch vor Weihnachten. Das Problem war ihr Vater, der sich irgendwo draußen vor dem Haus herumtrieb. Weihnachten vor einem Jahr hatte er die Vogelscheuche als Wichtel verkleidet und war dann die ganze Zeit irgendwo im Dunkeln herumgespukt, gefährlich nahe vor den Fenstern. Am ersten Weihnachtstag hatte die Großmutter ihn wieder einmal schlafend in der Bretterbude gefunden. Völlig eingeschneit, in dem alten Schlafsack. Laut der Großmutter war er fast erfroren. Sie hatte einen Notarztwagen rufen müssen. Und das Weihnachtsfest war ruiniert.

Der Ring, den Elly in der Nase trug, war weiß vor Frost. »Erzählen Sie bloß Oma nicht, dass ich Ihnen das gezeigt habe.«

»Das Haus muss untersucht werden«, sagte Marian. »Ich werde jetzt gleich ein paar Kriminaltechniker anfordern.« Sie betrachtete Ellys Gesicht. »Wovor haben Sie solche Angst, Elly?«

»Ich weiß nicht.«

»Sie haben gesagt, dass Sie Thona nicht besonders gut leiden konnten.«

»So habe ich das nicht gemeint, Marian. Ich weiß nicht, wovor ich Angst habe. Also gut, ich gehe zu diesem Hypnotiseur.«

*

Marian zog zwei Äste zur Seite, sie waren mit Raureif überzogen und derart widerspenstig, dass sie sie mit aller Macht festhalten musste, um die Tür öffnen zu können. Drinnen war es dunkel und modrig, ein paar Möbel waren übereinander gestapelt, obenauf lag ein Esstisch mit Stühlen. Marian stampfte mit den Füßen auf, um den Schnee von den Schuhen zu bekommen. Auf dem Fußboden lag ein Stapel Bücher, die Buchrücken hatten sich durch die Feuchtigkeit teilweise abgelöst. Es gab allerlei Zeug: ein verschimmeltes zweisitziges Sofa, alte Teppiche und einen Schrank. Oben auf dem Schrank lagen alte Vorhänge. Sie waren voller Stockflecken, und es hingen noch die Gardinenröllchen daran. Ein Bett stand hochkant an der Wand, neben Säcken mit schmutziger Kleidung. Eine kleine Treppe führte in den ersten Stock. Die Dielenbretter waren verfault. Beißende Kälte drang durch die Ritzen. Plötzlich sah sie die Bodenluke, unter dem Tisch. Sie war an den Rändern mit silbrigem Klebeband versehen. Marian packte einen Zipfel und zog das Klebeband ab. Dann öffnete sie die Luke. Und blickte direkt auf einen Steinboden.

67

Annie war unten im Stadtzentrum, um sich für das Herbstfest am kommenden Freitag ein Kleid zu kaufen. Die Stadt lärmte, Autos, Straßenbahnen, Busse und Menschen. Eine Mischung aus Düften, Abgasen, Essensdünsten und Kälte. Sie probierte fünf Kleider an, in verschiedenen Geschäften, konnte sich aber nicht entscheiden. Vielleicht sollte sie einfach den Rock anziehen, den sie hatte, und die alte Bluse. Es hatte ja ohnehin nichts zu bedeuten. Plötzlich wurde ihr schwindelig. Sie zog das Kleid über den Kopf, ihre Haare wurden elektrisch aufgeladen und knisterten, dann zog sie sich langsam wieder an. Die Polizei würde niemals herausfinden, was mit Thona geschehen war. Das wurde ihr in diesem Augenblick klar. Alles würde weitergehen wie zuvor. Immer so weiter. Arbeiten, Wäsche waschen, Wäsche aufhängen, Essen kochen. Arbeiten. Und die Leute würden immer die Köpfe zusammenstecken und sagen: *Da ist die, die ihre Tochter verloren hat.* Sie würde ohnehin ein Fossil bleiben, mit einem Leben wie ein Abdruck auf Stein – egal, welche Kleidung sie trug. Sie bedankte sich bei der Verkäuferin und verließ das Geschäft.

Auf dem Weg zum Auto passierte sie einen Straßenmusikanten mit weißer Maske. Er trug Schwarz, hatte eine Gitarre, vor ihm stand eine Blechbüchse. Die clownweiße Schminke mit dunklen Ringen um die Augen sollte den Eindruck von großen leeren Augenhöhlen hervorrufen, eine Verkörperung des Todes. Morgen war Allerheiligen. Thona *war* tot. Annie war an den Punkt gekommen, an dem sie nicht mehr weiter konnte. Es war ihr egal, irgendetwas Neues in Erfahrung zu bringen. Sie wählte Marian Dahles Nummer. Die Polizistin meldete sich.

»Wo sind Sie?«

»Ich bin im Kleingarten, Annie. Wo sind Sie?«

»Mitten auf einer Straße im Zentrum. Ich möchte wirklich,

dass Sie den Fall zu den Akten legen. Wieso sind Sie denn im Kleingarten?«

»Da ist etwas Neues aufgetaucht. Wir können den Fall jetzt nicht schließen.«

»Ich bin am Ende. Ich kann nicht mehr weiterleben.«

»Sagen Sie so was nicht. Ich komme bald zu Ihnen. Myrtel und Elly wohnten ja damals in einem anderen Haus, als Thona verschwand.«

Annie trat direkt auf die Fahrbahn, wich aber erschrocken zurück, als eine Straßenbahn herandonnerte. Die Bremsen kreischten. »Wo? Wohnen die jetzt nicht mehr in dem Garten?«

»Doch, schon. In dem großen roten Haus, beim Kreisverkehr.«

*

Myrtel Haug sah das zivile Polizeifahrzeug aus dem Küchenfenster. An den Rändern der vereisten Scheibe hatte sich ein Strichmuster gebildet, das an Pelz erinnerte. Myrtel hatte Angst. Der Wagen hielt auf dem Platz vor dem Haus. Zwei Männer stiegen aus, dann kam ein weiterer Wagen. Die Polizisten nahmen Metallkoffer heraus und zogen weiße Overalls über. Glenn hatte gesagt, Marian Dahle habe versucht, ihn zu töten; dass sie ihn ins Bein geschossen habe. Er wurde immer kranker und kranker. Das Ganze würde in einer weiteren Katastrophe enden. In den Nachrichten war keine Rede von einer Schießerei, es war also alles nur dummes Zeug. Er sei jetzt an einem sicheren Ort, hatte er gesagt, als er vor ein paar Tagen anrief, und sie hatte ihm nach dem Mund geredet. Er wusste nicht, dass Elly nach Hause gekommen war. Wenn Glenn psychotisch war, wurde er gefährlich. Jetzt war er psychotisch. Er würde nicht in einem Gefängnis überleben, aber nun wollte die Polizei das kleine Haus unter die Lupe nehmen.

*

Annie war wieder betrunken. Sie saß mit einer Flasche Wein am Küchentisch. Marian sah sie an und spürte nur eines: Verachtung. Wenn sie selbst trank, wurde sie niemals dermaßen voll, nicht auf diese Weise. Annie hatte die Kontrolle verloren. Sie war schwach, alles zehrte an ihr. Das war verständlich, gehörte aber auch zu den Dingen, die bei der Polizeiarbeit nicht leicht zu bewältigen waren. Sie beide waren schwach. Genau in diesem Augenblick spürte Marian dieses Gefühl in sich, wie in Stein gemeißelt.

Sie musste zurück zu dem kleinen Haus. Dort wurde gerade eine komplette Tatortuntersuchung durchgeführt.

»Reißen Sie sich zusammen«, hörte Marian sich selbst sagen.

Annie weinte. »Ihr habt mein Leben zerstört. Ihr findet ja sowieso nichts heraus. Es ging mir doch gut, bevor ihr angefangen habt herumzustochern. Seit einiger Zeit gehe ich zu einem Psychologen, in Majorstua. Die ersten vierzehn Jahre bin ich gut klar gekommen, der Psychologe nützt überhaupt nichts.«

Marian zog einen Küchenstuhl hervor und setzte sich. Auf der Arbeitsplatte stand schmutziges Geschirr, das hatte es vorher nie gegeben, und die Rollläden waren halbwegs heruntergelassen. »Ich kann schon verstehen, dass die Behandlung nicht viel hilft, Annie.«

Wenn *sie* dieses Kind geboren hätte, wäre alles sicher ganz anders gewesen. Die Gefühle zwischen Mutter und Kind waren symbiotisch. Sie und das Kind wären *eins* gewesen nach den hundertsiebzig Tagen, in denen dasselbe Blut durch sie geflossen wäre. Aber der Gedanke, schwanger zu sein, war ihr fremd. Ein Fötus war laut Definition eine Geschwulst; Gewebezellen, die wuchsen, um zu einem Menschen zu werden. »Durch einen Psychologen können die Dinge noch schlimmer werden«, sagte sie. »Davon kann ich ein Lied singen. Therapie ist keine Party. Worüber reden Sie mit Ihrem Psychologen?«

»Es kommt mir eher vor, dass er mit mir redet, wir duzen

uns, Frank will das so«, sagte Annie und trank ihr Weinglas aus. »Möchten Sie was?«

»Nein, ich muss noch fahren. Können Sie mir seine Telefonnummer geben? Haben Sie ihm erzählt, wie deprimiert Sie sind?«

»Nein. Er sagt, ich sei sensibel, an der Grenze zu etwas anderem. Zu viel Empathie«, sagte sie tonlos. »Wollen Sie mit ihm sprechen?« Annie nahm ihr Handy und schickte Marian die Telefonnummer. Irgendwie wirkte sie erleichtert.

»Danke«, sagte Marian, als ihr iPhone piepste. »Ich bin mal zu einem Psychiater gegangen. Er sagte: Stellen Sie sich einen Schrank voller Waffen vor – Pistolen, Flammenwerfer, Bomben, Granaten, Messer und Schwerter. Er fragte mich, was ich wählen würde.«

»Und was haben Sie geantwortet?«

»Flammenwerfer. Aber das war die falsche Antwort. Die richtige Antwort war Selbstgefühl. Sie verstehen doch, was ich meine, Annie? Sie müssen Ihr Selbstgefühl wiederfinden.«

»Tun Sie doch nicht, als ob das so einfach wäre. Immerhin arbeite ich mit Menschen. Ich bin Ärztin. Man kann nicht einfach bloß entscheiden, sein Selbstgefühl zurückzugewinnen.«

»Sie haben recht. Tut mir leid, Annie.«

»Ich will Antworten. Momentan graust es mir vor allem, ich fange schon an, über Heiligabend nachzudenken.«

»Sie bekommen bald Ihre Antworten. Der Ball ist jetzt bei der technischen Untersuchung, vielleicht finden wir ja Fingerabdrücke, und Elly Haug hat zugestimmt, etwas Spezielles auszuprobieren. Kann ja sein, dass sie sich an etwas erinnert.«

»Was haben Sie Heiligabend vor, Marian? Möchten Sie nicht herkommen, Sie und der Hund?« Annies Augen flehten sie an.

»Bis Heiligabend sind es noch über zwei Monate«, sagte Marian und erhob sich. »Ich habe nichts geplant. Das gefällt mir am besten. Ich muss jetzt wieder zurück zu den Kriminaltechnikern.«

Annie stand ebenfalls auf. »Es ist nur, weil jetzt etwas Schnee gefallen ist. Alles erinnert mich an alles. Für Thona und mich war das immer ein Ritual, wenn wir den Baum geschmückt haben. Sie reichte mir die Kugeln, ich setzte den Stern auf die Spitze, und dann verteilte sie das Lametta auf dem Boden.«

»Weihnachtsbäume sind für Kinder«, sagte Marian abwehrend. Als sie selbst Kind gewesen war, hatte sich Weihnachten immer als Enttäuschung erwiesen. Sie versuchte zu lächeln.

Annie schaute weg. »Ich habe seit fünfzehn Jahren keinen Weihnachtsbaum gehabt. Wir könnten uns vielleicht *101 Dalmatiner* anschauen?«

»Klingt jedenfalls genau richtig crazy«, sagte Marian. Sie würde Heiligabend nicht mit Annie verbringen.

»Ich wünschte, ich hätte eine Schwester«, sagte Annie.

»Eine Schwester wäre nicht schlecht«, erwiderte Marian. Sie waren keine Schwestern.

Elly hatte neulich etwas Ähnliches gesagt; dass Marian eine Freundin sei, sie selbst aber niemandes Freundin. Marian beschloss, bei nächster Gelegenheit das Gespräch mit Annies Psychologen zu suchen.

68

Die Tatortgruppe hatte die Möbel aus dem kleinen Häuschen geräumt und zwei gleißende Scheinwerfer in den nachtdunklen Garten gestellt. Der Schnee vor der Tür war weggefegt worden, und einige der dünnen Bäume, die man abgesägt hatte, lagen nun zusammen auf einem Haufen. »Dann brauchen Sie mich ja nicht mehr.« Marian nickte einem der Techniker zu, wandte sich um und sah den Hund an. »Na komm, Birka, wir gehen nach Hause.« Sie beugte sich hinunter und befestigte die Leine am Halsband. Obwohl sie Tønnesen über das kleine Haus informiert hatte, war seinerseits keine weitere Reaktion erfolgt.

Anscheinend hatte er bei dem Fall mit den gefolterten Männern alle Hände voll zu tun.

Auf der anderen Straßenseite leuchteten auf den Gräbern des Friedhofs Nordre gravlund mehrere Lichter. Schnee war eigentlich gar nicht weiß. Er sah bloß so aus, weil er das Licht der Sonne absorbierte. Wie würde es wohl werden, wenn Birka starb? Birka würde bald sterben, aber Birka war nur ein Hund.

Vielleicht sollte sie wieder anfangen zu joggen, die letzte Lauftour lag lange zurück. Es müsste ohne Birka sein. Früher waren sie zusammen gelaufen, so schnell, dass ihre Fußsohlen kaum den Boden berührten. Hinterher war sie immer topfit gewesen und hatte frische neue Gedanken im Kopf gehabt. Die Vogelscheuche trug jetzt eine blaue Windjacke. Und darunter einen alten Morgenrock mit Spitzenbesatz. Der Hut war derselbe, saß nun aber schräger. Morgen würde sie den Hypnotiseur anrufen und einen Termin für Elly vereinbaren. Aber erst wollte sie mit Annies Psychologen reden. Sie hatte ihm eine SMS geschickt, und er hatte geantwortet, dass sie gleich am nächsten Tag zu ihm kommen könne. Offensichtlich begriff er den Ernst der Lage.

*

Es war früh am Morgen. Das Stationszimmer glich einer warmen Höhle. Draußen schwebten die Patienten umher, wie Planeten. Margrethe Moe musterte ihre Kolleginnen Annie und Fanny. Sie unterhielten sich über die aktuellen Zeitungsausgaben, die auf dem Tisch lagen. Es war Dienstag, der 25. Oktober. *Fahndung nach Folterern*, stand auf der Titelseite von Dagbladet. Die Folterer, das waren *sie*. Doch Margrethe war erschöpft; das Steinhaus war ein furchtbarer Ort. Der Bruder war vorher ruhiger gewesen, jetzt war sein Zustand kaum auszuhalten. Warum ging sie nicht einfach weg? Sie konnte nicht, wegen der Mutter.

Die anderen unterhielten sich darüber, was Joner und Schavenius wohl zugestoßen war und wieso. Annie aber wurde still. Etwas weiter unten stand: *Andreas vermutlich tot*. Es gab ein

Interview mit seiner Mutter. Auf dem Bild sah sie völlig fertig aus. Andreas *war* tot. Ein scheiß Papasöhnchen aus dem Osloer Westen, das von der Schule abgegangen war und angefangen hatte, in einem Kindergarten zu arbeiten. Er hatte zwei kleine Jungs missbraucht, während er ihnen auf die Toilette half. Margrethe Moe zwang sich, sein Foto anzusehen. Die Augen blickten lachend zu ihr auf. Sie hatte schon mehrere Bilder von ihm gesehen. Auf allen lächelte er.

Annie war erschöpft, wollte jedoch alle Schichten einhalten.

»So ist es am besten«, sagte Margrethe. »Allein zu Hause zu hocken ist nicht sehr schlau. Du kommst doch zum Herbstfest?«

»Ja, das werde ich wohl«, erwiderte Annie und seufzte. Dann stand sie auf und verließ den Raum.

Margrethe sah ihr nach. Glenn Haug hatte ihr kleines Mädchen entführt. Glenn Haug hatte sich der Bestrafung entziehen können. Seit fünfzehn Jahren. Er war ein Wrack, würde aber erst noch ein totales Wrack werden. Er käme auf den Thron. Seine Leiche würde man niemals finden. Die Aufmerksamkeit reichte jetzt, darüber waren sie und der Bruder einer Meinung. Er würde im Wald vergraben werden und verschwinden, genau wie Andreas. Zufällig hatte sie gehört, wie Cato Isaksen schon bei seinem ersten Besuch zu Annie gesagt hatte, dass Glenn Haug in einem Hospiz nahe Oslo City wohne. Margrethe Moe hatte die Arbeitsagentur angerufen und sich Glenn Haugs Handynummer geben lassen. Sie hatte gesagt, sie arbeite in der Tagesklinik. Hatte gelogen und gesagt, Glenn Haug sei dagewesen und habe Hilfe gewollt, sei dann aber wieder verschwunden. Das sei nichts Neues, hatte die Sachbearbeiterin geantwortet. Margrethe hatte überprüft, ob es im Parkhaus Überwachungskameras gab; es gab welche, allerdings nicht ganz hinten, wo die Müllcontainer standen. Sie hatte ihm eine Nachricht geschickt, und Glenn Haug hatte geantwortet, dass er kommen werde.

69

Die Praxis des Psychologen lag im Majorstu-Haus, direkt an der verkehrsreichen Kreuzung, die Bogstadvei, Kirkevei und den schönen Frognerpark miteinander verband. Aus einem Lautsprecher an der Decke im Wartezimmer kam leise Musik. Marian erkannte Vivaldis »Vier Jahreszeiten«. Gerade wurde der *Winter* gespielt. Das Wartezimmer verbreitete ein sicheres Gefühl aus aufgestauter Luft. Allein hier zu sitzen tat gut. Die Tage schienen sich aufzulösen, einer nach dem anderen, direkt vor ihrer Nase. Sie hatte erfahren, dass die Techniker in dem kleinen Haus nichts Interessantes gefunden hätten. Der Boden aus Mauersteinen wies keinerlei Spuren auf. Das war enttäuschend. Sie hatte sich vorgestellt, dass Thona an dieser Stelle hinuntergestoßen worden war. Allerdings hatte sie für Elly einen Termin bei dem Hypnotiseur ausmachen können, am nächsten Tag. Das war immerhin etwas. Nach zehn Minuten Wartezeit sagte die Frau am Empfang, dass sie jetzt einfach hineingehen könne.

Der Psychologe reichte ihr seine schmale Hand. »Frank Moe«, sagte er.

»Marian Dahle.«

Er war nicht viel größer als sie, hatte dunkles, dünnes Haar und ein spitzes Gesicht mit eng zusammenstehenden Augen. Marian war nicht einmal ein paar Sekunden im Sprechzimmer von Annies Psychologen, als sie auch schon einen fauligen, von seinem Körper ausgehenden Geruch wahrnahm.

Die drei großen Fenster gingen auf das Colosseum-Kino hinaus. Marian starrte auf den überdimensionierten Schreibtisch mit den Schnitzereien, der hier drinnen völlig deplatziert wirkte. Obwohl der Raum recht groß war, hätten die Möbel doch eher zu einem Gutshaus gepasst. An den Wänden hingen goldgerahmte Gemälde. Die schweren braunen Samtvorhänge waren eingestaubt.

»Der Schreibtisch fällt allen sofort auf«, sagte er mit einem Lächeln. »Ich habe den selbst gebaut, Kerbschnitztechnik.« Seine Stimme klang einen Hauch metallisch, als könne der schmächtige Körper die tiefe Männerstimme kaum tragen. »Ich zeichne das Muster auf Butterbrotpapier und schnitze die geometrischen Formen dann in die Oberfläche des Holzes.«

»Wirklich hübsch«, sagte Marian.

»Am Ende gebe ich dann Farbe auf einige Details, damit die deutlicher hervortreten als andere«, fuhr er fort. »Handwerk wird unterschätzt.«

Er trug einen altmodischen blauen Arbeitskittel. »Kommen Sie von einem Hof oder so was?«

Er schüttelte den Kopf. »Schnitzen ist mein Hobby.«

Niemand trägt heutzutage solche Arbeitskittel, dachte Marian und merkte plötzlich, dass sie fror. Der feuchte Schnee war durch ihre Schuhe gedrungen. Sie musste so bald wie möglich nach Hause und sich umziehen. Der Psychologe bot ihr einen Platz an.

»Sie wissen sicher, dass ich wegen Annie Ormberg Johansen hier bin. Sie ist ja Ihre Klientin. Ich mache mir Sorgen um sie. Wir haben den Fall ihrer verschwundenen Tochter wieder geöffnet, und jetzt ist sie dem Zusammenbruch nahe. Ich wüsste von Ihnen nur gern, wie viel sie aushält. Annie hat erzählt, Sie hätten sie als sensibel bezeichnet. An der Grenze zu etwas *anderem*, hat sie hinzugefügt. Könnte sie sich vielleicht das Leben nehmen?«

Frank Moe wirkte hinter seinem großen Schreibtisch etwas verloren. »Das hat sie also gesagt, tja. Sie wissen, dass ich der Schweigepflicht unterliege. Viel kann ich Ihnen daher nicht mitteilen.« Sein Blick war intensiv. Er hatte etwas zu lange Wimpern, und die Zähne in seinem Mund waren etwas zu klein. Marian hatte Probleme mit Psychologen. Mit Psychiatern ebenfalls. Er machte eine Bewegung mit der Hand. »Was haben Sie denn herausgefunden?«

»Ich weiß, dass Sie sich an die Schweigepflicht halten müssen. Nein, wir sind da leider nicht viel weitergekommen. Ich bin hier sozusagen zur Vorbeugung. Wir brauchen etwas Hilfe, um Annie durch diese schwierige Zeit zu bringen.«

Sie sah auf seine schmalen Hände, sie waren klein, aber dennoch Arbeitspranken, nicht ganz sauber und mit kurzen Nägeln. Unter den Manschetten lugten schwarze Haare hervor.

Einen Moment lang dachte Marian daran, was Annie gesagt hatte; dass es sich anfühlte, als ob der Psychologe sie aufsuchte, und nicht umgekehrt.

»Ich möchte Sie nur bitten, die Polizei zu unterstützen. Obwohl der Fall seit fünfzehn Jahren als Vermisstenfall gesehen wird, vermuten wir einen Mord dahinter.«

Er sah sie an. »Ich glaube, Annie hält eine ganze Menge aus.« Er stand auf und trat an einen Metallschrank. »Ich bin etwas altmodisch, alle Epikrisen gibt's bei mir auf physischem Papier.«

Physisches Papier. Seltsame Art, sich auszudrücken. Marian nahm die Mappe entgegen und zog einen Ausdruck hervor. *Annie Ormberg Johansen. Psychischer Status: im Gleichgewicht, orientiert, klar und zeitweise optimistisch. Dennoch erschöpft. Emotional anwesend. Isoliert sich aufgrund des schrecklichen Erlebnisses mit dem verschwundenen Kind. Und wegen der Ungewissheit. Redet davon, sich selbst ausleben zu wollen, zu reisen, einen Liebhaber, vertrauten Freund zu haben. Kein Wunsch nach fester Partnerschaft. Schlechte Erfahrung mit Männern. Zwangsvorstellungen können auftreten.*

Mit kaum lesbarer Arzthandschrift hatte er hinzugefügt: *Sie redet viel über Sex. Arbeitet daran, ihr Verhalten gegenüber Männern zu verändern. Redet im Allgemeinen davon, dass Frauen ihre eigenen Feinde seien. Und will meinen Rat: Wann kann sie wieder anfangen, normal zu leben. Möchte ein normales Leben.*

Marian legte das Papier in die Mappe zurück. Sie hatte das Gefühl, als hätte ihr jemand mit der Faust in den Magen geschlagen … *dass Frauen ihre eigenen Feinde seien.* So hatte Annie nie mit ihr gesprochen. Gleichzeitig kam es ihr so vor, als ob ihr irgendetwas entwischte, etwas Wichtiges. Es kitzelte hinter den Augen. Als er die Mappe wieder an sich nahm, hatte sie beinahe das Gefühl, den Papierbogen gern noch einmal ansehen zu wollen.

»Personen mit posttraumatischen Stressleiden haben öfter Probleme, sich emotional an andere Menschen zu binden«, sagte Frank Moe.

»Damit kenne ich mich allerdings aus«, sagte sie. Er war auf irritierende Weise politisch korrekt. »Könnte Annie eine Lügnerin sein?«

»Es ist ein bekanntes Phänomen, dass einzelne Patienten zu ihrem eigenen Vorteil lügen«, erwiderte er. »Bestimmte Vorstellungen können sich mental derart ausbreiten, dass die Betreffenden selbst daran glauben. Ein Teil dieser Lügen kann dann ziemlich fantastischen Charakter annehmen. Einige Frauen können ein gewisses Maß an Omnipotenz zeigen. Wissen Sie, was das bedeutet?«

»Ein unrealistisches Erleben der eigenen Stärke.« Eine perfekte Beschreibung von Glenn Haug, dachte sie im selben Moment.

»Wahnsinn, maskuline Bosheit und das Gefühl, sich Genugtuung zu verschaffen«, fuhr der Psychologe fort.

»Kann damals ein Unfall passiert sein? Etwas, das der Tochter widerfahren ist? Das sie selbst verursacht hat?«

Frank Moe wirkte interessiert und legte das Kinn in die eine Hand. »Wer kann das wissen?«, sagte er und sah Marian an. »Ist *Ihnen* der Gedanke gekommen? Dass sie verrückt ist? Ein blöder Ausdruck, wir sind sowieso alle verrückt.« Er zwang sich zu einem Lächeln. Marian hatte plötzlich den Eindruck, sein Kindergesicht vor sich zu sehen.

Sie erklärte: »Manche wünschen sich tatsächlich, ihr eigenes Kind zu töten. Aber es kann ein Unfall gewesen sein.«

»Gut möglich. Annie hat eine Sperre«, sagte er. »Irgendwie kommt man nicht richtig an sie heran. Sie hat so etwas Mimosenhaftes. Manche Frauen sind so.«

Irgendwo in Marians Schläfen pochte es, ein prickelndes Unbehagen. Worüber sie hier redeten, war leeres Gewäsch.

»Ich glaube nicht, dass sie lügt«, sagte Marian. Ihr war plötzlich schwindelig. Sie hätte etwas essen sollen, bevor sie hierher gekommen war. *Die Schrift an der Wand*, dachte sie, richtete den Blick auf eine kleine Unebenheit in der Fläche oberhalb seines Kopfes und fokussierte auf den Punkt. Sie hatte genug. »Danke für Ihre Zeit«, sagte sie und stand auf. Sie spielte mit dem Gedanken, ihm von ihrem Ameisenproblem zu erzählen, zu sagen, dass es zu einer Phobie geworden war. Aber sie tat es nicht. »Und dann würde ich Sie noch bitten, Ihrer Klientin nichts von diesem Gespräch zu sagen«, sagte sie und zog die Jacke enger um sich.

Draußen schneite es, dichte Flocken. Trockener Schnee wurde über den Boden geweht und bildete auf dem Bürgersteig unregelmäßige Häufchen.

Marian schaltete das Handy ein, spürte die Eiseskälte an den Beinen und Schenkeln hinaufkriechen. Wenn sie das Handy abgeschaltet hatte, fürchtete sie immer, dass irgendeine schlechte Nachricht eingegangen war. So eine war jetzt gekommen. Von der Technischen Abteilung. Sie warf einen kurzen Blick darauf. Die erste Vermutung stimmte mit dem Ergebnis überein. Sie hatten in dem kleinen Haus keinerlei Spuren gefunden, die mit dem Fall Thona verknüpft werden konnten. Auf dem Boden unter der Luke war gar nichts. Nicht die geringste Spur von Blut. Sekunden später tickerte eine weitere SMS ein, von Tønnesen. *Wollte mich nur vergewissern, dass du morgen vor Ort bist. Habe etwas gefunden. Komme um neun in dein Büro runter. Ok?*

Marian schluckte. In ihrem Magen rumorte es. Was konnte er herausgefunden haben? *OK, Tønne*, antwortete sie. Sie wollte nach

Hause und etwas essen. Schrieb noch eine SMS: *Hab übrigens mit Annies Psychologen gesprochen. Ich habe Angst, dass sie sich das Leben nehmen will.*

70

Marian hielt direkt vor dem Tor, schaltete den Motor aus, öffnete das Handschuhfach, nahm die Waffe heraus und steckte sie in ihr am Gürtel befestigtes Holster. Plötzlich nahm sie eine Bewegung wahr, etwas, das auf der Innenseite der Frontscheibe saß. Eine Ameise. Sie trat mit ungeheurer Schärfe hervor. Marian zog den Ärmel ihres Pullovers über das Handgelenk und drückte das Insekt platt. Es war spät am Nachmittag, die weiße Sonne versank, schon bald würden die Turmspitzen am Haus nicht mehr zu erkennen sein. In der Nacht hatte sie geschlafen. Die räumliche Nähe des Künstlers gab ihr ein Gefühl von Sicherheit. Das Gefühl, dass ihr vorhin in der Praxis von Frank Moe etwas entgangen war, verstärkte sich.

*

Kurz nach Mitternacht kamen sie in die Tiefgarage. Frank fuhr den Wagen. Er saß auf dem Fahrerkissen. Alle aus der Familie der Mutter waren klein. Sie hatte gesehen, wie ihr Bruder den Vater in die Schmiergrube hinuntergestoßen hatte. Danach war es so, als hielte er sie in einem Schraubstock gefangen. Sie konnte sich das nie richtig erklären, es hätte umgekehrt sein müssen.

Der Bruder hatte den Vater umgebracht, als er neunzehn war. Frank leistete gerade seinen Militärdienst ab und verbrachte seinen Urlaub zu Hause. Die Uniform ließ ihn irgendwie größer erscheinen, sie stand ihm gut. Obwohl er im Militärlager nur Büroarbeit verrichtete, weil er wegen des Beutels auf dem Bauch nicht als kampftauglich galt.

Sie hatte ihren Vater geliebt, später hatte sie ihm etwas in seine Bibel geschrieben. *Du*. Der Vater hatte ihr immer seine große Hand auf den Kopf gelegt und gesagt: Mein einziges Mädchen. Margrethe hatte zwei Brüder gehabt, Einar und Frank. Der älteste hatte sich mit zweiundzwanzig das Leben genommen. Er hatte sich im Wald erschossen. Der Vater war am Wochenende danach in die Schmiergrube *gefallen*, war kopfüber auf den Boden geknallt und hatte sich den halben Schädel zerschmettert. Die Blutlache dort unten hatte ausgesehen wie ein Stern. Das war jetzt fast dreißig Jahre her. Frank war damals davongekommen, weil es als Unfall angesehen wurde. Er war immer noch da, der dunkle Stern in dem porösen Mauerwerk. Sie hatte im Glaskasten gestanden. Frank hatte einen Notarztwagen gerufen und ganz verzweifelt von dem grauenhaften Ereignis berichtet: dass der Vater gestürzt war.

Sie stieg aus dem Wagen. Die Autotür knallte zu, das Geräusch wurde von den Wänden zurückgeworfen. Es roch stark nach Abgasen. Sie war es, sie hatte die Männer im Patientensystem gefunden. In der Etage über der Tagesklinik, im Büro von Dan Brodahl. Spät abends hatte sie dort gesessen und gesucht. *Regionales Kompetenzzentrum für Kinder und Jugendliche* hätte genauso gut *Kinder, von erwachsenen Männern ruiniert* heißen können. Nur ein Kind von ihnen, Leo Schavenius, war Dans Patient. Die anderen kleinen Jungen gingen zu einem anderen Arzt dort oben. Die Männer wurden nur in Nebensätzen erwähnt, in den Epikrisen, wo die Gespräche mit anderen Beteiligten als den Eltern wiedergegeben wurden; in dem einen Fall war jemand vom Kindergartenpersonal dagewesen. Und es waren *diese* Namen, nach denen man suchen musste. Sie zu finden war dann nur noch eine Art Puzzlespiel. Die Polizei würde das nicht schaffen.

Glenn Haug musterte sie misstrauisch in der matten Parkhausbeleuchtung. Das lag vermutlich an der Kombi und dem Helm. Sie öffnete das Visier. »Komm zum Wagen, dann kriegst du die Medikamente.« Er sah sie prüfend an. Hob die Hand und zog die Mütze tiefer in die Stirn. Er war natürlich nicht dumm. »Warum willst du mir unbedingt Stoff verkaufen? Und wieso soll ich zu deinem Auto kommen? Arbeitet ihr bei der Polizei? Wieso wollt ihr mich sprechen?«

»Schon gut«, sagte sie. »Wenn du nicht willst.« Sie machte kehrt und ging zurück zum Wagen.

Es funktionierte nicht. Glenn Haug kam ihr nicht hinterher, sondern entfernte sich hinkend über die Rampe. Er hatte eine Verletzung am Bein.

Sie setzte sich in den Wagen und sagte: »Ich glaube, wir müssen ihn aufgeben.«

»Haug war dein Projekt. Nicht meins.« Er drehte den Zündschlüssel um und setzte zurück. »*Meine* sind alle im Kasten.«

Margrethe Moe spürte, wie sich die Stille in ihrem Kopf ausbreitete, als wäre der plötzlich mit Baumwolle vollgestopft.

»Wir fahren heim«, sagte er. Sie wusste ja, welche Wörter anderen vorausgingen. Kinder- und Frauenstimmen hatten eine wesentlich schnellere Frequenz als Männerstimmen, aber die des Bruders war eine Mischung aus allem. Schon als Siebzehnjähriger hatte der Bruder angefangen, sich für Stimmen zu interessieren. Er wollte singen, doch nicht einmal der Chor unten in Varåa wollte ihn aufnehmen. Er machte das Abitur, ging zum Militär und fing dann an, Psychologie zu studieren. Er hatte einen eisernen Willen. Frank war raffiniert, er konnte so tun, als wäre alles in Ordnung, dann aber plötzlich explodieren, so dass sie mehrere Tage außer Gefecht gesetzt war. Sie war psychiatrische Krankenschwester, konnte sich aber selbst nicht helfen. Auch Gott konnte das nicht, sie hatte aufgehört, zu Ihm zu beten.

*

Tønnesen erschien am nächsten Morgen genau um neun Uhr im Kellerbüro. Elly hatte ihren Termin beim Hypnotiseur um elf. Marian sollte sie begleiten.

Tønnesen hatte einen Stapel Papiere unter dem Arm. Er legte alles auf den Tisch und setzte sich.

»Ist ja schon eine Weile her. Schade, dass das kleine Haus nur eine Sackgasse war. Wie geht's denn? Seid ihr einem Serienmörder auf der Spur, Cato und du?«

»Besonders viele Spuren haben wir leider nicht«, sagte er gedehnt. »Das Schlimmste dabei ist, dass wir bloß darauf warten, eine weitere Männerleiche zu finden.«

Marian fröstelte. Sie dachte an Glenn Haug, brachte es aber nicht über sich, das mit Annies Zettel zu wiederholen. Es war, als ob die Wände um sie herum einstürzten. Sie saß hier fest, in diesem Raum. Und jetzt meldeten sich die Nerven zurück, fühlten sich an wie Metalldrähte im Körper.

»Ich wollte aber über *unseren* Fall reden«, sagte er schnell, beugte sich über den Schreibtisch und sah ihr in die Augen. »Als ich Myrtel Haug zum ersten Mal sah, habe ich etwas erkannt.«

»Was denn?«

»Ich kenne mich in meinem Bereich ja schließlich aus. Myrtel Haug hat eine Diagnose. Sie ist schizophren. Ich habe Beweise dafür gefunden.«

»Weißt du noch, was ich gesagt habe?«, erwiderte Marian. »Dass eine gefährliche Mutter schlimmer ist als ein kräftiger Verbrecher.«

Tønnesen sah sie an. »Habe ich das nicht gesagt?«

»Ja, kann sein«, gab sie leise zurück.

»Myrtel Haug *ist* diese gefährliche Mutter.«

»Gefährlich für wen? Für Glenn Haug? Oder für Elly?« Marian durchfuhr ein kaltes Schaudern.

»Vielleicht für beide«, sagte Tønnesen. »Ich denke in erster Linie an Glenn Haugs Zustand und wozu er fähig wäre. Myrtel war zwangseingewiesen. Akute polymorphe Psychose mit schizophrenem Krankheitsbild.«

»Wann war das? Wie hast du das rausgefunden?«

»Ich hab ein paar Tricks angewandt und mich ein bisschen

umgehört. Dabei habe ich mit einem ihrer behandelnden Ärzte gesprochen, ein älterer Professor. Sie war neunundneunzig für ein paar Monate in einer Einrichtung, im Krankenhaus Gaustad. Das war, kurz bevor der ganze Laden zugemacht wurde. Die Unterlagen waren also gar nicht leicht zu finden. Ich musste rumtelefonieren. Aber dann gab's 'nen Treffer. Myrtle war also in der Klinik, bevor Thona verschwand, sie kam im Juni wieder raus. Thona ist im August verschwunden. Tja, ein ziemlich heikler Zufall. Sie hat Grundsymptome und Randsymptome. Ich glaube, sie war eine tickende Bombe«, fuhr Tønnesen fort.

Marian wand sich unruhig hin und her. »Du besitzt Intuition, Tønne. Für unsere Behörde ist Intuition ja bloß Scheißdreck. Aber du weißt es besser, nicht?«

Karsten Tønnesen sah sie an. Dann sagte er: »Möglicherweise hat Myrtel Haug das Mädchen getötet. Assoziationsstörungen und niedrige Hemmschwelle für Aggression und Bestrafung.«

»Kurz gesagt also schlechte Impulskontrolle«, sagte Marian. »Aber sie wirkt ruhig.«

Tønnesen kramte in dem Stapel herum und zog ein Papier heraus. »Häufig gibt es dafür einen Auslöser. Du kennst dich doch damit aus. Dass sie gleichgültig gegenüber sozialen Verpflichtungen ist, kein Verständnis für die Gefühle anderer hat, und nicht zuletzt, dass ihre Frustrationstoleranz äußerst niedrig ist.«

Marian nickte. »Elly hat gesagt, ihre Großmutter fühle sich manchmal verfolgt, habe widersprüchliche Bedürfnisse und sei impulsiv. Oder eigentlich sagte sie: Oma hat sich mit allen zerstritten, außer mit den Tauben.«

Tønnesen nickte. »Schizophrenie ist erblich. Das beinhaltet eine ganze Menge, die Symptome sind vielfältig. Und Glenn Haug ist ja nicht ganz gesund. Und bitte vergiss nicht, dass er gefährlich sein kann.«

Marian blickte ihn an. »Das weiß ich bereits.«

71

Der Hypnotiseur betrieb sein Geschäft in einem alten, heruntergekommenen Mietshaus. Das Wasser aus einer der Dachrinnen hatte quer über den Gehsteig eine Kante aus Eis gebildet.

Elly war ernst und ruhig. Marian hatte ein schlechtes Gewissen, dass sie die junge Frau zu dieser Sache überredet hatte, aber jetzt mussten beide da durch.

Shai Timo war klein und butterweich. Er trat hinter einem Vorhang hervor, auf den ein Kirschbaum mit phantastisch hellroten Blüten gedruckt war. Er hatte eine niedrige Stirn, eine breite, fast flache Nase und volle, dicke Lippen. An seinem Haaransatz saßen Schweißperlen, und er trug seinen orangenen Kittel nicht nur auf den Fotos im Internet, sondern auch in der Realität. Der Kittel reichte ihm bis über die Knie, und er trug Jeans und Sandalen ohne Socken. Er streckte nicht die Hand aus, nickte nur leicht und deutete auf das Sofa im Wartezimmer.

Es war ein riesiges gelbes Sofa mit blauen und gelben Kissen. Auf dem Boden lag ein leuchtend bunter Teppich. Vermutlich stammte alles aus irgendeinem Second-hand-Laden und sollte den Eindruck erwecken, dass man sich in einem fernen, exotischen Land befände. Elly reichte Marian ihre graue Jacke. Sie wirkte ziemlich verloren, doch als Shai Timo seine Hand auf ihren Arm legte und sie hinter den Vorhang führte, ging sie mit ihm. Marian wartete eine Weile, konnte jedoch nicht der Versuchung widerstehen und lauschte. Allerdings war hinter dem Vorhang eine gepolsterte Tür. Nicht der geringste Laut drang hindurch. Sie ließ sich auf das Sofa fallen. Der Schneematsch auf der Straße war in ihre Uggs gedrungen. Als Erstes würde sie sich nachher vernünftige Winterstiefel kaufen.

*

Aus dem Radio drang schwere klassische Musik. Der Bruder stand in der Küche. Frank war wütend wegen Glenn Haug. Wenn er wütend war, wurde er stumm. Haug hätte ein *modus operandi* sein sollen. Das hätten sie gebraucht, etwas, das von den anderen drei ablenkte. Das Wayne-Barton-Messer lag auf der Arbeitsplatte. Der Bruder war Psychologe geworden, um dem Schmerz zu entkommen. Sagte er. Belehrte sie immer wieder, dass sie den Blick von sich selbst abwenden und auf einen Nullpunkt richten müsse. Er redete viel darüber, besonders wenn er das Messer in der Hand hielt und sich mit seinen Holzschnitzereien beschäftigte. Er konnte Dinge sehr gut umformen. Alles, was er machte, wurde schön. Wenn im Gemeindehaus in Varåa der Weihnachtsbasar stattfand, verkaufte er viel.

Jetzt lag das Wayne-Barton-Messer auf der Arbeitsplatte. Er verließ den Raum. Sie schaute auf das Messer. So bestrafte er sie. Stumm, mit verschlossenem Gesicht. Er tat ihr nie etwas an. Das machte sie selbst, schnitt sich die Oberarme auf. Nach einer Weile wurden die Narben weiß wie Würmer. Aber erst waren sie offene, blutende Wunden. Sie dachte an die Körper der Männer, an die geschwollenen dunklen Wunden an der Oberfläche, an die gesprengten Körperöffnungen und an das fließende Blut. Es war ihre Schuld, dass Glenn Haug entwischt war. Nicht sie war missbraucht worden. Sie musste niemandem leidtun.

*

Elly blieb fünfzig Minuten bei dem Hypnotiseur. Als sie von ihm gefolgt wieder herauskam, wirkte sie erschöpft. Marian zahlte ihm achthundert Kronen in bar.

»Lassen Sie den Prozess jetzt wirken. Nehmen Sie es an, in Sicherheit.« Er legte die Hände mit dem Geld auf den Bauch, verbeugte sich und verabschiedete sich mit einem kurzen Nicken.

Elly zog die graue Jacke an, dann traten sie hinaus auf den matschigen Gehweg.

»Ich fahre Sie nach Hause, Elly. Sie sind ja ganz weiß im Gesicht. Wie war's denn eigentlich?«

»Ich komme schon allein nach Hause. Er hat gar nicht viel gemacht, hat mir bloß Dinge über mich selbst erzählt. Als ob er in mir lesen könnte. Ich weiß nicht, was damals passiert ist, alles ist irgendwie grün. Das Licht war grün, der ganze Raum war grün, und feine Sonnenstrahlen drangen durch die offene Tür herein, die stand nämlich offen.« Ihre Stimme versagte. »Ich habe noch nie etwas Kriminelles getan. Es war nicht meine Schuld. Ist das eigentlich wirklich erlaubt? Wenden Sie bei der Polizei solche Methoden an?«

Marian zögerte und sagte dann: »Es ist umstritten.«

»Und die Polizei bezahlt das schwarz? Ich kann das nicht glauben. Sie haben sich das ausgedacht. Jetzt müssen Sie mich in Frieden lassen.«

»Ja, ich lasse Sie jetzt in Frieden, Elly.«

*

Der Donnerstag verging, ohne dass Marian etwas von Elly hörte. Als sie ihr eine SMS schickte und fragte, ob sie anrufen könne, antwortete sie nicht. Marian dachte: Sie hat Todesangst, wurde von der Großmutter einer Gehirnwäsche unterzogen, und sie ist wütend auf mich, weil sie sich an etwas erinnert. Wenn sie bloß nicht Cato anruft und ihm von Shai Timo erzählt.

Kurz vor den Abendnachrichten ging Marian zum Wagen und fuhr hinauf nach Nordberg. Die Plusgrade, die am Morgen über Oslo hinweggefegt waren, hatten den Oktoberschnee geschmolzen, nur hier und da lagen noch vereinzelte Schneehäufchen. Am Vormittag hatte sie sich dunkle Militärstiefel gekauft, mit Innenfutter. Die waren immerhin dicht.

Sie wusste, wo Tønnesen wohnte, in einem roten, quadratischen Sechziger-Jahre-Haus. Einige Male hatte sie ihn nach Hause gefahren. Marian war sich jetzt immer sicherer, dass Elly der Schlüssel zur Wahrheit sein musste. Die Art, wie sie bei ihrer ersten Begegnung im Kleingarten drauflos geplappert hatte. Nachdem sie erst so stumm und verschlossen erschienen war, hatte sie ein paar eindrucksvolle Betrachtungen und Analysen von sich gegeben. Scharfe Bilder, wie eingemeißelt in ihr Gedächtnis, und dann war sie nach dem Besuch bei dem Hypnotiseur ganz sperrig und gereizt gewesen. Marian wollte Tønnesen nichts von Shai Timo erzählen. Er musste den Fall ja nicht lösen. Er arbeitete an wichtigeren Sachen, versuchte, einen Serienmörder zu fassen. Aber *sie* wollte den Fall lösen.

Tønnesen war sichtlich erstaunt, als er die Tür öffnete, bat sie aber herein. Seine Frau sei ausgegangen, sagte er. Das passte gut. Es sah bei ihm so aus, wie sie es sich vorgestellt hatte, Holzmöbel, Magazine über Wald und Natur auf dem Tisch, handgewebte Läufer, Kerzen und der ein oder andere Ziertroll. Bilder von Fjorden und Bergen sowie Familienfotos an der Wand. Die Aussicht auf Oslo war großartig, ein Meer aus Lichtern von der Stadt weit dort unten. Der Oslofjord. *The fjord*, wie die Touristen sagten. Manche waren enttäuscht, weil sie keine spitzen Berggipfel entdecken konnten. Dafür musste man weiter in den Westen. Oder in den Norden.

»Wie geht Gehirnwäsche bei einem Kind?«, fragte sie und lächelte. Wieso lächelte sie? Es war unnatürlich, in diesem Moment zu lächeln.

Er sah sie an, während er sich die Brust unter seinem Flanellhemd kratzte. »Setz dich, Marian. Du glaubst also, Elly weiß mehr, als sie zugeben will?«

Sie setzte sich, lehnte Kaffee ab. »Ich glaube, sie weiß etwas. Sie hat so eine Art Knacks in ihrer Persönlichkeit. Irgendwas an ihrer Art. Thonas Lehrerin hat etwas Kluges gesagt: Kinder haben nicht nur Arme, Beine, Nieren und ein Herz; sie haben auch einen Intellekt, eine Psyche, Intuition, Rücksichtnahme, Geschicklichkeit und eine Portion Bosheit.«

»Das stimmt.« Tønnesen nickte.

»Das Gehirn kann anscheinend bestimmte Dinge unterdrücken. Myrtel Haug ist ziemlich tough. Was du da über Bestrafung gesagt hast …«

»Ja?«

»Von kleinen Mädchen zum Beispiel. Ich glaube, da gibt es etwas, das Elly nicht auszusprechen wagt. Und was sie über Verfolgung sagte. Glenn Haug hat *mich* verfolgt.«

»Wie verfolgt?«

Sie drehte sich weg. »Auf verschiedene Art. Er stellt sich offenbar vor, dass er davonkommt, wenn er es schafft, mich irgendwie von meiner Arbeit zu trennen. Er ist psychotisch. Er ist krank. Er ist genauso schizophren wie die Mutter.« Sie dachte daran, was Annies Psychologe über Omnipotenz gesagt hatte. Genauso war das.

Tønnesen rutschte auf die Stuhlkante vor. »In Ordnung. Ich glaube, es war Glenn Haug, der sich damals Thona geschnappt hat. Und Myrtel weiß das wahrscheinlich.«

»Elly weiß es vielleicht auch.«

»Es ist sehr leicht, ein Kind zu manipulieren. Kinder sind als Subjekte leicht methodisch manipulierbar.«

»Davon hab ich gelesen. Eine Methode.«

»Woran denkst du?«

»Du kennst diese Methode doch auch, die stammt ursprünglich aus China.« Marian wartete die Antwort nicht ab. »Sie wurde während des Kommunismus angewandt, eine Zwangsmethode, um sogenannte feudale Menschen zu ändern.«

Tønnesen nickte. »Wie eine Reinigung des Gehirns. Danach konnte die Umprogrammierung starten.«

»Ich glaube, genau das ist passiert.« Marian hörte ihre eigenen Worte, die daraufhin nur noch einleuchtender klangen.

72

Elly spielte an ihrem Nasenring. Vor dem Fenster hingen Taubenkrallen an einem Bindfaden. Durch das Fenster sah sie ihre Großmutter und Oda, die einen großen Haufen Zweige zwischen sich hertrugen. Bald war es November, manchmal fiel dann so viel Schnee, dass man dort draußen kaum noch etwas tun konnte. Ein wenig grauste ihr davor, denn es war so angenehm, hier drinnen in Frieden zu sitzen. Sie hatte gelernt, dass Schnee eigentlich nicht weiß war, er wirkte nur so, weil er das Sonnenlicht absorbierte. Das erinnerte ein wenig an die Begegnung mit dem Hypnotiseur, die Dinge waren nicht zwingendermaßen so, wie sie aussahen. War es das, was er versucht hatte, ihr begreiflich zu machen?

Nach der Hypnose war eine Ruhe über sie gekommen, eine neue Art zu denken. Der Hypnotiseur hatte leise mit ihr gesprochen, und sie war eingeschlafen. Sie träumte, hörte aber, dass er immer weitersprach. Sie hatte ein Seidentuch vor den Augen, sah ihn also nicht. Das hatte er auch. Er hatte es sich umgebunden, bevor sie sich auf die Liege gelegt hatte. Es war, wie an einen Traum zurückzudenken, an etwas, das in der Wirklichkeit nicht geschehen war. Die Erinnerungen wurden seltsam und unlogisch, weil sie von einer Situation herrührten, in der das Gehirn unlogisch agierte. Ihr Herz schlug langsamer und langsamer. Schließlich fühlte es sich an, als ob es bloß in ihrem Brustkasten lag und ausruhte, wie ein träger Fleischklumpen. Die Erinnerungen waren nicht deutlich, sie waren fern. Oder es waren nicht einmal Erinnerungen, sondern Schlaf. Und aus der Stille kam eine Wahrheit, die nicht fremd war, aber vertraut. Und durch diese Ruhe traten Bilder hervor: Am Tag von Thonas Tod hatte klares Wetter geherrscht. Hinterher musste sie im Bett bleiben, und es kamen Polizisten, die mit ihr reden wollten. Die Polizisten waren nett, aber sie hatte Todesangst. Sie habe nichts Schlimmes getan, sagte die Großmutter zu ihnen.

Sie hätte Marian Dahle das kleine Häuschen niemals zeigen dürfen. Am Tag, als Thona starb, war ein Riss durch sie hindurchgegangen, wie ein Felsen, der in der Mitte geteilt wurde. Doch jetzt erinnerte sie sich an alles. Sie hatte solche Angst vor der Polizei gehabt, aber sie war doch bloß fünf. Konnten sie sie jetzt schnappen? So lange danach?

Denn es war *sie*, die Thona damals getötet hatte, hinuntergestoßen in den Keller des kleinen Hauses. Sie erinnerte sich, dass sie Thona dort unten liegen sah, auf dem Bauch, mit seitlich ausgestreckten Armen. Der Vater und die Großmutter waren wütend und hysterisch. Und voller Angst. Sie schüttelten sie und schrien sie an. Nachdem Thona gestorben war, hatte Elly mit dem Gesicht auf dem schmutzigen Kissen geschlafen. In der kleinen Kammer war die Luft abgestanden, und es roch auf eine völlig neue Weise nach Nacht. Sie hatte ein Gefühl, als wäre sie in den Weltraum hinausgeworfen worden. Alles im Haus war irgendwie voller Staub und Spinnweben gewesen.

Die Gewissheit war kein Schock, sie hatte es die ganze Zeit gewusst. Ihr Gehirn aber hatte es beiseite geschoben und die Wahrheit durch so viele verwirrende Bilder ersetzt; oben in dem kleinen Zimmer mit der schrägen Decke war die Luft stickig. Die Insekten stießen gegen die Scheibe, die Fliegen knisterten auf der Fensterbank. Motten und Nachtfalter gab es auch. Sie klatschten lautlos gegen das Fenster, gaben aber schließlich auf und wurden zu Staub auf der Fensterbank. Die Stille war nicht auszuhalten. *Elly, hör jetzt zu. Du hörst jetzt genau zu, Elly. Alles wird gut.* Dann kam der Herbst. Und der Winter.

Als sie im Jahr danach mit der Schule angefangen hatte, waren ihre Lehrerin und die Schulkrankenschwester lieb zu ihr, aber dennoch hatte sie immer das Gefühl, einen Stein im Magen zu haben. Einige Tage, nachdem Thona verschwunden war, hatten die Großmutter und sie den Bus ins Zentrum genommen und waren in ein Café gegangen. Danach war das nie wieder vorgekommen. Dann hatte sie eine giftige Pflanze gegessen und musste ins Krankenhaus. Irgendwas stimmte nicht mit ihren Augen. Sie konnte nicht klar sehen. An dieses Gefühl erinnerte sie sich noch, das mit den Augen. Und dann fuhren sie zur Schwester der Großmutter, nach Rælingen. Sie spielte mit einer Schaukel, die in einem der Bäume hing. Sie waren nie wieder dort gewesen. Die Jahre vergingen, und immer hatte sie das Gefühl, zu spät zu kommen. Verwirrt tapste sie durch die Tage: die Schule, Impfungen, Hausaufgaben, ein Junge, der sie in der Toilette eines Kinos gevögelt hatte. Sie ließ es geschehen, damals war sie fünfzehn. Sie hatte zwei Freundinnen, aber die Großmutter mochte sie nicht. Sie verlor die Freundinnen. Dann war sie nach Trondheim gegangen.

Mit der Teetasse in der Hand trat sie ans Küchenfenster. Etwas in ihr war in Gang gesetzt, ein Prozess. Wie der dänische Chinese gesagt hatte: Lassen Sie den Prozess jetzt wirken. Nehmen Sie es an, in Sicherheit. Denn es gab noch etwas anderes. Es gab noch mehr. Und niemals würde sie die Großmutter fragen können, was sie und der Vater mit dem Mädchen gemacht hatten.

*

Annie wurde um acht Uhr wach und presste das Gesicht auf das Kissen, um dem Licht zu entgehen. Die Uhr auf dem Nachttisch tickte leise. Ein Gefühl der Mattigkeit überkam sie. Jäh richtete sie sich auf. Ihr Nacken war schweißnass. Auch gestern hatte sie wieder zu viel Wein getrunken.

Sie öffnete die Nachttischschublade und nahm Thonas Geburtsurkunde heraus. Manchmal schaute sie die Urkunde an. Und den Taufschein mit dem hübschen Namen, Thona. Ein seltener Name, ein alte Form von Tone, was *Donner* bedeutete. Sie schob die Schublade wieder hinein, zog Jeans und einen grauen Pullover an und gab wie üblich eine Schicht Make-up auf ihre Sommersprossen. Im ersten Moment wusste sie nicht, was sie gerade so nervös machte, aber dann fiel es ihr ein: Sie wollte zum Psychologen, zu Margrethes Bruder. Jeden zweiten Freitag hatte sie einen festen Termin bei ihm. Und heute Abend war das Herbstfest.

Sie hatte kein Kleid gefunden, also mussten es der Rock und die weiße Bluse tun. Sie hatte keine Lust hinzugehen. Sie war erschöpft. Aber sie musste. Und immerhin hatte sie schöne Beine, die hatte sie schon lange nicht mehr gezeigt. Sie würde gehen.

Eine Stunde später war sie in Majorstua. Sie bekam einen Parkplatz und schlingerte über den glatten Bürgersteig zum Majorstu-Haus. Die Ränder der Schneematschhaufen an den Mauern waren mit schwarzem Asphaltstaub gewürzt. Für die kommende Nacht war Frost angekündigt.

*

Der Festsaal lag auf dem Gelände des Krankenhauses und konnte bis zu vierhundert Personen fassen. Es war ziemlich klar, dass der Saal in Haus A voll werden würde. Alles an verfügbaren Tischen und Stühlen war hineingestellt worden. Ein Mann in den Sechzigern sollte Keyboard spielen. Er hatte schon angefangen. Es ging zu wie auf der Fähre nach Dänemark. Der Saal wurde langsam voller. Die Angestellten waren herausgeputzt wie Weihnachtsengel. *Heute Abend lassen wir es krachen!*

Die provisorische Bar befand sich ganz hinten, ein hoher schmaler Tresen und dahinter zwei mit Flaschen überfüllte Tische. Drei junge Barkeeper hatten alle Hände voll zu tun. Im Gegensatz zu den meisten Bars war das Neonlicht an der Decke über dem Tresen besonders hell.

Annie und Fanny sahen wie üblich toll aus. Sogar jetzt, in ihrer aufreibenden Trauer, hielt Annie stand. Sie sah süß aus in Rock und Bluse. Margrethe Moe spürte die straff sitzenden Pflaster auf den Oberarmen unter dem langärmeligen Kleid. Sie hatte keine Lust gehabt, sich schick anzuziehen; sie hasste

Kleider. Aber in erster Linie hatte ihr der Schlafmangel zugesetzt. Die ganze Nacht lang hatte der Bruder seine Anklagen heruntergeleiert. Und sie hatte wieder das Messer genommen und sich in die Arme geschnitten. Der Bruder zwang sie, zu dem Herbstfest zu gehen, deshalb musste sie, denn nichts durfte unnatürlich oder verdächtig wirken. Sie habe kein Kleid, hatte sie gesagt. Er hatte beschlossen, dass sie sich nachmittags im Bogstadvei treffen sollten, nach dem üblichen Termin mit Annie. Jetzt hatte sie also doch ein neues Kleid, aus glänzendem Stoff, lila, unbequem. Der Bruder hatte es ausgewählt. *Du weißt ja, was dabei rauskommt, wenn du allein losziehst und dir Kleider kaufst.* Doch hohe Absätze hatte sie nicht. Ihre Füße waren zu breit für solche Schuhe. Und ihre Finger waren zu kräftig für Ringe.

Dan sah in seinem Anzug mit den etwas zu kurzen Hosenbeinen frisch geduscht und verloren aus. Seine Haare waren an den Spitzen feucht. Margrethe stellte sich neben ihn. Annie nippte an ihrem Willkommensdrink. »Willst du nichts, Margrethe?«

»Ich muss fahren«, sagte sie. »Habe doch einen langen Heimweg.«

»Du könnest bei mir übernachten«, sagte Annie.

»Danke, aber ich muss noch nach Hause«, sagte Margrethe.

Die Tanzfläche war gebohnert und glänzte, aber niemand von ihnen würde tanzen, auch dieses Jahr nicht.

»Das Ausmaß der Unruhe in einem Menschen verrät, wie gut er tanzen kann«, sagte Fanny und lachte. Sie trug ein dunkles Kleid mit Metallverzierung. Ihre Haare waren, falls das überhaupt möglich war, noch mehr gestylt als normalerweise.

Frank hatte Margrethe einen handgeschriebenen Zettel für Annie mitgegeben. Darauf stand: *Melden Sie sich einfach, wenn es Ihnen nicht gut geht, Annie. Ich bin für Sie da. Frank.*

Sie gab Annie den Zettel. Annie warf einen Blick darauf, riss plötzlich die Augen auf und starrte Margrethe für einen Augenblick an, ehe sie den Zettel in die Handtasche steckte.

Sie fanden einen freien Tisch, Annie, Fanny, Dan und sie. Margrethe war melancholisch zumute. Irgendwas war mit der ganzen Situation. Marian Dahle hatte den Bruder in seiner Praxis aufgesucht. Nur um Annies Zustand zu analysieren, hatte er gesagt. Die Ermittlerin mache sich Sorgen um Annies mentale Gesundheit. Dass sie sich vielleicht umbringen wollte. Margrethe hatte Annie überredet, zu ihrem Bruder zu gehen. Die Fälle waren eigentlich durch wasserdichte Schotten voneinander getrennt, aber plötzlich meldeten sich die Nerven. Marian Dahle lebte nicht hinter dem Mond.

73

Marian rief abermals Elly Haug an, aber die hatte ihr Handy ausgeschaltet. Sie schickte eine SMS: *Liebe Elly. Wenn Sie mir etwas zu berichten haben, melden Sie sich bitte.* Am Nachmittag war sie zum Kleingarten gefahren, hatte aber weder Elly noch Myrtel irgendwo angetroffen. Es war Freitag, vielleicht kauften sie ja irgendwo fürs Wochenende ein? Sie konnte sich Myrtel nicht in einem Einkaufszentrum vorstellen, doch Marian fand sich mit der Situation ab und fuhr nach Hause. Sie würde sie am Wochenende in Ruhe lassen.

Zuhause bereitete sie sich eine schnelle Mahlzeit, eine gefrorene Packung bestehend aus Spiralnudeln, Erbsen und Hackfleisch. Sie wärmte das Gericht langsam in der Pfanne auf und setzte sich halbwegs auf einen Stuhl am Tisch. Suchte wieder im Internet. Sie waren zu einer Manie geworden, ihre Recherchen im Internet. Wo sie doch so viele Bücher gelesen hatte, als es ihr schlecht ergangen war. Aber jetzt ging es ihr nicht mehr so schlecht. Das Licht vom iPad stach in die Augen. Es kam in den Nachrichten: Eine Untersuchung der staatlichen Kontrollbehörde hatte gezeigt, dass die Polizeidistrikte keine einheitlichen Regeln für die Aufbewahrung von Waffen einhielten. Marian schluckte, stand auf und sah nach, ob die Pistole noch dort lag, wo sie sie zuletzt hingelegt hatte, im Badezimmerschrank, zwischen zwei Handtüchern, zusammen mit Gürtel und Holster. Oben im Schrank stand der kleine Koffer. Über die Kripo waren verschiedene Hinweise per Mail bei ihr eingegangen, die meisten davon waren jedoch uninteressant. Zwei sah sie sich genauer an, und eine weckte ihre Aufmerksamkeit. Nicht wegen der darin enthaltenen Informationen, sondern wegen des Tonfalls. Und wegen der ganzen Schreibfehler.

Empf.: Dahle@politiet.no
Abs.: tips.coldcase@politiet.no

Weitergeleitete Nachricht:
Abs.: farhi.salman@kripos.no
Empf.: tips.coldcase@politiet.no
Abs.: Latrodectus@yahoo.no

Ich emfehle ihnen, die Ermittlung im Fall Thona einzustellen, weil sie gucken in die falsche Richtung. Das Mädchen wurde vor langer Zeit ins Wasser gestoßen und ist jetz Fischfutter. Ein Freund von mir hat sie geschnappt. Er ist jetz tot. X

Marian hatte gleich die richtige Intuition. Sie googelte den Namen des Absenders, und siehe da: Latrodectus war der Name einer Spinnenart aus der Familie der Schwarzen Witwe. Keine große Aufgabe, hier zwei und zwei zusammenzuzählen. Glenn Haug war gefährlich dumm. Um nichts anderes ging es hier, *gefährlich dumm*. Marian litt an Arachnophobie, hatte eine Heidenangst vor Spinnen. Überhaupt vor Ungeziefer. Ameisen auch. Wenn es viele wurden. Jetzt hatte sie lange keine mehr gesehen. Waren sie weg? Als es am schlimmsten war, kam es ihr vor, als sei sie von ihnen befallen, als seien es Hunderte, aber wenn sie sie zählte, kam sie oft auf nicht mehr als zehn oder fünfzehn. Glenn Haug hatte eine anonyme E-Mail-Adresse eingerichtet. Dazu musste man nur in irgendeine Bibliothek gehen. Dort gab es überall Laptops, die man benutzen konnte. So etwas hatte sie selbst zweimal getan. Die Mail war eine Warnung. Aber eine dumme Warnung, geschrieben von einer kranken Person. Er konnte doch wohl nicht ernsthaft glauben, dass sie den Fall aufgrund einer derartigen Mail einstellen würden? Vermutlich fragte er sich aber, wieso die Polizei ihn nicht verfolgte. Wieso nicht nach ihm gefahndet und er nicht festgenommen wurde. Wieso von dem Schuss nichts in der Zeitung stand.

Die hoffnungslose Thyra Winding hatte Glenn Haug ihren Schlüssel gegeben. Marian reduzierte die Herdtemperatur und merkte, wie wütend sie auf die alte Frau war. Sie gab das Essen auf einen Teller und füllte ein Glas mit Wasser.

Das iPhone auf der Anrichte summte. Eine neue Mail war eingegangen. Sie nahm das Handy und öffnete das Mailprogramm. Noch ein Tipp, den Salman weitergeleitet hatte. Den würde sie sich nach dem Essen genauer ansehen. Der Absender war eine galina.nowak@gmail.com.

*

Sie scharten sich um die Tische und bekam etwas serviert, das Hammelrippchen sein sollten, doch nur dünne Streifen eingesalzenen Fleischs waren. Annie warf Margrethe einen langen Blick zu. Sie spürte es deutlich. Weshalb tat sie das? Was sollte das eigentlich? Ihr kam ein Gedanke, der jedoch gleich wieder entwich. Sie aß ihre Portion und versuchte, die Angst zu ignorieren, die ihr Übelkeit verursachte. Dann trank sie ein halbes Glas Wein. Trotzdem könnte sie wohl sicher noch Auto fahren.

Nach dem Essen setzten sie sich an einen Tisch, der so weit

wie eben möglich von dem Keyboardspieler entfernt war. Die abgestandene Luft war jetzt noch stickiger und stank nach Parfum und Schweiß. Ein Mann aus der Verwaltung hatte es auf Annie abgesehen und lud sie zu einem Drink an der Bar ein. Margrethe betrachtete ihren mageren Rücken. Annie brauchte einen Mann. Jetzt wollte er unbedingt mit ihr tanzen, und das taten sie, verkrampft und unbeholfen. Annies Handtasche hing von ihrer Schulter herab.

*

Der Mann war glatzköpfig und schwitzte im Gesicht. Sein Hemd hatte dunkle Ringe unter den Armen. Annie hätte sich nichts Schlimmeres vorstellen können. Schließlich entschuldigte sie sich und wandte sich von ihm ab, aber er kam ihr nach. Schob einen Stuhl zu dem Tisch, wo alle saßen, und setzte sich dicht neben sie. Annie hob die Hand und strich sich müde über die Stirn. Es wurde jetzt alles zu viel. Die krakelige Handschrift auf dem Zettel, den Margrethe ihr gegeben hatte, kam ihr bekannt vor. Sie entschuldigte sich und ging zur Toilette. Blieb einen Moment lang in einer der kleinen Kabinen stehen, um sich zu sammeln. Sie öffnete die Handtasche, blickte auf den Zettel von Frank und betrachtete eingehend die Schrift, während ihr kalter Schweiß auf die Stirn trat. Irgendetwas war mit der Schrift. Kaum jemand schrieb ja überhaupt noch mit der Hand, alles lief über E-Mails und Ausdrucke. Schließlich gelang es ihr zu analysieren, was es war; es war die gleiche Schrift wie auf dem Zettel, den sie in der Bibel gefunden hatte. Es musste Margrethes Bibel gewesen sein. Die Polizei habe jetzt diesen Zettel, hatte Marian gesagt. Die Nachricht von Frank, die sie jetzt in der Handtasche hatte, war demnach also nicht weniger als ein Beweis. Die beiden waren in die Fälle mit den Männern verwickelt. Margrethe fuhr Motorrad. In Annies Kopf drehte sich alles. Sie dachte an den Straßenmusikanten in der Innenstadt, den mit der weißen Maske; die clownweiße Fettschminke mit den dunklen Ringen um die Augen, um so den Eindruck von dunklen, leeren Augenhöhlen hervorzurufen. Sie wollte nicht länger an ihn denken.

*

Marian hatte die neu eingetroffene Mail vergessen, sie saß ein wenig vor dem Fernseher und zog sich dann aus. Nahm eine Schmerztablette, verzichtete aber auf den Gin. Dann gab sie Birka etwas zu fressen. Elly hatte nicht auf die SMS reagiert.

Marian sah zur Decke. Der Kriechboden zog sich über die halbe Wohnung hinweg. Glenn Haug war doch wohl nicht so verrückt, dass er zurückkam? Er musste sich ja fragen, wieso die Polizei ihn nicht verfolgte, nachdem ihm ins Bein geschossen worden war. Aber er konnte unmöglich schwer verletzt sein. Erst als Marian sich ins Bett setzte, um mit einem neuen Buch anzufangen, dem neuesten von Jostein Gaarder, fiel ihr wieder die Mail von Galina Nowak ein. Sie legte das Buch weg und warf die Bettdecke zurück.

Die Mail stammte von einem alten Mann, einem ehemaligen Kleingärtner, der seinen Hund regelmäßig in der Gartenanlage ausgeführt hatte. Er schrieb, er habe die Mail über seine Putzhilfe verschickt, da er selbst keine E-Mail-Adresse habe. Er war jetzt dreiundachtzig. Ungefähr vierzehn Tage nach dem Verschwinden von Thona Ormberg Johansen war er eines Nachts mit seinem Hund Gassi gegangen. Zu jener Zeit war es noch erlaubt gewesen, Hunde im Kleingarten zu halten. Ungefähr zur selben Zeit war das Verbot gekommen. Wenige Tage später waren Schilder mit der Aufschrift *Hunde nicht gestattet* an allen drei Eingangstoren des Kleingartens aufgetaucht. In jener besonderen Nacht war er auf Myrtel Haug gestoßen, die hinter der Vogelscheuche stand und ein großes Loch grub. Er gab sich aber nicht zu erkennen, weil er das Gefühl hatte, dass irgendetwas nicht stimmte. Neben ihr lag ein Müllsack. Darin war irgendetwas, das er aber nicht identifizieren konnte. In den folgenden Jahren hatte er immer wieder daran denken müssen, hatte es aber niemals mit Thonas Verschwinden in Zusammenhang gebracht. Denn in allen Zeitungen hatte ja gestanden, dass der Kleingarten von A bis Z durchsucht worden war. Daher glaubte er auch nicht, dass das irgendwie wichtig war, bis er es zufällig seiner Putzhilfe erzählt hatte. Eine junge Polin, die sofort sagte, dass er es der Kripo melden müsse. Das Ganze sei ja vierzehn Tage nach Thonas Verschwinden passiert, und so müsste man bloß zwei und zwei zusammenzählen, hatte sie gesagt. Sie hatte von der Wiederaufnahme des Falls durch die Medien erfahren. Und deshalb jetzt für ihn diese Mail geschrieben. Die war am Vormittag eingegangen, wie Marian sah, aber erst vor einer Stunde hatte Farhi Salman sie an Tønnesen weitergeleitet mit einer Kopie an sie. Zwar war Tønnesen nicht aktiv mit dem Fall beschäftigt, trotzdem war die Mail an ihn geschickt worden.

Marian zog sich schnell an. Schlüpfte in die Gummistiefel, weil sie die schönen neuen Stiefel nicht nass machen wollte, und holte eine Reisetasche. Sie musste aus dem Keller ein Paar Handschuhe und einen Spaten holen. Und eine Taschenlampe. Und durfte die Waffe nicht vergessen.

74

Das kleine Fenster in der Toilettenkabine war beschlagen, und auf dem Boden lagen Fetzen von Toilettenpapier. Manche Menschen benahmen sich wie Schweine. Annie hatte zu viel getrunken, die Übelkeit saß ihr wie ein Kloß im Hals. Sie dachte an Frank Moe. Vorhin hatten sie über Männer gesprochen, Fanny und sie. Fanny hatte gesagt, sie habe Angst, wenn sie allein in der Stadt unterwegs sei. Nicht, dass es häufig vorkam. Sie hatte von einer Sache gelesen. Eine Frau war von einem Mann vergewaltigt worden, der sich in der Damentoilette versteckt hatte. Völlig ungestört hatte sich der Mann an der Frau vergehen können. Danach war er in das Restaurant zurückgegangen, hatte seine Rechnung in bar bezahlt und war hinausspaziert, als wäre nichts geschehen.

Sie musste Marian anrufen. Es war 22.25. Annie kramte in ihrer Handtasche nach dem Handy. Gerade als sie es herauszog, betrat jemand den Toilettenraum. Annie legte das Handy zurück und verließ die Kabine. Da stand Margrethe und sah sie an. Düster.

Margrethe fuhr sich mit der Hand durchs Haar. Annies Gesicht wirkte ganz aufgelöst. Ihre Haut war grau. Etwas Schminke trat aus einem der Augenwinkel. Der Adrenalinstoß war deutlich zu spüren. Das morbide Geplapper der Kollegen draußen hatte sich in eine schmerzende Kakophonie verwandelt. Sie selbst war völlig nüchtern. Aber was war denn jetzt mit Annie los, der süßen kleinen Annie? Was war ihr da vorhin klar geworden? Ihr Gesichtsausdruck hatte sich verändert, als sie einen Blick auf Franks Zettel warf. Ihr Gehirn hatte die Situation blitzschnell analysiert: Annie musste den Zettel gesehen haben, den sie im Stationszimmer vergessen hatte? Hatte sie ihn vielleicht an sich genommen? Der Gesichtsausdruck der einen spiegelte sich in dem der anderen wider, die Rollen waren klar definiert. Annie drehte den Hahn auf und hielt die Hände für einen Augenblick unter das kalte Wasser. »Ich habe Kopfschmerzen«, sagte sie.

»Willst du gehen?« Margrethe fuhr sich mit der Hand durch das Haar. »Ich kann dich nach Hause fahren.«

»Aber nein, ich gehe nicht«, erwiderte Annie.

Etwas am Rhythmus der Unterhaltung gefiel ihr nicht. Eine Wand aus Lärm, Musik und Hitze schlug ihnen entgegen, als sie wieder in den Saal zurückkamen. Zusammen gingen sie zum Tisch. Zwischen ihnen herrschte totaler Kontaktmangel, eine unangenehme Entfremdung, die beide deutlich spürten.

Nachdem sie sich gesetzt hatten, beugte Fanny sich vor und sagte mit lauter Stimme: »Alles in Ordnung, Margrethe?«

Der Lärm war so intensiv, dass sie bloß eine abwehrende Handbewegung machen konnte.

»Hast du Sorgen?« Fanny war plötzlich neben ihr. Ihre grell roten Lippen waren mit einem Konturenstift nachgezogen.

»Es geht mir gut«, sagte Margrethe gereizt, »aber dieses Rübenpüree war nicht gerade toll.«

Fanny setzte sich wieder.

Annie nahm einen großen Schluck Wein. Sie fühlte sich, als ob sie seit hundert Jahren nicht geschlafen hätte. Sie würde das Glas austrinken, sich dann hinausschleichen und Marian anrufen. Aber da war wieder dieser klammernde Typ. Er musterte sie, als wäre sie ein Diamant. Aber gut, so konnte sie sich auf etwas anderes konzentrieren als auf Margrethe, die jede ihrer Bewegungen beobachtete. Als sie sich eine Stunde später wegschlich, war Margrethe nirgendwo zu sehen.

*

Sie stand ganz hinten in der Garderobe, zwischen den Metallstativen voller Jacken und Mäntel, und sah Annies Mantelrücken durch die Tür verschwinden. Sie hatte jedes Detail ihres Verhaltens genau bemerkt; Annie war gefährlich. Etwas *war* passiert, als sie ihr den Zettel des Bruders gegeben hatte. Annies aufgerissene Augen hatten ihr alles erzählt, was sie wissen musste. Sie hatte seine Schrift wiedererkannt. Für einen Augenblick fühlte sie sich beinahe erleichtert. Bald würde alles vorbei sein. Sie waren fast am Ziel.

*

Der Raureif hatte sich wie ein dünner Bart an das Drachenhaus geheftet. Die Straßen waren tot, so wie nachts immer. Die Straßenlaternen waren von einem eisigen Glorienschein umgeben. Marian öffnete die Heckklappe, half dem Hund hinein und warf die Tasche in den Wagen. Sie hatte mehr als einen Spaten gefunden; Taschenlampe, Handschuhe, auch eine Spitzhacke, alles zusammen hatte sie schnell zusammengesucht und in die Tasche gestopft. Auch der Wagen war von einer feinen Raureifschicht überzogen. Sie kratzte die Frontscheibe frei und startete den Motor, dann schaltete sie den Klingelton des Handys ab und legte das Gerät auf den Sitz. Der kalte Luftstrom aus der Autoheizung bewirkte einen kleinen Schwindelanfall, als ob sich die Straße vor der Frontscheibe auflöste und sie sich in einem Limbus befand, im Nichts. Sie schob ihre Mütze ein wenig aus der Stirn und holte tief Luft. Als sie die Kontrolle über sich zurückgewann, fühlte es sich einen Moment lang so an, als stürze sie auf einen schwarzen Punkt zu. Niemand sonst hatte wohl Kenntnis von der Zeugenaussage des alten Mannes mit der polnischen Putzhilfe. Tønnesen hatte die Mail vermutlich nicht einmal geöffnet.

*

Margrethe Moe riss ihren Mantel vom Haken und lief Annie hinterher. Die Kälte schlug ihr entgegen. Sie dachte an Andreas Lindeberg. Er hätte ihr in der Toreinfahrt entwischen können. Er hätte es schaffen können, war aber zu feige, um es auch nur zu versuchen. Er hatte zu früh aufgegeben. Jetzt war sie wieder in demselben Gefühlszustand wie in der Toreinfahrt. Eine Kopplung im Gehirn: Selbstentzündung, Blitzeinschlag, Brand. So planten Terroristen. Und so gingen sie ans Werk. Dan ahnte natürlich nichts von den nächtlichen Besuchen in seinem Büro. Die Abteilung war nachts unbesetzt.

*

Marian parkte an der Kirche, lehnte den Kopf an die Kopfstütze und blieb einen Augenblick so sitzen. Die Mütze kratzte auf der Stirn. Eine Tüte mit Brötchen, die sie vor Kurzem gekauft hatte, lag auf dem Beifahrersitz. Der Himmel war eine sternenlose dunkle Fläche hinter dem Kirchturm, von Osten kam eine nebelartige Wolke hereingezogen. Alles, was sie durchgemacht hatte, war nicht unbedingt eine Strafe. Im selben Moment wurde ihr übel. Diese verfluchte Kindheit, aber sie war kein Opfer. Sie war eine Frau mit Erfahrung, die für etwas verwendet werden konnte. Alles lief jetzt viel besser. Die Schmerzen standen nicht länger im Fokus, dieser Irrsinn war ganz offenbar geheilt. Sie stieg aus, nahm die Tasche mit und befestigte die Leine an Birkas Halsband. Die Luft war kalt, aus ihrem Mund drang dampfender Atem. Ein dunkelhäutiger Mann in Kapuzenpullover kam ihr auf dem Bürgersteig entgegengeschlichen. Sie scheuchte ihn weg. Ein Drogenverkäufer. Im Sagene-Viertel wimmelte es nur so von denen.

In Myrtels rotem Haus war es dunkel. Sie schliefen wohl, sie und Elly. Marian ging weiter am Zaun entlang. Auf der gegenüberliegenden Straßenseite war der Friedhof. In Höhe des Eingangstors gegenüber vom Friedhof ging sie langsamer. Das Tor war offen. Marian betrat den Kleingarten. Birka trottete mit hängendem Kopf hinter ihr her. Sie nahm dem Hund die Leine ab. Was sie hier vorhatte, war total verrückt. Aber niemand würde es erfahren. Wenn sie nichts fand, würde sie die Erde wieder zurückschaufeln. Myrtel würde es natürlich entdecken. Doch fand sie etwas, würde sie die Zentrale benachrichtigen. Einen Moment lang fühlte sie sich leer. Dann stieg die Spannung an.

75

Annie schaute sich mehrmals schnell nach hinten um und spürte eisige kleine Nadelspitzen, die der Wind in die Haut an ihrem Hals bohrte. Sie merkte, dass sie leicht taumelte. Der Alkoholrausch lag wie ein Schleier über den Gedanken. Sie zog den Mantel enger um sich. Um sie herum gab es große, sperrige Gebäude mit dunklen Fenstern und ein paar Lichtern. Der

Parkplatz war fast leer. Sie blieb stehen, zog das Handy aus der Tasche und gab Marians Nummer ein, aber die antwortete nicht.

Eine leere Plastiktüte kam in hohem Tempo auf sie zugesegelt, überall sonst auf dem Krankenhausgelände war es still und ruhig. Sie ließ es eine Weile klingeln, dann steckte sie das Handy wieder in die Tasche und ging weiter. Marian hatte gesagt, sie sei jederzeit erreichbar, aber jetzt ging sie nicht ran. Obwohl sie die High Heels gegen Stiefel ausgetauscht hatte, waren ihre Füße kalt, die Nylonstrümpfe spannten sich. Sie würde später ein Taxi bestellen. Der Blick, den Margrethe ihr zugeworfen hatte, als ihr klar wurde, dass Annie die Handschrift des Bruders wiedererkannte und zwei und zwei zusammenzählte; dieser Blick hatte alles gesagt. Genau deswegen ging sie jetzt hier entlang, mit dem klaren Ziel, die Antwort im Archiv zu finden.

*

Eine Weile blieb Margrethe hinter einem geparkten Wagen versteckt stehen und sah, dass Annie mehrmals über ihre Schulter blickte. Einmal blieb sie stehen und drehte sich ganz herum. Dann wählte sie eine Nummer, erreichte aber anscheinend niemanden. Annie taumelte etwas, ging dann jedoch weiter.

Margrethe hatte die Namen der missbrauchten Jungen im Archiv gefunden, gleich nachdem Cato Isaksen zu Annie gekommen war und gesagt hatte, der Thona-Fall werde wieder aufgenommen. Die Ermittlerin, die sich dann schließlich damit beschäftigte, hatte im ersten Moment nicht sehr imponierend gewirkt, aber sie war ein schlauer Kopf, diese Marian Dahle.

Wenn Annie doch bloß nicht diesen verdammten Zettel gefunden hätte, den sie selbst blöderweise verloren hatte. Denn genau das musste passiert sein. Der Zettel war jetzt ein gefährlicher Beweis, weil Annie ihn gefunden hatte, bevor Joner und Schavenius umgebracht worden waren. Wenn Frank gewusst hätte, wie schlampig sie war, hätte er sie getötet. Alles musste jetzt ein Ende haben, noch ein paar Minuten, und alles würde vorbei sein.

*

Annie blieb einen Augenblick vor der Tür des Gebäudes stehen, in dem sich ihr Arbeitsplatz befand. Die Minustemperaturen hatten sich an den großen Bäumen vor dem Eingangsbereich festgebissen. Annie wollte jetzt nicht in ihre eigene Abteilung.

Durch die erhellten Fenster im Korridor sah sie die Nachtwache ins Stationszimmer gehen und die Tür hinter sich schließen. Annie warf einen Blick über die Schulter. Niemand kam. Schnell schloss sie die Haupttür auf, lief direkt über die Treppen zum Kompetenzzentrum im ersten Stock hinauf.

*

Der Kleingarten hatte sich in eine Moorlandschaft aus Matsch und Wasser verwandelt. Nur der schwache Lichtschein der Straßenlaternen hinter der Hecke ließ die Konturen der gefrorenen Landschaft hervortreten. Die Luft über dem kalten Boden dampfte, es sah aus wie Nebel. In zwei Tagen würde der Oktober vom November abgelöst werden. Marian stellte die Reisetasche auf das steife weiße Gras und schaltete die Taschenlampe ein. Der Strahl bildete einen Kreis aus Licht, der im Dunkeln wie ein leuchtendes Ufo wirkte. Sie richtete den Lichtstrahl auf die türkisfarbene Eisenbank. Die hatte all die Jahre dort gestanden. Wenn sie doch nur reden könnte. Der Kleingarten war in einen alten und einen neuen Bereich aufgeteilt, aber niemand schien so ganz zu verstehen, wo die Grenze verlief. Nur Myrtel Haug wusste, wem welche Parzelle gehörte. Die meisten waren jetzt umgepflügt. Die Streifen frischer Erde und frischen Lehms verliefen zwischen den Bäumen. Aufgrund des Frostes war der intensive, kräftige Geruch verschwunden. Einige Parzellen waren jedoch unberührt, mit Gras und Stauden aus dem Vorjahr. Wie zum Beispiel hinter der Vogelscheuche.

Die Vogelscheuche war jetzt weiß gekleidet und löste sich

daher fast in der Landschaft auf. Marian sah, dass die Sonnenblumen entfernt worden waren. Ihre Finger waren bereits kalt. Ein spitz zulaufender Spaten stand etwas weiter entfernt an einen morschen Baum gelehnt. Das passte gut, denn die Werkzeuge, die sie mitgenommen hatte, waren alt und stumpf.

Sie richtete den Blick auf die Vogelscheuche und den Bereich dahinter. Als Thona verschwand, hatten sie hier alles mehrmals mit Spürhunden abgesucht und an einigen Stellen gegraben, wie in den Dokumenten nachzulesen war. Doch eine Kinderleiche hatten sie nicht gefunden. Myrtel Haug hatte vermutlich zwei Wochen gewartet, bevor sie das Mädchen vergraben hatte. *Ein tiefes Loch direkt hinter der Vogelscheuche.* Das Ganze war total krank.

Es knackte, als ob die Eisschicht auf einem Teich zerbarst. Marian wandte sich jäh um. Kam da jemand? Birka schnupperte in die Luft. Dann fing sie leise an zu knurren. Marian leuchtete mit der Taschenlampe, ließ den Lichtstrahl über schwarze Äste und Baumstämme gleiten. Dann untersuchte die das offene Terrain. Es kam niemand. Dennoch wurde sie das Gefühl nicht los. Stand da jemand im Dunkeln hinter einem Baum und beobachtete sie? Die Waffe lag im Auto, im Handschuhfach.

76

Annie schloss Dan Brodahls Büro mit ihrem Universalschlüssel auf. Die Abteilung war während der Nacht verschlossen. Plötzlich ging ihr auf, vielleicht in Gefahr zu sein, doch der Alkoholrausch ließ sie entspannen. Für einen Augenblick blieb sie stehen und lauschte. Die Stille trieb ihr entgegen. Sie behielt den Mantel an, ließ die Deckenbeleuchtung ausgeschaltet, knipste aber die kleine Schreibtischlampe an, die daraufhin einen Kreis aus gelbem Licht auf die Schreibtischplatte warf. Sie setzte sich. Abgesehen von ein paar Kinderzeichnungen an der Wand und einem hinter der Tür hängenden Kittel war das Büro nackt und weiß. Sie betrachtete die Zeichnungen und ein kleines Haus aus Knetmasse, das zusammen mit einer rot angemalten Katze auf dem Schreibtisch stand. In einem Plastikkasten lagen Schreibgeräte und ein scharfer Brieföffner. Sie schaltete den Mac ein, der daneben stand. Das Gerät gab einen etwas zu lauten Pling-Plong-Ton von sich, und das blaue Licht ergoss sich über ihr Gesicht. Sie lauschte, blickte zur Tür, die angelehnt war, schaute aus dem Fenster, aber im Gebäude gegenüber war niemand zu sehen. Sie loggte sich in das Datensystem des Krankenhauses ein, verwendete ihren MinGat-Code und fügte Namen und Zugangscode der Abteilung hinzu; Regionales Kompetenzzentrum für Kinder und Jugendliche, abgekürzt RKKJ. Sie manövrierte sich durch das Programm und gab nacheinander die Nachnamen Lindeberg, Joner und Schavenius ein. Sie fand sie aber nicht im System, sie waren hier also definitiv keine Patienten gewesen. Sie suchte nach Glenn Haug, doch über ihn gab es ebenfalls keinen Eintrag. Als sie jedoch einen anderen Suchmodus verwendete, passierte etwas. Annie hielt den Atem an, denn Hallgrim Schavenius' Name tauchte auf, allerdings nicht als eigenständiger Patient, sondern in der Epikrise seiner Schwiegertochter, wie Annie es verstand. Die Frau war hier gewesen, zusammen mit ihrem Sohn Leo.

Annie las schnell alles durch und begriff, dass der Fall von der Polizei vermutlich zu den Akten gelegt werden sollte, im Hinblick auf die *Gewichtung der Beweise*. Ein stiller Fall wurde so etwas hier im Krankenhaus genannt. Der pensionierte Richter am Obersten Gerichtshof wäre davongekommen. Wenn er noch gelebt hätte.

*

Marian lehnte die Taschenlampe an einen Stein, so dass der gelbe Lichtkreis auf die Stelle zielte, an der sie graben wollte, dann nahm sie den Spaten in die Hand … *gleich hinter der*

Vogelscheuche konnte verschiedene Stellen bezeichnen. Wie weit dahinter? Einen Meter? Zwei? Oder drei? In der Dunkelheit verbarg sich niemand, es war bloß eine von Myrtels Katzen, die alte schwache. Birka hatte sie verscheucht. Der Hund war stolz darauf, endlich etwas gejagt zu haben. Marian trug die oberste Grasschicht ab, was wegen des Bodenfrostes gar nicht so leicht war. Darunter kam eine Lage aus alten Blättern und Tannennadeln zum Vorschein. Als das längliche Loch ungefähr zwanzig Zentimeter tief war, kniete sie sich hin. Die oberste Schlammschicht war jetzt weg, darunter war der Boden nicht mehr gefroren, die Erde war weich und schwarz. Wenn sie nichts fand, würde Myrtel Haug entdecken, dass jemand hier im Laufe der Nacht gegraben hatte. Aber etwas sagte Marian, dass Myrtel nicht die Polizei benachrichtigen würde. Das Graben beruhigte sie in gewisser Weise. Mit langsamen Bewegungen trieb sie den Spaten immer wieder in die Erde. Es fing an zu schneien, allerdings nur leicht. Ein kalter Wind setzte ein, wie ein kleiner Atemstoß von links. Der Schnee fiel hoch oben als Regen herab und gefror auf dem Weg nach unten. Er legte sich auf ihr Gesicht und schmolz. Draußen auf der Straße fuhren ein paar Autos vorbei. Das Geräusch der Reifen auf dem Asphalt war alles, was sie hörte. Und weit dahinter das Summen der Stadt.

*

Annie setzte ihre Suche im System fort. Schrieb: *Angehörigenbericht* in ein Suchfeld. Schnell überflog Annie die Liste der auftauchenden Namen. Der Enkel und die Schwiegertochter des Obersten Richters waren also für ein Gespräch mit Dan hier gewesen. Nicht aber die Eltern der anderen Kinder.

Sie gab die Namen der anderen Ärzte ein, neben Dan gab es nur zwei weitere. Als sie zu den Patienten des zweiten kam, einem neuen, jungen Arzt, tauchten die Namen mehrerer Kinder auf. Sie durchforstete die Namen in einem Feld links auf dem Bildschirm, und plötzlich sprang ihr der Name Gustav Joner ins Auge. Annie starrte auf den Namen und sah das Foto des Hausmeisters vor sich. Jetzt verstand sie den Zusammenhang. Joner stand in Verbindung mit einem Kind namens Sebastian Storeng, und seine Lehrerin, an der Schule in Tveita, war hier gewesen, um in Erfahrung zu bringen, wie sie sich im Fall von Übergriffen verhalten könnte. Sie hieß Olea Thon, ein für Annie völlig unbekannter Name; sie äußerte, dass sie sich um ihre Schüler kümmern wolle, auf sie aufpassen.

Im Feld darunter stand: Andreas Lindeberg. Annie lief ein kalter Schauer über den Rücken. Simen und Toby besuchten den Gulltoppen Kindergarten in Vinderen. Zwei Angestellte des Kindergartens waren hier gewesen. Zwei Frauen, Charlotte Lae und Hanne Elvebakken, auch dies unbekannte Namen. Annie schrieb Gulltoppen auf einen Bogen Papier. Sie waren gar keine Opfer, diese Männer. Andreas Lindeberg war vermutlich auch tot.

Plötzlich hörte sie ein Geräusch von der Tür. Annie wandte sich abrupt um.

77

Marian war auf eine Schicht aus Steinen gestoßen. Sie nahm die Taschenlampe, ging auf den nächstliegenden Schuppen zu und fand dort zwischen anderen Gerätschaften eine Spitzhacke. Ihre Hose war an den Knien feucht von Schlamm und Matsch. Ein feiner Nebel zog auf und wälzte sich zwischen den Bäumen hindurch, er ähnelte Rauch. Sie machte weiter. Es sah so aus, als seien die Steine absichtlich dort unten hingelegt worden. Marian nahm einen nach dem anderen heraus und legte sie an den Rand des Lochs. Die Spitzhacke glitt ihr immer wieder aus den Händen, und sie zog die Handschuhe aus. In ihrer Vorstellung sah sie das Kind in der Erde. Das sie eigentlich nicht finden wollte. Der Körper würde verfault sein wie altes Obst; die Leiche würde kein erkennbares Gesicht mehr haben. Ihr fiel eine Begebenheit aus der Kindheit ein, die sie schnell durch ihren Kopf ziehen ließ; sie und ihr Vater hatten den steinernen Abdruck einer Eidechse gefunden. Millionen von Jahren alt, hatte ihr Vater gesagt. Und sie erinnerte sich an das Gefühl, etwas Großes zu verstehen.

Nachdem sie die Steinschicht abgetragen hatte, stand sie ungefähr einen Meter tief in der Erde, die jetzt schwarz wie Teer aussah. Auf dem Grund sammelte sich Wasser, das schwarz und glatt glänzte. Der Geruch von Mineralien, mit einer leicht süßlichen Note. Sie wusste, wie dieses Wasser schmeckte – wie kaltes, bitteres und zersetztes Eisen. Bestimmte Dinge konnte sie eigentlich nicht ertragen. Wie den Wurm, der sich jetzt neben ihrer Hand entlangschlängelte.

Marian wischte sich ein paar Tropfen von der Nase, beugte sich weit vor und grub mit den Händen weiter. Ein feines Pling ertönte von der Kirchenglocke. Es war Mitternacht. Der Schlamm quoll zwischen ihren Fingern hervor. Er spritzte ihr ins Gesicht, und sie spuckte einen Klumpen weg, der in ihrem Mundwinkel gelandet war. Es gab hundert Millionen Bakterien in dreißig Gramm Erde. Keine gute Idee, etwas davon in den Mund zu bekommen. Kleine Erdklumpen hefteten sich an die Ärmel ihrer Jacke. Hoch über ihr fegte der Wind durch ein paar Zweige und bohrte ein Loch in den Nebel. Das dünne weiße Hemd der Vogelscheuche flatterte. Einen Augenblick später war der Nebel zurück, wie ein undurchdringlicher Teppich. Da entdeckte sie es, zwei winzige Stücke eines kleinen Skeletts in der Erde.

*

Die Tür wurde aufgestoßen, und Margrethe kam herein. Annies Kopf wurde heiß, das ganze Blut wurde in ihr Gehirn gepumpt. Margrethe schaltete die Deckenlampe ein, das weiße Büro trat in aller Schärfe hervor. »Wie geht's, Annie?« Ihre Stimme klang unnatürlich hell. Ihr Mantel war falsch zugeknöpft und ihre Füße steckten in robusten Stiefeln.

Jetzt schloss sie die Tür hinter sich. Annie hob unwillkürlich die Hände zum Hals und konzentrierte sich auf ihre Atmung. Dann legte sie die Hände auf die Tastatur zurück und schloss das Datensystem. Der Bildschirm wurde schwarz.

»Ich … musste nur … einen Bericht zu Ende schreiben.« Ihr Herz hämmerte in der Brust, sie kämpfte darum, normal atmen zu können.

»Jetzt«, fragte Margrethe, »hier oben, in Dans Büro?« Sie ging um den Schreibtisch herum und stellte sich davor. »Einen Bericht worüber?« Sie sah Annie an. »Wieso sitzt du hier im Dunkeln und verbirgst, was du tust?«

»Das tue ich nicht.« Annie schlug mit dem Bleistift gegen die Tischkante.

Margrethe beugte sich vor und pflanzte die Handflächen auf den Schreibtisch. Ein leichter Duft nach Zitrone ging von ihr aus.

»Kindergarten Gulltoppen«, sagte sie. »Wozu hast du Kindergarten Gulltoppen auf den Zettel geschrieben?«

Annie sprang so schnell auf, dass sie mit der Hüfte an die Tischkante stieß.

»Ich gehe jetzt nach Hause. Es war ein nettes Fest, obwohl mich dieser aufdringliche Kerl ziemlich irre gemacht hat.« Sie lachte nervös.

»Ich hab auch ein bisschen zu viel getrunken, weißt du.«

Margrethe richtete sich auf. Ihre Stimme fiel auf ein anderes Niveau. »Was machst du hier *eigentlich*, Annie?« Sie zog den Papierbogen, auf dem Annie den Namen des Kindergartens notiert hatte, zu sich heran, knüllte ihn zusammen und steckte ihn in die Tasche.

Annie schluckte und sah sie ruhig an. »Nichts, Margrethe.« Sie knöpfte sich den Mantel zu und hob die Tasche vom Boden auf, bereit zum Aufbruch.

»Was machst du hier *eigentlich*?«, wiederholte Margrethe.

Annie schloss die Augen. Und öffnete sie wieder. »Ich habe nur einen Patienten überprüft.«

»Welchen Patienten?«

»Andreas Lindeberg. Der Achtzehnjährige, der vermisst wird …«

*

Marian rappelte sich auf, musste schlucken, um sich nicht zu übergeben. Sie stand einige Sekunden da und blickte umher, dann nahm sie den Spaten, kniete sich wieder hin und förderte die Knochenreste vorsichtig zu Tage, ein paar kurze längliche, einige Rippen und schließlich etwas Größeres, gelbbraun und glänzend wie Elfenbein. *Denn der Mensch ist nur eine Form von vielen Formen …* Sie wusste, dass sie das Ganze den Kriminaltechnikern überlassen musste, befreite aber im nächsten Moment den kleinen Schädel vom Schlamm. Ein Riss ging durch ihn hindurch, von der Spitze hinunter zur Stirn. Sie blickte auf ihre eiskalten, verdreckten Finger, als hätte sie die nie zuvor gesehen. Eine plötzliche Ruhe überkam sie. Dann spürte sie Stiche irgendwo hinter den Augen, und ein Schluchzen drang über ihre Lippen. Sie hatte Thona gefunden.

78

»Weshalb suchst du nach Andreas Lindeberg? Hat Marian Dahle dich darum gebeten?«

»Nein.« Annie hörte selbst, wie brüchig ihre Stimme war. Sie hätte ja sagen sollen. Sie starrte auf Dans Brieföffner in dem Plastikkasten.

»Hast du einen Zettel mit Männernamen gefunden, Annie? Im Stationszimmer, vor einiger Zeit, in meiner Bibel?«

*

Marian hörte ein Geräusch. Ihr Gesichtsfeld war aufgrund des Nebels und der Dunkelheit erheblich eingeschränkt, aber da war jemand, der sich hinter einem immergrünen Busch bewegte. Und dieses Mal war es keine Katze. Plötzlich *wuchs* Myrtel Haug aus der Dunkelheit hervor.

*

Der Zettel hatte Frank Moes Handschrift getragen. Margrethes Bruder hatte die Namen derjenigen verzeichnet, die gefangen, gefoltert und getötet werden sollten. »Nein«, sagte Annie. »Ich verstehe gar nicht, wovon du redest, Margrethe. Andreas Lindeberg wird doch weiterhin vermisst. Das ist alles.«

Margrethes Gesichtsausdruck wurde starr. »Ah, dann ist ja klar, dass du den Zettel gefunden hast, Annie.«

Annie presste ihre Handtasche an den Bauch. »Ich werde jetzt mal nach Hause gehen.«

»Ich glaube, du hast es Marian Dahle erzählt.« Margrethes Mund war schmal und verkniffen.

»Nein«, sagte Annie mit dünner Stimme. »Sie arbeitet doch gar nicht an diesen Fällen. Der Gewaltabschnitt ist dafür zuständig.« Ihr Gehirn schien die Gefahr gar nicht richtig einordnen zu können. Es war die falsche Antwort. Sie hätte sagen sollen, dass Marian es wusste. »Ich kann mich gar nicht erinnern, welche Namen auf dem Zettel standen«, sagte sie. »Ich habe ihn weggeworfen.«

»Ich wusste ja von Frank, dass es dir nicht besonders gut geht, Annie.« Margrethe zog ihre Lesebrille aus der Manteltasche und setzte sie auf. Dann nahm sie den Brieföffner aus dem Plastikkasten.

Annie blickte auf Margrethes Hände. Sie waren groß. Sie fuhr ja Motorrad. War die Beste im Selbstverteidigungskurs. Die Geschickteste im Umgang mit den Patienten. Sie war die beste Kollegin. Sie war die gefährlichste.

*

Marian starrte Myrtel Haug an. Der Lichtkegel der Taschenlampe wies immer noch nach unten und warf einen länglichen Streifen auf den Boden. Marians Atem beschleunigte sich, sie zog das Handy aus der Tasche. »Knochenreste«, sagte sie. »Von einem Kind. Ich habe die Zentrale verständigt«, log sie. Von ihrer Mütze tropfte es. Myrtel Haug kam einen Schritt näher.

»Sie werden des Mordes an Thona Ormberg Johansen verdächtigt. Ich sehe mal nach, wo der Streifenwagen bleibt«, sagte Marian.

»Ich habe keinen Mord begangen.« Myrtel faltete die Hände und blies warmen Atem darauf.

»Ich möchte, dass Sie sich ruhig verhalten.« Marian blickte auf das Handy. Ihre zitternden Hände hinterließen Dreck auf dem Telefon. Sie sah, dass Annie angerufen hatte, vor etwa fünfzig Minuten. Sie gab die Notrufnummer der Polizei ein und erklärte kurz, worum es ging.

»Ich habe niemand umgebracht«, wiederholte Myrtel Haug. »Der große Unterschied zwischen mir und einem Verrückten ist, dass ich nicht verrückt bin. Sie kapieren rein gar nichts!«

*

Margrethe versperrte die Tür und starrte angestrengt auf Annies Handtasche, damit sie nicht das Handy hervorziehen könnte. Margrethe steckte den Brieföffner in die Manteltasche und schrieb jemandem eine lange SMS. Dann sagte sie: »Die Polizei hatte keinerlei Absicht, diese Männer zu bestrafen, verstehst du? Und diese Fälle dauerten einfach viel zu lange. Schavenius war achtundsiebzig. Dieses Schwein. Die Zeit war knapp. Er hätte eines natürlichen Todes sterben können. Jetzt hat er seine Strafe bekommen.«

*

Die erste Patrouille kam nach fünf Minuten. Das leiernde Geheul der Sirene ertönte zwischen den Häuserreihen in der Uelands gate. Kurz danach hielten die Streifenwagen vor dem Eingang zum Friedhof Nordre gravlund. Das blinkende Blaulicht riss die Dunkelheit in Fetzen. Die Polizisten kamen angelaufen. Von einer Sekunde auf die andere war der Kleingarten zu einem Tatort geworden. Frauen und Männer in Uniform. Verschlossene Gesichter. Starrende Augen, hastende Schritte, Scheinwerfer und leise Stimmen. Die Weißgekleideten von der Tatortgruppe eilten herbei, um die Knochenreste in der schwarzen Erde zu untersuchen. Mit einer Decke über den Schultern wurde Myrtel Haug weggeführt.

79

Der Bruder rief an, Margrethe riss Annie die Handtasche weg und trat in den Korridor. Sie erzählte ihm von dem Zettel, den Annie gefunden hatte; dass sie zwei und zwei zusammengezählt, die Polizei aber nicht darüber informiert habe. »Annie hat uns eingekreist, Frank. Ich weiß, es ist meine Schuld. Wir haben keine Wahl. Ich komme jetzt mit ihr.«

Im selben Moment klingelte Annies Handy in ihrer Tasche. Margrethe schaute hinein und sah, dass Marian Dahles Name im Display aufblinkte. Wieso rief sie jetzt an, so spät, es war doch schon fast halb zwölf? Ein eisiger Angstschauer durchfuhr sie. Sie konnte das Gesicht des Bruders vor sich sehen und hörte ihren eigenen Herzschlag.

Sie riss die Tür auf. »Geh dran, Annie! Und kein verdammtes Wort darüber, wo wir sind.«

Annie nahm das Telefon und hielt es sich ans Ohr.

Margrethe zog den Brieföffner aus der Manteltasche und hielt ihn an Annies Hals.

»Annie? Wo sind Sie? Sie haben versucht, mich zu erreichen.« Marians Stimme klang anders. Hell und aufgekratzt. Sie sprach etwas zu schnell.

Margrethe stand dicht neben Annie.

»Ich war auf dem Herbstfest … ich bin bei der Arbeit … ich habe nur …«

»Sind Sie allein?«

Marian Dahle schien ihre Stimme wieder zurück in einen normalen Tonfall zu zwingen.

»Ich bin zusammen mit einer Kollegin.« Annie warf einen Blick auf Margrethe. »Ich wollte hier nur was überprüfen, ich fahr jetzt nach Hause«, sagte sie.

»In Ordnung, Annie. Meine Liebe. Gibt's da irgendwo einen Stuhl? Dann setzen Sie sich. Ich komme direkt zur Sache: Wir haben etwas gefunden … Sie dürfen jetzt nicht auf dumme Gedanken kommen. Ich wollte Ihnen nur Bescheid geben, bevor die Presse über Sie herfällt.«

»Etwas gefunden? Was meinen Sie denn? Was gefunden?«

Eine kurze Stille trat ein. »Ich schicke einen Streifenwagen vorbei, um Sie abzuholen. Ich habe Thona gefunden. Sie liegt im Kleingarten begraben.«

*

Annie hörte sich selbst schreien. Sie hatte davon gelesen, von einem Schrei, der den Körper reinigte. Aber es tat bloß weh, und in der nächsten Sekunde war ihr nicht mehr bewusst, dass der Schrei von ihr kam.

Margrethe ließ die Hand mit dem Brieföffner sinken. Marian Dahles Stimme war durch das Telefon zu hören: »Annie, Sie bekommen Hilfe. Ich habe mit Ihrem Psychologen gesprochen … Annie, Sie dürfen sich jetzt nichts antun.«

»Nein«, flüsterte sie, »ich werde mir nichts antun.«

»Annie, meine Liebe. Gehen Sie vor die Tür und warten da. In Kürze kommt ein Streifenwagen und bringt Sie zum Polizeipräsidium, zu mir. Ich fahre da jetzt hin. Dann stehen wir das zusammen durch.«

Margrethe machte sich bemerkbar und flüsterte wortlos: *Ich fahre dich.*

»Ich … ich … werde gebracht, Marian. Von einer Kollegin. Zum Polizeipräsidium? Ich komme jetzt dahin.«

*

Annie drehte sich zu Margrethe und brach in Tränen aus. »Sie *ist* tot. Thona ist tot. Sie *ist* tot.«

Margrethe Moes strenger Gesichtsausdruck löste sich auf und wurde sanft. Sie schob den Brieföffner zurück in die Manteltasche. »Komm, meine Kleine«, sagte sie und öffnete die Arme. »Jetzt ist alles vorüber.« Sie legte ihren schweren Arm um Annie und führte sie aus dem Büro, die Treppe hinunter und zum Parkplatz.

*

Frank Moe hörte das Ticken der Wanduhr. Es war kurz vor Mitternacht. Die verfluchte Margrethe hatte ihn in schreckliche Gefahr gebracht. Die Lügengeschichte, die sie am Telefon voller Hysterie skizziert hatte, war jetzt wirklich der einzige Ausweg. Die Schwester kam mit Annie hierher. Diese verdammte Margrethe und der Zettel; dass sie ihn mit zur Arbeit genommen und dann verloren hatte. Hätte es dieses eine kleine Detail nicht gegeben, wäre das hier nicht passiert. Aber sie waren beide daran beteiligt und mussten es jetzt zu Ende bringen. Er hörte die murmelnde Stimme der Mutter aus dem Glaskasten.

»Halt bloß die Klappe«, rief er und warf einen Blick auf Rex, der in der Werkstatt lag.

*

Marian setzte sich ins Auto, schaltete die Innenbeleuchtung ein und sah sich selbst im Rückspiegel. Sie hatte Dreck auf der Stirn und an der Wange. Wie ein Schatten schnellte plötzlich auf der Rückbank der Hundekopf hoch. Sie ließ den Motor an und fuhr los. Die Waffe lag im Handschuhfach. Sie hatte Cato nicht erreichen können. Er ging nicht ans Telefon. Daher hatte sie ihm eine SMS geschickt: *Thonas Überreste im Kleingarten gefunden. Myrtel Haug auf dem Weg zur Vernehmung. Bitte verständige Tønnesen und Salman. Wir sehen uns im Präsidium.*

*

Annie spürte für einen Augenblick Margrethes kalten Mantel an der Wange, dann wurde sie entschieden auf den Beifahrersitz des dunkeln Lieferwagens bugsiert. Würden sie Thonas Überreste in einem Leichensack wegbringen? Solche hatte sie schon bei der Arbeit gesehen. Allein der Gedanke an die kleinen Knochen im Skelett ließ sie zittern. Wie war Thonas Stimme gewesen? Sie erinnerte sich jetzt daran. Annie kam erst wieder zu sich selbst, als sie die kühle Luft aus der Belüftungsanlage über ihr Gesicht streichen spürte. Sie umklammerte den Riemen der Handtasche. »Danke, dass du mich zum Polizeipräsidium fährst, Margrethe.«

»Das ist ja wohl das Mindeste.« Margrethe legte die Hände um das Lenkrad. »Alles, was du jetzt durchmachen musst, Annie. Das wird schon wieder.«

Annie schluckte. Sie fühlte sich völlig nüchtern. Alles, was sich oben in Dans Büro zugetragen hatte, war fast ausgelöscht. In Gedanken beiseite geschoben, als hätte es niemals stattgefunden. Thona war tot. Thona war seit fünfzehn Jahren tot. Sie dachte an das Foto aus dem Winter, das in der Zeitung gewesen war: Thona im Schnee, die sich halbwegs umwandte und sie mit ihren schönen Augen ansah. Sie sah die Halme vor sich, die trockenen gelben Grashalme, die neben ihr aus dem Schnee herausragten.

*

Marian ließ den Wagen unerlaubterweise auf dem Gehsteig an der Einfahrt zum Haupteingang des Polizeigebäudes stehen. Die Codekarte für die Tiefgaragenanlage hatte sie verlegt. Zahlreiche Fenster im Gebäude waren erhellt. Sie waren schon da, die Journalisten. Wie Wölfe. Ein kleiner Trupp stand direkt am Eingang. Wartete darauf, dass jemand mit Informationen herunterkommen würde. Marian versuchte, sich an ihnen vorbeizuschleichen, doch da war einer, der sie von einem früheren Fall wiedererkannte. Ein Mann mit einer TV-Kamera auf der Schulter. Jetzt schaltete er einen kräftigen Scheinwerfer ein. »Arbeiten Sie am Fall Thona? Wieso sehen Sie so aus? Was ist passiert? Was können Sie sagen? Was haben Sie eigentlich gefunden?«

Marian drehte sich weg, wurde aber in die andere Richtung gestoßen. Da stand eine Frau in einem Ledermantel, mit einem kleinen Block in den Händen. Marian hatte nicht vor, der Frau auch nur eine einzige Antwort zu geben. Sie hob abwehrend die Hände, zwängte sich durch die Haupttür und zog ihren Dienstausweis durch den Scanner. Dann fuhr sie mit dem Aufzug hoch und stieg im vierten Stock aus. Cato war nicht da. Nur ein paar neue Beamte, die in einem Büro hockten. Sie erläuterte schnell die Situation und bat darum, dass Annie bei ihrer Ankunft unten am Empfang abgeholt würde. Und dass ein Streifenwagen losfahren und versuchen sollte, Glenn Haug im Hospiz zu erwischen, er sei jetzt bestimmt dort, mitten in der Nacht. Dann fuhr sie mit dem Aufzug hinunter nach K1 und zur Personalgarderobe. Im Spiegel sah sie, dass sie wie ein Guerillasoldat aussah, mit Dreck und Erde an den Händen und im Gesicht.

*

Abgesehen von den blendenden Scheinwerfern einiger entgegenkommender Autos war es draußen dunkel. Durch den Nebel fühlte es sich an, als seien sie wie in Baumwolle eingepackt. Sie fuhren durch die Stadt und hinein in den Tunnel beim Rathaus.

»Das Polizeipräsidium ist in Grønland«, flüsterte Annie. Draußen war alles diffus und floss ineinander. Der feine Faden der Hoffnung war jetzt brutal durchschnitten.

»Ich nehme dich mit nach Hause. Anordnung von Frank. Er hat Marian Dahle angerufen und erklärt, dass du jetzt nicht allein sein darfst. Immerhin ist er dein Psychologe.«

Annie starrte mit leerem Blick vor sich hin. »Wer war das eigentlich, dem du diese Nachricht geschrieben hast, in der Bibel? Wer ist da hinuntergestoßen worden?«

Margrethe Moe rieb sich eines ihrer Augen. »Dieses *Du* habe ich meinem Vater geschrieben. Frank hat ihn gestoßen. Ich habe ihn verstanden, den armen Frank, das kannst du mir glauben. Ich habe mich an die Schrift geklammert. Die hat mir viel Stärke gegeben. Da steht alles geschrieben. Alles, was passiert.«

Annie wurde plötzlich klar, dass Margrethe und sie lebensgefährliche Wahrheiten austauschten. Margrethe vertraute sich ihr an, aber es waren Vertraulichkeiten, die sie nicht hören wollte. Doch Thona war tot. Nun war ohnehin alles vorbei.

»Tue Buße, stand in der Bibel, wo aber nicht, so werde ich dir bald kommen und mit ihnen kriegen durch das Schwert meines Mundes. Aber er tat keine Buße. Und will ihm geben einen weißen Stein und auf den Stein einen neuen Namen geschrieben, welchen niemand kennt, denn der ihn empfängt.«

Die Bilder rollten durch Annies Gedanken. Sie war gelähmt.

Thona hatte also die ganze Zeit dort gelegen, unter all dem Grün, unter dem Gras mit den leuchtenden Sonnenflecken, unter dem Flechtwerk aus Blättern an den Bäumen, unter den Brennnesseln, den Gewächsen und den Schatten der Pfähle von der Vogelscheuche. Annie dachte an das Unkraut und an die Frösche, die sie dort gesehen hatte. Plötzlich schien alles leichter, sie war gewichtslos, als befände sie sich in einer Raumkapsel, Milliarden Kilometer von der Erde entfernt. Doch dann dachte sie an die weiße Schutzfolie, die bestimmt von der Polizei am Fundort aufgespannt worden war, und daran, was es dort unten in der Erde gab, riesige Larven, milchweiß, mit aufgeblähten Bäuchen.

Margrethe wich zur Seite und ließ einen Wagen passieren. Sie schaute in den Rückspiegel, niemand fuhr ihnen nach. Die Straßenlaternen glichen einem länglichen Streifen aus Sternen.

»Übrigens habe ich darauf bestanden, dass Glenn Haug auf

dieser Liste steht, Annie. Deinetwegen. Rache wird unterschätzt. Du hast sicher recht damit, dass er Thona ermordet und im Garten vergraben hat. Natürlich hat er es getan.«

*

Marian duschte schnell und nahm sich ein paar Sachen aus einem offenen Garderobenschrank, Strumpfhose, ein T-Shirt, Socken, eine etwas zu große schwarze Hose und einen Pullover mit V-Ausschnitt. Sie konnte diese Kragenform nicht ausstehen. Dann schob sie die Füße in ein Paar Joggingschuhe, die ebenfalls etwas zu groß waren, und fuhr mit dem Aufzug in den Vierten. Als sie ausstieg, gab der Aufzug nebenan ein Signal von sich. Zwei Beamte kamen mit Myrtel Haug aus der Kabine. Tønnesen sei jetzt unterwegs, wie sie erfuhr. Ebenso Cato und Farhi Salman.

*

Ihr Kopf war so schwer, dass sie ihn kaum noch gerade halten konnte. Sie fuhren in Richtung Gardermoen. Annie weinte leise, hatte die Hände vors Gesicht gelegt. »Ich habe immer gewusst, dass es Glenn Haug war, ja.«

Margrethe verspürte tiefe Scham, aber es gab keinen Weg zurück. Annie würde sterben, und es musste wie Selbstmord aussehen. Marian Dahle hatte ja den Bruder aufgesucht, weil sie genau das befürchtet hatte.

»Hast du jemals einen Mann gehabt, Margrethe?«

»Aber sicher, ungefähr auf dieselbe Art wie du. Wir sind gleich, wir beide, Annie. Du bist auch allein.«

»Ich hab's nie geschafft weiterzukommen«, sagte Annie.

»Wie hättest du das auch schaffen sollen, meine Kleine? In deiner Situation.«

Aus dem Autoradio kamen weiche, traurige Töne. Die Ruhe, die sie vor einer Weile überkommen hatte, hielt an. Jetzt brauchte sie keine Angst mehr zu haben. Niemals mehr Angst. Denn Thona konnte nicht noch einmal sterben, da sie jetzt tot war.

80

Myrtel Haug saß in dem engen Vernehmungsraum, im grellen Licht. Ein Beamter hatte ein Glas Wasser vor sie auf den Tisch gestellt. Sie wartete. Fünfzehn Jahre hatte sie auf diesen Augenblick gewartet. Sie war nicht aus Stahl. Jetzt saß sie hier, die Zeit war gekommen. Sie trug Gummistiefel, die abgetragene Arbeitshose und den Anorak mit den Düngerflecken. Erde unter den Fingernägeln. Sie hatte nie saubere Hände gehabt, nicht soweit sie zurückdenken konnte. Alles im Raum verursachte Unbehagen. Die Dunkelheit vor den Fenstern, die Glaswand zum Korridor; daran liefen die Polizisten vorbei, obwohl es mitten in der Nacht war. Jetzt kamen noch weitere. Sie gingen einfach vorbei, taten so, als sähen sie nicht, dass sie hier drinnen hockte. Jetzt musste sie darauf achten, was gesagt wurde. Sie umfasste das Wasserglas und sah ihr Spiegelbild im Fenster. Das ungewaschene Haar hing wie tot um ihr erschöpftes Gesicht. Sie wollte nicht ihr Spiegelbild im Fenster sehen, denn ihre Augen waren wie dunkle Seen.

Marian Dahle kam mit Kaffee in den Vernehmungsraum. Und mit einem Aufnahmegerät. Sie hatte nasse Haare, und ihre Hose wirkte zu groß. Sie setzte sich an die andere Seite des Tisches. Dann kam ein Mann herein, nicht der große mit den grauen Haaren, sondern ein junger Spund.

Marian Dahle schaltete das Gerät ein und nannte das Datum und ihren Namen.

»Sie sollten einen Rechtsbeistand haben, Myrtel«, sagte sie.

Myrtel runzelte die Stirn. »Wozu? Ich hab nichts falsch gemacht.« Sie hatte das Gefühl, als hätte sie schon vor langer Zeit alles aufgegeben. Und dennoch nicht ganz. Für den Bruchteil einer Sekunde sah sie das kleine Mädchen in der Erde vor sich liegen. »Ja, ich hab nichts gesagt, aber da gab's 'nen Grund für.«

»Wieso denken Sie, dass wir Ihnen glauben sollten?« Marian

merkte, dass der junge Polizist sie anblickte. Sie müsste eigentlich warten, bis die Anwältin käme. Aber sie konnte nicht.

»Weil's 'n Unfall war«, sagte Myrtel Haug leise. Dann hob sie das Kinn. »Sie hat sie die Luke runtergestoßen. Ihr könnt doch keine Fünfjährige bestrafen, oder?«

*

Margrethe Moe bog in den Stormørkvei ab. Wenn sie Leuten erzählte, wo sie herkam, antworteten die: Ach, da! Ja, *da*, sagte sie dann und dachte an den Wald mit dem See, an das Moorgebiet und an die schwarzen Fichten. Da wanderten sie, manchmal bis hinauf nach Klovehøgda. *Wir sind beide daran beteiligt.* Sie hörte die Stimme des Bruders in ihrem Inneren. Seine eiskalte, hohle Stimme. Sie erinnerte sich noch daran, wie er in den Stimmbruch gekommen war; er war knochig mit einem viel zu großen Kopf. Seine Stimme schnitt durch sie hindurch. Als sie klein war, hatte sie ein paar Freundinnen, aber der Bruder sagte: Sieh dir nur diese komischen Kinder an. Jetzt hatte sie sie nur noch als Figuren aus einer fernen Vergangenheit in Erinnerung. Sie hatte immer Angst vor ihrem Bruder gehabt und ängstigte sich auch jetzt vor ihm. Ein Zustand, den sie ihr ganzes Leben mit sich herumgeschleppt hatte, wie ein fest um ihren Leib geknotetes Seil.

*

Annie hörte ihren Atem. Starrte in die Finsternis. Sie waren mitten *im Wald*. Es war stockdunkel, keine Straßenbeleuchtung, nur eine Scheune ohne Dach. Im Scheinwerferlicht tauchte weiter vorn ein Briefkasten an einem Pfahl auf. Eis lag wie ein gefalzter Spiegel über den Pfützen. Margrethe hielt vor einem Haus, die Glühbirne in der Außenlampe war viel zu grell. Die Reifen drehten auf dem Schneematsch leicht durch. Sie sah ein großes, glänzendes Garagentor.

Sie stiegen aus dem Wagen. Ein Hund bellte scharf.

»Franks Hund«, sagte Margrethe. Es war jetzt nach eins.

Annie ließ sich die Treppe hinauf und durch eine schäbige braune Tür führen. Gleich dahinter stand Frank Moe, im Flur. Ein Geruch von verbranntem Bratfett, Zigarettenqualm und altem Parfum saß in den Wänden.

»Hei, Annie«, sagte Frank.

Dann starrte er Margrethe an. Sie ging an ihm vorbei und weiter hinein.

Die Stimmung wurde plötzlich angespannt und bedrohlich. »Sie haben Thona gefunden«, sagte Annie leise. »Sie ist tot.«

Im selben Augenblick entdeckte sie die beiden Lederkombis, die an Garderobenhaken hingen. Die Frau des alten Richters hatte in den Nachrichten gesagt, sie habe vor ihrem Haus zwei Motorradfahrer gesehen.

Sie würde nicht lebend hier wegkommen. Margrethe hatte sie ja in Dan Brodahls Büro auf frischer Tat ertappt. Aber die Gewissheit über Thonas Tod war viel schlimmer.

81

Cato und Farhi Salman kamen Seite an Seite durch den Gang. Salman sah genauso aus, wie sie ihn sich vorgestellt hatte: ein gutaussehender Mann mit nach hinten gekämmten grauen Haaren und dunklen Augenbrauen. Sie liefen an der Glaswand vorbei. Marian stand auf und öffnete die Tür. »Cato, könntest du bitte nachfragen, ob Annie Ormberg Johansen in irgendeinen anderen Raum gebracht wurde. Sie hätte schon längst hier sein müssen.«

Er drehte sich um und kam auf sie zu. Salman blieb stehen. Ihre Blicke trafen sich. Cato lächelte und sagte leise: »Gute Arbeit, Marian. Farhi Salman hat dich extra für diesen Job ausgesucht. Weißt du noch, dass er damals mit deinem Fall beschäftigt war, als du von der Spezialeinheit überprüft wurdest?«

»Natürlich«, erwiderte sie.

»Er war damals sehr beeindruckt von dem, was er gefunden hat.«

»Und was hat er gefunden?«

»Nichts.« Cato lächelte. »Gute Arbeit«, wiederholte er, »aber du wirst die Alte ja wohl nicht in Abwesenheit eines Anwalts vernehmen?«

»Sie hat erzählt, dass Thona von ihrer Enkelin getötet wurde. Sie hat einfach drauflos geplappert. Das ist wirklich eine Tragödie. Was soll man dazu sagen? Ich warte jetzt auf Tønnesen. Die Anwältin ist unterwegs.«

Cato sah sie misstrauisch an. Sie lächelte und ging zurück in den Vernehmungsraum. Der junge Beamte sagte kein Wort.

Myrtel Haugs Augen waren immer noch voller Tränen.

»Wir fahren fort. Thona fiel in dem kleinen Häuschen also durch die Luke?«

»Ja. Direkt auf den Betonboden. Da ging's zwei Meter runter.«

Plötzlich erschien ein Blitzen in Myrtel Haugs Augen, ein Augenblick, in dem sie ganz wach wurde. Nur eine Sekunde lang, als ob sie sich besonders stark konzentrierte. Dann fuhr sie fort. »Die Mädchen haben mit dem Ball gespielt. Dann kamen sie rein. Thona wollte gehen. Da hat Elly sie geschubst. Elly war manchmal 'n bisschen grob. Das war ein Unfall.«

Marian musterte sie. »Aber die Spurensicherung hat auf dem Boden da unten keinen einzigen Tropfen Blut gefunden.«

»Da lag so 'ne Abdeckung drauf. Glenn ist gleich reingesprungen und hat sie hochgenommen. Der Schädel ist wohl geborsten, oder wie das heißt.«

»Schädelbruch«, sagte Marian und dachte an ihren Fund hinter der Vogelscheuche. In der Abteilung herrschte Hochbetrieb. Aber wo blieb Annie? Hatten sich vielleicht die Journalisten da unten auf sie gestürzt?

Myrtel Haug sah sie an. »Elly ist jetzt zu Hause und schläft.

Jetzt können Sie ja hinfahren und ihr sagen, dass sie eine Mörderin ist. Ich glaube, sie weiß es. Muss sie jetzt ins Gefängnis?«

»Nein. Aber Erwachsene machen sich strafbar, wenn sie ein Verbrechen vertuschen, Myrtel. Warum haben Sie das vertuscht? Wenn es tatsächlich ein Unfall war. Kinder können nicht bestraft werden. Das wussten Sie doch.«

»Ja, aber Glenn wurde paranoid. Das ging so schnell. Sie haben ja keine Ahnung, wie verrückt er werden kann.«

*

Hinter dem kleinen Wohnzimmer gab es einen Glaskasten, worin eine alte Frau lag und schlief. Eine Lampe warf ein kreisförmiges Licht auf das Gesicht der Alten. Durch die Scheibe hinter dem Bett sah Annie, dass Frank jetzt nach draußen zu dem Schäferhund gegangen war. Da standen auch zwei Motorräder, hinter der Schmiergrube, die wie ein Krater in den Boden hineinragte. Der Hund legte die Ohren an und starrte auf sein Herrchen.

»Unser Vater hat eine Autowerkstatt betrieben«, sagte Margrethe.

Auf dem Wohnzimmertisch lagen Zeitungen verteilt. Auf der Titelseite der obersten war eine Phantomzeichnung der beiden Motorradfahrer abgebildet. Wozu dienten eigentlich solche Zeichnungen? Männer mit Lederkombi und Integralhelm sahen doch alle gleich aus.

In der Küche bekam sie etwas zu trinken. Margrethe bat sie, sich hinzusetzen. Die Küche war eine Falle, ein winzig kleiner, abgenutzter Raum. Auf der Anrichte lag zwischen schmutzigen Tellern ein kleines Messer mit Holzgriff und einer zwei Zentimeter langen abgeschrägten Klinge. Annie spürte eine Art Lähmung. In ihrem ganzen Wesen. Es roch verfault. Margrethe, die so sorgfältig und ordentlich war. Wie konnte sie hier leben?
»Warum wohnst du hier, Margrethe?«

*

Tønnesen öffnete die Tür zum Vernehmungsraum. Marian schaltete das Aufnahmegerät ab und erhob sich. »Cato ist runtergegangen, um nach Annie zu sehen, aber sie kommen nicht hierher.«

»Cato unterhält sich da unten mit ein paar Journalisten«, sagte Tønnesen. »Die schwirren jetzt hier rum wie die Fliegen. Ich rufe Annie an.«

*

Das Handy klingelte. Annies Handtasche stand im Wohnzimmer. Margrethe nahm das Messer mit, ging hinaus und öffnete die Tasche. Das Telefon, zwischen einem Kosmetikbeutel, einer Geldbörse und ein paar Papieren, blinkte wie ein Einsatzfahrzeug. Karsten Tønnesens Name leuchtete im Display auf, der Psychiater, von dem Annie vor einiger Zeit einmal erzählt und dessen Namen Margrethe sich seltsamerweise gemerkt hatte. Die Angst schnitt sich abermals durch das Nervensystem. Im selben Moment wurde ihr klar, was sie übersehen hatte. Annie verdammtes Telefon konnte geortet werden. Der Bruder war mit Rex unterwegs. Die Polizei würde schnell herausfinden, dass Annie jetzt hier war. Sie musste rasch eine Lösung finden, bevor der Bruder mit dem Hund zurückkam. Dieser Gedanke, der ihr gekommen war, dass der sicherste Ort ein Gefängnis wäre, der war jetzt nicht mehr da. Sie wollte nicht ins Gefängnis. Das Telefon hörte auf zu klingeln. So war es: Margrethe hatte Annie mit sich nach Hause genommen, weil Annie einen Zusammenbruch hatte und nicht ins Polizeipräsidium wollte.

82

Marian rannte die Treppen hinunter zum Empfang. Die Aufzüge waren besetzt, in dem einen war sicher Cato, auf dem Weg zurück in die Abteilung, und sie hatte keine Geduld, auf den

Aufzug zu warten. Annie war nicht ans Telefon gegangen. Tønnesen hatte die Vernehmung von Myrtel übernommen. Marian hatte für ihn alles kurz zusammengefasst, jetzt wollte er mit ihr weiterreden. Die Anwältin war auf dem Weg.

Der Empfangsbereich war leer, abgesehen von zwei Beamten hinter dem Tresen sowie den Journalisten, die sie geflissentlich übersah. Marian war plötzlich eiskalt. Sie rief in der Tagesklinik an. Annie hatte ja vorhin am Telefon gesagt, dass sie an ihrem Arbeitsplatz sei. Die Nachtwache konnte das nicht bestätigen. Annie war nicht da gewesen. Irgendwas stimmte hier überhaupt nicht. Hatte die Kollegin sie vielleicht nach Hause gefahren? Falls da überhaupt eine Kollegin gewesen war?

*

Margrethe lächelte Annie an. *Die Polizei durfte nicht hierher kommen.* Sie konnte Annie hier nicht umbringen. Die Polizei würde folgende Version aufgetischt bekommen: Margrethe hatte Annie nach Hause gefahren, doch als sie auf die Autobahn auffahren wollten, hatte Annie sich erbrechen müssen. Margrethe hatte angehalten und sie raus gelassen. Sie selbst war im Wagen sitzen geblieben, da sie nicht wusste, dass Annie etwas vorhatte. Annie war dann direkt auf die Autobahn gerannt, mitten auf die Fahrbahn, genau vor ein Auto. Alles war so schnell passiert. Annie war überfahren worden und unmittelbar gestorben. Margrethe war von dem Schock völlig *außer* sich. Was hätte sie dagegen tun können?

So war das. Jetzt musste sie Annie ins Auto bekommen und dann zur Autobahn fahren. Und dann musste das Unglück passieren. Sie müsste ihr mit dem Messer drohen. Sie auf die Fahrbahn stoßen.

»Ich fahre dich zum Polizeipräsidium. Ich nehme deine Tasche. Muss nur kurz zur Toilette. Warte eine Minute.«

Annie nickte. Plötzlich fühlte sie wieder den Drang zu schreien, hielt es aber zurück, und im Bruchteil einer Sekunde war ihr Gehirn völlig klar. Der Wagen war eine Falle. Sie musste verschwinden. Frank und der Hund waren nirgendwo zu sehen. Sie probierte die Tür neben dem Glaskasten. Die war nicht verschlossen. Plötzlich glaubte sie, etwas zu hören. Sie drehte sich um. Nichts geschah.

Annie rannte in die Werkstatt und auf das Garagentor zu. Sie drückte auf den Knopf neben dem Tor, und ein schwerer Summlaut setzte ein. Die federähnlichen Angeln quietschten und schabten. Sie beugte sich hinunter, zwängte sich unter dem Tor hindurch und hinaus.

*

Marian ging zu ihrem Wagen, der ganz unten an der Auffahrt stand. Ein plötzlicher Schmerz in den Schläfen setzte ein, ein Schmerz, den sie lange nicht mehr verspürt hatte. Sie trug keine Jacke, nur den Pullover mit V-Ausschnitt. Es war kalt. Sie rief noch mal Annie an, aber auch jetzt ging die nicht ran. Marian öffnete die Heckklappe, nahm eine alte Decke heraus, die sie über den verdreckten Fahrersitz breitete, und wischte das Lenkrad mit einem Stück Papier ab, das auf dem Beifahrersitz lag. Birka richtete sich auf. Marian nahm ein altes, halb vertrocknetes Brötchen aus der Tüte, die immer noch dort lag, biss etwas davon ab und schluckte es hinunter. Dann fuhr sie in Richtung Nordstrand, wo Annies Reihenhaus lag.

*

Sie schaute nach rechts und links. Wenn Frank mit dem Hund zurückkam, dann wohl vom Hauptweg? Sie dachte eine Sekunde lang nach, rannte dann nach links, an dem Lieferwagen vorbei und zu dem Pfahl mit dem Briefkasten. Sie blickte hinter sich, aber Margrethe war nicht zu sehen. Niemand öffnete, als sie an dem brauen Haus klingelte, also lief sie um das Gebäude herum. An der einen Seite war eine Wiese, die zu einer Senke hin abfiel und bis hinunter zu dem schwarzen Waldrand verlief. Die Landschaft war weiß und gefroren. In der hohen Grundmauer entdeckte sie eine Kellertür. Sie rüttelte am Türgriff, aber die Tür war verschlossen.

*

Die von der Polizei bestellte Rechtsanwältin Marie Sagen zog den Mantel enger um sich und schob ihre ID-Karte durch den Scanner. Sie durchquerte die Polizeiwache. Die Absätze ihrer schwarzen Stiefel klapperten über den Boden. Sie hob den Aktenkoffer, presste ihn sich an den Bauch und fuhr mit dem Aufzug hoch in den Vierten.

Die Anwältin war eine blonde Frau im Pelzmantel. Tønnesen sah sie durch die Glaswand. Sie hatte einen silbrigen Aktenkoffer bei sich, irgendeine Nobelmarke, dachte er. Das war Marie Sagen. Sie sprach kurz mit Isaksen und Salman, dann kam sie zur Tür.

Der junge Beamte ging hinaus, die Anwältin begrüßte Myrtel kurz, setzte sich und verlas die Rechte der Taubenfrau. Myrtel hörte kaum zu, und Tønnesen ergriff das Wort: »Wo haben Sie Thona versteckt, während die Untersuchungen der Polizei stattfanden?«

Ohne zu zwinkern, sah sie ihn direkt an. »Ich rede nur mit Marian Dahle«, sagte sie. »Anwältin, was soll ich damit? Ich hab nichts Schlimmes getan.«

»Die Polizei war doch mit Hunden da«, fuhr Tønnesen fort. »Wo haben Sie sie versteckt?«

»Im Taubenschlag.« Myrtel fuhr sich mit den Fingern durch ihr verdrecktes Haar. »Da drinnen gibt's 'nen doppelten Boden, oben drauf ein Drahtgitter, und dann Planken mit Zwischenräumen, wo man den Vogeldreck reinkratzen kann. Und darunter ist so eine Art Schublade. Glenn hat sie in die Abdeckung gewickelt und da hingetragen. War gerade groß genug für sie, da hat er sie reingestopft. Dann haben wir den Griff abgeschraubt, so dass man die Schublade von außen nicht mehr erkennen konnte. Die Bullen haben ja mit den Hunden alles abgesucht. Der Gestank von den Vögeln hat den Leichengeruch überdeckt. Die sind gar nicht so schlau, die Köter. Hunde sind Hunde. In dem Kellerloch unter dem Boden, wo Thona gestorben ist, da hab ich alles mit Salmiak abgewischt, wegen des Geruchs. Tiere können Salmiak nicht leiden. Dann habe ich die Luke zugemacht und den Tisch drüber geschoben. Und dann hab ich ein paar Reste vom Mittagessen da hingelegt. Die Hunde haben im Haus angeschlagen und alles aufgefressen, bevor der Wachtmeister sie wegziehen konnte. Männer und Hunde. Dumm wie Schafe.«

»Und Elly?«

»Die haben wir ins Bett geschickt. Ich habe der Polizei gesagt, sie hätte die Grippe.«

»Und dann haben Sie Thona vergraben. Allein?«

»Ja. Glenn hat nichts damit zu tun. Er ist unschuldig. Aber erst vierzehn Tage später, als wir von meiner Schwester zurückkamen. Die Leiche war schon am Verwesen. Das stinkt schlimmer als das verfaulte Gras und der Vogeldreck zusammen.«

83

In weiter Entfernung sah Annie einen schwachen Lichtstreifen über der Nebeldecke. Das orange Licht musste von der Straßenbeleuchtung an der Schnellstraße stammen. Sie wusste nicht, welchen Weg sie einschlagen sollte, um dort hinzugelangen. Die Verkehrsgeräusche drangen als fernes Rauschen zu ihr herüber. Ein paar winzige Schneekörner fielen von den Bäumen und landeten eiskalt auf ihrer Stirn. Die kalte Luft umwehte ihre Beine mit den Nylonstrümpfen, die Laufmaschen bekommen hatten. Und die Stiefelsohlen waren glatt. Einer der Reißverschlüsse war aufgegangen.

*

Tønnesen musterte sie. »Sie haben die Leiche also allein vergraben. Sie sagen, Glenn sei unschuldig, aber er hat ja die Leiche aus dem Kellerloch gehoben und zu dem Taubenschlag getragen. Demnach ist er mitschuldig.«

»Glenn hat nichts Schlimmes getan.« Ihre Stimme war etwas zu hoch. Was darauf hindeuten konnte, dass sie log. Es war ziemlich anstrengend zu lügen. Lügner redeten viel zu viel und viel zu schnell.

»Ich habe sie da vergraben, nicht mein Sohn«, fuhr Myrtel Haug fort.

»Was haben Sie mit ihrer Kleidung getan?«

»In einen Müllcontainer geworfen, drüben an der Kirche.«

Tønnesen und die Anwältin wechselten einen Blick.

»Ich bin zu alt für das hier. Verurteilen Sie mich und bringen Sie mich ins Gefängnis. Ich will die Strafe schnell hinter mich bringen. Aber halten Sie Glenn da raus.«

»Ich bin kein Richter«, sagte Tønnesen. »Der Fall muss untersucht werden. Das dauert eine Weile.«

»Halten Sie Glenn da raus, sag ich.«

»Das können wir nicht. Beschützen Sie ihn? Haben Sie Angst vor ihm?«

»Ja«, sagte sie.

»Sie haben gelogen. Fünfzehn Jahre lang haben Sie einen Mord vertuscht, haben Informationen zurückgehalten und die Arbeit der Polizei behindert.«

»Glauben Sie, das ist meine Schuld, dass Glenn so geworden ist, wie er ist?«

Tønnesens Stimme war ruhig. »Ja«, sagt er. »Vererbung und Umwelt, neurobiologische, psychologische und soziale Umstände, all das«, sagte er.

»Wenn so was in der Kindheit beginnt, wann hört das dann wieder auf? Er war psychotisch und auf Drogen. Ist da rumgewankt. Und dann … ist es einfach passiert.«

»Was denn? Was ist passiert?«

»Das war kein Unfall.« Myrtels Gesicht wurde verschlossen. »Glenn ist wütend geworden, dann hat er sie geschubst.«

*

Annies Golf stand im Carport. Marian klingelte. Das Haus war dunkel. Auf der Treppe stand der Topf mit der Thuja. Gedankenverloren legte Marian ihre Hand darauf. Es war Annie zu viel geworden. Vielleicht lebte sie gar nicht mehr? Ein schrecklicher Gedanke. Sie blickte durch das Küchenfenster. Die Tür zwischen Wohnzimmer und angrenzendem Raum war angelehnt, die Tür zu Thonas Zimmer. Und drinnen war Licht.

Das Handy gab einen Piepston von sich. Tønnesen hielt sie per SMS auf dem Laufenden. *Myrtel hat Aussage abgeändert. Glenn hat Thona hinuntergestoßen. Sie haben Elly manipuliert und ihr eingeredet, dass sie es war.*

Dieser total verrückte Glenn Haug. Arme Elly. Hatte sich das Gefühl von Schuld durch Shai Timo verstärkt?

Marians Handy hatte nur noch neun Prozent Akkuleistung, wie sie jetzt sah. Verfluchter Mist. Es gab fünf ungelesene Nachrichten. Eine stammte von der Technik. Die war schon vor vielen Stunden gekommen. Es war die Analyse des Balls. Keine neuen Ergebnisse. *Die dunklen Flecken sind nur Erdrückstände. Im Übrigen waren die Zettel mit der Kennzeichnung der Fingerabdrücke falsch angebracht. Thona-A hätte auf der anderen Seite sein sollen, neben Elly-B. Ansonsten nichts zu berichten.*

*

Myrtel Haug brauchte eine Zigarette, die Anwältin und der junge Beamte hatten sie nach draußen begleitet. Jetzt waren sie wieder da. Dass sie ihren Sohn beschuldigt hatte, war anscheinend ein ziemlicher Schock für sie.

Karsten Tønnesen bat sie, sich wieder zu setzen.

»Sollen wir hier die ganze Nacht sitzen? Gibt nichts weiter zu sagen. Ich will nach Hause.« Sie sah die Anwältin an.

»Ich glaube das nicht«, sagte die und legte ihre Hände mit den gepflegten Nägeln auf die Tischplatte.

Tønnesen räusperte sich. »Wenn Sie jemand durch einen Unfall töten, werden Sie nicht unbedingt zu Gefängnis verurteilt. Ein geplanter Mord kann dagegen lange Jahre hinter Gittern bedeuten. Wenn es also ein Unfall war, warum haben Sie es so lange vertuscht?«

»Wir kennen doch nicht die Regeln. Alles ging so schnell. Und Glenn hat Todesangst vor der Polizei. Er war total wütend auf Thona. Glenn ist so. Er hat sie geschubst, und sie ist durch die Luke nach unten gefallen.«

»Wo war Elly?«

»Sie war dabei. Sie hat's gesehen. Sie hat geschrien. Und Glenn ist abgehauen. Ich habe Elly gesagt, dass sie den Mund halten muss, dass wir nicht wüssten, wo die Kleine abgeblieben war, und dass Glenn nicht da gewesen wäre. Dann habe ich ihr eingeredet, dass sie krank ist, und habe sie ins Bett geschickt.«

»Ich habe mit jemand geredet, der Sie neunundneunzig behandelt hat«, fuhr Tønnesen ruhig fort.

Myrtel Haug zuckte zusammen und blickte dann auf ihre Hände. »Dann wissen Sie's ja. Dass ich nicht gesund bin. Sie müssen Glenn erwischen. Bevor er Elly was antut.«

»Warum sollte Glenn denn Elly was antun?«

»Ich weiß nicht.«

»Warum?«

Die Intuition sagte ihm, dass sie etwas zurückhielt. Tønnesen hörte Marians Stimme in sich. *Du besitzt Intuition, Tønne. Für unsere Behörde ist Intuition ja bloß Scheißdreck. Aber du weißt es besser, nicht?*

84

Marian lief die Stufen hinunter, ging um die Hausecke und kam zur Rückseite des Reihenhauses. Der Garten lag im Schatten einer üppigen Hecke. Thonas Zimmer war ein gleichmäßiges gelbes Viereck in der Dunkelheit. Unter dem Fenster stand ein Plastikkasten für die Gartenmöbelpolster. Marians Herz zog sich zusammen, als sie auf den Kasten stieg und in das Zimmer schaute. Es war leer. Das Plakat mit den 101 Dalmatinern hing an der Wand mit der rosa Tapete, worauf weiße Punkte und kleine grüne Blätter gedruckt waren. Annie lag nicht auf dem Boden und auch nicht auf dem Bett. Marian klopfte an die Scheibe, aber nichts geschah.

Sie lief zurück zum Wagen. Googelte die Nummer der Auskunft, ließ sich die Nummer der Tagesklinik geben und rief dort an. Die Nachtwache sagte, dass Annie nicht da gewesen sei. »Da ist heute ein Fest für die Angestellten ...«

»Ja, ich weiß, aber ich glaube, dass sie irgendwo im Haus war, vielleicht mit einer Kollegin. Ich bin von der Polizei. Das hier ist sehr wichtig.«

»Aha.«

»Gibt es Überwachungskameras bei Ihnen?«

»Ja. Wenn Annie hier war, kann ich das sehen. Welche Uhrzeit?«

»Kurz vor halb zwölf, so um den Dreh.«

»Ich rufe Sie wieder an, wenn ich was gefunden habe.«

»Machen Sie das«, sagte Marian.

*

Mit dem Mond als einziger Lichtquelle arbeitete Annie sich weiter vor. Langsam lief sie über einen kleinen Pfad auf den Wald zu, dort gab es eine Art Senke. Plötzlich fiel sie auf der glatten Schneedecke hin und rutschte das letzte Stück nach unten. Der von niedrigem, kahlem Heidekraut bedeckte Waldboden war teilweise trocken, weil die großen Nadelbäume den Schnee abgehalten hatten. Sie blutete an der Handfläche, rappelte sich auf alle viere auf und kroch ein Stück weiter. Dann sah sie sie, eine halb zugeschneite Spraydose. Sie hob sie auf und wischte den Schnee weg. Ein Bild von einem Totenschädel war darauf zu sehen.

*

Marian verließ das Viertel mit den Reihenhäusern und fuhr zurück zur Hauptstraße. Sie wartete auf den Anruf der Nachtwache. Das Ganze war kaum auszuhalten. Irgendwo in ihrem Gehirn bildete sich ein Gedanke. Etwas, das ihr in Thonas Zimmer ins Auge gefallen war, als sie eben hineingesehen hatte. Sie wusste nicht mehr, was es war, aber die Gewissheit, etwas entdeckt zu haben, ließ sie nicht mehr los. Was waren das für Details? Was für Farben hatte sie da im Kopf?

Sie dachte an die Synästhesie, die vermischten Sinne, wenn es darum ging, Tage oder Wochen oder Namen nach Farben einzuordnen. Aber so eine Farbe war das doch nicht? Die in ihrem Kopf war ganz konkret. Sollte sie zurückfahren und noch einmal nachsehen?

Die Nachtwache meldete sich. »Annie war tatsächlich hier«, sagte sie. »Sie kam allein, ist aber sofort in die Abteilung im ersten Stock hinaufgegangen.«

»Welche Abteilung ist das?« Marian fuhr an den Straßenrand.

»Regionales Kompetenzzentrum für Kinder und Jugendliche.«

»Aha.«

»Und Margrethe Moe ist ihr kurz darauf nachgegangen, sie kamen dann nach einer Weile zusammen wieder raus. Margrethe hat Annie gestützt. Sie schien nicht ganz in Ordnung zu sein.«

»Margrethe Moe? Könnten Sie bitte mal nachsehen, ob ihr Wagen auf dem Parkplatz steht? Wissen Sie, wie der aussieht?«

»Sie hat einen schwarzen Lieferwagen. Ich stehe jetzt draußen im Gang. Ich sehe aber nur meinen eigenen Wagen da draußen. Aber vielleicht ist sie auch mit dem Motorrad unterwegs.«

»Motorrad?«

»Nein, wahrscheinlich fährt sie im Winter nicht damit. Worum geht es eigentlich?«

»Ich muss jetzt auflegen. Mein Akku ist fast leer. Könnten Sie mir bitte gleich sofort eine SMS mit Margrethe Moes Handynummer schicken?«

Schwarzer Lieferwagen und Motorrad. Gab es da einen Zusammenhang? Weshalb war Annie überhaupt in der Abteilung oben? War sie da vielleicht, um in den Archiven nachzusehen? Hatte sie die Namen der Männer gefunden, die auf dem Zettel in der Bibel standen? Es musste so sein. Und jetzt hatte Margrethe Moe sie überrumpelt.

Die Nachtwache schickte ihr die Handynummer per SMS. Marian gab sie ins Internet ein und fand schnell die dazu passende Adresse, weit draußen in Enebakk. Stormørkvei 1.

*

Tønnesen kam zurück in den Vernehmungsraum. »Ein Streifenwagen ist jetzt unterwegs zu Elly«, sagte er und richtete den Blick auf Myrtels unruhige Hände. »Weshalb hat Glenn solche Angst vor der Polizei?«

Myrtel Haug schwieg.

»Wir müssen ja sowieso einen DNA-Test durchführen«, sagte er.

»Was für ein Test?«

»Am Skelett. An den Knochenresten, die wir hinter der Vogelscheuche gefunden haben.«

Etwas an Myrtels Gesichtsausdruck ließ es ihm kalt den Rücken herunterlaufen. Genau in diesem Moment kam es zu einem Kipppunkt. Myrtel Haug bekam furchtbare Angst.

*

Annie war in Gefahr. Das klärte die Gedanken. Wie ein Blitz zuckte etwas ganz hinten durch Marians Bewusstsein: das Foto von Thona, die Augen und das helle, zu zwei Zöpfen geflochtene Haar, der lächelnde Mund ohne Schneidezähne, das weiße Kleid mit der rosa Strumpfhose, die großen Schuhe und die mit Spitze besetzten Söckchen, alles auf einmal. Sie hielt den Atem an. Ein langsamer Film begann sich in ihrem Kopf abzuspulen. Er lief in der falschen Richtung. Im Rückspiegel entdeckte sie ihren erstaunten Blick. Erst kam das Ende und dann der Anfang. Wie ein Feuer brannte sich die Gewissheit durch den Körper. Eine Gedankenkette arbeitete sich systematisch durch ihr Gehirn. Der Hippocampus, diese Struktur im Schläfenlappen, wurde plötzlich zu einem gordischen Knoten, der sich auflöste. Die Wahrheit drang mit scharfen Kanten in ihr Bewusstsein ein. Sie erinnerte sich an jedes Wort, das Elly gesagt hatte, als sie sich zum ersten Mal im Kleingarten begegnet waren. *Als ich bei Mama gewohnt habe, hatte ich ein Zimmer mit einer rosa Tapete. Die hatte weiße Punkte und grüne Blätter.*

*

Es war ein Gefühl, als ob alle Luft aus dem Raum gesaugt würde. Die Knochenreste einem DNA-Test unterziehen, hatte er gesagt, die Wahrheit würde an Licht kommen, das Spiel war aus. Myrtel entfernte ein Staubkorn vom Tisch. Schon bald würden sich die Aktivitäten der Polizei als Gefängnisstrafe manifestieren. Sie betrachtete sich selbst als berechnend und zynisch, aber sie hatte auch Gefühle. Eine lange Reihe von Handlungen käme bald ans Tageslicht, danach Gefängnis, Läuterung und Alter. Sie wollte zurück zu der Einsamkeit und den gleichmäßigen Tagen, die draußen im Garten kamen und gingen. Sie erinnerte sich an alles, als sei es ein Bild, das mit einem scharfen Gegenstand in ihr Gehirn gemeißelt worden war. Tønnesen hätte bloß wissen sollen, woran sie gerade dachte. Er hatte keine Ahnung. »Darf ich eine rauchen?«

»Jetzt nicht«, sagte er. »Später. Ich glaube, es gibt noch eine dritte Version. Wer ist diese Elly, mit der Marian Dahle gesprochen hat?«

85

Marian hielt an einer Bushaltestelle an. *Was ich noch weiß, ist, dass sie Insekten die Flügel ausgerissen hat.* Die Tapete in Thonas Zimmer, rosa, mit Punkten und hellgrünen Blättern. Die Übelkeit stieg vom Magen in den Hals hinauf. Es war nicht Thona, die Insekten die Flügel ausgerissen hatte. Marians Herz schlug dunkel. Camouflage, Verfälschung. Elly hatte noch mehr gesagt: *Alle kleinen Mädchen wünschen sich so ein Zimmer. Aber ich weiß noch, dass ich Thona nicht sehr gut leiden konnte. Sie hat mir Angst gemacht, hat behauptet, die Vogelscheuche sei lebendig und so was.* Die Wahrheit sank endgültig in ihr Bewusstsein. Was für eine irrsinnige Freude, es Annie zu erzählen. Sie musste Annie finden. Im selben Moment wurde ihr klar, dass Annie vielleicht niemals erfahren würde, dass ihre Tochter noch lebte. Es war eine gefährliche Situation entstanden, die sie nicht ganz klar definieren konnte. Doch sie hatte ein unangenehmes Gefühl. Sie rief noch einmal Margrethe Moe an, um ihr zu sagen, dass sie durchschaut sei, damit sie Annie nichts antun würde. Aber Margrethe ging nicht ans Telefon. Der Handy-Akku zeigte jetzt nur noch zwei Prozent.

*

Myrtel Haug hatte das Gesicht in die Hände gelegt. Man konnte die Lügen nicht in alle Ewigkeit fortsetzen. Sie sprach in ihre Hände hinein. »Wir haben die Kleine nackt begraben, damit niemand sie an der Kleidung erkennen könnte.«

»Wer ist Elly?«, wiederholte Tønnesen. »Ist sie Thona Ormberg Johansen?«

Myrtel Haug blickte auf und schluckte. Das Deckenlicht spiegelte sich in der dunklen Fensterscheibe. Die Lampe schien draußen zu hängen, vor dem Fenster, in all der Schwärze. Wie ein weißer Mond. Endlich rollten ein paar Tränen über ihre erschöpften Züge. Sie verbarg das Gesicht wieder in den Händen und nickte.

*

Marian wählte Cato Isaksens Nummer, aber er ging nicht ans Telefon. Sie rief Farhi Salman an. Dann rief sie Tønnesen an, aber der Anschluss war besetzt.

Gerade, als sie das Telefon auf den Beifahrersitz legte, fing es an zu klingeln. Tønnesen. Bevor er etwas äußern konnte, sagte sie: »Elly Haug ist Thona Ormberg Johansen.«

»Ja«, gab er mit seiner ruhigen Stimme zurück. »Myrtel Haug hat gestanden. Glenn hat seine Tochter Elly in dieses Kellerloch gestoßen, in dem kleinen Häuschen.«

»Aber wie ist das möglich? Wie konnte Thona in all diesen Jahren Elly sein? Ich begreife das nicht.«

»Es geht um Angst. Kinder haben nicht die Worte, um zu erzählen, was passiert ist. So funktioniert der Verteidigungsmechanismus des Körpers. Myrtel war eine teuflische Manipulatorin.«

»Ich bin auf dem Weg nach Hause, um mein Handy aufzuladen. Können solche Geschehnisse tatsächlich aus dem Bewusstsein getilgt werden?«

»Ja, unbedingt. Aber die Erinnerungen leben irgendwo im Sinnesapparat weiter und können wieder hervorgerufen werden.«

»Sie muss es verstanden haben, nachdem sie mit Shai Timo gesprochen hat.«

»Wer ist das denn? Aber ich muss jetzt wieder zu Myrtel rein.«

»Ich kann auch nicht länger sprechen. Aber da ist noch was anderes, dabei geht es um Annies Abteilung in Lovisenberg. Auf irgendeine Art hängt der Fall möglicherweise mit den ermordeten Männern zusammen … Ah, verdammt, mein Akku ist gleich leer. Ich rufe Elly an. Bevor das an die Öffentlichkeit gerät.«

Marian raste durch die Straßen, bremste hart vor dem Drachenhaus ab, ließ den Wagen unverschlossen und rannte ins Haus. Oben in der Wohnung stellte sie das Handy in das Ladegerät auf der Anrichte und wartete darauf, dass der kleine Strich wenigstens einen Hauch Strom verkündete.

*

»Elly hatte ein großes Mundwerk, sie ähnelte ihrem Vater, ein richtiges Biest. Hat mutwillig irgendwelche Sachen kaputt gemacht. Ich glaube, sie hatte auch eine Diagnose«, fügte Myrtel hinzu.

Es gab also doch ein wenig Selbsterkenntnis, dachte Karsten Tønnesen und schluckte. Das Ganze war total wahnsinnig, und worüber hatte Marian am Telefon gefaselt? Dass die Geschichte mit Joner und Schavenius mit dem Fall zusammenhing? Sie war wohl kurz vor dem Zusammenbruch, die Ärmste. Vielleicht sollte er Cato Bescheid geben? Aber Myrtel fuhr fort: »Glenn hat seine Tochter in die Arme genommen und … geschüttelt. Sie hat sich aus seiner Umklammerung befreit, und dann hat er sie gestoßen. Sie fiel durch die Luke. Ich werde niemals das Geräusch vergessen, als sie auf den Zementboden aufschlug. Mein Enkelkind ist da reingefallen und gestorben. Und Glenn hat seine Tochter verloren. Thona hat versucht, abzuhauen, aber Glenn packte sie und zog sie zurück. Ich zeig Ihnen mal ein Bild von ihr.«

Myrtel Haug kramte in ihrer Tasche nach der Geldbörse, klappte die Fächer auf und zog mit zitternden Händen ein verblasstes Foto hervor. »Hier ist meine Elly. Ich habe das seit fünfzehn Jahren in der Geldbörse.« Karsten Tønnesen betrachtete das Bild, ein Mädchen mit verfilzten, lockigen Haaren, einem blassen Gesicht mit einer kleinen Himmelfahrtsnase und einer Brille mit dunklem Gestell. Die trotzigen Augen hinter den dicken Gläsern hatten helle Wimpern. Der Mund war geschlossen.

86

Sie war vor einigen Stunden von einer Sirene aufgewacht, da war es schon nach Mitternacht. Und sie hatte das Blaulicht gesehen, das etwas weiter entfernt im Garten Strichmuster auf die Bäume warf. Sie hatte ihre Strickjacke angezogen und war hinausgegangen. Die Oma war nicht da und hatte die Küchentür nicht abgeschlossen. Etwas Schreckliches musste geschehen sein, denn das Ganze war vor zwei Stunden passiert. Omas Handy lag in ihrem Schlafzimmer, und sie war nicht zurückgekommen. Um sich zu beschäftigen, hatte sie angefangen, Geschirr zu spülen und die Unordnung auf der Arbeitsplatte zu beseitigen. Sie sah ihr Spiegelbild im Wasserhahn, das Gesicht länglich verzerrt, die Sommersprossen auf den Wangenknochen wie kleine Punkte und Kommas. Ohne Abdeckpuder war sie hässlich.

Nach draußen wagte sie sich nicht. Irgendetwas passierte da im Garten. Das konnte etwas mit dem Vater zu tun haben. Oben bei der Vogelscheuche war etwas geschehen, dort blinkten Blaulichter.

Sie fürchtete sich noch immer vor der Vogelscheuche, empfand sie als selbständiges Wesen. Als Kind hatte sie sich vorgestellt, dass sie über den kleinen Weg gestapft käme, auf das kleine Haus zu, in dem sie wohnten, und dass sie Böses im Schilde führte. Sie hatte versucht, sich mit ihr anzufreunden, indem sie ihr Namen gab. Aber die Oma bestand darauf, dass sie *Vogelscheuche* hieß und nicht anders.

Sie hockte in der Küche unter dem viel zu grellen Deckenlicht und fröstelte. Ein kalter Luftzug fegte über ihre nackten Beine, und der Magen grummelte. Der Besuch bei Shai Timo hatte sie mit einer Art Hoffnung erfüllt, obwohl sie es ja war, die Thona damals gestoßen hatte. Sie erinnerte sich an einen Herbsttag in jenem Jahr: In dem kleinen Haus hatte das Schlafzimmerfenster zwei Scheiben mit farbigem Glas, und wenn sie hindurchschaute, wurden die Spatzen in verhexte Vögel verwandelt, mit roten Federn. Die Brille, die sie als Kind eine Weile tragen musste, verkleinerte die Dinge; alles schien weiter entfernt, als es war. Manchmal, wenn sie schlief, tapste sie im Zimmer umher. Griff mit ausgestreckten Händen nach leerer Luft. Einige Male spürte sie, dass ihr irgendeine Gewissheit im Bruchteil einer Sekunde wieder entschwand.

Marian Dahle rief im selben Moment an, in dem es an der Tür klopfte. Sie blickte durch die Scheibe und sah zwei Polizisten. »Öffnen Sie einfach die Tür«, sagte Marian am Telefon. »Die kommen, um sich um Sie zu kümmern.« Sie öffnete und ließ die Polizisten ein, dann bat Marian sie, sich hinzusetzen. »Ich habe Ihnen etwas sehr Besonderes zu erzählen«, sagte Marian.

*

Wieder im Wagen schloss Marian das Kabel am Zigarettenanzünder an und befestigte das andere Ende am Handy. Dann stellte sie das Telefon in die Halterung und fuhr die Niels Juels gate hinunter. Eine SMS tickerte ein. Keinem der Streifenwagen war es gelungen, Glenn Haug zu finden, er war nicht im Hospiz. Marian dachte an Elly, an Thona. Elly war Thona. Im ersten Moment war sie völlig stumm gewesen, dann hatte sie gefragt, wo ihre Mutter sei, wo Annie sei, und hatte darum gebeten, keinen Kontakt mehr mit der Großmutter haben zu müssen. Marian hatte versprochen, ihre Mutter zu finden. Und sie hatte sich nicht verkneifen können zu sagen, dass Myrtel Haug eine kranke Lügnerin und Manipulatorin sei, die alles getan hatte, um ihren Sohn zu beschützen. Sie hätte die Kleider der Vogelscheuche auch bis in alle Ewigkeit immer wieder gewechselt. Mutterliebe war gefährlich. Es war fast halb zwei. Birka lag mit gesenktem Kopf auf der Rückbank und knurrte. Der Hund spürte offenbar ihren Stress.

Sie bog in die Bygdøy allé ab, wählte Margrethe Moes Nummer, bremste für jemanden ab, der die Straße überquerte, und sah im Rückspiegel den erhobenen Hundekopf, knurrend und angespannt. Sie hätte Birka zu Hause lassen sollen. Margrethe ging nicht ans Telefon. Zwei Beamte kümmerten sich jetzt um Elly. Oder Thona. Marian sah sie vor sich. Wenn sie es recht bedachte, hatte auch sie ein paar versprenkelte Sommersprossen auf der Wange, genau wie ihre Mutter.

Es wurde grün, und Marian gab Gas. Birka hatte sich jetzt aufgesetzt und bellte aus den Tiefen ihres Hundeschlunds. »Sei still, Birka!«

Der Stress pumpte durch ihren Körper. Hatte Tønnesen kapiert, was sie versucht hatte, ihm zu sagen? Sie musste an Annie denken. Sollte ihr womöglich jetzt etwas zustoßen, bevor sie erfahren würde, dass Thona lebte? Das war absurd. Dieser ganze Fall, die ganze Geschehnisse waren völlig irrsinnig. Sie passierte den Kreisverkehr am Solli plass. Plötzlich fiel ihr Gudrun Johansen ein, Thonas wirkliche Großmutter, die einsam und allein im Frogner-Pflegeheim saß. Ich möchte nur, dass es an nichts fehlt, hatte sie gesagt. Thona müsste sie unbedingt besuchen.

Birka legte sich ruhig hin, und im selben Moment bekam Marian Gänsehaut. Eine Weile ließ sie dieses eiskalte Gefühl nicht los. Sie wählte abermals Margrethe Moes Nummer, und jetzt antwortete die Frau.

»Annie ist in den Wald gerannt«, sagte sie über die instabile Telefonverbindung. »Sie will … Leben nehmen … vom Personalfest nachgegangen, weil sie so komisch wirkte. Und ich weiß ja, dass sie suizidal ist. Alle wissen es. Ich habe sie mit zu mir nach Hause genommen. Dachte, sie könnte … hier schlafen. Gott sei mit ihr.«

»Herrgott«, sagte Marian, dann fiel ihr aber wieder ein, was die Nachtwache über das Motorrad und den schwarzen Lieferwagen erzählt hatte. »Die Polizei ist unterwegs«, sagte sie und brach das Gespräch ab. Dann rief sie die Zentrale und forderte Einsatzwagen an.

Marian raste durch den Tunnel in Richtung Gardermoen, vorbei an Galgeberg und weiter auf Lillestrøm zu. Die Tachonadel zeigte 120. Sie hätte Margrethe sagen sollen, dass Thona nicht tot war, aber Margrethe Moe war nun nicht diejenige, die es vor Annie erfahren sollte. Marian dachte auch an die Bibel und an den Zettel. Margrethe hatte gesagt: *Gott sei mit ihr.*

*

Margrethe stand am Waldrand und hielt nach Annie Ausschau, die Handydeckung war hier schlecht, sie hatte kaum hören können, was Marian Dahle gesagt hatte. Wo war Frank? Sie lief zum Haus zurück, wollte ihn von dort aus anrufen. Sie brauchte jetzt Hilfe, bevor die Polizei anrückte.

*

Myrtel weinte, ein heftiges, tränenloses Schluchzen. Tønnesen war wie gewohnt ruhig. »Aber wie lief die Gehirnwäsche bei Thona?«

»Thona wurde oben eingesperrt. Wir sagten ihr, wenn sie zu schreien anfinge, würde die Polizei kommen und sie mitnehmen. Denn sie habe Elly gestoßen. Sie sagte, sie hätte es nicht getan, aber wir sagten, doch, du warst es. Wie gesagt haben wir dann Elly in die Abdeckung gewickelt und zum Taubenschlag gebracht. Ich hab Thona die Haare abgeschnitten und ihr blaue Klamotten angezogen. Elly hatte blaue Sachen getragen. Und dann war da diese Brille. Sie hat nicht gewagt, die Brille abzusetzen, konnte aber nichts damit sehen. Sie war wie gelähmt, verstehen Sie? Die Polizei wollte mit ihr reden, aber sie hat nur geheult. Geschluchzt und geschluchzt. Ich habe gesagt, sie sollten meine Kleine in Ruhe lassen, dass sie total unter Schock stünde und außerdem krank wäre. Und dann bekam sie Fieber. Wurde glühend heiß. Die Polizei hat dann draußen weitergesucht. Sie sagten, sie würden Elly zu einem späteren Zeitpunkt vernehmen. Mich auch. Bei der Polizei. Aber da ist nie was draus geworden.«

Myrtel Haug sank etwas in sich zusammen und sagte dann: »Ich nenne sie Elly.« Nach einer kurzen Pause fuhr sie fort: »Alles passte zusammen, verstehen Sie? Können Sie sich das vorstellen? Wenn Sie mich das jetzt sagen hören, verstehen Sie ja, wie perfekt alles zusammengepasst hat. Sie sagte, sie habe eine Großmutter, der sie aber nie begegnet sei, und dass ihr Vater in Australien lebe. Ich sagte dann, ich sei diese Großmutter, die sie nie gesehen hätte, ich sei die Oma. Und dann sagte ich, es sei Unsinn, dass ihr Vater in Australien wohnte. Glenn ist dein Vater, habe ich gesagt. Und dann habe ich gesagt, dass ihre Mutter tot sei. Das war das Schlimmste. Das Gesicht von dem Mädchen. Thona sollte ja in der Schule anfangen. Hatte gerade im Kindergarten aufgehört. Meine Elly war nie im Kindergarten. Aber ich habe zu Thona gesagt, dass die in der Schule keine bösen Mädchen haben wollten. Und so musste sie ein Jahr warten.«

Farhi Salman klopfte an die Tür. Tønnesen winkte ihn fort. »Aber was war mit Personennummer und Blutgruppe und Zahnarztunterlagen?«

»Sie war nie beim Zahnarzt, bevor sie in der Schule anfing. Über die Blutgruppe weiß ich nichts. Und diese Kontrolluntersuchungen von Kindern im Krankenhaus sind sowieso nichts wert. Die verfolgen das ja nicht weiter. Als sie diese giftige Pflanze gegessen hat, haben sie ihr in der Notaufnahme Blut abgenommen. Da bekam ich Angst. Aber es gab ja nichts, womit sie es vergleichen konnten. Als mir nach ein paar Tagen erlaubt wurde, zu verreisen, habe ich sie mit zu meiner Schwester nach Rælingen genommen. Sie hatte Elly zuletzt als Baby gesehen und glaubte daher, dass Thona Elly war. Wir sind zwei Wochen bei ihr geblieben.«

»Ich kann nicht fassen, dass das funktioniert hat.« Tønnesen schüttelte den Kopf. »Was war mit der Mutter, mit Annie? Sie kam doch wohl ab und zu in den Kleingarten? Sie hätte da doch ihrer Tochter begegnen können.«

»Ich habe einmal im Garten mit Annie gesprochen, am Abend, als ihre Tochter verschwand.« Für einen kurzen Moment sah Myrtel stolz aus. »Sie sagte, dass sie nie wieder dahin kommen würde. Und das hat sie auch nicht getan. Die Kleine war dann den ganzen Herbst und Winter nur im Garten. Das ging auch, weil meine Enkelin erst im folgenden Jahr zur Schule gehen sollte. Als Thona mit der Schule anfing, da war sie schon längst Elly. Sie hatte ein rundes Gesicht, als wir sie zu uns genommen haben, aber dann wurde sie dünn. Und das blonde Haar wurde braun. Kinder verändern sich.«

87

Es gab ein paar kleine Häuser sowie Straßen, die sich hierhin und dorthin erstreckten. Nach einer Weile gab es allerdings nur noch eine Straße, die einen Hügel hinaufführte. Abgesehen vom Mond, der ein paar Mal hinter den Wolken hervortrat, war es stockdunkel. Marian sah auf die Uhr am Armaturenbrett. Die zeigte 03:35. Das Scheinwerferlicht des Wagens bohrte zwei gelbe Kegel in die Dunkelheit. Sie passierte einen Mann mit einem Schäferhund an der Leine. Mitten in der Nacht? Hier? Sie schaute in den Rückspiegel, überlegte anzuhalten und zu fragen, ob er wisse, wo Margrethe Moe wohnte, doch irgendetwas veranlasste sie, Gas zu geben, anstatt auf die Bremse zu treten. Irgendwas kam ihr an dem Mann bekannt vor. Hatte sie ihn schon einmal getroffen? Hinter der nächsten Kurve stand ein Straßenschild mit der Aufschrift Stormørkvei. Sie bog nach rechts auf den Kiesweg ab. Er war mit Löchern übersät, die Pfützen waren mit Eis überzogen.

*

Maggie hatte ihn angerufen. Annie war abgehauen. Annie Ormberg Johansens Selbstmord musste im Wald geschehen. Maggie hatte es nicht hinbekommen. Vor der Stelle, wo der Stormørkvei nach rechts führte, verließ Frank Moe die Straße und trat rechts zwischen die Bäume. Eben war ein Wagen vorbeigefahren, aber das war nicht die Witwe, die weiter unten im Tal lebte, sondern ein fremdes Auto. Das gefiel ihm nicht. Es musste jetzt geschehen. Er ließ Rex von der Leine und rannte los.

*

»Aber Thonas Mutter hat fünfzehn Jahre gelitten«, sagte Karsten Tønnesen.

»Für uns war das auch ziemlich beschissen.« Myrtel Haug richtete sich auf und legte die Hände in den Schoß. »Glauben Sie vielleicht, das war einfach für mich? Oder für Glenn? Er hat hinterher den ganzen Tag geheult. Und die Vogelscheuche als so 'ne Art Altar betrachtet. Als wir die Kleine begraben haben, da sagte er, dass die Welt sich weiterdreht, als sei nichts geschehen, aber die Vogelscheuche stünde da als Mahnmal und würde uns an sie erinnern. Ihr dürft mir Elly nicht wegnehmen.«

»Aber sie *ist* doch nicht Elly.« Karsten Tønnesen hob die Stimme.

Cato Isaksen und Farhi Salman saßen in einem Büro schräg gegenüber und bekamen alles mit.

»Sie glaubt aber selbst, dass sie Elly ist. Ich musste mich bessern. Hörte auf zu schlagen. Verstehen Sie? Es gibt jetzt nur noch uns zwei. Ich war Elly keine gute Großmutter. Habe sie angebrüllt und rumkommandiert. Als ich Thona bekam, musste ich mich ändern. Sie hatte doch solche Angst. Sie hat nur mich.«

»Thona hat ihre Mutter«, sagte Tønnesen. »Ihr Sohn ist gefährlich. Er hat Marian Dahle aufgelauert. Um sie zu töten.«

*

Birka lag immer noch unruhig auf der Rückbank. Plötzlich stand es vor ihr, ein hässliches viereckiges Steinhaus. Es erinnerte an eine kleine Fabrik. Marian bremste ab, starrte aus dem Seitenfenster. Konnte es hier sein? Das Haus sah unbewohnt aus, die Vorhänge an den Fenstern waren zugezogen. Das Gebäude hatte eine große Garage mit einem breiten metallenen Rolltor.

Der dunkle Lieferwagen stand am Straßenrand. Das Mondlicht spiegelte sich im Lack. Marian verspürte plötzlich kalte Angst. Was, wenn Annie tot war?

Im selben Moment fiel ihr ein, dass sie bei Rückgabe der Waffe einfach behaupten konnte, dass hier oben ein Schuss losgegangen sei. Deshalb fehlte eine Patrone in ihrem Bestand.

Langsam fuhr sie weiter und kam zu einem Forstweg mit Rastplatz, wo sie wendete und zurückfuhr. Wenn sie Annie fände, müssten sie wohl schnell hier weg, weil Margrethe Moe vielleicht mit allem zusammen etwas zu tun hatte. Sie manövrierte den Wagen in die richtige Richtung, stellte den Motor ab, beugte sich zur Seite und öffnete das Handschuhfach. Die Waffe war verschwunden.

*

Marian schaltete die Innenbeleuchtung ein. Im nächsten Moment erkannte sie den Zusammenhang. Da war eine Bewegung, etwas Dunkles, das den Rückspiegel einnahm; jemand hockte hinter dem Hundenetz, das den Innenraum von der Ladefläche trennte. Erst eine Hand, dann die Mündung der Waffe und schließlich ein Gesicht mit einem tätowierten Spinnennetz. Es war Glenn Haug.

In Situationen wie dieser, wenn man an einem Abgrund stand, zählten frühere Erfahrungen: *tief durchatmen*. Schizophrenie war nicht nur ein negativer Begriff. Sie wusste alles darüber. *Kreativ, an der Grenze zu etwas anderem.*

»Und dein Bein, Glenn«, sagte sie mit fester Stimme. »Wie geht's damit?«

»Geht dich 'nen Scheißdreck an, du Miststück.«

Es war die raue Stimme.

»Steig aus dem Wagen. Der Hund bleibt hier«, kommandierte er, öffnete die Heckklappe und sprang aus dem Kofferraum.

Marian öffnet die Tür und stieg aus. Das kalte Mondlicht war auf der Haut zu spüren, wie Wasser. Sie öffnete die Tür für Birka, die sofort heraussprang.

Glenn Haug zielte mit der Pistole auf sie. »Nicht den Hund, hab ich gesagt.«

Er hinkte immer noch, stellte sich dicht vor sie. Legte die Mündung an ihren Kopf. Sie erkannte seinen diffusen Geruch, eine Mischung aus Schweiß und Scheiße. Den hatte sie schon in der Wohnung wahrgenommen.

»Wenn du mich töten willst, dann töte mich.«

Birka starrte sie beide an. »Wir haben deine Tochter gefunden, Glenn. Elly, hinter der Vogelscheuche, in der Erde begraben.«

Er riss die Augen auf, das Weiße war mit einer gelblichen Haut überzogen. »Du lügst.« Sie sah seine schiefen gelben Zähne, sein fauliger Atem strich über ihre Wange.

»Deine Mutter hat alles erzählt. Elly ist Thona. Du hast sie in dem kleinen Häuschen in das Kellerloch gestoßen. Die Einsatzfahrzeuge sind in zwei Minuten da. Gib mir die Waffe und hilf mir, Thonas Mutter zu finden. Sie ist in Gefahr.«

Er zitterte. Überlegte.

»Du hast doch gehört, dass ich Verstärkung angefordert habe, das Spiel ist so oder so aus.«

Er wischte sich mit der freien Hand über die Oberlippe, und sie sah die entzündete Schwellung in seinem Gesicht, unter der Spinnennetztätowierung.

»Thonas Mutter ist in Lebensgefahr«, fuhr sie fort. »Vermutlich ist sie im Wald. Du kennst dich hier nicht aus, aber wenn du mir hilfst, bekommst du Strafmilderung. Das garantiere ich dir. Ich kümmere mich darum.«

Einen Moment lang sah er sie an. Das Mondlicht erhellte seine Augen. Er hob die freie Hand zum Kopf und rückte mechanisch seine Mütze zurecht.

»Du schuldest es Thonas Mutter. Rette Annie!«

»Die Pistole kriegst du nicht.«

Vom Wald drang lautes Hundegebell herüber. Beide drehten sich zu dem Geräusch um.

Marian lief los. Er kam ihr nach. Neben dem Haus, auf der linken Seite, gab es eine Öffnung. Eine Wiese führte zum Waldrand hinunter, der in einer Senke lag. »Ein Mann mit einem Hund«, sagte Marian. »Er will sie vielleicht umbringen. Rette Annie Ormberg Johansen. Tu es einfach!«

88

Glenn Haug starrte sie für eine Sekunde aus seinen schmalen Augen an, dann drehte er sich um und lief hinkend in die Dunkelheit. Marian hörte das Geräusch eines brechenden Zweiges. Plötzlich stand Margrethe Moe hinter ihr, in einem glänzenden lila Kleid.

Marian sah sie mit festem Blick an. »Ist Annie was passiert? Wo ist sie, im Haus oder im Wald?«

»Im Wald«, erwiderte Margrethe Moe. »Ich konnte sie nicht aufhalten. Sie ist doch …«

»Ich will das Haus überprüfen«, sagte Marian.

Margrethe Moe glotzte sie an. »Annie ist unten im Wald. Sie ist suizidal.«

Marian richtete den Blick auf das Haus. Die Tür stand weit offen. Drinnen brannte Licht. »Ich will das Haus sehen«, wiederholte sie und trat mit schnellen Schritten darauf zu. Margrethe kam ihr nachgelaufen. »Ich hoffe, dass Annie sich nichts angetan hat. Mein Bruder ist draußen und sucht sie.«

Im selben Moment waren die Einsatzfahrzeuge zu hören, nur ein schwaches Geräusch weit unten im Tal. Kurzzeitig verblasste das Geräusch, wurde dann aber wieder stärker.

»Sie werden da drinnen nur meine alte Mutter finden«, sagte Margrethe wütend. »Sie müssen Annie retten.«

Ein paar Sekunden war Marian in Zweifel, ob sie vielleicht alles fehlinterpretiert hatte. Sollte sie vielleicht besser in den Wald hinunterlaufen, doch nein, sie stürmte die wenigen Stufen hinauf und betrat das Haus. Irgendwo im Inneren ertönte eine schwache Stimme. »Was ist denn los?«

»Nichts, Mutter«, rief Margrethe. »Wir gehen in den Wald runter und helfen Frank, jemanden zu retten.«

Marian blieb im Flur stehen. Zwei Lederkombis hingen an Haken. Sie betrat das Wohnzimmer. Durch den Glasraum auf der rechten Seite blickte sie direkt in eine Werkstatt. Die Stufen zum oberen Stockwerk waren mit grünem Teppichboden belegt. Darauf waren dicht an der Wand ein paar dunkellila Streifen zu erkennen. Getrocknetes Blut. Marian ging hinauf. Margrethe Moe kam ihr nicht nach.

*

Im Flur oben war noch mehr Blut auf dem Teppichboden, feine Streifen und große Flecken. An der Wand, unter einer Reihe verblasster Schwarzweiß-Fotos, waren blutige Handabdrücke, von denen das Blut bogenförmig nach unten zur Fußleiste verwischt war. Am Ende des Flurs, unter einem Sicherungskasten, befand sich ein niedriger, aber tiefer Einbauschrank, dessen Eisentür offen stand. Marian warf einen Blick auf das Hochzeitsfoto an der Wand; die Braut trug ein kurzes weißes Kleid, hatte gelocktes Haar, darüber ein Schleier, und hielt einen Strauß Nelken in der Hand. Der Mann war groß und kräftig, mit glattem, nach hinten gekämmtem Haar. Marian glaubte, den Jungen auf dem Konfirmationsbild wiederzuerkennen, er war dünn und dunkelhaarig. Er ähnelte jemandem, dem sie vor kurzem begegnet war. Ihr Gehirn arbeitete auf Hochtouren. Sie hielt den Atem an, ihr Herz pochte. Es war Frank Moe. Und Margrethe, die hieß ebenfalls Moe. Moe, der Name war so nichtssagend, dass sie ihn gar nicht mit Margrethe in Verbindung gebracht hatte. *Die Kollegen haben mich überredet, einen Psychologen aufzusuchen.* Das Foto war nicht scharf. Die Anzugjacke des Konfirmanden verschmolz beinahe mit dem Hintergrund. Auf der einen Seite stand Margrethe, auf der anderen ein älterer Junge mit einem hübschen, etwas traurigen Lächeln.

Links, am Ende des Flurs war eine verschlossene Tür. Sie trat darauf zu.

*

Es roch scharf nach Nadelbäumen und muffigem Schnee. Die Kälte war wie ein starker Schmerz. Jetzt hörte sie den Hund bellen, er kam näher. Sie kniete sich hin. Ihre Nylonstrümpfe hatten jetzt an beiden Knien Löcher. Plötzlich hörte sie Franks Stimme. »Annie! Annie! Wir wollen dir helfen. Rex, such Annie!« Dann hörte sie einen anderen Hund, oben an der Straße, auch der bellte, dann wurde es still. Aber durch das Rauschen der Baumkronen drang ein anderes, schwaches Geräusch zu ihr. Schritte auf dem Waldboden. Er kam, der Psychologe war jetzt fast bei ihr. Doch erst war der Hund da; sein Bellen war wie ein Schlag ins Gesicht. Fauliger Atem, der ihr auf die Wange spritzte.

Dann entdeckte sie Frank. Im Dunkeln. Der Hund oben an der Straße bellte abermals, und der Schäferhund wandte sich jäh um. Stand ein paar Sekunden reglos da und stürzte davon. Frank brüllte ihm hinterher. »Rex, verflucht!« Doch der Schäferhund lief dem anderen Hund entgegen.

Frank zog sie an den Haaren hoch, sie fiel nach vorn. Und blieb liegen. Er zog sie abermals hoch, aber Annie wand sich aus seinem Griff, warf sich zur Seite und rannte los. Prallte direkt gegen den Brustkasten eines anderen Mannes. Und der hatte eine Waffe.

89

Der Holzstuhl stand mitten im Raum. Trotz eingeschalteter Deckenlampe war das Zimmer dunkel. Graues Packpapier war an die Fensterscheiben geklebt worden. Der Sitz aus hellgrünem Leder war über und über mit Blut beschmiert. Der Metallgegenstand, der aus der Mitte des Sitzes herausragte, verwandelte den Stuhl in ein Folterinstrument. Marian erstarrte bei diesem Anblick. Der Stuhl musste das gleiche Gefühl verursachen, wie vergewaltigt zu werden. Irgendwer hatte den Versuch unternommen, den Fußboden zu reinigen, doch hier und da lagen immer noch blutrote Putzlappen. Jetzt wurde ihr alles klar, aber die Gewissheit wurde zu viel. Sie hob die Hand zum Hals, unterdrückte einen Schrei. Auch bei diesem Stuhl hatte er die Kerbschnitztechnik verwendet, an den Armlehnen und am Rückenteil, dieselbe Technik wie an dem Schreibtisch in seinem pompösen Büro im Majorstu-Haus. Die Bilder an den Wänden hatten goldene Rahmen, die gleichen wie in seinem Büro.

Marians Blick wurde von einem Schriftzug auf einem gestickten Bild angezogen. *Wir betrachten euch, und ihr wisst es nicht.*

Aber am Ende wird euch die Ehre zuteil, uns zu begegnen. Du wirst dich vor Satan und dessen Weisheit beugen. Das hier war Frank Moes Folterkammer.

*

Wieder draußen spürte Marian den eisigen Wind im Gesicht. Sie rief nach Birka. Das Geräusch der Polizeisirenen kam näher, die Töne überschnitten einander. Der Mond spiegelte sich in den eisüberzogenen Pfützen auf dem Kiesweg und wurde zu vielen Monden. Der Mond zog alles hinter sich her, Empfängnis, Geburt und Tod. Und Bosheit. Nichts würde jemals sein wie zuvor. Alles an diesem Ort würde für immer und ewig in ihr sein. Frank Moe hatte den Zettel geschrieben, auf den Annie in der Bibel gestoßen war. Marian *hatte* die Schrift erkannt, als er ihr im Büro seine handschriftlichen Aufzeichnungen über Annie gezeigt hatte. Aber sie war nicht fähig gewesen, diese mit dem Zettel in Verbindung zu bringen.

Plötzlich tauchte der Schäferhund auf. Erst sah sie ihn ein Stück entfernt; wie ein braungelber Schatten kam er aus dem Nichts hervor und trat in das eiskalte Mondlicht. Sie ging zu ihm. Das war der Hund, an dem sie vorhin vorbeigefahren war. Er fauchte sie an, fletschte die Zähne und bellte; der Speichel spritzte aus dem Hundemaul. Seine Nackenhaare stellten sich auf, wie Stachel im Fell. Der Kopf war riesig, der Hund hatte die Ohren angelegt. Und dann sah sie Birka, aber zu spät. Der Schäferhund stürzte sich auf die Boxerhündin. Wie ein Gift wurde die Angst durch den Körper gepumpt. Marian schrie aus Leibeskräften, schlug die Hände vors Gesicht, eine hilflose Zeugin des Kampfes. Die beiden Hunde rollten wie ein Rad an den Wegesrand. Fell und Pfoten und zwei Hundeköpfe verschwanden in einem Graben mit langen gelben Gräsern, die aus dem Schnee ragten. Würde Birka sterben? *Hier?*

Marian schaute sich verzweifelt um. Ein Knüppel? Irgendetwas zum Zuschlagen? Sie ging ein paar Schritte auf die Hunde zu, blieb dann stehen und rief: *Aus! Aus! Aus!* Endlich geschah etwas. Der Schäferhund erhob sich und blieb einen Moment lang verwirrt auf allen vieren stehen. Dann schüttelte er den Kopf, legte die Ohren an und zog sich mit geducktem Kopf zurück. Dann wandte er sich um und knurrte, richtete sich auf, lief den Kiesweg entlang und bog schließlich nach links, in Richtung Waldrand ab.

Marian rannte zu Birka und fiel auf die Knie. Unendliche Leere breitete sich in ihr aus. Das gelbe Gras klebte an Birkas Körper. Dann waren die Einsatzfahrzeuge da. Mit Sirenen und rotierenden Blaulichtern kamen sie den Weg hinauf. Birka hob den Kopf, sah sie an und fiepte, dann legte sie sich wieder hin, rollte herum und blieb mit dem Bauch nach oben liegen. Die Polizeifahrzeuge bremsten scharf ab, winzige Steinchen wurden in die Luft gewirbelt. Marian hatte die Arme um den Hund gelegt. Die Türen gingen auf, und sie hörte das Geräusch des Polizeifunks, ein durchdringender Laut. Eilende Schritte. Noch mehr Autos und Menschen. Dann hörte man unten am Wald einen Schuss. Marian schloss die Augen, sah rote Punkte hinter den Lidern tanzen. Ein weiterer Schuss wurde abgegeben. Der Nachhall dröhnte lange in den Ohren.

*

Marian stand auf. Blieb ein paar Sekunden reglos stehen. Ihre Hände waren rot von Hundeblut. Da unten im Wald war jemand tot. Im schwarzen Wald. Alles drang gleichzeitig in ihr Bewusstsein: der grauenhafte Stuhl im Steinhaus, Glenn Haug, der mit ihrer Waffe verschwand, Birka, die leblos im Straßengraben lag. Und Annie? Die Polizisten sprachen mit Marian, doch sie nahm sie kaum wahr. Einer fasste ihren Arm, als ob sie ein Kind wäre, das etwas Schlimmes getan hatte. Sie entzog sich dem Griff. Hob die blutigen Hände zum Hals und weinte leise. »Annie, liebe Annie!« Dann lief sie los. Rannte. In der Dunkelheit: Im Lichtstreifen einer der Autoscheinwerfer lag der scharfzackige Kiesweg. Schatten hoher Grashalme wurden zu Gittern, die seitlich auf den Boden fielen. Die anderen Polizisten kamen ihr nach, aber sie war vorn. Ihr Schatten wurde länger und länger, je schneller sie rannte. Alles wurde zu diesem Schatten. Er war das Einzige, was es gab. Und das Geräusch von berstendem Eis, wenn ihre Füße eine Pfütze trafen.

Ein Polizist leuchtete mit einer Taschenlampe zum Wald hinunter. Alles war nur eine endlose schneebedeckte Fläche, die Bäume weiter unten waren wie eine schwarze Wand. Plötzlich eine Bewegung. Etwas rührte sich. Jemand kam heraufgestapft über den matschigen Waldboden. Auf dem glatten Schnee, im Lichtkegel, gingen sie langsam nebeneinander her. Zwei Menschen. Ein Mann und eine Frau. Sie bewegten sich in ihrem eigenen Rhythmus, nicht weit voneinander entfernt. Marian hielt den Atem an. Ihre blutverschmierten Hände waren eiskalt.

Annies Haare klebten aneinander und fielen ihr ins Gesicht. Der Mann ging wie ein Seemann, etwas o-beinig, mit der blauen Mütze tief ins Gesicht gezogen. Seine Beine waren zu dünn, die Hose hing ihm locker an den Hüften. Und er hinkte. Die Hand mit der Waffe zeigte auf den Boden. Jedesmal, wenn ihre Füße auf den Schnee trafen, knirschte es. Annie hatte nur einen Stiefel, der Mantel war ihr fast von den Schultern gerutscht. Der andere Fuß war nackt und blutete. Der Nylonstrumpf war zerrissen und schloss sich wie ein Spitzenbesatz um ihr Bein. Sie hob die Hand und strich sich die Haare aus dem Gesicht. Dann blickte sie auf. Marian lief hinunter. Bohrte die Absätze in den glatten Untergrund, um Halt zu finden. Und sie weinte. Dann blieb sie stehen. Annie stand jetzt so dicht vor ihr, dass Marian ihre Sommersprossen auf der Wange sehen konnte. Annies Lippen zitterten. Ihr Blick sagte alles; Glenn Haug hatte ihr von Thona erzählt, hatte erzählt, dass sie lebte. Nicht alles war für immer unveränderbar, nicht alles war unbedingt so, wie es in den dunkelsten Stunden aussah, in der Nacht. Ein paar Lichter gab es auf der Welt.

Marian streckte die Arme aus. Annie hob ihre. Sie hielten einander umklammert und weinten. Einen Augenblick dachte Marian, sie würden hinfallen. Aber sie fielen nicht.

29. Oktober, vormittags

Das Holz gab ein lautes Knacken von sich, wie das Geräusch eines brechenden Zweiges im Wald. Das Geräusch kam vom Dach. Es lag an der Konstruktion; das Eigengewicht der quer liegenden Balken und die Spannkraft der Fasern, die gegen die Schwerkraft kämpften. Spärliches Licht drang durch die Scheiben in der Tür unten, ergoss sich über den Mosaikfußboden und fiel in schmalen Streifen auf die Treppenstufen. Der Geruch im Treppenhaus war dunkel und kräftig.

Marian lehnte sich mit dem Rücken an das Geländer und blickte auf ihre Tür, auf die drei schmalen Felder mit Drahtglas. Das Leben konnte mit einer ungeheuerlichen Mathematik aufwarten: Frank Moe war tot, erschossen von Glenn Haug. Der Fall hatte sich von zwei Seiten her entwickelt, und dann waren sie einander schließlich begegnet, die beiden Mörder. Annie hatte einmal gesagt, dass Glenn Haug eine Art negative Elektrizität auszustrahlen schien; dass eine Leitung aus Bosheit von seinem Universum zu ihrem führte. Aber am Ende hatte er sie also gerettet, vor einem noch böseren Mann. Und der Mond aus Silber hatte wie ein Lampe am pechschwarzen Himmel gehangen.

Marian richtete den Blick auf die Tür des Künstlers. Sie kam sich schwerelos vor, eine endlose Freude. Annie und Thona waren in ihrer Wohnung. Und sie dachte an alles gleichzeitig, an die wahnsinnige Geschichte, die endlich ein Ende genommen hatte. Mutter und Tochter waren jetzt oben im Turm, saßen vielleicht dicht nebeneinander auf ihrem Bett. Die erste Begegnung nach fünfzehn Jahren.

Marian zuckte zusammen. Die Tür des Künstlers ging auf, und er schob seinen strubbeligen Kopf vor.

»Ich habe irgendwie gefühlt, dass hier draußen jemand ist. Warum weinst du denn? Und was ist mit dem Hund passiert? All diese blutenden Wunden?«

»Ich weine nicht.« Sie zog den Ärmel ihres grünen Pullovers über das Handgelenk und wischte sich schnell über die Augen. »Ein Hundekampf, aber Birka hat sich gut gehalten.«

»Stehst du hier und starrst meine Tür an?«

»Nein, ich warte.«

»Auf mich?«

Das Lachen brach aus ihr hervor. Sie schüttelte den Kopf.

Er ging in die Hocke und streichelte Birka. »Feiner alter Hund.« Dann schaute er auf. »Ich bin übrigens diese verdammten Viecher losgeworden, die Ameisen, die ich aus Asien eingeschleppt habe. Ist dir aufgefallen, dass sie weg sind?«

»Wo du es sagst.«

»Auf wen wartest du eigentlich?«

»Jemand ist in meinem Turm.«

»Ein Stelldichein?« Er legte die Wange an Birkas Kopf.

»So in der Art.«

»Was ist eigentlich mit dir passiert?«

»Feuer«, sagte sie. »Glaub bitte nicht, dass ich andauernd um mich schieße. Ich bin nicht verrückt.«

Er lächelte. »Du bist verrückt. Wo feierst du Weihnachten?«

Sie schüttelte den Kopf. »Bis dahin ist noch Zeit, ich feiere allein.«

»Das wirst du nicht tun«, sagte er und richtete sich auf. »Du feierst mit dem Hund. Und der Hund hat zugestimmt, bei mir zu feiern. Wir wären also zu dritt. Eigentlich könnt ihr auch gleich reinkommen, dann planen wir das ein bisschen. Ich habe nur eine Bedingung. Du musst unbewaffnet sein.«

Er lächelte abermals.

»Ich weiß ja nicht mal, wie du heißt.«

»Ich heiße Heine«, sagte er mit ernster Stimme.

Ihr Kopf füllte sich für einen Augenblick mit Stille, als ob er mit Baumwolle ausgestopft sei. Dann hatte sie plötzlich ein Pfeifen im Ohr, und sie hörte die Geräusche, die aus seiner Wohnung kamen, all die ganz gewöhnlichen Geräusche in einem Haus, wo Menschen lebten: leise Musik, die eingeschaltete Spülmaschine. Und ein Fenster, das im Luftzug klapperte.

Märchen für Erwachsene

Krimis sind Märchen für Erwachsene. Einen Kriminalroman zu schreiben, ist wie Schach zu spielen, man muss mit jedem Zug die richtigen Figuren wählen. Dafür bedarf es Irrsinn und Wahnwitz. Ich hatte mehrmals den Tod in meinem Leben, war Angehörige und stand Menschen nah, die ein Kind verloren haben. Das hat mich stark beeinflusst.

In Kapitel 67 beschreibt Marian Dahle eine Methode, die, wie sie sagt, von ihrem Psychiater benutzt wird. Diese Methode stammt aus Mia Törnbloms Buch *Selvfølelse nå.*

Drachenhaus

Ein Architekturstil, der Ende des 19. Jahrhunderts in Norwegen entstanden ist. Er ist in der norwegischen Nationalromantik verwurzelt und soll eine Huldigung an die Stabkirchen darstellen. Der Drachenstil kann als natürlicher Schlusspunkt des retrospektiven Stils im 19. Jahrhundert betrachtet werden. Holz ist ein multikomponentes, hygroskopisches, biologisch abbaubares und nachwachsendes Material. Es ist isolierend, musikalisch und lebendig. Holz hat erwiesenermaßen eine Haltbarkeit von mehr als 800 Jahren, wie die norwegischen Stabkirchen beweisen.

Das Drachenhaus, das ich in der Sophus Lies gate verortet habe, befindet sich eigentlich in der Niels Juels gate 13, doch ich habe mir die Freiheit genommen, es an einen Ort zu versetzen, wo meine Großmutter in den sechziger Jahren eine kleine Dachwohnung in einem anderen Holzhaus gemietet hatte. Der Ort war düster und dunkel und hinterließ einen unauslöschlichen Eindruck bei mir. Ich habe mich nie getraut, dort zu übernachten.

Krankenhaus Lovisenberg

Ich schreibe nicht über die Wirklichkeit, sondern über etwas, das ihr ähnelt. Ich habe mir Freiheiten genommen, die einem Autor oder einer Autorin glücklicherweise zustehen. Daher stimmt nicht alles genau überein. Die Tagesklinik im Buch habe ich vom Ekebergvei 1c in Tøyen in ein Gebäude verlegt, das sich auf dem Hauptgelände des Diakonie-Krankenhauses Lovisenberg befindet. Ich habe der Abteilung zudem Aufgaben zugeordnet, die sie in Wirklichkeit nicht hat. Das Alte Hauptgebäude beherbergt heute noch immer das Volksgesundheitsinstitut und bietet direkten Ausblick auf den Geitmyra skolehage, der im Buch Kleingarten heißt. Mein Dank geht an Oberärztin Oona Dunlop von der Intensivstation des Krankenhauses Ullevål sowie an Bjørn-Inge Larsen, ehemals Gesundheitsdirektor und heute Ministerialrat im Gesundheitsministerium, für ihre Informationen über das Volksgesundheitsinstitut und das Krankenhaus Ullevål sowie über die Gebäudemasse und die internen Methoden. Und über die Stimmung. Gleichwohl habe ich ein wenig hinzugedichtet. Ebenfalls danke ich Polizeihauptkommissar Roar Andersen vom Polizeibezirk Asker og Bærum sowie dem Gewaltabschnitt des Osloer Polizeibezirks für ihre Hilfe.

Der Kleingarten

Nina und Hedda, danke dafür, dass ihr euren Garten mit mir geteilt habt. Zusammen mit euch, am Gartentisch im Geitmyra skolehage, nahm an einem Tag im September 2014 die Geschichte dieses Buches Form an. Dieser Garten ist fabelhaft; all die Pflanzen und Bäume, das Gras und die Vogelscheuche. Und die kleinen Holzhäuser und alle Schuppen, der Taubenschlag, die Scheune und das Hühnerhaus; alles gibt es dort.

Birka

Und dann geht mein Dank an die echte Birka, die am 31. März 2016 für immer eingeschlafen ist. Danke dafür, dass du so lange an diesem Märchen mitgewirkt hast.

Die Zitate stammen aus

Lew Tolstoi, *Eine Ehe in Briefen,* herausgegeben und übersetzt von Ursula Keller und Natalja Sharandak, Berlin 2010, S. 432.

Janet Frame: *Gesichter im Wasser*, München 1997, S. 9; Übersetzung: Kyra Stromberg und Monika Schlitzer.

Karl Ove Knausgård: *Sterben,* München 2011, S. 575; Übersetzung: Paul Berf.